难得纯真

臧小平 著

作家出版社

谨以此书敬献给我最亲爱的父亲母亲！敬献给所有给予我指导、关爱和帮助的人们！

目录

我的父执

我的人生

我的朋友

写在前面的话

臧小平

当我提起笔，为自己的第一本作品集写这篇文字的时候，往昔那么多萦绕于心难以忘怀的面容和场景，带着声音，带着色彩，带着温度和情感，带着穿透时空无比强大的刻骨铭心的记忆，一下子涌到我的心头和眼前，竟使我一时不知从何下笔。这是多么厚重的岁月与情感的积淀。真是感慨万千啊！

首先想到的，是我亲爱的父亲臧克家和母亲郑曼。他们的恩情，我用整个生命都无以回报！他们生我养我，将我培育成人，并且以自身的精神、品德和人生追求，给予了我无法言说的教育和影响。它们深入我的血液、骨髓和整个人生，成为我毕生不曾改变的生命基因。如今年近七十岁的我更是不会忘怀，在自己成年之后本应尽心竭力地服侍孝敬双亲的时候；当我中年之际遭遇重大人生坎坷，身体又受到多种疾病侵袭甚至常年躺倒在病床上的时候，两位老人依旧无怨无悔全身心地支撑着我的人生，从日常生活无微不至的照料到经济上的大力支援，从情感的抚慰到精神的鼓励……直到他们生命的终点！

在文学创作上，我知道，父亲和母亲对儿女们是有所期待的。但是，他们从不将这份期待挂在嘴边。只是从上世纪70年代末，我的文字第一次见诸报刊开始，他们才欣喜地用他们的方式把这种情感表达出来：当我有文章发表，他们会通过各种途径，把他们的读后感伴着喜悦与鼓励传达给我，有时是当面诉说，有时是在电话和信件中。有几次，他们就在发表作品的报刊空白处，写出他们的意见。比如：我的散文《路》1990年12月4日在《工人日报》发表后，父亲在一张小纸条上评论道："这篇《路》写得真实，能动人。文字也很洗练。东北这一段生活，多回忆一下，多写几篇。写劳动场面，写自然环境，写人物动态、个性，写苦乐之情……"比如：在我至今珍存的1996年7月3日《北京晚报》文艺副刊的空白处，父亲对于我发表于此的散文《我寻觅那只麻雀》写出了自己的感想："写得很好。有感情，寄寓深刻。爸爸96.7.4日。"有时，由于我要写的对象是父亲、母亲，或是文章中要牵涉到两位老人，我就先将初稿奉上请他们过目提意见。年老多病、文学创作与各项工作甚是繁忙的父亲，总是戴上老花镜或是举着放大镜仔细阅读后，在我文章的后面提纲挈领地写上几句话，将应该注意和修改的地方告诉我。2002年3月，我深深感动于父亲对于那些亲如家人的麻雀们的一腔深情，写下了散文《旧宅院中的老朋友》。97岁的父亲躺在病榻之上，老花镜、放大镜并用地读完了我的文章，他吃力地写道："大体写出了我对麻雀的情感，我看了，感想甚多。细节较少。例子：东房窗外有千竿（竹），我每每走过，它们不怕，只把身子进了竹丛，打一个小转。"寥寥几句话，勾出了许多生动的回忆与画面。身为资深编辑的母亲更是逐字逐句地仔细阅读文章，对不妥之处提出修改意见，连一个标点也不放过。我至今珍存着这些初稿以及两位老人的批语和改动，同时在心的最深处珍存起他们的这份期待和深情。

我忘不了，丁丑之冬，93岁的父亲被我在重病中坚持写作的精神和毅力所打动，同时也接到了他的一些老友对于我的习作加以肯定的电话和信件，老人高兴地在赠我存念的条幅中写下了"喜看女儿继父业　文章光彩动人心"。愧不敢当的我读出了其中的深意，它激励着我在学习写作的道路上克服艰难，奋力前行。

我忘不了，母亲在罹患晚期肺癌的最后岁月，多少次我推着轮椅上的她到楼下花园中散步，她都那样关切地问起我的创作情况，殷殷深情中数次提到要出资为我出一本个人作品集。情感之深切令我动容！当我考虑再三觉得出书的分量还不够时，她那样失望，母亲的眼神令我不敢直视。我真是辜负了她在最后岁月中的一片心意和一份期盼！直到母亲去世后，在整理她的遗物时发现了一个特大的信封，里边装着她细心积攒下来的我的篇篇作品，信封的外面用大字写着："小平的文章"。我的泪水一下子湿了眼眶……

可以这样讲，如果说我开始学习写作的前些年，是由于心中有话要倾诉，有创作欲望和一腔真情的话，那么，自上世纪90年代后期开始，支撑着重病中的我不向命运与病魔屈服，不懈怠地拿着手中的笔一直写到今天的重要原因之一，就是二十多年来心中一直充盈着的决不辜负亲爱的父亲、母亲对我的满腔关爱与期待的信念和决心。虽然两位老人已经先后于2004年和2009年的2月5日离我而去，但是，我知道，天堂中有他们关注着我的眼睛。这种动力那样强大，它令我将文学创作变成了一种不断地完成信念的心灵上的愉悦、欣慰和满足。每当有拿得出手的作品在重要的报刊上发表，我都要将它们带到父母墓前，请他们再看看我的成绩单。这种连生死都阻隔不断的习惯与情感，今生是不会改变了。

我是中华人民共和国的同龄人。由于众所周知的原因，曾在北京市重点小学和中学读书的我，却被"文革"剥夺了继续深造的机会。和万万千千同命运的中年人一起，我怀着"不认命、不服输"的信念，在自己的小家庭解体和相依为命的孩子幼年多病的情况下，在紧张劳累的工作之余和生活间隙，硬是以优秀的成绩取得了全国高等教育自学考试的毕业证书。个中甘苦，寸心自知！可叹的是，命运在我的人生路上过多地安排了些坎坷和病痛，使本应年富力强的我却因多种疾病，在四十多岁时就不得不离开了钟爱的编辑岗位，常年缠绵于病榻之上，近三四年又被查出两种癌症。不是没有强忍病痛或是被数次推上手术台时的无奈和沮丧；更不是没有看着年迈的双亲和家人为自己尽心竭力地操劳奔忙，而自己却躺在床上一动也不能动时的锥心自责、心疼和激烈的思想斗争……可以欣慰的是，我没有沉沦和陷入其中不能自拔。还是凭借着那股"不认命、不服输"的精神，我不害怕，不悲观，依旧那样坚强乐观地生活着，我可以风轻云淡地指着身上的九个刀口笑谈人生。而写作，则成为我有意识地与命运、与病魔进行顽强抗争的利器和手段，成为我抬起头来继续前行的信心和行动的明证。我享受着与病魔进行斗争的创作过程（有时那样艰难），每当有作品发表，就有潜在的胜利的喜悦浮上心头。看着装有我作品的书柜日益充实，同时也看着经过我手编辑出版的父亲的书籍一本本面世，谁能读出我心中的振奋与欢愉？这不仅只是创作和工作成绩的标志，它也是我人生金秋的多重收获和生命之树的多彩果实！

当我撰写这篇文字的时候，有多少熟悉的身影浮现在面前：那些看着我长大并给予我那么多关爱、鼓励的已经故去的前辈，那些在不同时期、不同方面给了我无私帮助和持久关心的老同学、老朋友、老同事以及年轻的朋友们。他（她）们陪伴我走过人生最艰难的岁月，是我带病坚持创作的推手和我作品热心的读者与评论者，更是我前进道路上不可或缺的动力。他（她）们使我的人生更丰富，更完美。我会心怀着这份不变的感动和深深的感恩之情，继续握笔，不断耕耘，直到走完我的人生之路。衷心感谢啊，尊敬的前辈和亲爱的朋友们！

我知道，自己读书不多，才疏学浅，写东西多凭一腔真情。我更清楚，尽管自己在坚持写作时，精神和情感上体味着如上所述的充实和富足，但是，囿于多年因病所致的束缚与局限，我无法亲身深入到更多与更深层次的生活之中，无法写出内容更加宽泛深刻的作品，这不能不说是一种深深的遗憾。

值得宽慰的是，在力所能及之中，我着意记录和歌颂了老一辈的精神、品德和人生追求，写下了他们的为人之道和交友之情。我深深感到，这些值得一代代后来者传承和发扬的正能量，在当今的社会，任怎么抒写和颂扬都不过时不嫌多。对于我来说，这是一块非常乐于碰触和挖掘的领域，我还会饱蘸情感地写下去。在作品中，我还写出了我们这代人生活、情感和奋斗历程的一点点缩影。回首往昔，我和我的朋友们不无骄傲与自豪，因为，在青春岁月，在坎坷和艰难面前，我们没有退缩和蹉跎。心中唱出的是昂扬向上的奋斗精神的赞歌。我的父亲是享誉中外的诗人、作家和编辑家。身为父亲的女儿，我始终觉得有一种责任在身。于是，在搜集与整理资料之后，从女儿这个独特的角度，我将自己与父亲共同生活半个多世纪的切身感受、了解到的有关他的人生奋斗历程、文学创作情况和他对中国文学的杰出贡献，将他身上饱有的终生不渝的对于人民和祖国的大爱，用手中的笔展示给世人。它们对于人们了解这位历经时代风雨的百岁老人和他的文学成就，对于中国现、当代文学研究，都会有些许裨益。我希望这些文字不仅只是一己的所见所闻所思所感，期盼它们能走进读者的眼眸和心间。

这本作品自选集收入了我三十多年来见诸报刊的一些散文与报告文学作品，大致按写作时间顺序分列在“我的双亲”“我的父执”“我的人生”和“我的朋友”四个标题之下。它们代表了我文学创作的概貌和风格。父亲在2002年10月98岁寿辰前夕，在相隔短短的5天里，两次用已经有些颤抖的手为我在信纸上题写了“纯真”与“纯真难得”几个字，这是这位百岁老人对他极为了解的大女儿人生品格的概括与总结。就用父亲的题辞作为我第一本作品集的书名，因为它是我进行文学创作的情感基础；就用母亲亲手为我培植的那棵“妈妈花”盛开的花朵，作为这本书的封面，它永远开在我的心田。这一切，是对亲爱的父亲、母亲最好的回报与纪念。

今天，当这本书即将面世的时候，我从心底长长地舒出一口气。可以以此告慰亲爱双亲的在天之灵了，它实现了我们共同的夙愿。这本书是我人生和创作的一个里程碑，希望还有奇迹在后面。深深记得父亲和我都那样喜爱的顾炎武的诗句：“苍龙日暮还行雨，老树春深更著花。”不知道自己前面的路还有多长，但是，信念在胸，钢笔在握，我会在已经铺开的稿纸上，继续不尽的倾诉和讴歌。

向对于这本书的出版给予支持、帮助和付出心血、劳动的一切人士致以衷心的谢意。

2017年8月29日

我的双亲

岁月添白发　恩爱犹青春

——记我的父母臧克家、郑曼的婚姻生活

“岁月添白发　恩爱犹青春”，这句饱含诗意与真情的话，是1997年9月我的母亲郑曼即将迎来78岁寿辰时，父亲臧克家在大病之后，亲自用毛笔在一方洁白的宣纸上，为她写下的贺辞。92岁的父亲不仅用这十个字表达了对携手并肩相扶相助，共同走过漫长生命之旅的伴侣由衷的祝福，更是对他们五十六年婚姻生活的高度概括与深挚赞美。当身为儿女的我们用欢笑和掌声，为年迈双亲的这般真情衷心喝彩的时候，我心中溢满的，是深深的感动和赞叹；我眼前浮现的，是他们同心同德无怨无悔地走过的岁月。

（一）

我的父母初识于1941年冬天。那时，正值青春年华的母亲满怀爱国热情，为了寻找抗战机会，从故乡浙江辗转到湖北郧阳，在三十一集团军主办的一家出版社站住了脚。1941年秋天，又随出版社迁到了河南叶县寺庄。这年年底，我的父亲为了坚持抗日宣传并在中原地区开展进步文化工作，创建新的左翼文艺刊物，与碧野、田涛、杜宇等作家和老报人，也先后来到了寺庄，分别在这家出版社和《华中日报》社工作。父亲在出版社挂了个副社长的名义，一面创作抗战长诗《范筑先》和诗集《泥土的歌》，一面和碧野、田涛叔

叔着手筹办进步文艺月刊《大地文丛》。这时的父亲，已是蜚声文坛的著名作家。自1925年在《语丝》上发表第一篇文章起，他的作品便在读者中产生了广泛的影响。母亲自幼爱好文学，经常阅读进步的文艺刊物，对于思想进步成就卓著的作家，自然十分崇拜。于是，她和出版社中几个爱好文学的青年人，时常到父亲那儿去求教。接触中，母亲深深地感到，这个身为副社长的大作家，不仅没有一点儿架子，反而十分和蔼可亲平易近人，喜欢与他们这些年轻人谈心。寺庄边上，有一条静静流淌的"沙河"，河边是一片沙滩，河的对岸有鸟儿栖息的灌木丛。父亲素有散步的习惯，每当夕阳西下彩霞满天的时候，他就约母亲与出版社社长一起去河边漫步。这时，沙河清清的水中，便会浮现出他们生机勃勃的身影。在悦耳的鸟鸣声中，他们谈着，笑着，还不时从沙滩上捡起小石子，向河中打着水漂儿。几个月后，那位社长调离了出版社，于是，这支每天傍晚在河边散步的小小队伍，只剩下了我的父亲和母亲。在他们之间，似乎有永远也说不完的话题：他们谈各自小时候的故事和在乡村中的生活，谈亲眼目睹的贫苦农民遭受的种种苦难与不幸；对日本侵略者的共同仇恨，更拉近了他们之间的距离。有时，父亲还激昂地讲述起他亲赴杀敌战场的所见所闻。前方将士浴血奋战勇杀日寇的故事，深深震撼了母亲的心。在这些朝夕相处的日子里，他的正直、热情、才华与平易可亲，她的善良、聪慧、好学与温柔体贴，在彼此的心中，碰出了爱的火花。有一天，当父亲在沙河边，以诗人特有的激情和语言，向母亲倾诉他的心声时，她含羞地笑了。沙河——这古战场的遗址，成了父亲与母亲爱情的见证。

1942年5月1日，《大地文丛》创刊号出版了。它的问世，受到了读者们的热烈欢迎。寄到重庆的500本，很快就销售一空。然而，这份刊物鲜明的进步倾向，却刺痛了反动的重庆当局，《大地文丛》遭到了无理的查禁。父亲和碧野、田涛两位叔叔愤而辞职，他们的处境十分危险。这时，我的母亲毅然决定同父亲一起离开出版社。这个消息，被她中学时代的一位老师知道了。这位一直十分关心母亲婚事的长者，曾托人在年轻有为的军官中为她物色人选，听到这个消息，又托人特意跑来陈述利弊，劝我母亲慎重考虑。的确，当时的文人地位不高，不少人生活窘迫。父亲的进步思想，更为反动统治所不容。在两种不同生活、不同道路因而前途命运也不同的婚恋抉择面前，我的母亲婉言谢绝了老师的好意，坚定地站在了父亲的身边。1942年7月，相恋中的父母双双离开了出版社，离开了沙河——这孕育他们爱情的地方，开始了在旧中国那段艰辛而又屡遭风险的共同生活。

临行前，为了筹措路费，父亲变卖了他心爱的书籍，还向友人们借了一笔钱。他们两人克服了重重困难，步行千余里到达四川巴东后，又坐船溯江而上，于8月14日到达重庆。这时，已身无分文且正在发烧的父亲没钱住旅馆，只能支撑着病体与母亲步行十余里去找投宿地。他送给重庆的第一首诗，就是《崎岖的道路》。这正是他们生活的真实写照。

抗战时期的陪都重庆，许多文艺界著名人士把“中华全国文艺界抗敌协会”当成了家。到达重庆的第二天，我的双亲也找到这个家来了。这儿，住着父亲的许多老朋友：叶以群、葛一虹、宋之的、梅林……为了欢迎他们的到来，1942年8月16日，文友们在“文协”召开了一个小小的茶话会。正是这个洋溢着友情与欢笑的简朴的聚会，成为我的父亲和母亲正式结合的婚礼。没有鲜花，没有婚宴，没有新房，朋友们以茶代酒，衷心地为这对新人深深祝福。那一年，父亲36岁，母亲22岁。新婚时恶劣的生活条件和经济状况，摧不垮我的双亲共同创建新生活的决心；相濡以沫的深厚情感，更为他们增添了幸福与温馨。刚到重庆，所有的钱都在路上用光了。母亲为了使父亲在新的环境中安心写作，毅然放弃了自己想继续求学的打算，在距离“文协”很远的一家文化单位找到了工作。每到周六，她都不辞辛劳地赶回他们在“文协”的住所，细心周到地照料我父亲的生活。那时，远近闻名的重庆“特产”——攻击力极强的大蚊子，曾使父亲夜不能寐苦不堪言。由于买不起蚊帐，母亲从十分紧张的生活费中，挤出一点点钱，扯来最便宜的纱布，在劳累了一天之后的夜半，借一豆灯光照明，一针针一线线地亲手为父亲赶制蚊帐。整整一个晚上，母亲的眼花了，臂酸了，手指被扎出了血，直到晨曦照亮了窗户，这顶饱含母亲深情与关爱的蚊帐，稳稳妥妥地挂在父亲床上之后，她才拖着疲乏的身体，又赶到十几里路之外的重庆南岸海棠溪上班去了。这份真情与这个不眠之夜，被我的父亲牢牢铭记到今天。正是在母亲这种全身心投入的照顾下，同时也为了减轻家庭经济上的贫困与窘迫，让新婚后的妻子生活得稍微好一些，父亲夜以继日地伏案写作，先后完成了《泥土的歌》《我的诗生活》《感情的野马》，并出版了《古树的花朵》（即《范筑先》）和《我的诗生活》等长篇诗、文著作。新婚后的这段时间，他在文学事业上取得了很大收获。这是我的双亲婚姻幸福美满的一个佐证。

1943年夏，承友人余心清帮忙，父亲谋到了一个职业，在赈济委员会挂个专员名义，主编一个小刊物《难童教养》。8月，他们移居歌乐山大天池6号赈济委员会的留守处，总算有了个自己的家。在这座三面农田一面山的农舍里，从小生长在农村的父亲，像真正回到了久别的精神的"家园"。他与同院的农民亲如家人，并亲身参加到田园劳动中去。我的双亲还在这儿迎来了叶以群、徐迟等友朋的小住谈心。那清清的大天池中，又可以常常照见我父母并肩散步的倒影。每天两次，父亲总是站在小山坡上，迎接我母亲下班归来。那时，有多少次，刚从贵州躲避国民党逮捕的中共党员宁汉戈和丁玉夫妇，夜晚提着一盏小油灯前来做客，与我的父母倾心交谈，直到深宵。他们抨击黑暗的社会，展望光明与解放的未来。这对友人深有感触地将这些来访称为"添热力"。我的双亲也曾尽力为准备奔赴延安的年轻人联络中共地下党，打通他们走向光明的道路。1944年2月，在战时儿童保育院儿童疗养院工作的母亲，带回了一个悲哀的消息：一位十四五岁不愿做亡国奴的南方女孩儿，一路高唱抗日救亡歌曲，长途跋涉来到重庆。由于末期肺病，她躺在少有人问津的阴暗的小屋里奄奄一息。在走向死亡的日子里，她还在痴盼着最后见亲人一面。我的母亲每天怀着一腔母爱尽力地呵护、照顾她，为她带去了可以拿得出的最好的食品；父亲则每天傍晚都去迎接归来的母亲，迎接令他万分牵挂的女孩儿的消息。当女孩儿在病痛和凄凉中走完了她的人生，悲痛难抑的父亲为这位女孩儿的命运和母亲的爱心与善良，写下了诗作《两盏小灯笼》。在诗的结尾，父亲写道："在人生的铁门还没向她关死的时候，／叫她尝一口情感的水汁吧，／叫她尝一口人生的甜味吧，／你那两颗泪珠／会亮成两盏小灯笼，／照亮她生前的心／和死后的路。"父亲和母亲为社会的黑暗、冷漠和女孩儿凄惨的命运，洒下了悲愤的泪水，发出了不平的呼声。

三年的山居生活，表面上水波不兴，但是，实际上仍然处于革命与反动的斗争旋涡中。他们每天必读的《新华日报》，是凭借着报童的机智斗争才安全送到的，看完后，要小心翼翼地藏在隐蔽的地方。从这座农舍到歌乐山大街的途中，有住着不少正在养病的文化人的院子，听说里边就有特务监视。而那闻名于世的魔窟"中美合作所"，就在这座歌乐山中。当中华民族处在两种命运、两种前途的殊死斗争中，我的父亲坚定地站在中国共产党一边。他开始创作尖锐犀利的政治讽刺诗（后来集结为《宝贝儿》《生命的零度》和《冬天》），无情地揭露了国民党政权的腐朽与反动，矛头"刺向黑暗的'黑心'"；他还积极参加"文协"发起的各种争取民主、争取和平的签名和活动。在旧我与新我的斗争中，父亲沉下心来总结自己40年来走过的生活道路与十多年来诗歌创作的经验教训，无情地解剖自己。我的母亲在父亲的直接影响和严酷的革命斗争现实的教育下，逐渐看清了国家、民族的前途与希望所在，她和父亲站在一起，并肩前进。这个阶段，是他们婚姻生活和人生道路上的重要一页，更是他们共同在民主与革命的路上迅跑的难忘岁月。

1946年7、8月间，饱经动荡艰辛的父母先后从南京到了上海，驻足于《侨声报》宿舍的一间斗室之中。这间日本式的房子里几乎没有什么家具，铺地的“榻榻米”既待客又栖身。为了便于照顾家庭，母亲在一家屠宰场做税收工作，收入微薄；父亲在《侨声报》主编文艺副刊，4个月后因报纸停刊而陷入失业的困境。靠他拼命写作挣来的稿酬，大部分要寄给青岛的亲戚，用以抚养父亲与第一位夫人的两个儿子，生活的艰辛可想而知。在这段艰苦的日子里，这两个已经十六七岁的孩子，正在青岛思想倾向不好的所谓“流亡中学”上学，生活费接不上时，他们就靠摆地摊挣点钱维持生计。听到孩子们的处境，父母亲焦虑万分。这是关系到儿子们前途的大事呀。母亲更不愿意自己的爱人是思想进步的左翼作家，而他的孩子却受到国民党腐朽反动思想的影响。但是，经济的窘迫，住所的狭小，时局的动荡，生活的不安定，再加上父亲怕母亲与仅小自己十岁和十一岁的两个继子难以相处，使他下不了将儿子们接到身边共同生活的决心。面对这两个不是亲生的儿子，母亲却坚定地说：“他们年轻，不能让他们受那种教育的不良影响。一定要把孩子们接来。要苦，一家人苦在一起！”这平凡的话语，凸显出母爱的无私与博大；这个并不是每位继母都能做出的决定，校正了我两位兄长的人生罗盘，也从根本上决定了他们今后的生活道路。

两个哥哥来了，就睡在走廊过道上用木板隔成的屋子里，人口增加了，仍然只能借那个小小的煤油炉做饭。从紧张的生活费中挤出钱，母亲为他们缝制了崭新的被褥；然而，头一天晚上，尿床的二儿子就把它们染成了大花脸。于是，母亲毫无怨言地再次拆洗了被褥；不仅带心怀不安的孩子几次去医院治疗顽疾，而且每天晚上都不顾劳累地把坐浴的药水烧好，亲自端到他的身边……无言的母爱，使很少享受到家庭温暖的两个儿子，一下子拉近了和继母感情上的距离，从而消除了爸爸的顾虑和孩子们的陌生感。母亲用自己的行动，为我们这个大家庭的和睦融洽，打下了坚实牢固的基石。

这段时间，父亲不仅积极支持进步学生反内战、反饥饿、反迫害的群众斗争，而且继续创作了大量政治讽刺诗。他与友人曹辛之等合办了“星群出版社”，主编《创造诗丛》十二种，并接过了白寿彝叔叔让给他主编的进步文化月刊《文讯》，出版与刊发了郭沫若等许多著名的革命和进步文化人士的书籍与文章。作家刘岚山在1948年6月14日发表在上海《新民报晚刊 · 夜光杯》的文章《诗人臧克家》中，这样写道："臧克家先生现在住在一间日本式的小房子里，有两个男孩子，都在上中学，夫人郑小姐是贤淑而温静的，现在本市做事，早出晚归，对他的帮助极大；他本人现在为文通书局编《文讯》月刊，自编辑到校对以及一切有关事体，甚至当夫人出去办公时间，上街买小菜回家烧锅等琐事，也都由他一人独立支撑，工作是相当繁重的，收入却不多，如果没有他夫人的收入，他们真要无法维持下去了。虽然，这种贫困对他的健康是极不利的，对他的创作也有很大的影响，而这种困苦对于他也是太不公平的；但是他却尽全力把《文讯》办得严肃有分量，熔一些优秀作家于一炉，为多数读者所欢迎。"刘岚山先生还举了生动的事例来说明母亲对父亲事业上的支持和帮助。这段话正是父母当时生活的形象写照。尤其到了哥哥们交纳学费的时候，母亲更得费尽心力地四处筹措。为了支撑四口之家，日夜写作的父亲那时烟瘾很大，却只能买劣质的廉价香烟来吸。过度的劳累和一天两包劣质烟，使父亲在1948年春天患上了肺结核。这种富贵病对于这个贫困的家，无疑是雪上加霜。贫病交加之下，父亲听从医生的规劝，坚决戒掉了与他相伴多年的香烟。从此以后，无论什么场合，无论多好的香烟，也没有使他破这个戒。由于没钱治疗，父亲的病情发展了，虽然解放后得到较好的医治，但是，他的左肺还是留下了三个大空洞。面对这一切，同舟共济的患难夫妻更感到家的温馨和亲情的可贵。哥哥们优秀的学习成绩，常催开双亲的笑靥。母亲不仅亲手为两个孩子织了毛衣，还用油煎香蕉饼来款待两个儿子的同学们，在物质条件极为艰苦的情况下，能做到这点实属不易呀。母亲有时"近水楼台"地从屠宰场买回的牛蹄筋和牛尾，经她巧手烹调做成的红烧蹄筋和浓浓的罗宋汤，每每成为全家人一饱口福和"大宴"宾朋的美味。这余香满口的佳肴，教父兄和老友们直到今天依旧交相夸赞……

1948年，白色恐怖更加严重，父亲以“写诗骂人”“主编左倾刊物”“搞星群出版社”等罪名，被国民党当局上了“黑名单”。特务们搜查了星群出版社，四处打探他的下落。偌大的上海，已经没有他的立足之地。这样，他像当时的许多进步文化人士一样，最后于1948年12月8日只身潜赴香港。我的父亲与母亲又一次经历了别离的苦痛。

父亲离开后，母亲一个人带着两个孩子生活，艰难的程度可想而知。谁料几天以后，他们又遭到房主的驱赶，不得已搬入出版《文讯》月刊的文通书局的亭子间，两个哥哥只能与书局的店员们挤住在一起。不久，母亲接到香港打来的电报，原来，父亲一到那儿就病倒了，40度高烧十几天不退。于是，她一边焦急地做着赴港照顾父亲的准备，一边筹划送身边的儿子们去青岛然后转赴解放区的路费和船票，并将他们托付给可靠的亲戚，使两个装扮成小伙计的孩子，顺利平安地到达了山东解放区。之后，我的沐浴着解放区阳光的哥哥们，一同进入华东大学读书，几个月后都入了团，毕业后又进一步深造，并于1952年先后入了党。在党的教育下，他们一起成长为卓有成就的专家。如今，均已离休的哥哥们谈起这些往事，对母亲的那种由衷的感激之情，依旧深铭肺腑，溢于言表。父亲曾多少次深怀感佩地说：“没有你们的妈妈，就没有两个儿子的今天！就没有我们这个和睦幸福的大家庭！”

父亲的病在党组织的关心、文友们的热情看护和赶去香港的母亲的精心照料下，渐渐恢复了健康。他们居住的香港九龙荔枝角九华径，是一个靠海的偏僻小渔村，人口不多，生活清贫。父母的新“家”，是村头一间破旧的石屋。一楼原本盛牛草，现在是做饭和活动的场所。顺着窄窄的旧木梯爬上十平方米左右的小阁楼，就是双亲的卧室。平时来了好友，也被让上“二楼”。这儿，不高的墙上开着一扇小小的窗户，能够眺望外边的景色和屋后的小山坡。小阁楼的顶棚低矮，一抬头就能碰到屋顶。夜里躺在床上，可以透过破烂的屋瓦望见天上的星星。石屋门前，横流着一条小臭水沟，一页旧木板连着通往远处的小径。父母入住后，友朋们来往多了，大家都幽默地笑称这儿是“小桥流水人家”。这富含“诗意”的住所，实际上是个贫寒的“家”。

这个不显眼的村落，却聚居着不少从内地被迫而来的文艺界名人。父亲的文学创作，并没有因为来到香港而中断。衣食无着的他又拿起了手中的笔，稿费，成了双亲度日的基本收入。父亲康复以后，各种活动和与友人的交往也多了起来。

这期间，父亲惊喜地与重庆时期的老友余心清重逢。被蒋介石称为“脑有反骨”的余心清刚刚从国民党监狱出来到了香港。一次来访时，他提出了搬来与我父母为邻，以便实现写书揭露国民党反动政权黑暗内幕的愿望，父亲欣然应允。几天后，心清搬到了九华径，一日三餐在我父母的小土屋中搭伙。本来，心清想邀请我父亲共同完成这一心愿，但父亲大病初愈，怕耽误了朋友的计划，便推荐了近邻巴波与心清合作。就这样，父亲的两个朋友，天天为写书忙碌着。我的母亲尽心尽力地照顾着他们的生活和饮食，为这本书的创作奉献了自己的一份力量。这段生活，被父亲形容为：“四人同桌，粗茶淡饭，吃着谈着，不觉得苦，反觉得另有滋味。”一个多月后，一本题为《在蒋牢中》的书，在作家巴波和出版家黎澍的帮助下，很快结稿出版了。九华径，它虽然小而偏僻，它虽然远离内地革命斗争前线，但是，这儿仍旧燃烧着反对国民党腐朽统治的熊熊烈火，仍旧跳跃着一颗颗追求光明向往革命的赤诚之心！出书的几天后，动身北上北平的余心清，紧紧地握住我父母的双手，相约：“北平见！”

虽然在那个放牛草的小小阁楼上，父亲与母亲享受到久违了的安宁与平静，但是，他们的心，却早已飞向了解放区，飞向了那光明的天地。他们多次向党组织表达了希望早日奔赴解放区的坚定意志与决心。1949年3月，冯乃超同志代表党郑重地将两张“宝通号”的船票，交到父亲手中。这是在周恩来同志的亲切关怀下，由党组织包租的一艘外轮，它载着我的双亲、近百位著名文艺界进步人士和生活·读书·新知书店的同志们，辞别了暂居三个月的香港，乘风破浪前往天津。那时蒋介石的舰艇常在海上袭击北上的船只，虽然在广阔无垠的大海上，大家心中仍旧惴惴不安。过了危险的海域，全体乘客欢腾振奋，父亲站在船面上高声朗诵。他和母亲心中充满鱼归大海、鸟奔深林的快乐。老友丁聪为父亲和已经怀着我的母亲在船舷边拍下了难忘的合影。宝通号停泊天津港后，父母直奔刚刚解放的北平，他们多年来的共同夙愿终于实现了！正如周恩来同志到北平永安饭店看望这批文艺界人士时所说的："你们现在是到了老家了！"这是我的双亲久已向往的家呀！在这个老家中，曾经患难与共地度过七年艰辛动荡生活的父母，将永远告别旧时代的苦难。他们不仅与全国亿万人民迎来了彻底的翻身与解放，也迎来了他们婚姻生活的新篇章。

（二）

来到北平后，我的父亲与母亲都满怀重获新生的欣喜和力量。这时，父亲更加热忱地在政治上关心、帮助母亲，更加热忱地支持她参加革命工作和各种社会活动。1949年5月，父亲任华北大学文艺学院文学创作研究室研究员的同时，母亲也进入这个研究室当研究生。9月，他们又双双被分配到新华书店编辑部，参加胡愈之同志筹办《新华月报》的工作，父亲任编委，主编文艺栏，母亲任资料员，后来合并到刚成立的出版总署工作。1950年12月，母亲到安徽阜阳参加了土改。那时，1949年出生的我未满两岁，正需要大人照顾；父亲又因肺病一直身体不好，瘦弱的身体仿佛能被一阵大风吹跑。但是，他全力支持母亲的这次远行，鼓励她在火热的农村革命运动第一线，经受锻炼，增长才干，自己担起了全副家庭的担子。他在每封家信中都报着平安，几天一封的频繁去信，使母亲成为工作队中收信最多的最幸福的人。就在母亲参加土改的时候，我大姨的女儿从浙江老家来到北京。她的到来，无疑给本来负担不轻且有病在身的父亲，又增加了一份额外的重负。但是，父亲没有将这位从未谋面的亲戚拒之门外，而是十分同情这失去父母的十几岁的女孩子，并将她留住在家中。他关心她的生活，也关心她的学业和前途。就这样，她成为了我们家庭的一分子，我的父母待她如亲生女儿。1957年，我的这位表姐结束学业被分配到南京工作，成长为一名学有专长的技术干部。许多年过去了，不仅是我的表姐，就连母亲谈起这件事的时候，还对父亲当年的那份爱心和关怀感念不已。我想，人世间没有无缘无故的爱。父亲当初之所以做出这个决定，大半出自于他那"爱屋及乌"的情感吧！

五十年代，母亲更忙了，除了本职工作之外，还参加了北京市东单区的普选工作。晚上常常开会到很晚才回家。这段时期，她光荣地当选为北京东单区第一、二届人大代表；在工作上，先后担任了人民出版社资料科科长，《新华月报》杂志的编辑组组长，并于1956年入了党。看到母亲迅速地成长为在政治上不断进步的国家干部，看到她全心全意为人民服务的同时，获得了这样的荣誉，同时承担了工作、写作和家庭三副担子的父亲，是多么欣喜呀！谁能说这里边没有为她减轻了后顾之忧的父亲的贡献呢？我曾不止一次地听母亲感慨地说过这样的话："你父亲对我的政治上、工作上的关心和帮助，是非常之大的。解放前，如果不是和他结合，在他的影响下走上追求革命的进步道路；解放后，如果没有他那样热忱地支持我的工作，那么，就不可能有我的今天！"这是母亲总结了自己的婚恋抉择和成长历程后的肺腑之言呵！

就在母亲加入中国共产党的1956年前后一年间，父亲先是在周恩来总理的亲自关怀下，调任中国作家协会书记处书记，主编《诗刊》；后来又在中南海勤政殿受到了毛泽东主席的接见，共同探讨了诗歌问题；我的妹妹苏伊又在1956年10月呱呱落地，全家人为此沉浸在无限的喜悦中。正如一些朋友们形容的那样，当时，我家真是"四喜临门"。这种欣欣向荣蓬勃向上的氛围，正是解放初期我的父母工作、生活和精神面貌的缩影与写照。

在新中国成立四十多年的岁月中，我的双亲在工作上相互支持，生活上彼此照顾，他们共同分享事业成功的喜悦，共同将子女哺育培养成国家的有用之材，共同经历政治风云的变幻冲击，也共同扶持着走过了遭受非人待遇的“文化大革命”。无论是隔离审查还是挨斗挨打，家庭和亲人，是支持他们活下去坚持下去的重要精神支柱。1969年，我们全家四口人天各一方，我最早离京奔赴东北建设兵团，父母亲和小妹先后去了湖北文化部五七干校：父亲在咸宁向阳湖围湖造田，母亲在汀泗桥开山烧石灰，小妹在咸宁城内上小学，三人相隔各30里。这30里长路，晴天一身土，雨天一腿泥，但是，每逢节假日，母亲都风雨无阻地去探望尚未“解放”的父亲。在这难得的相聚中，他们交谈各自的情况，相互鼓励着一定要走完这艰难的路程，他们共同牵挂着分散在异地的子女们，期望他们个个健康平安，能经受住考验与锻炼。母亲还要忙着拆拆洗洗，缝缝补补。父亲则偷偷地托人买来一些好吃的食品，款待远道而来的母亲。匆匆几个小时过去，母亲又要赶回连队了，父亲站在门前的路旁，目送着母亲渐渐远去，远去，最后消失在大道的那一边……几年的干校生活，其他人利用节假日，几乎都游历了井冈山、庐山等名胜，而一心牵挂着父亲的母亲，却什么地方都没有去过。患难之中的这份真情，是温暖，是慰藉，是希望，亮在父亲久遭磨难的心中。

（三）

屈指算来，母亲如今已是虚龄八十的老人，按常理，早该含饴弄孙颐养天年，或是在儿女们的照顾下生活了。然而，1983年已离休的她，并没有心安理得地安享晚年，而是更甚于前地将全部身心和精力，都投入到为父亲校勘旧稿、编辑出书、接待八方宾朋、处理各种琐事和照料他的生活中去，成为年逾九秩的父亲须臾不能离开的最亲近的人。她先后为父亲编辑了《臧克家文集》1—3卷、《臧克家诗选》1986年增订本等书籍，校勘并增补了《臧克家生平及文学创作活动年表》和《诗与生活》等旧稿，帮助父亲编辑了后来获得第五届中国图书奖一等奖的《毛泽东诗词鉴赏》；为中国现代文学馆举办的《臧克家文学创作生涯65周年展览》，提供了一系列极为宝贵的资料与照片，受到了参观者的交口称赞。母亲为了老伴儿和这个十七口人的大家庭，真正做到了父亲1993年秋为庆贺母亲74岁寿辰时特地为她题写的："离休永不休，愿作孺子牛。"尤其是近三四年来，父亲重病五度住院，母亲体念儿女们全天候在医院照顾父亲的困难，几乎是衣不解带地一直陪住在医院中。每天清晨的一阵忙碌过后，她天天是汗水湿透衣衫；父亲病情危急的那些日子，操劳、焦虑过度的母亲，疲惫得无力从椅子中站立起来。在这段时间里，她的老病美尼尔氏综合征曾数次发作，但只要能坚持，她决不离开医院，实在眩晕得不得不回家休息，她也是刚好一点儿，就急着返回她终日牵挂的老伴儿身边。由于多种疾病的反复折磨，父亲有时不免脾气急躁执拗，母亲对此却宽宏大量地不予计较。说到陪住，这"住"的条件实在是太差了。由于医院规定不许在病房内搭行军床，父亲又极不习惯请别人护理，于是，三只高低不平的凳子拼在一起，就成了母亲每天晚上借以栖身的"床"。而中午，疲乏的她只能靠在椅子上闭一会儿眼睛，以至于住院部每当有病人家属提出陪住条件太差时，我七十多岁老母亲的这些感人事迹，就成了护士长口中用以说服别人的有力范例。三年来，几百个日日夜夜，母亲的白发稀疏了，体重锐减了十多斤。她就是这样牺牲自己，奉献自己。我想，如果没有夫妻间深挚的情感，任何人都是做不到这一点的。1998年5月，出院不久的父亲又因不慎摔倒而致腰椎压缩性骨折，卧床静养动弹不得。母亲不离左右地护理，甚至要用手指帮助排便不畅的父亲解除痛苦……她牺牲了自己的全部娱乐和个人活动，像照顾小孩一样地照料着他，将一颗心全系在老伴儿的身上。父亲对此感念不已，现在，只要有一会儿看不到母亲，他便会急切地问："郑曼在哪儿?"牵挂之情，溢于言表。母亲这八旬老人在晚年的诸多辛劳与忘我奉献，九秩老父这时刻不能分离的深深眷恋，不正是“岁月添白发　恩爱犹青春”的最好证明吗？

现在，每当我看到满头白发的母亲，小心翼翼地搀扶着已入耄耋之年的父亲，双双在洒满阳光的室内缓缓地散步；每当我看到躺在床上的父亲，用他深情的目光注视着母亲的身影，我的心，便被一股巨大的暖流所融化；我的情感，便为一种圣洁崇高的境界所激荡。五十六年——半个多世纪的岁月！并不是每对夫妻都能共同度过这漫漫人生中的风风雨雨、坎坎坷坷。而我的父亲臧克家与母亲郑曼，却携手并肩地走过了他们的青年、中年时代；如今，又一起迎来了晚霞满天的老年时光。是什么，使这对脾气性格与习惯爱好并不相同的人，迈越金婚，成为相携终生的伴侣？我想，这是源于他们忠贞的爱和深挚的情感，源于他们共同的人生追求、生活准则和备受人们尊敬的精神境界。身为他们的女儿，我还深深体味到，五十六年中，他们不仅以不变的心与感情，护卫了他们的婚姻，而且在这段漫长的婚姻生活中，共同用他们的人格与精神，言行与举动，为我们这个大家庭中的后代们，树立起典范与楷模。他们两个人亲手缔造的那种正直质朴、热情善良、朴素勤俭、兢兢业业、严于律已、诚以待人、敬老爱幼、团结和睦和富于爱心的家风，已深深地植根于我们的血液与灵魂中！这也是他们婚姻生活中不可或缺的重要部分啊！

写于1998年9月

感悟父亲臧克家

最近，为了给父亲出版全集，我在整理旧日的信件时，无意间发现了他的老友姜德明先生在来函中特地推荐的一篇文章：《听诗人臧克家的朗诵》。这篇作者为“施宁”的短文，发表在1979年初秋的香港报纸上，读来感到格外亲切：

“那是四十年代，在青山达德学院民主礼堂上，听过一次嘹亮而又动人的声音：就是诗人臧克家的演讲与朗诵。

这个清瘦而又带着北方口语的诗人，在演讲时，虽然使我这个广东人不易听得懂，但他那种手舞足蹈的激动表情，实在令我十分兴奋。我听见他说他很高兴地望着座上的许多年轻人而感到自豪。

当口若悬河、滔滔不绝的话语结束了，全场流动着一阵热烈的掌声。随之侧坐在讲场前面的黄药眠先生站起来说话：‘相信一定有些人听不懂臧先生的讲话，我来翻译一下吧。刚才臧先生的演讲题目是《闻一多先生的道路》。’

话刚说完，臧先生转身想走回座位去，跟着又是一阵掌声，听到有人在高呼：‘请臧先生来一次朗诵。’

他微笑地摇一摇手，但为了大家的热情，终于又拿起一支粉笔在黑板上写了一首闻一多的遗作《一句话》，跟着又高声朗诵起来：‘有一句话说出就是祸，有一句话能点得着火！……’一边放声朗诵，一边不停地顿着脚，像狮子怒吼一样地激动着。

快要完毕了，突然又一次呼声：‘再来一次！’

真令我感动了，这是诗人臧克家的朗诵。”

这个五十二年前发生在香港达德学院礼堂的情景，此时此刻，被这篇文章的作者越过时空隧道，一下子那样清晰得可闻可见地推到了我的面前。我，同样被感动了。不仅由于这篇仅五百字的短文，用质朴的语言，极生动地描绘出当年演讲会场那热烈的气氛和年轻学子们火一样的热情，是的，那掌声和呼声仿佛就在耳边响着；更因为施宁太真实贴切地写出了我父亲臧克家的性格、情感与爱憎，和那狮子怒吼样的身姿，那同火一般的热情。

这，就是我的父亲！

我曾听父亲讲起过那段往事。我知道，在香港达德学院演讲的时候，父亲心中涌动着多少纷纭复杂的思绪与感情。腐朽的国民党统治在祖国黎明的前夕——1948年末，将积极投身于民主革命解放运动的父亲，逼迫到香港，以暂避特务的追捕。身心疲惫的他，一到达目的地就病倒了。是达德学院几名年轻学生——马来西亚的共产党员，给了他亲人般的照顾与温暖。那一天，在达德学院，这所培养革命进步力量的摇篮，呼吸着自由清新的空气，置身于这些准备为中华民族新生而奉献热血生命的年轻人中间，望着这些充满朝气、向往光明的面庞，从如磐的暗夜中走出来的父亲，是怀着怎样的一腔激情啊！这里面有大恨、有深爱，有挣脱桎梏直立起身躯的欢畅与快乐，有得到自由重又恢复自我的心灵的悸动，甚至还有因这种生命的基本权利回归得过于突然、猛烈而产生的一种近乎痛苦的感觉……这一切压抑已久沸腾于胸的情感，在半个世纪前那个特殊的时刻，像火山般爆发了！正如1934年他在《自白》这首诗中写到的：“我是热情，要用一勺沸水去浇开宇宙的坚冰。”这火山的喷发口，冲决在“摧毁旧世界”的制高点上。从父亲那清瘦的身体中奔腾而出的情感的岩浆，感染、灼烧了每个与会者的心。在早已不再年轻的施宁数十年后写成的这篇文章中，字里行间，依旧涌动着那股未曾熄灭的热情与感动。

我也懂得，父亲为什么在那个时刻讲起了闻一多。闻先生，是父亲永铭在心的恩师。1930年，在报考国立青岛大学时数学只考了零分的父亲，却凭着国文第一名（98分！）的成绩和试卷上的那篇“杂感”：“人生永远追逐着幻光，但谁把幻光看做幻光，谁便沉入了无底的苦海”，而被闻先生相中，破例招为正式学生。从此，先生对父亲的人生和创作，产生了极大的影响。也是在这次整理旧信中，我还了解到这样一件事：1943年，远在重庆的父亲给闻先生寄去了他的新著《我的诗生活》。书的封面上，父亲这样写道：“一多先生：我无时不在念想着你！你是我的领路人，在你的光辉里我找到了自己。你的《楚辞校补》，饰在我的案头，像你的影子温暖了我的心。”父亲对先生那种持之一生的热爱崇敬之情，洋溢在字里行间。当身为学者的闻先生，从一名爱国主义的知识分子，成长为一名民主革命的勇敢斗士，最终牺牲在国民党的枪口下，可以想见，父亲的身心受到了何等的震撼！此时的闻先生，在父亲的精神世界中，已不仅是一己的恩师，更是一代知识分子走出书斋去奋起和抗争的旗帜！先生用自己的血肉与生命，在父亲心中树起了一座不倒的丰碑。因此，他要讲，讲闻先生的人品与文品，讲闻先生足下所走的那条追求光明解放的大无畏的路！他要如闻先生在给他的信中所说的那样：“此身别无长物，既然有一颗心，有一张嘴，讲话定要讲个痛快！”他用掺和了自己强烈爱憎的语言，讲述着闻先生的爱憎与人生。双倍的情感，成了火山喷发的催化剂。人们会明白，大病初愈的诗人，何以能够发出狮子般的怒吼：他是在用自己生命的呐喊，再一次为后来的知识青年们，指明那条血染的争取光明、解放的路——这是闻一多先生、我的父亲和万万千千老一辈知识分子走过的路啊！

这是一篇旧文，写的更是旧事，我却从中清晰地感悟到了父亲的情感与人生。他在晚年曾写过这样一首短诗：“我／一团火／灼人／也将自焚”。被这团燃烧了一生的生命之火点燃与温暖的，决不仅止施宁一个人。

这首诗，是父亲人生的缩影与写照；这篇旧文章，是这诗真实贴切的注脚。

写于新千年第一个五四青年节

2017年5月26日附记：两年前，为了搜集父亲1948年11月至1949年3月在香港时的活动，我特地请赴港的友人去查找了有关香港达德学院的出版物。功夫不负有心人。友人尽心地为我复印了民国38年元月30日由香港达德学院文学系系会主编的《海燕文艺丛刊·关于创作2》。在第144页刊登的阿超撰写的《来港作家小记——记文学系的作家招待会》中，第一篇就是有关父亲的《在达德迸发的“火山”》。我读罢颇为感叹。真是应验了我上面这篇文章结尾时的话：“被这团燃烧了一生的生命之火点燃与温暖的，决不仅止施宁一个人。”这篇写于近70年前的文章，与施宁的文章极为相近，不长的文章却将父亲的神态、精神和达德学院同学们的热情传神地摆到读者面前。所不同的是，这篇文章的最后援引了父亲在达德学院演讲后写成的诗作《自由·快乐——达德学院归来》。这对于读者了解父亲的这次演讲很有裨益。大约连父亲都不会想到，他解放前夕大病初愈时在香港达德学院所做的这次讲演和朗诵，竟给年轻学子们留下了如此深刻的印象。不同作者在不同的历史时期，写出了共同的感受和心声。

宽广的胸怀　如火的人生

我的父亲臧克家如今已是望百之年的老人了。从1925年起便在文坛耕耘的他，不仅为中国文学宝库留下了自己的一份贡献，而且以他人格的魅力，做人处世的高尚胸襟赢得了人们的崇敬。身为他的大女儿，父亲身上那些熠熠闪光的精神和一件件感人至深的往事，更令我受益终生。

严于律己

严于律己，宽以待人，是父亲为人处世的一个信条。

父亲是在1956年由周恩来总理点名，从出版总署调到中国作家协会工作的，至今已近半个世纪。在这并不算短的日子里，他无论是担任作协书记处书记、顾问、名誉副主席，还是当全国人大代表、政协常委，都一向严格要求自己，从不向组织开口提个人要求。逢年过节，常有中央有关单位和中国作协的领导亲自登门，关切地询问有什么需要解决的困难。每当这时，父亲事先必定再三叮嘱我们："一定不要给国家和组织添一点儿麻烦，不准提'困难'二字！"

然而，父亲在生活中当真没有一点儿困难吗？就拿住房来说，从父亲到作协工作后，数十年来，一直是自己解决住房问题。先是租别人的房子住，1962年他自己出钱买了一座已经很旧的小四合院。由于房子年代久远又无力大修，给全家带来了不小的麻烦和困扰：因为下水道不畅，我家的院子又低于大门外的路面，面对天降大雨时“水漫金山”的险情，全家的劳力曾一字排开奋力向大门外舀了半夜的积水；“山雨欲来风满楼”的时候，家中能上房的男同胞便忙着用塑料布和砖块遮着房顶，女同胞则在屋中漏雨处安放接水的脸盆；从厕所墙缝中渗出的污水肆虐时，我们不得不在地面垫上砖块；就连六七十岁的母亲，也常常爬到房上去修补房屋……直到九十年代中期，由于住房实在潮湿阴冷，极不利于病体康复，多次生病住院的父亲才在91岁那年住进了借来的楼房。日子就这么一年年过去了，诸如住房这样的困难，都没能成为父亲向组织开口的理由。

严于律己的父亲一向把金钱、地位、名誉看得极淡。记得五十年代定级别的时候，由于工作需要，已被评为文艺一级的父亲，毫不犹豫地服从组织决定转为行政九级。这样一来，每月的工资收入一下少了近百元，在那个工资水平很低的年代，这确是一笔不小的数目，而父亲对此只是淡然一笑。近些年，有的作家又将行政级改为文艺级，从而提高了收入，但父亲依旧对此不屑一顾。平心而论，身为工薪阶层的父亲收入并不丰厚，许多他从小看着长大的儿孙辈的薪金，都比他高出许多。记得1996年父亲住院时，一位看护他的年轻护士，不慎将她的工资条丢在父亲的病房里，当她从父亲开玩笑的谈话中得知，眼前这位享誉中外的大作家的工资收入远远比不上自己时，惊诧得半天合不拢嘴。对于这一切，从旧社会走过来的父亲常常真心实意地感慨着对我们说：“比比过去，比比中国的大多数人，我是非常非常地满足了。”

父亲在生活上非常俭朴。他的饮食穿戴，丝毫无异于普通老百姓。大约是出于山东人的习惯，只要有大葱大蒜花生米，他就会心满意足地吃得津津有味。现在年纪大了，几样荤素搭配的小菜和大半碗小米稀饭，是他可口的佳肴。许多客人都曾不约而同地感慨过老人饭菜的简单平常。在穿着上，父亲更是从不挑剔。他的衣帽鞋袜，真正是完全彻底地做到了“物尽其用”，不到实在不能穿戴，绝不丢弃。1948年他花五块钱从小摊上买来的一件呢子大衣，至今在“超期服役”。算一算，它的年龄比我还大一岁，真可以放进“家庭历史博物馆”了。

又有谁能相信，我的父亲至今还穿着打补丁的衣裤和袜子呢？

俭朴的生活是父亲质朴人生的一个缩影，严于律己的信条使他的人生更多了一份光彩。这一切给予我的，是对“身教胜于言教”的深深感悟，是耳濡目染后对自己人生与灵魂的诘问：我应该怎样做人？

宽以待人

严于律己的父亲一向宽以待人。他常常语重心长地告诫我们，对人要宽厚，要多为别人着想，为他人创造一个宽松、宽泛的生活、工作环境。他是这样说的，也是这样做的。

在我家工作了二十年的老保姆，干活儿勤快为人可靠，就是脾气太坏，不仅对我们做儿女的态度不好，有时还顶撞我的母亲。气不过的我有时劝父亲换个保姆算了，而父亲对此却投反对票。他说看人要看大节，谁能没有缺点呢？在父亲的感召下，我们全家人都把她看成这个家庭的一员。过春节不仅每人都额外补贴一些钱给她，她儿子结婚，不仅全家人都送了贺礼，父亲还亲自为新婚夫妇写了贺辞。这位保姆的老家安徽闹水灾，父母亲又给她家寄了钱。当她最后离开我家时，两位老人还给了她一笔安家费。而这位脾气不好的老保姆后来到其他人家工作，都没做长久过。我想，如果不是父母和我们全家人宽厚地对待她，她可能不会在这儿一干二十来年，不会至今还留恋着我们吧？

就是对待伤害过反对过自己的人，父亲也是一视同仁，初衷不改。有三件事，至今清晰地记在我的脑海中。

记得“文革”初始，一位与我家关系十分融洽的亲戚，由于生活窘迫，仍像以前一样来信求助。若在往日，父亲会毫不犹豫地送上一份关怀。但此时，父母亲处于危境，被造反派克扣后的生活费少得可怜，全家人生活十分艰难。我不忍心让亲戚失望，就好心地将一件自己正穿着御寒的棉大衣拆洗干净，又一针一针地缝好了，从可怜的生活费中挤出一点儿钱给她寄了去。谁知，却遭到对方的讽刺和奚落："你们是在打发叫花子呀！"曾天天穿着这棉衣的我，那样真切地感到心的深处被狠狠地刺伤了，自认为更加看清了人间冷暖，世态炎凉。"文革"后，这位亲戚又后悔不迭地想与我家接上联系，仍旧耿耿于怀的我说了些颇有情绪的话，父亲听到了，立即严肃地对我说："因为历史和社会造成的人与人之间的隔阂、误解，不应当由某个人去承担，难道还要因为那种岁月而失去更多的东西吗？"父亲的一席话，教会了我许多东西。

还有一位"文革"前和父亲关系不错的年轻人，与父亲在同一单位工作。"文革"中为了表明自己立场的坚定，在批斗父亲时格外严厉，并有些出格的举动。"文革"结束之后，他多次登门，对父亲毕恭毕敬，连父亲讲的话，都要拿出小本子一一记下。父亲不计前嫌，亲切和蔼地劝他打消顾虑，并诚恳地表示"我们今后仍旧是朋友"，从而与他恢复了友谊与往来。多年后，这位已调到外地工作的忘年交评职称时，来信请父亲为他写业务鉴定。父亲不顾年迈体衰杂事缠身，热情认真、字斟句酌地为他写去了中肯的评语，令他深受感动。我想，这位已不再年轻的朋友，一定于鉴定之外，还得到了受用一生的馈赠。

我听过一些（不止一两位）当年曾在《诗刊》工作过的老同志，讲起过这样一件事。

1976年"四五"以后，奉出版局之命，诗刊社开始组织、编发批判邓小平的诗作，为此向一些著名的中、老年诗人约稿。这类诗，极少有诗人主动去写，何况早就对"四人帮"颇为憎恶的我的父亲。他曾私下向多位友人痛斥他们的倒行逆施，许多人至今对此记忆犹新。当时，与父亲"文革"前就在《诗刊》共事过的一位副主编，打电话来请父亲加以支持、配合，被父亲婉拒了。几天后，诗刊社转来了一封已经拆开口的反革命信件。（由于父亲年迈多病，寄往诗刊社的给他的信件，都由社里的同志先拆阅，重要的和值得注意的来信、来稿，才转给父亲过目。）他阅后给《诗刊》领导打了电话，表示要上交这封信。这位副主编亲自到我家拿走信件的同时，又再三劝说我父亲写批邓诗，说这不仅是支持他们的工作，更是对反革命信件的有力回击。这位副主编回去后又打电话来最后催稿落实。在这种复杂的情况下，父亲违心地写了批邓诗《八亿人民齐怒吼》。当时的《诗刊》主编对编辑们说：克家同志是名人，影响大，也是对匿名信的一个回答！父亲的诗在《诗刊》该年第5期发表时被做了改动，更易引起不良影响。父亲随后请《诗刊》核对原稿时，却怎么也找不到了。

父亲的这首批邓诗发表后，产生了恶劣影响，尤其是在“四人帮”倒台后，有些人为此在很长一段时间内谩骂和讥讽他，父亲的思想压力和心情可想而知。

粉碎“四人帮”后，父亲几次流着泪，主动在大会上对写这首批邓诗作了自我检讨。当着与会者的面，他这样诘问自己：“为什么光年同志他们接到了约稿后没有写，而我最后却写了这首批邓诗?!”

后来，上级提名曾是第二、三届全国人大代表的父亲，为第五届全国人大代表。在父亲工作单位《诗刊》社讨论此项提名时，令大家万万想不到的是，那位副主编代表主编表示不同意！原因就是我父亲写了批邓诗，思想意识有问题。不少同志对此议论纷纷，觉得对我父亲太不公平。即使退一万步，抛开这位老诗人写批邓诗的原委不说，难道因为一首诗，就否定了克家同志的全部成就与影响?曾多年在中国作协工作的一位同志，愤愤不平地说：“很多人不知道有个《诗刊》，但臧克家的名字人人皆知。他思想的积极，诗歌的影响，不是一般人能替代的。”但领导的意志是不能违背的。父亲因此失去了当选第五届全国人大代表的机会。

父亲当然知道了这件事。作为当事人，老人的憋屈可想而知。他给一些知心老友写信讲述了心中的委屈，也谈到了自己的想法。在家人和老友们的劝慰下，不久，父亲调整好情绪又开始了他的创作活动。

一直有人在讲“文人相轻”，更何况遇到了这样的事情。但是，为写批邓诗付出了巨大而惨痛代价的父亲，并没有以怨报怨，他以宽广的胸怀，以他一贯的对待朋友的真诚、热情和坦荡，大度宽厚一如既往地对这位副主编以老友相待。在中国作协召开的征求老同志意见的工作会议上和会议之下，父亲公正而充分地肯定甚至赞扬这位同志的工作；当得知他身患癌症，有病在身的父亲马上写了亲笔信，嘱托我母亲和我带着慰问品去他家探望。这位同志去世后，虚龄九十岁的父亲，在众多知己好友纷纷辞世之际，满怀情感地破例为他写了痛悼文章《生死道情》。文章中，父亲用这样的语句形容他的心情："对于被我视为身心双健的知心好友××的突然逝去，我悲伤，我惊骇，我控诉死神草菅人命……"父亲不仅回顾了他们数十年的交往，而且笔底有情地写了这位同志身上的"延安精神"和"螺丝钉"精神，写了这位从事编辑工作三十多年的朋友"甘愿经年伏桌，为人作嫁，不为名缰利索所诱惑牵引，以自己的双肩做阶梯，令许许多多无名作者踏着登上文坛"的"忘我奉献精神"，并且在文章的最后写到了自己"再三研读"这位老友遗嘱时"双眼泪流"的心情和感慨……

读过这篇文章的人，都说它是情真意切的悼友佳作；每一位知道全部实情的同志，无不为我父亲的宽广胸怀和崇高品德所深深感动、震撼和折服！

这，就是我的父亲！

博大的爱心

1905年出身于山东农村的父亲，亲身经历了中国几个不同的历史时期，目睹了旧中国的黑暗和劳苦大众（尤其是贫苦农民）的深重苦难。这一切，使他从青少年时代就走上了追求光明与解放的道路。极深刻的切身感受，令父亲发自内心地热爱新中国，热爱共产党，热爱我们的民族和人民。这爱，是父亲一切行动的根源与出发点。他的所作所为，使人们看到了他怀揣的那颗博大的爱心。

这样的例子不胜枚举。

"文革"初期，父亲被批斗，每月只有几十元的生活费，全家人过得十分拮据。但是，他看到隔壁邻居家的孩子为了维持生计，每天很早起来空着肚子去扫大街，挣几个辛苦钱贴补家用。于是，每天清晨起来，父亲就为这孩子买一个烧饼，热乎乎地送到他手中，看着他吃了第一口才心满意足地离开。对于这件事父亲守口如瓶，从未对家中任何人说过。还是几十年后街坊邻里聚会时，这位已是老年人的当年的扫街少年，才含泪向大家讲起这件往事。在场所有人都红了眼圈。[①]

1993年8月的一天，年近九旬的父亲收到了一封寄自甘肃武威市的来信，写信的人是素不相识的失学少女常清玉。这个中考成绩达到594.5分、平日学习刻苦的好学生，却因父母离异家庭生活困难而无法升学。求学的热望使她拿起笔，给远在京城的老诗人写了一封长信。这封在绝望之中写出的信，深深震撼了父亲的心。他立即亲自用毛笔在宣纸上为这个身处逆境的孩子，题写了“克服困难，艰苦奋斗，努力工作，来日方长”十六个情深意切的大字，又嘱托我的母亲马上给清玉回信，鼓励她不要丧失生活的信心和勇气，要勇敢地与困难和命运做顽强的抗争，去争取自己美好的未来，随即又汇去了钱款以解燃眉之急。这样，父亲还放心不下，又给甘肃《少年文史报》主编吴辰旭写去一封信，他满怀真情地写道：“有件事十分牵连我的心绪，甚为不安。你省武威市一位小姑娘（16岁），初中毕业考第一，因为父母离婚……使她有大志而不得升高中，情绪恶劣。希望你就近能对她有所帮助，或加以鼓励，使她有点安慰，叫她知道人间并非冰窖，还有温暖。即使不能升高中，在工作上，在人生道路上鼓起勇气，不消沉。这是我的一件心事。你们每次寄我《少年文史报》同期两份，望分出一份给这个可怜的小姑娘寄去。”

在父亲的带动和感召下，《少年文史报》《甘肃日报》《法制日报》《中国教育报》《新闻出版报》等报刊，先后报道了这件事。父亲那片炽热的爱心，给求学无门的常清玉带来了光明与希望，全国各地许许多多素昧平生的人，都纷纷加入这支爱的行列。当常清玉顺利地升入武威一中高中的消息一纸飞鸿传来的时候，父亲笑了。然而，口中不住地念叨着“这下我就放心了”的老人家，并没有真正放下心来。孩子在新的学习环境中生活得怎样？成绩好吗？是否

---

① 作者注：这是我2017年初春在赵堂子胡同老街坊的聚会中得知的一段往事，补充在此。

保持了那股顽强刻苦的精神？这份牵挂，仍旧萦绕在他的心头，他时常叮嘱母亲给清玉和她的班主任写信，询问各方面的情况。当得知清玉学习比较吃力时，父亲立即去信鼓励她不要灰心气馁，要迎头赶上，努力把自己锻炼成国家需要的有用之才；得知正处在生长发育期的她有时只买半个馒头充饥时，父亲心疼得寝食不安，立即将过去不定期地在经济上资助她改为每月补贴100元。对这个素不相识的女孩，父亲倾注了多少关怀和爱！这绵绵不尽的爱，正是从他那永不枯竭的爱心的泉眼中涌流出来的啊！

这只是经常发生在父亲身上的类似事情中的一件。已经走过了九十六个春秋的他，历经世间沧桑，饱览人生百态，却始终以一颗摒弃了世俗与功利的爱心和满腔真情，关注着周围的世界和人们，这是他处世与做人的一个非常显著的特点。

记得多年以前，孩子们期盼的乐园——中国少年儿童活动中心破土动工，为了购买寓教于乐的科技仪器，筹备组的同志四处筹款。父亲毫不犹豫地将刚刚拿到手的出版文集的一万元稿酬，全部捐献出来。活动中心正式落成那天，父亲被欢乐的孩子们簇拥着，胸前飘动着一条鲜艳的红领巾。望着一代新苗如花的笑脸，父亲觉得自己得到了极大的回报！

在我们全家居住了近四十年的那条胡同里，父亲爱孩子是出了名的。他的衣兜里总是放着些糖果，出门散步时便分给他们。有许多孩子是吃着父亲的糖果长大的。有一次，一位刚刚被送到我家附近的幼儿园日托的三四岁的小男孩，哭闹着就是不愿去。父亲见了，心中十分不忍，百般劝慰后又给了他一大把糖果，男孩才抽噎着进了幼儿园的大门。父亲后来几次走到这大门边，要听听还有没有男孩的哭声。第二天一早，他又特意在我家大门外等候，看孩子没有再哭闹，才安下心来。又有一次，住在附近的一个小学生，拿着自己的一篇作文，腼腼腆腆地请父亲“提提意见”。父亲十分上心地看了，很喜欢这篇出自于稚嫩手笔的小文章，于是又十分上心地将它推荐到一家少儿刊物上发表了。当这位小作者拿着生平第一次得到的40元稿酬来报喜时，父亲真比发表了自己的作品还高兴。像这样的事，父亲做过何止一件两件。不少孩子在举家迁入新居之后，还和父母一块来看望他们喜爱的“臧爷爷”。

由于父亲是著名作家，慕名来访和请他办各种事情的人络绎不绝，有时一天就有十几件之多，这对父亲来讲，真是很大的负担。但父亲在身体、精力许可的条件下，总是无偿而尽力地做这些事，而且做得非常仔细认真，有时为人写条幅，一连写了八幅才满意。因为，他总是把这些额外的工作看做是为人民服务的一个渠道。多为他人做事，做好事，他乐此不疲。常有一些文学青年，尤其是想通过文学创作来改变自己处境的农村青年，一头大汗、一身尘土地不远千里来叩响我家的大门，父亲总是热情地接待他们，关切地叫家人打来洗脸水，端上热饭菜，并再三叮嘱他们要脚踏实地地在生活中提高文学素养，积累文学素材，决不能指望通过获得成功秘诀就能在文学创作上一蹴而就。对于生活困难的，父亲还会送上归途的路费。但父亲的爱决不是无原则的，当他为别人（尤其是年轻人）的文章、书籍写评论和序言时，一贯是有一说一，有二说二，在提出优点的同时指明不足。他认为，这才是对朋友和青年人的真正的爱护与负责，“捧杀”照样是误人的。

不仅如此，每次支援灾区和贫困地区的时候，父亲总是所在单位名列前茅的积极响应者；“希望工程”刚刚实施，父亲就和母亲一道资助了数名失学的小学生。他曾多次为重病、伤残、失去父母的孩子和成年人捐款，就在他重病住院、病情危急的时候，还念念不忘再三叮嘱家人，别忘了给常清玉寄去生活费和补贴她全家过春节的钱……

父亲关心的事还有很多很多……

父亲在暮年曾写过一首短诗：“我／一团火／灼人／也将自焚”。这是他一生的写照。

怀着如火的爱心，给他人送去光明与温暖；在爱的圣火中，燃烧自己的生命。这，就是我的父亲。

写于2001年6月

名人的烦恼

有这样一句顺口溜：世人都慕名人好，孰知名人多烦恼。的确，当名人固然好，但是，局外人哪里知晓，近些年来，名人们的烦恼着实不少呢！

譬如：

年逾九秩享誉文坛的老作家臧克家，常常为“名人”之冠所累，被一些违法侵权之事搅得不得安宁。

屈指数来，书籍之中收入臧老作品而样书稿酬杳无音讯者，有之；将自己的文章冠以臧老大名在报刊上发表者，有之；借臧老的信函四处招摇撞骗抬高身价捞取金钱者，有之；假举办展览之名诓取臧老墨宝进行倒卖者，有之……就在近日，还有朋友来告，在北京某文化集贸市场，有人以5万元高价出售“老作家臧克家1993年书写的对联一副”。当问其来源时，此人席卷字画仓皇而去。泾渭真假，不言而明。

其中，最令臧老和他的家人头疼的，是某“开发奖大奖赛”，在事先未征得臧老等诸多名人同意的前提下，打着这些名人为顾问、评委的幌子，骗取参赛作者和1200多名“获奖作者”每人数百元所谓“参赛领奖费用”。事发之后，询问此事要求退款的电话、电报和信件纷至沓来，弄得根本与此事毫无关系的臧老全家，疲于调查了解情况，每天一次次一遍遍地回复着电话和信函，真是苦不堪言！最后，不得不在多家报纸发表声明，澄清此事，提醒人们“谨防上当”！这种借“名人效应”做手脚骗钱的事，在全国恐怕不是仅此一桩吧！而年事已高身衰体弱的臧老，又要被这些烦恼侵扰到何时呢？

笔者还有一位中年画家朋友，一大堆头衔和一长串近年来在国内国际画展中获金奖的成就，使他成为画界名人。他的事业如日中天，人也活得颇潇洒乐观。但他近日从武汉来京，却愁眉不展地向我道出了困扰着他的烦恼。

一者，他的早年成名作，曾在国内很有过一阵子影响，原画早被中国美术馆收藏。孰料，20多年后的今天，天津某画社却擅自将该画复制品以原作名义，在北京一次颇具权威性的秋季中国字画拍卖会上拍卖，而身为该画作者的他，却被蒙在鼓里。当他得知情况出面制止时，根本无济于事，拍卖照常进行。结果，这幅复制品以近10万元的高价卖出。二者，标以他大名的伪作，频频在武汉某画廊展卖。当他多次交涉无效准备诉诸法律时，即接到匿名电话，威胁要“白刀子进，红刀子出”。三者，他的一幅心爱之作，几年前在北京某艺苑展出时，被工作人员人为毁坏。艺苑负责人先是相互推诿，后是不理不睬，至今未对赔偿问题做出任何实质性举动。

一个潜心于艺术世界的画家，一下子被如此之多的烦恼纠缠，个中滋味，难以描述。这些接踵而来的烦心事，对他精力上心绪上的牵扯和骚扰，更是可想而知。设身处地想一想，如后顾之忧不除，他今后如何能以正常心态进行艺术创作？但若想解决，又要搭进多少有形和无形的东西？掂量利弊，进退维谷，他只有一脸苦涩和无奈。

在当今商品大潮之中，名目繁多的困扰名人事件恐不在少数。名人们的种种烦恼，大多源于某些个人或小集团的利欲熏心违法乱纪行为。此风不刹，名人难得安宁。

1996年3月

父亲的养生之道

我的父亲臧克家在中国文坛辛勤耕耘了七十余载，如今已是年逾95岁的老人。他面色红润，头脑清楚，依旧关心着国内外和文艺界的大事。乐观豁达、精神不老的他，几年前还曾风趣地自诩为“80年代的青年”。不少朋友羡慕地断言：“臧老一定能‘寿而康’地迈向百岁之期!”

在生命的旅途中长途跋涉的人，自然对健康有着深刻的体味和感悟。对于父亲来讲，健康长寿的得来，绝非一朝一夕的易事。父亲从青年时代起就多病。20多岁时，严重的神经官能症使他的“精神像风前的游丝一样，一吹就断”。上世纪50年代末的一场大病后，正值壮年的他竟虚弱得到机关二楼开会还要乘电梯。但他始终以乐观的心态迎战疾病。屈指算来，我的祖父母都在30多岁时就先后病故了，外祖父母也不长寿，家族中并没有长寿的基因遗传给后代。然而，父亲那顽强的生命之舟，却一次次战胜病魔的袭击，始终坚毅地航行在生活的海洋之中。身为女儿，我深深地知道，衣食俭朴并且从不服任何补药和保健品的父亲，一生信奉的健体养生之法，唯有“锻炼、营养和有病早治”而已。

早在上世纪60年代，父亲就自编了一首歌谣：“思想大门洞开，情绪轻松愉快，锻炼、营养、药物，健康恢复快哉。”这是他在病中经过反复实践总结出的健康指南。老人曾经多次语重心长地对亲友和记者们谈道：“人，尤其是老年人，首先要树立正确的人生观和健康观。如果一入老境，就被生死问题搅得日夜不宁，总想：人活七十古来稀，我还能活几年？几月？几天？忧心忡忡，这对健康大有影响。的确，‘生死亦大矣’。人的生命只有一次，人人珍惜它，最怕失掉它。我也常想这个人人在想的问题。近十几年来，我身边的老友，如秋风中的败叶一个个凋零了。我曾在一周内收到七八份讣文。追往事，念死者，为之老泪滂沱，心伤不已。然而，我哀痛，却不悲观。我喜欢陶渊明的‘聊乘化以归尽’；更欣赏苏东坡的‘自其变者而观之，则天地曾不能以一瞬；自其不变者而观之，则物与我皆无尽也，而又何羡乎？’记得1962年，我在镜泊湖边遇到谢觉哉老，谈到了这个问题。他说：‘我不怕死。如果怕死可以晚死或不死，那就去怕，可是怕死反而促死，何必去怕？’生死这样的大问题能如此达观，对于战胜疾病和健康长寿是大有补益的。因此，‘思想大门洞开’是至关重要的前提。”正是由于父亲对此有了深刻的认识，已入耄耋之年的他在最近几年的数次大病中，可以说天天在与病魔搏斗，生死一线间。但是，老人的精神与意志没有垮。他曾在病榻上写下一首诗词以抒怀：“老来病院半为家，苦药天天代绿茶；榻上谁云销浩气，飞腾意马到无涯。”有了这种开阔的胸襟和顽强的斗志，父亲才战胜病魔得到康复。

父亲一向非常重视锻炼身体。歌谣中“锻炼、营养、药物”三者的次序，是经过他反复斟酌，并把以前视为救命灵丹的药物，由第一位拉到第三位，而将锻炼冠之以首的。散步，就是他根据自己的身体状况选择的强身健体的好方式，早已成为他生活中不可或缺的一个重要部分。父亲的散步，有三个特点：

一为坚持锻炼的恒心。自从他养成散步的习惯，六十余年来持之以恒，从不改变。在我家居住了数十载的那条并不算长的小胡同中，父亲每天四次定时外出散步的身影，已经成为一道不变的风景，一段街坊邻里口头传诵的佳话。这其中的甘苦，绝不是三言两语可以说尽的。特别值得一提的是这样一段“家庭典故”：1941年，父亲为了在中原地区开展进步文化工作，在河南叶县寺庄的一家出版社挂了个副社长的名义，一边继续创作抗战长诗《范筑先》，一边筹备出版进步刊物《大地文丛》。那时，我尚未结婚的母亲也在这个出版社工作。于是，每天傍晚彩霞满天的时候，早已养成锻炼习惯的父亲，便约母亲到庄外的小河边散步。随着这日日不可少的“饭后百步走”和漫步中的交谈，父亲与母亲的心贴近了。就这样，散步不仅成为强壮身体的好方法，更是促使他们最终结合的重要因素。娶来贤妻的父亲，真要感谢这独特的“媒人”呢！而回望半个多世纪的漫漫岁月，更是他恒心于锻炼的有力佐证。

二是迎击困难的决心。父亲一贯认为，恶劣的自然条件，是锻炼身体的大好时机，故而一直提倡“风浴”“雨浴”“雪浴”。在这样的天气里，他不是“被动挨打”，而是“主动出击”。因此，这些年来，无论风霜雨雪，酷暑严冬，父亲打着那把半旧的淡蓝色塑料雨伞，小心翼翼而又从容不迫地在雨中雪中往返散步的情景，是那样深深地打动着我的心。这位耄耋老者在锻炼中表现出来的感人精神，是绝不囿于锻炼本身的。即使是在重病之中，只要身体情况许可，父亲就让身边的家人搀扶他下床锻炼，在病房或是走廊里走上一两圈，然后循序渐进，以增强体质，战胜疾病……正是这种锲而不舍的严格锻炼，使父亲这位热爱生活的老人，赢得了“多看看，今胜于昔、后胜于今”的大好岁月与时光。

可能由于父亲是作家，是诗人，便决定了他的锻炼有了第三个特点：除了增强体质外还有诸多收获。的确，父亲的散步，不仅是他健康长寿的保障，更是他陶冶性情、联系群众和愉悦心情的绝佳途径。首先，父亲善于在锻炼时为自己营造一种诗情画意、朝气蓬勃的氛围。他曾在一篇散文中这样描写晨练时的情景：“几十年来，我养成了早起的习惯，五点多钟起床，不到六点就出街了。冬夏无间，从未中断。大清早，长巷空空，柏油马路，还在舒坦做梦。我独个儿，呼吸着鲜美的空气，如饮醇醪。高伸长臂，东向散步，大红太阳，满面笑容，彼此问好；倒回头来，满月西下，似恋不舍。诗词名作，兜上心来，低吟朗读，自我欣赏。这时间，200米之内，竟成为我一个人的天下。”在这样的意境里锻炼，谁能不陶醉其中？在数十年坚持不懈的锻炼过程中，父亲还与街坊邻里结下了深厚的情谊。无论是白发苍苍的老人，还是稚气未脱的孩子；无论是专家学者，还是目不识丁的家庭妇女，他都去接近他们，怀着一颗爱心去关心帮助他们。这其中发生了许多感人的小故事。父亲以一己的爱换来了大众的爱。只要他上街散步，“臧老好”“臧爷爷好”的问候声不绝于耳，有时候，十多个排成队伍放学回家的小学生，会扯着嗓子一齐向父亲问候。这情这景，一次次催开了父亲发自内心的欢笑。在这样的氛围和心境中锻炼，谁能不身心双健？父亲是坚持锻炼的受益者。

父亲自称是个“倔强的人，泥土的人”，固守着一些不能“入时”的习惯：不吸烟，滴酒不入，不尚奢华，坚持朴素作风和有规律的生活。他极少赴宴，喜欢回家吃每餐必备的大葱、大蒜、花生米。这“小三样”在他心目中，比“大八珍”还重要。父亲还十分提倡老年人情趣盎然度晚年，即指精神上的“轻松愉快”。人老了，但要保持年轻的心境，像人们所说的“百年之童”。长寿并不是“赖活着”，应该有个人的爱好，读读文学作品，听听音乐或试作“自度曲”。如果喜欢书法、绘画，天天磨练，以得其趣；摄影、集邮、桥牌……都可以寄托精神，欢娱晚年。专家学者，还可以写出有价值的著作，“庾信文章老更成”嘛。这一切，于增进健康的确是一剂良方。

父亲是一位热爱生活的人，“我愿意尽可能地多活些年头，为了多看看，今胜于昔，后胜于今，来日方长”；父亲是一位“壮心不已”的人，他说：“我虽到暮年，灼火残阳红半天。年老非枯木，我自心菁菁。”父亲是一位珍爱健康的人，愿他在夕阳的霞光中，最终战胜病魔，以康健的寿体，以达“百岁之期”。

写于2000年8月

诗之缘

金秋的北京，花团锦簇，笑语欢声。广袤中华天南海北的人们，纷纷会聚而来，做客首都。2002年9月13日下午，在一所朴素的寓所里，年已望百的父亲和母亲高兴地迎来了海峡对岸的客人：台湾作家陈映真先生夫妇。在温馨典雅、鲜花朵朵的客厅中，几双手紧紧地握在一起。虽然父亲和映真先生都是身带疾患的病人，但仍难以抑制心中的激动和潮涌的思绪。岁月荏苒啊，这是一次迟到了的会面。它，源于父亲半个多世纪前的一首诗篇：

表 现

——有感于二二八台湾人民起义

五十年的黑夜，
一旦明了天，
五十年的屈辱，
一颗热泪把它洗干，
祖国，你成了一伸手
就可以触到的母体，
不再是，只许藏在深心里的
一点温暖。

五百天，

五百天的日子
还没有过完，
祖国，祖国呀，
独裁者强迫我们
把对你的爱，
换上武器和红血
来表现！

这首喷涌着强烈爱憎的诗，写于1947年。当时，正值中国抗日战争胜利之后。挣脱了日寇铁蹄的六百万台湾同胞，对重归祖国怀抱寄予了莫大期望。在日本侵略者血腥占据的漫长的五十年间，祖国母亲，是他们心中珍藏的温暖与光明的象征和源泉。然而，国民党接收宝岛，“劫收大员”们与在大陆如出一辙，肆无忌惮地横征暴敛。残酷的压榨和独裁之下，彻底绝望且忍无可忍的台湾人民，于1947年2月28日奋起反抗，举行了震惊中华的二二八起义。但是，无情的镇压接踵而来。

起义的有关消息很快传到上海。同样身处国民党黑暗统治下的父亲，曾亲身感受国民党对孤岛上海的“劫收”和腐败，并用手中的笔，写下了《胜利风》《重庆人》等犀利的政治讽刺诗。满怀对手足同胞的深切同情，对国民党反动腐朽的无比憎恨，他又在二二八起义惨遭血腥镇压后的3月8日，愤然写下了这首感同身受的诗——《表现》。这首诗，饱含着深爱和大恨，带着情感的烈焰，如同射向共同敌人的子弹，为台湾同胞送去了大陆人民的骨肉真情和巨大的精神支援。这因《表现》一诗而与台湾人民结下的渊源，和那任什么也割舍不断的同胞亲情，成了父亲心中再也放不下的挂牵。

五十余载时光过去，沧海桑田，世事变迁。谁也没有想到，在建国五十三周年庆典前夕，我的双亲会迎来因《表现》一诗而结缘的台湾著名作家陈映真先生夫妇。65岁的映真先生，当时因年纪幼小无法亲身投入二二八起义，但他一直站在反对国民党反动独裁统治、反对“台独”和争取台湾早日回归祖国怀抱的斗争前列。1997年3月初，当他在台湾和一些青年朋友筹备纪念二二八起义五十周年文艺晚会的时候，看到了由朋友找到的《表现》。吟诵着这首半个多世纪前写于风雨际会的诗篇，历史的风云和切身的感触使他心潮澎湃。他现在仍清晰地记得，刚刚读完全诗，眼眶霎时就蓄满了热泪。

2002年9月初，在京治病的映真先生惊喜地得知，臧老仍健在并且就居住在北京，他兴奋得立即请中国作家协会的李荣胜先生，联系好探望老人的时间。因年迈病重偶尔只在床边见客的父亲，不仅高兴地答应了他的请求，而且当天早早穿好正装，提前准备了象征团圆的中秋月饼（老人说，今天是两岸作家的团圆之日），做好了在客厅迎接台湾骨肉同胞的准备。在会面那天两个小时的欢聚中，我的妹妹动情地朗诵了父亲的诗作《表现》。映真先生紧紧拉着刚刚出院的父亲的手，讲述起他捧读《表现》这首诗的诸多感慨：

他说，台湾并不是以一个自来独立的民族或国家沦为日本殖民地的，她有一个魂牵梦系、暗自“压在深心里的”、“温暖”着殖民地“黑夜”和支撑着台湾同胞忍受“屈辱”的祖国——中国！《表现》的前半首诗，是多么深刻、真实地写出了我们胸中珍存了一个多世纪的情感，直到现在依旧代表着我们的心声！而诗的后半部，又是那样生动、深刻地表现了当年台湾人民的悲愤和勇气，反映了他们对一个民主、正义、和平、安康的新的祖国的企盼；

他说，《表现》是当时大陆人民对台湾人民二二八起义表达同情与声援的文学作品。它表明，二二八起义中的台湾人民并不孤立，他们得到了大陆进步与正义同胞的声援。这些事实有力地揭穿了“台独分子”所谓的“二二八起义，是台湾人对大陆人压迫与加害的反抗，是台湾人寻求脱离中国而‘独立’的起点”之类的恶意宣传和掩盖历史真相的罪恶目的。《表现》这首诗因此而具有它在不同历史时期的特殊的影响和意义，我们将永远把它记在心间。

映真先生在后来写成的文章《母亲的叮咛》中，动情地写道：“我想起了《表现》中以‘母体’喻祖国的意象，听着五十五年前写下它的老诗人今天仍在不断重复的话：‘我们两岸人民都源于同一个祖先，两岸同胞应该团结起来。我们的国家要统一！’这仿佛就是祖国母亲款款的叮咛……我绝不敢把这位中国文坛前辈的盛情掠为己有。我毋宁相信他抱病正装接见我的本心，是想会见五十五年前就深切关怀的、祖国离散的儿子台湾吧……”

其实，父亲深切关注台湾同胞和祖国统一的，并不仅仅这一首诗。

1979年春节，中华大地万家团圆之日，父亲写下了旧体诗《迎春思亲》：

攀山千条路，
共仰一月高，
东流归大海，
江河日滔滔。
思亲逢佳节，
台湾众同胞，
戮力结同心，
祖国气正豪。

1981年，年近八十的父亲又在对宝岛回归的殷殷期盼中，写下了《召唤》：

一片云彩，
两地落雨点，
鸟儿一展翅，
就可以飞到对岸。

心和心早已搭好了桥梁，
一条海峡怎能把骨肉切断？

江河终于归到大海，

台湾，祖国在向你热烈召唤！

真心不改，真情不变。这是父亲在台湾被分离于中华母亲的漫长岁月中，始终不变的一份忧虑和思念。即使是入了耄耋之年，因多种疾病，他已不能听广播，看电视，但是，每当有围绕台湾问题的新闻和大事，躺在病床上的老人总是再三叮嘱家人，将听到和看到的消息，马上详细地讲给他听。他还经常和身边的人探讨这些问题，关注着其中每一点细微的变化。他时常会把这些挂心的问题，轮番讲述给每一个家庭成员，连家中关心国家大事的小保姆也不落下。每当两岸关系和台海局势紧张、“三通”受到无理阻挠、外国反动势力又向台湾当局出售武器时，父亲的心情和情绪都会受到干扰和影响。这位世纪老人的心始终系牵着万里之外的海峡彼岸。

那天，当因诗结缘的陈映真先生，手捧着代表台湾同胞一脉深情的鲜花，与父亲会面于北京的时候；当父亲在洋溢着温暖亲情的客厅中，侧耳倾听着映真先生的肺腑之声、赤子之情时，老人怎能不为手足同胞的深深情谊而感动？那颗期望祖国早日统一、反对分裂的心，正有力地跳动在父亲的胸中。他深知，如今在召唤和迎接着台湾早日归来的，是今非昔比、日益强大的祖国，是正走在台湾同胞久已企盼的民主、正义、和平、安康大道上的祖国。父亲和映真先生，这两代同样热切期盼台湾早日回归中华母亲怀抱的海峡两岸作家，多么希望能在有生之年，满含热泪地迎来这一天呀！他们正在“心与心早已搭好了的桥梁”上，翘首等待着。

写于2002年11月

苍山不改旧时颜

我仰望那座苍山，高大，巍峨。一面面刀凿斧刻的山岩，一道道历经沧桑的沟壑。日月更迭，风摧雨侵，它立在那儿，磐石一般。走进苍山之中，岁月并没有磨灭它顽强的生机。如往如昔，这儿，依旧有山花烂漫，松柏葱郁；依旧有山泉飞溅，清流激越。步入苍山的世界，山之绿，水之清，景之美，令人叹为观止，驻足流连。

走近父亲臧克家——这位年已98岁的世纪老人，我就仿佛走入了这座苍山。面对如梭的岁月，我慨叹：苍山不改旧时颜。

爱心不改，真情不变

我的父亲，已经是年纪望百的老人。凡是接触过他的人都知道，这位从1925年便走入文坛的耕耘者，热情如火，真诚善良，关爱他人胜于自己。现在，虽然他重病在身，身体和精力已不如从前，许多事情力不从心，但是，这些秉性却丝毫不变。有几件小事，深入我心。

去年8月13日，为纪念母校山东大学百年校庆，父亲不仅接受了山东电视台、齐鲁电视台和山东大学电视台联合拍摄的专题片《百年山大——与世纪同行》摄制组的采访，为校庆题写了“悠悠百年，人才济济”的贺词，而且亲笔撰写了《祖国万岁，母校千秋——山东大学百年校庆纪感》一文，这对于重病中的老人实属不易。不仅如此，今年初，我家居住了四十年的旧宅，即将危改拆迁。怀一腔深情与热爱，父亲决定将自己心爱的三千余册藏书，赠给他的母校。屈指算来，从我的爷爷开始，我家四代人在那儿就读，父亲更是得到闻一多等先生受益终生的教诲。他不止一次地对我们说："山大对我一往情深，我也对她一往情深！"老人支撑着第二次腰椎压缩性骨折后的病体，再三叮嘱经办此事的家人："这是我对母校和人民最后的贡献之一，一定要多捐书，捐好书，把这件事情办好。"他希望，千万不要把这些书束之高阁，一定要借阅给后生学子，让它们真正发挥一点点作用。今年8月，父亲曾经满怀期望地写下这样一段话："年老的已经衰退，新的一代又来接上，前程远大万里长。"他是希望自己能在当代青年"万里长"的征途中，再尽一把力。这是他七十年不变的一腔真情。

像这样的事，还有很多。

父亲的爱心是博大的，他用这份爱帮助过多少人，我已经无法计算。步入耄耋之年，这真挚的情感，在当今的商品社会中，愈发珍贵感人。你看，那个十年前经过父亲帮助和呼吁，才得以升入高中继续读书的甘肃武威县贫困学子常清玉，来信报告了她已经结婚、生子的喜讯，他和母亲再次给她寄去了那份不变的关怀和心意。近一两年来，父亲一如既往地向重病的女诗人和几个患病的孩子，伸出救援之手，就连旁观者都感动不已。单位和街道居委会为救灾募捐，他次次走在前头。而自己，却过着俭朴的生活，至今还穿着打补丁的内衣和线袜……

"老友老友，心中老有，意志契合，如足如手。"这首上个世纪80年代写成的诗，是父亲爱朋友重友情的心声。以前精力较充沛的时候，只要是友人托办的事，他一向尽力而为。朋友来了，他激情澎湃侃侃而谈；朋友走了，他气若游丝地躺在床上，仿佛大病一场。为了让来访的挚友聊得尽兴，他甚至偷偷吃下支撑身体的药物。这种"舍命陪君子"的情况，在父亲来说屡见不鲜。即便是已经人老体衰的现在，他仍然旧情不改。老朋友的作品获了奖或是又有新著问世，身体好时他会马上写去几句由衷祝贺的话，既鼓励，又点评。为了躺在床上给一位友人写一页短信，父亲眩晕得几天不能恢复。不能见客，使一生爱朋友的父亲格外寂寞；但缠身的疾病又使他难以如愿。近两个月中，他就两次因破例会见宾朋，立即病倒或住进了医院。旧居因危改拆迁了，老邻居们成了他心中的挂牵，四十年来与不同年龄、不同阶层、不同身份的街坊们结下的友情，可以写出许多感人的故事。现在，每次我去探望父亲，他都要把他们的情况一一问个遍。就连老宅中的那些“老友”——麻雀们，老人也为它们今后的去处忧虑和叨念。近些年来，随着岁月的流逝，父亲心中如足如手的老友，一个个像友情之树上的落叶一样离他而去，老人的心情可想而知。只要身体许可，父亲都要写上一篇充满情感的悼文，纪念远行的故友。实在力不从心时，他就嘱托我母亲在他口述的基础上代笔，以寄托他“打击之重，实难承受”的哀恸之情。朋友和友情在父亲心中，永远重于泰山。

世纪老人的双眸，仍关注着中国与世界

父亲是从时代风雨中走出的作家与诗人，关注中国和世界大事，是他一生的习惯。由于听力下降和老年性白内障，他已无法听广播、看电视、阅读报刊上的小字。现在，每天上午九、十点钟，他最惦记的事，是按时拿到当天的报纸，举着放大镜，浏览重要新闻的大标题，早、晚两次请我母亲把最新的国内外大事，及时详细地讲给他听。世界风云变幻，现在，以巴问题、伊拉克武器核查，又成了他心中记挂的焦点。他经常和身边的人探讨这些问题，把自己的看法轮番讲述给每个亲人。因为，这些都是他一向关注的“大事情”。“十六大”胜利召开前，他欣喜地卧书“党强民心壮”五个大字，满含对党的热爱与期望。这既是老人的心声，也是一条颠扑不破的真理。我的乐源大哥一家久居济南，时常来信讲起家乡和山东的情况，父亲对此非常关心。前不久，大哥来信报喜：新的铁路正在修建，

老家诸城要通火车了。父亲在11月15日的回信中说：“每次读你的信，使我开眼界，得到新的知识。诸城通火车是一件新鲜事，由小事，见大事。”今年，山东大旱成灾。省市县各级领导心系民众，开仓赈济，为灾民解决生产和生活中的种种问题。父亲得知后立即欣喜地提笔写道：“近日信，小事少，而大事多，最为我所器重。山东大灾，领导同志以仁人之心，处理灾情，可佩可敬。小事我爱，这重大的事，我更爱之。”老人对世事的关注与挂怀，可见一斑。

还有一件事情让我深为感动。父亲在写于新世纪之初的《蛇年纪感》的结尾，曾这样倾吐心愿：“我无暮气，有童心，自称‘九十六岁不倒翁’，活过百岁，再加二十。长寿不是赖活着，而是为了多看看新事物，希望祖国完成统一大业，国更强，民更富，全人类都生活在和平美好的新世纪中。”正如文中所写，台湾早日回归祖国怀抱，半个多世纪以来一直是父亲的一大心愿，他有关这方面的作品并不少见。2002年9月13日下午，刚刚出院的父亲高兴地迎来了海峡对岸的客人：台湾著名作家陈映真和夫人。海峡两岸两代作家的手紧紧地握在一起。虽然父亲和映真先生都是身带疾患的病人，但仍旧难以抑制心中的激动和潮涌的思绪，有关宝岛回归的话头谈也谈不完。当映真先生听着老诗人不断重复的话：“我们两岸人民都源于同一个祖先，两岸同胞应当团结起来，我们的祖国要统一！”他动情地说：“这仿佛就是祖国母亲款款的叮咛呀！”父亲和映真先生多么希望能于有生之年，共同迎来祖国一统的那一天啊！

“我们都没有白头发”

九十八岁的高龄，不可谓不“老”。但是，今年10月初，面对祝寿的朋友们，头发早已灰白的父亲却笑着大声说：“我们都没有白头发！”我听懂了父亲的话，他是在自喻，也是在激励友人。记得2001年初始，父亲在发表于《新民晚报》的抒情散文《蛇年纪感》的一开头就这样写道：“我不寻春，春寻我来了。我不是一个白头翁；而是像儿童一样，充满生机，乐在心头，有着歌唱的愿望。”再联想起他的诗句：“狂来欲碎玻璃镜，还我青春火样红”，“榻上谁云销浩气，飞腾意马到无涯”。我知道，父亲的心境依旧不老，他正以顽强不懈的生命力，搏击着病魔的侵袭。

父亲近些年来身患多种老年性疾病，一年之中，总要几次住进医院。然而，老人的生命力非常顽强，近些年的几场大病，使他数度徘徊于生死关口，但是，他次次化险为夷，转危为安。就在这个月，他又一次战胜了死神的威胁，微笑着迎来了生命中新的一年。由于进食很少，近半年不得不采用鼻饲的方法，向父亲胃中输入营养液。他人瘦，两次腰椎压缩性骨折后的长期卧床，使得腰部以下疼痛难忍。他曾对我说过他的体会：“长寿非福。”但是，父亲并没有退缩，他正指挥着得益于长期锻炼的身体，与病痛进行不屈的抗争。不能像过去数十年间那样，每天风雨无阻地按时散步4次了，他就躺在床上做运动。清晨醒来的第一件事，就是从上向下地轻轻拍打四肢，活动手臂与双腿。只要身体略好可以下床，他就让家人搀扶着，在室内走上一大圈。阳光和煦气候宜人的时候，他会坐上轮椅，到楼下的小花园逛上一会儿。今年秋天北京菖蒲河公园开放，不知游人是否发现了这位老人的身影。“胜景贪看随日好，余年不计去时多”（父亲诗句）。在这些年唯一的这次出游中，“贪看”着眼前“随日好”的“胜景”，“没有白头发”的父亲，由衷地笑了。这位出生于清朝末年、亲身经历了几个不同历史时代的世纪老人，是看到了亲爱的祖国母亲更加美好的明天啊！

2002年12月

旧宅院中的老朋友

去年金秋十月，是父亲臧克家九十七岁寿辰。为老人送上一份生日礼物，是我的心愿，思忖多日，嘱托善解人意的女儿代表病中的我，细心挑选了一件精致的工艺品：一方窗檐下，两只小雀比肩而立，嘴儿微张，似在争先恐后地轻声诉说着什么；探出的小脑袋，一齐专注地凝视前方。这晶莹剔透的小玩意儿，后来被父亲置于床头，日日相对。大约他已会意我们母女的用心：请这两只期盼中的客人，为年近期颐的寿星，带来老朋友们的祝愿与思念。这意外的惊喜，定会宽慰他心中那份驱不走化不开的深情。

这些被父亲久久怀念着的老朋友，就是一群日日光临我家院落的小麻雀。

自上个世纪六十年代开始，我家一直住在四合院中。在这已有八九十年历史的老宅院里，父亲接待过多少挚友与宾朋，这儿又发生过多少感人动人的故事，我已无从计算并将其大部分淡然遗忘，但是，随着日月的流逝却愈来愈深刻地感动着我的，是父亲暮年对这群鸟儿的一腔真情。

整整四十个寒来暑往，人类大约都已备尝世事变更、人情淡漠的况味，但这群麻雀却一代代痴心不改地依恋着我家的小小庭院。每天清晨，曙光初照，它们叽叽喳喳的欢闹，便打破了院中的寂静。在这些小生灵的眼中，这朴素的旧宅院无疑是它们美好的天堂：这儿有翠竹摇曳，这儿有鲜花怒放，这儿有可供嬉戏的园地和依偎歌唱的枝头，这儿更有我的父亲珍爱呵护它们的一片深情。正是这位可敬的老人，怀着那颗善良挚爱的心，与麻雀们结下了一段历经长久的不解之缘。多少年来，不畏风霜雨雪，不论多忙多累，不管身体好坏，年迈体衰的父亲，每天必亲自按时为他的朋友们送食送水：细心地掰碎一日三餐从自己口中省下的馒头米饭，撒在鸟儿们容易发现的地方；再将天天更换的一碗清水，弯腰放在翠竹掩映的黑土地上。天降大雪，老人怕麻雀看不到食物，便小心翼翼地用扫帚一下下扫出一片空地；暴雨倾盆，父亲打着那顶半旧的塑料雨伞，将“饭场”移到南房檐下的青石台阶。这些原先一见到人影便“呼”地四散而飞的麻雀，渐渐地，遇人只是不再惊惶地闪进东屋窗前的竹丛，打个转转，像是害羞的小姑娘暂避片刻，随即便依然故我地落在地上，寻寻觅觅地蹦来蹦去。到了后来，一到“开饭”时间，它们就像嗷嗷待哺的婴儿一般聚拢来，不等喂食的父亲走开，便迫不及待地从屋檐上、绿树间飞下来，饱餐一顿。“酒足饭饱”之后，它们亲热地围着老人飞翔，无忧无虑地游戏在花丛中，放歌在绿叶间。因为，这儿是它们的乐土与家园。望着这些成为老朋友的小小生灵如此欢乐，父亲饱经沧桑的脸上，便会浮现出由衷的笑容。这群徜徉在旧宅院中的小客人，为父亲忙碌的晚年生活，带来多少生机与情趣。

鸟儿们与我们成了老朋友，可老朋友也有闯祸的时候。我的母亲喜爱养花，辛勤的劳动将我们的家变成了大花园，一年四季鲜花不败。父亲曾不无赞叹地赋诗曰：“座上高朋抒壮志，窗前小朵缀青柯。”“秋来不用登高去，自有黄花俯就人。”就连院中那架枝叶茂盛的葡萄，也年年为我们带来收获的喜悦。但是，馋嘴的麻雀却置“好花共赏，人人爱护”——这父亲曾亲手书写的号召于不顾，在一些好花的嫩芽与蓓蕾初绽之时，便毫不客气地将其啄食干净，真真是开了吃“鲜花宴”的先河。就连我们眼巴巴候其成熟的半酸不甜的青葡萄，也被它们叨得大洞小眼，惨不忍睹。母亲看着心爱的花儿遭此浩劫，心疼无比；我们眼见到嘴的美食化为乌有，气愤填膺。对于恶习不改的麻雀，不免口足并用地驱赶几下。于是，分别视麻雀与花儿为心头爱物的一双老人，便产生了小小矛盾，儿女们对鸟儿的无礼行径，也颇有怨声。但是，这些都丝毫不影响父亲的爱鸟之心。虽然，他也对老朋友的过失无奈地摇头，望着老伴儿精心培育，但如今却再也开不出好花的空空枝头，惋惜地叹气。唉，鸟非圣贤，孰能无过呢？最后，化解遗憾与矛盾的方法，是在黑土地上插了数根不高的竹竿，系上随风飘动的彩带，以此驱逐麻雀。当然，那效果，是可想而知的了。

父亲对麻雀们的爱是发自内心的。他曾对我说过这样的话："有人喜欢将小鸟关在笼子里，用精美的食物喂养，以博得它们动听的歌唱。但是，在我听来，这歌是悲歌！是失去自由后悲惨的歌哭！"我至今还记得这样一件事：十多年前，我还在上小学的女儿，在院中发现了一只蹒跚试飞的雏雀，缺少玩伴儿的她，欢天喜地地准备了一只大盒子，想把这只小麻雀养在里边。父亲看见了，严厉地制止了悲剧的发生，当下就三令五申，不准家中任何人惊扰这只可怜的小鸟。老人轻手轻脚地在它藏身的花丛边撒了食物，搁置了清水盆，关切地站在卧室里的窗前，向外眺望雏雀的动静。直到下午，连午觉也没睡好的父亲，亲眼见到焦急的老雀将自己的爱子带飞回巢中，才放下心来。父亲的心与鸟儿们的心是相通的啊！

在父亲卧室外屋檐下筑巢的麻雀，年年添丁进口。乳雀唧唧的稚嫩叫声，疲惫的公雀打食回来喂养子女的动人情景，不仅给父亲带来无限欣喜（他说，有多少次，他是带着欢愉、欣慰的笑，听着乳雀的叫声，酣然入睡的），更使他感悟到生命的永无止息与亲情的伟大。就这样，这些被父亲视为儿孙一般的忘年之交，真成了我们这个大家庭中的成员。不信么？在山东电视台拍摄的获奖文化专题片《诗人臧克家》中，麻雀们的镜头，比身为父亲长女的我还多呢！

1995年以后，父亲多次重病住院。因为旧宅院阴冷潮湿的环境实在不适于老人养病，父亲出院后，搬到了组织上为他借来的楼房中。一别几载，当年父亲喂养、关爱的麻雀们，早已繁衍数代、子孙满堂。后来依旧在这块天地中驻足的，大约已经不是旧时的老友了。但是，这些小生命，早已成为父亲心头永远的挂牵。他总是隔三差五地亲自往旧宅院打电话，写便条，询问“麻雀替我按时喂了没有”。即使是在病情危重的时刻，他也忘不了再三嘱托身边的亲人，照顾好他的这些老朋友。每当我从电话筒中，听到他用病弱、苍老的声音，诉说着娓娓叮咛，我的心，便被一种难言的感动填满。更令人动容的是，父亲新居的阳台上、小窗前，常有麻雀飞来唱歌。每当此时，父亲就会久久地深情地凝视着它们，然后，慢慢抬起头，充满情感地对我们说：“是不是四合院中的老朋友又来看望我了？”今年初，旧宅院终于迎来了拆迁的消息。哪里是麻雀们新的乐园新的家，成了父亲和我们心头的忧虑与牵挂。我想，父亲那颗挚爱老友的拳拳之心，一定在期盼着鸟儿们神州处处可为家的那一天吧！

我曾经不止一次地问过自己：这些极其普通的小麻雀，既无华美的外表，又无黄莺、百灵样的婉转歌喉；论身份地位，它们是鸟类家族中最不起眼儿的平头百姓，父亲何以在人们提出“热爱鸟类，热爱大自然”号召的数十年前，便开始对它们倾注了如此厚重的关爱与真情？由此，我想到了父亲写于1946年春的诗作《邻居——给墙上燕》。父亲在诗中倾诉了他对于来屋中安家的一只燕子的万般牵挂。在诗的末尾他这样写道：“今天，你说我有多么快乐！ ／当我看见你不再是一个； ／我的心永远不能安宁， ／如果有一个人不能幸福地生活。”的确，在我目睹和联想起父亲曾经对那么多的人和事，付出过那么多同样的真情与爱心，我懂得了，老人的这些行动，这份情感，是他人生本色的自然流露，来源于他热爱生活，热爱生命，热爱与我们息息相关的整个世界的胸襟！

这几年，已近百岁的父亲多次对我讲，他一直想写一篇关于麻雀的文章，他有许多鲜活的素材酝酿已久。就在不久前，母亲整理父亲的床头柜时，发现了老人用已经颤抖的笔迹，写在稿纸上的这篇文章的标题：

天地为笼交麻雀

——题解：“交”，交友也。

这是何等的气魄！何等的深情！如果父亲的这个夙愿能够在他笔下实现，它一定会是一篇极其真挚感人的美文。因为，父亲对这群老朋友经久不变的爱，是那样地深。

但是，年迈多病的父亲，已经无法实现为它动笔成文的美好愿望；我们居住了四十年的那所老宅院，也已随着危房改造的推土机的轰鸣而不复存在。于是，数十年耳濡目染之下，怀着一颗被深深感动的心，我不揣文笔的粗浅，写下了这篇小文。我笔下所写的，也许不及父亲那份情感之万一；我的文章，也绝不能与父亲胸中汹涌已久的文思相比；但是，我想把这个耄耋之年的老人与一群小麻雀的故事告诉大家，因为，我从中体味到：有爱的世界是多么美好！我知道，虽然时光流逝、世事更迁，但是，这真爱不变，这深情不变。你看，父亲床头的那两只小雀，不正在与父亲倾心交谈，诉说着老朋友心中同样不变的真情与思念吗？

写于2002年7月

短巷情长

——记父亲臧克家和赵堂子胡同老街坊们

赵堂子胡同，是北京东城朝内小街南端一条不长不宽的街巷。人们也许不知道，漫长的四十多年中，在这条并无出众之处的普普通通的胡同里，发生了多少感人的故事。它们的主人公，就是我亲爱的父亲臧克家老人和许许多多居住在此的老街坊们。

我们的家，是1962年搬入胡同西头的15号居住的，这一住，就是四十年。生于1905年的父亲，是一个极有毅力的人。他曾经多次对我们说过这样的话：“只要我认定的事，就破命去干。”从青年时代起身体就不好的他，选择了散步作为锻炼身体的好方式。于是，数十年里尤其是1972年父亲因病从干校返回北京之后，每天定时的四次外出散步，便成为他生活中雷打不动的重要内容。从此，严冬酷暑，风霜雨雪，这位老人在赵堂子胡同中散步的身影，成了这里一道独特而又感人的风景。

散步，是为了强身健体。一贯提倡“风浴”“雨浴”“雪浴”的父亲，正是借助数十年坚持锻炼的好身底，活到了99岁的长寿之期。但是，逝去的岁月告诉我，父亲更是以胡同中一名普通居民的身份，着意将散步作为亲近和融入老百姓的特殊方式，把他一生不变的热爱人民、心系大众的深情，撒在了赵堂子胡同老街坊们的心中。

父亲在这儿交了多少朋友：不论是专家学者知名人士，还是教师、工人、家庭妇女和大大小小的孩子们。在他们眼里，臧老不仅是享誉中外的大作家，更是和蔼可亲、热情如火的长者和贴心人。

我家斜对面的机关宿舍里，住着多位中年学者和专家。父亲在散步的时候和他们中的不少人成了朋友。当他们在胡同中不期而遇，若有闲暇，便会敞开心胸，一起谈诗论文，感叹“世风”，臧否人物，互看作品。一次，父亲应其中一位博士（老人与他们夫妇及两个十多岁的孩子都是熟人）之请，为他的朋友写了条幅并亲自送到博士家中。正是这次不经意的到访，博士一家四口蜗居于十平方米住房中的窘迫，宿舍过道里家家密集如蜂房的拥挤，中年知识分子迫切要求改善生活待遇的强烈呼声，深深地震撼着父亲的心。回到家，一向关注民生的老人，怀着人民作家的正直与良知，怀着那颗火热的心，立即挥笔疾书，写出了1988年4月发表在《光明日报》且反响强烈的散文《博士之家》。在这篇充满忧虑和感慨的文章中，父亲由这位我国首批博士的家，写到了他所熟识的中青年知识分子们生活上的艰辛，饱含深情与期待地为解除他们的后顾之忧而大声疾呼！后来，博士与同宿舍中不少学者的住房条件都有了改善，父亲的心才得以慰安。这位最终定居澳门的博士和我父亲成了忘年之交，不时有书信和著作的往还。每次到北京，他都要带着全家人前来看望我年迈的父亲。他们是将克家老人、他的《博士之家》和那颗暖人肺腑的心，永远地记在了心中。

像这样的例子岂止一件两件。在1988年9月同样发表于《光明日报》的杂文《读〈关心教师歌〉有感》中，父亲以从事小学与幼儿园教育的赵堂子胡同老街坊们为例，用耳闻目睹的件件事实，再次殷切地呼吁，希望我们的国家切切实实地为教师、为人民办好事，解决实际工作中的问题。这耄耋老人的拳拳之心，切切之情，跃动在一篇篇文章的字里行间。

父亲对普通老百姓，满怀一腔深爱之情。这种平等的（丝毫没有俯视、赐予成分的）发自内心的爱，贯穿在他的一生之中。父亲经常在散步的时候，仔细询问街坊邻里们的工作生活情况，分担他们的欢乐与忧愁。大家有什么心里话，也爱向这位可亲的老人倾诉，就连谁家的孩子考试不及格，父亲都知道得一清二楚。街坊邻居有谁的儿女结婚，他听说了，必亲自送去一份贺礼；我家斜对面的小巷里，住着西总布小学的教师，于是，这所学校的孩子们成了每年必到我家做客的嘉宾。在紧邻我家的简陋拥挤的小院中，有位散步的时候常与我父亲聊家常的退休工人，两人成了几天不见就相互牵挂的朋友。后来由于病重再也出不了家门的他，十分想念我的父亲。忐忑与期盼中，他叫儿子拨通了我家的电话。几分钟后，比他年龄大出许多并且繁忙体弱的老诗人，就站在了他的病床前。一位如今已入中年的高级编辑至今仍清晰地记得，克家老人为他的成长付出了多少关爱和帮助：还在上高中、大学的他，就曾拿着自己的文章，请我父亲提意见并推荐发表；考大学、找工作，他都向老人寻求过帮助。后来，他又多次请年迈的老诗人为他的朋友和工作题辞、写条幅、题书名……父亲出于对年轻人的关爱，每一次都满足了他的请求。父亲常常语重心长地对我们说："我年纪大了，不能为别人做更多的事。我把做这些看成是为人民服务，再苦再累也乐此不疲。"

父亲爱孩子，早就出了名。体会最深的，莫过于住在这条胡同里的，下至幼儿园、上至考入高等学府的孩子们。父亲外出散步的时候，兜里总是揣着糖果，分发给路上遇到的孩子们。屈指算算，吃着他送的糖果长大的，已经有几代人。父亲平时事务繁多又身体不好，客人来访一般要事先约好时间。但是，有的孩子却有一种特权，可以打破常规随时推开我家大门。问他们找臧爷爷有什么事，他们稚气十足地头一仰："也没有什么特别重要的事儿，就是想找爷爷谈谈心。"在他们的眼里，父亲不是什么作家名人，而是亲切热情可以掏出心里话的邻家老爷爷。有的小学生拿着自己的作文，请父亲看过以后"提提意见"。老人认真地读完，惊喜地发现其中不乏佳作，就忙着四处联系帮助推荐。当孩子们拿着平生第一次得到的稿酬前来报喜，父亲笑了，比发表了自己的作品还高兴。是父亲暖人心怀的笑容，使一位上中学时曾与我家为邻的女孩，化解了心头的羞涩，与我的父亲成了都怀有一颗童心的忘年的朋友。她永远不会忘记，在高考前夕那段艰难的日子里，臧爷爷非常挂怀她的前程，几次到她家，将亲自写好的条子送到她手中，条子上写满了关怀鼓励的话。老人是在为她祈福，希望她有个美好的未来。我的父亲甚至请同是朋友的女孩父女俩来家中做客，热心地为她的前途出谋划策。当这位女孩全家乔迁新居后，臧爷爷还几次在给她的信中，满怀情感地称他们曾“共患难”，“每忆许多往事，如雾如烟了。”怀念与挂牵之情，溢于纸端……

父亲就是这样，用温暖仁爱的心与和煦的微笑，看着左邻右舍的一批批孩子长大。当个头儿已经比他高的一个个年轻人，每月收入也比他高出许多的时候，老人用由衷的欣喜，赞叹着新一代的成长。

还有，为了给街坊们创造一个优美洁净的生活环境，父亲的心是那样的细啊：他看到大门外花坛中正在盛开的鲜花被人摘走，就心疼地立即亲笔写了“好花共赏，大家爱护”八个大字，贴在花坛边的墙上。胡同里垃圾站太脏太乱，这年迈的老人甚至会拿着扫帚簸箕，一下一下吃力地将地面清扫干净……

这样的故事太多太多，我实在无法一一说尽。这条不足二百米长的胡同，承载了父亲对街坊邻里们的多少深情！这段生活，是他一生情系大众挚爱人民的缩影和印证。

1995年，年老多病数次重症住院的父亲，再也不能适应赵堂子老宅院那阴冷潮湿的居住环境，在住房上从未麻烦过别人的他，怀着依依难舍的深深的离别之情，与我母亲搬到了友人帮忙借来的楼房中。从此，一家家老街坊成了他心头再也放不下的牵挂。每次我去看望他，父亲都要一家一家地仔细询问他们的情况，从生活工作问到身体，并多次嘱托我去看望他们。有病在身连走出家门都十分困难的我，为父亲的一腔深情深深打动，却实在无力完成他交付的使命。得不到老街坊们近况的父亲心中怅然，有时告诉我在梦中见到了他们的面。1999年，已经行动困难的父亲，执意要回旧居看看，四十年的情感让他梦萦魂牵。我至今忘不了那一天，95岁的老人不听全家人的极力劝阻，非要再到赵堂子胡同里走上一圈，去见见那些久违的街坊邻居，以解他心头的思念。父亲被搀扶着走了，但是，耗尽了体力的他，是让人背回家中的！望着他瘦弱的身躯，我的双眼立刻盈满了泪水。我想起了他晚年的一首诗：

> 我，
> 一团火。
> 灼人，
> 也将自焚。

他是在深深地挚爱着人民大众的同时，无私地燃烧着自己的生命呵！

从1962年直到今天，漫漫的四十二年，父亲付出了深爱与真情，同时也得到了多少老街坊们的崇敬、爱戴和怀念。

我的脑海中至今还不时地浮现出那些昔日的画面，每当父亲漫步在赵堂子胡同中，你看吧，男的女的，老的少的，骑车的，步行的，不同年龄、不同职业、不同身份和阶层的人们，都纷纷亲热地向他招呼问好，有的还要站在路边聊上一会儿。那些孩子们更是可爱，从幼儿园大门走出的小不点儿，会抱着我父亲的腿撒上会儿娇。每逢中午和傍晚放学的时候，由稚嫩的、羞涩的、粗放的孩子们的嗓音，此起彼伏地交汇成的“臧爷爷好”的问候声不绝于耳。有时，整个路队的小学生们，由打着小黄旗的路队长带头，齐齐地大声向老人致意。每当我目睹这感人的画面，每当我在院中的屋里，都清晰地听到大门外传来的阵阵问候声，我便会在深深的感动和震撼之中，情不自禁地发出感慨：人活一世，得到人民群众如此的爱戴，我亲爱的父亲真是此生足矣！

记得有好几次，正在散步的父亲没有了踪影，全家人焦急地四处找寻。原来，他被盛情的街坊们请到家里，正举杯祝福办喜事的年轻人。在山东电视台拍摄后来获一等奖的文化专题片《诗人臧克家》的时候，编导们特意偷偷地随着我父亲到胡同里散步，拍下了不少动人的场面。你看，那位赤膊的胖胖的退休工人，一边熟络地和我父亲拉着家常，一边敬佩地高高地竖起了大拇指。他是在赞叹我父亲年近九旬仍在坚持锻炼的过人毅力，还是在诉说读到老人新作时的那份敬仰之情？许多老街坊们在分到新居搬走之后，还举家回来看望我的父亲，那份亲热劲儿，分明是子女来探视家中的老人……

父亲在赵堂子胡同散步数十载，他也成了老街坊们的挂牵。只要几天不见他的身影，大家就会为这位老朋友的健康担一份心。1995年父亲搬走以后，留守在赵堂子胡同的我和妹妹，经常听到临街的大门被敲响。这是念旧的街坊邻居们，前来问询父亲的近况。人们都说想他念他，这胡同中冷清了不少，叮嘱我们一定把大家的问候，捎到老人身边。被父亲多次问到的“史大哥”曾拿着我父亲留下的新住址去找了几次，都因为“没有寻到地方”怅然而归。已经记不清有多少次我走到路上，那些相识或不相识的老街坊们，都会热情地拦住我，深情地讲述起父亲和他们之间的故事。当赵堂子旧居拆迁，我搬回自己的小家，楼下看自行车棚的大爷对我格外关心。他常常主动地帮我为那辆旧自行车打气或是修理一些小毛病，嘘寒问暖十分热情。原来，他也是住在赵堂子胡同的老街坊，对我父亲十分熟悉和崇敬。多少次我心怀感激地想，我是生活在父亲和老街坊们深厚情谊的福荫中……

我至今也忘不了几个月前读到的那篇散文《臧克家印象记》，作者也是老街坊中的一员——曾与那位博士同院而居的一位学者。他用那样优美动情的诗的语言，向世人描绘了留在他心目中的克家老人：

> 臧先生有散步的习惯，当天色微明，小巷静寂；当夕阳晚照，巷挤人喧，我总看到他散步的身影。沿着巷边，迈着细步，踏着音律，有时赏天，有时看地，有时目向远方，有时向熟人挥手致意……有一天，胡同里人流退去，黄昏落日，晚风徐徐，我走近臧先生向他问好。他立即与我紧紧握手，并与我寒暄起来。他那笑容可掬的脸如孩童般天真诚挚，如春花样光辉灿烂。我还感到，我手中握的

手是温暖的，干练而光润。听说我们是山东老乡，臧先生更是高兴，他向我问起家乡情况，也问起我的工作。臧先生是可敬可亲的，他把所有人当作朋友，老人、青年和孩子都是如此……记得那是一个冬天，臧先生在书房接待我，我们相谈甚欢……老人兴致高，谈兴浓，妙语连珠，神采飞扬。记得他当时给我背了几首诗，他的音容笑貌、如痴如醉的神情，至今还历历在目……如果说，冰心如水样的清明，曹禺如酒样的醇厚，那么，臧克家就似火样的热烈，他往往以诗人滚烫的热情把你感染和照耀……不知从何时起，在我们生活的这条胡同里，已不见老人的身影，从此，我感到小巷孤独和寂寞了许多……

这位学者说出了所有老街坊们的心里话。四十二年的寒暑春秋时光交替，四十二年的社会变迁人事更迭，但是，父亲与邻里之间的满腔深情，却一丝一毫也没有改变。父亲曾写过这样一首小诗：

你会觉得心的太阳
到处向你照耀，
当你以自己的心
去温暖别人。

于是，我读懂了父亲的这份情感和整个人生。

现在，父亲走了，永远离别了他一生挚爱并为之奋斗终身的祖国和人民，也离别了他念想着的赵堂子胡同的老街坊们。我最亲爱的父亲呵，您可知道，因为危房改造已经搬迁的老街坊们，不约而同纷纷从京城的四面八方汇聚而来。一篮篮鲜花，一双双泪眼，一句句无限怀念的话语，深深地打动着人心。您看，在您灵堂里如云般盛开的花朵中，那个黑色挽联上落款“老街坊们”的花篮格外显眼，它寄托了人们多少深情与思念。澳门的博士不仅打来了慰问电话，发表了悼念的诗文，还几次派儿子前来祭奠，“博士之家”四个大字，写在花圈洁白的缎带上。那个您为她高考操心的女孩，没有辜负您的期望早成了一名记者。她满含情感写成的悼文《往事并不如烟》，发表在她所供职的《北京青年报》上。那位您帮助他成长的高级编辑，也在他负责的报纸上撰写和编发了精美的文章。在万里之遥的法国，一位少年时与我们为邻的中年摄影家，面朝东方心怀悲戚地写下了昔日到咱们家偷吃海棠，与您结下的《海棠情》，托赴法的中国作家代表团团长陈建功先生捎回祖国，刊发在故乡北京的报纸上。有的邻居告诉我，他们是流着热泪，读完了我这篇文章的初稿。这滴滴泪水，饱含着多少诉说不尽的内容。那位已经退休的西总布小学教师，正对着记者的摄像机，动情地讲述着往昔的故事。在送您西去的告别仪式上，老街坊们向您深深鞠躬，他们在送别心头的亲人……

最亲爱的父亲呵，您付出了爱，也得到了爱。谁说天堂人间两相隔？在赵堂子胡同那短短的街巷里，永远存留着您和老街坊们不变的深情！

含泪写于2004年3月上旬

4月第二稿

父爱如天

我最亲爱的父亲臧克家老人走了。它让我有生以来第一次体味到，什么是这五十五载生命中最大的悲恸。已经半年多了，我依旧不敢回忆老人临终前那段日子中的许多事和他重病中的面容。因为，那撕肝裂肺、万箭穿心般的痛，让我不能自持。我宁可将这段记忆永远封存。

父爱如天啊！父亲不仅赋予我极其珍贵的生命，从小到大，更用他心中那无尽的爱，给了我极大的幸福、欢乐和温暖，使我品尝到人世间至深至醇的亲情。他为我开启了知识的大门，缔造了童年和少年时代丰富多彩的生活；他用这爱一扫我人生路上的阴霾，为我生命的苍穹撑起了一片蓝天。我沐浴着父爱生活、成长，父爱给我以甘露琼浆。尤其是，他以他无愧于祖国和人民的一生，以他高尚的精神情操和人格力量，以他终生不渝的那份对于人民和祖国的大爱，震撼着我，成为我人生的楷模。在他生命最后的十多年中，他更以极为炽热、浓烈和厚重的爱，扶助我走过了人生中最为艰难的岁月。他是带着对我的无限关爱、惦念和挂牵离去的啊，爱之深，情之切，使我对于父亲的永诀痛彻心扉。仰望父爱的晴空，记忆中那刀凿斧刻似的往事，如昨日般清晰而深情；如海涛一样生生不息，澎湃汹涌。

幸福成长中的浓浓父爱

我是父母的长女，1949年5月降生于北平，他们就用“小平”做了我的名字。由于我是第一个在双亲身边长大的孩子，全国解放后安定幸福的生活，又给了我们尽享天伦之乐的好环境，因此，在那承欢膝下的日子里，父亲对我的爱可想而知。就是到了暮年，他还常常满怀深情地讲起我幼时的种种情景：在友人家做客，他和母亲亲眼目睹我迈出人生第一步时的惊喜；每天拉着我的小手，风雨无阻地接送我去“珍宝幼儿园”时的温馨（父亲一直记得它的名字和一胖一瘦两位女教师，还有那个看门、摇铃的老工人）；傍晚时分，父女俩坐在建国门外大青石上看巧云的乐趣；两次去青岛避暑，我们共同在海边嬉戏的欢欣……父亲是从1925年便步入文坛的老作家，由于疼爱又总是把我带在身边，于是，陪伴他参加的那些丰富而有益的活动，使我的生活异彩纷呈。正如父亲所讲，我那时就是他的一条“小尾巴”，常常跟在他身后，出席文朋诗友的聚会聚餐，结识了诸多的文艺界大家，他们的名字，赫然闪亮在人们眼前。在中山公园文人满座的来今雨轩；在老舍先生花团锦簇的丹柿小院；在为读者签名售书的劳动人民文化宫；在各色各样目不暇接的展览会和博物馆；在首都剧场诗歌朗诵会的来宾席里；在与莘莘学子研讨文学创作的漫谈会上……到处都有我小小的身影依傍在父亲身旁。在这些多彩的活动中，我汲取了多少成长中的营养。父亲每每去逛东安市场和新华书店的旧书摊，也总是携我前往。我的手中，会举着一串甘美的冰糖葫芦，跟随他的脚步在书海中徜徉。那时，我们常常各取所获，满载而归。这一天，是我们父女俩共同的节日。当我的小木书架挺大气地排列在父亲大书橱旁边的时候，我也带着兴趣和渴求，一步步走进了知识的殿堂。这启蒙于幼年的对于文学艺术的倾心与热爱，是父爱这棵参天大树上结出的一枚甜甜的果实。

父亲的爱无所不在。记得我8岁时和妹妹一同患上了“百日咳”，母亲照顾仅几个月大的妹妹，父亲担起了看护我的重责。那时，剧烈的咳嗽使我几乎夜夜无法平躺着入睡。同样病弱的父亲焦虑万分，他甚至数夜不眠，让我靠在他温暖慈爱的胸膛上进入梦乡。难熬的通宵里，父亲不敢挪动被我压得发木的腿，唯恐惊醒了熟睡中的小姑娘。病中的我依旧忘不了心爱之物——那香喷喷的花生米，父亲怕贪吃的女儿咳嗽时将它呛入气管，就不厌其烦地将它们一个个切成碎末。四十七年时光过去，但是，父亲身着长衫坐在桌边，一刀一刀仔细地为我削花生的情景，就在我的眼前；那浸透着父爱的花生啊，令我口齿留香，直到今天……

在那些数也数不清的难忘的日日夜夜，有多少饱含着父爱的故事，无法一一诉说。这一切，不仅使我初尝了亲情的珍贵和温暖，更开阔了我人生的视野，为我幼小的心灵和童蒙的双眼，展示了一个多么美好和绚丽的世界。这潜移默化的巨大影响，陶冶了我整个生命和人生。

父亲是从旧中国的贫苦农村走出来的人民作家。他终生都心怀着对于祖国和人民忠贞不渝的热爱。这份大爱，贯穿在他一生的情感、言行和文学创作中。从我的童年开始，父亲就自然而然地将这份大爱和许多高尚的品德情操，点点滴滴、绵延不绝地播撒在我的心中（我曾在其他文章中，也写到过这些往事）。记得小时候，我家居住的出版总署宿舍对面，有个不大的小饭铺。每天从清晨开始，那儿就挤满了煤厂工人、进城卖菜的菜农、小贩和三轮车夫。父亲常带我去那儿散步，看这些最底层的普通劳动者香甜地吃着大饼，捧着个粗瓷海碗，津津有味、“咂咂”作响地喝着豆汁儿。望着他们粗犷黝黑的脸和一双劳动的大手，父亲总是对我讲起他们的勤恳和淳朴，他们的劳作和生活。那一个个小故事，使我从心底对他们产生了深深的敬意。在父亲送我去幼儿园的路上，有一座煤厂。工人们在呛人的粉尘中忙碌的身影，他们沾满了煤灰的黑色的身躯，他们有力地摇动煤筛的臂膀和身上淌下的热汗，给我们留下了深刻的印象。父亲总是着意地拉着我在那里站上一会儿，向我讲解诸如脏与净、美与丑这类寓含深意的道理，使我逐步懂得了不少人生真谛。我渐渐长大以后才知道，出生于没落地主家庭的父亲，从小就在穷孩子堆里长大，风里雨里泥里土里，他是立足于贫苦大众之中的一员。从父亲拿起笔的那天起，他就在为他们呐喊，为他们歌唱，为他们的光明与解放奋斗了一生。父亲在他生命的一言一行中，将这情这爱传授给了我。毋需讳言，父亲一直盼望他的儿女们将来能够学有所成，报效祖国；但他更期待孩子们从小就懂得如何做人，今后能在自己的岗位上，向工人、农民和千千万万普通劳动者学习，勤勤恳恳、兢兢业业地做好自己的工作。于是，当我走上社会之后，父亲就不忘通过许多机会和方法，表达他的这份深切的心愿。譬如：我踏上黑龙江生产建设兵团那一望无际的黑土地不久，父亲亲笔在彩笺纸上为我写的几句话，就飞到了我的手中："号令一声响，五跃出北京。眼开天地阔，投笔学农耕。"1977年4月花开时节，父亲又为在石家庄国棉三场当工人的我，寄来了专门写好的条幅："生活的道路美丽又宽广，我的胸怀啊是这么舒畅，心头像有只婉啭的春莺，按捺不住要歌唱的欲望。迎春花虽然开得很小，她却有自己的一份色香，噼噼啪啪像一支火鞭，迎来了灿烂的大好时光。《凯旋》诗集序句，足见我的胸怀，你做工人极为光荣，站在自己工作岗位上，有一分热发一分光，像小小一朵迎春花一样。写给大女儿小平存念。"满满一纸诗文，满满一纸深情和期望……我将这些墨宝小心翼翼地珍存至今，因为它是父亲对我人生无比宝贵的激励和馈赠。在我的生命之旅中，曾经当过屯垦戍边的兵团战士，与农民并肩生活、劳动的插队知青，昼夜在轰鸣的机器旁三班倒的纺织工人，我问心无愧地度过了这些难忘的岁月，因为，父亲多年来的言传身教，就亮在我的心中。

父亲是诗人，在我的脑海中，不仅牢记了他的《老马》《有的人》《老黄牛》《抒怀》等诸多新、旧体的诗歌名作，还跃动着与我的童年密切相连的两首小诗《巧云》和《你看你这个小姑娘》。它们驻足在我的记忆里，已经有近半个世纪的时光。

《巧云》诞生于1957年末，我8岁。那时，父亲总是从繁忙的工作中抽出时间，与我尽享天伦之乐。最令我们父女难忘的，莫过于每天傍晚，并肩坐在建国门外护城河边的大青石上，欣赏天边的巧云了。那是父亲一天中最为闲暇的时光，他牵着我的小手，优哉游哉地向城外走去。这时，澄澈洁净的东方天际，常常飘动着朵朵白云；西边满天的晚霞，会为它们镶上彩色的花边。这些变幻无穷的云朵，是我和父亲永远也谈不完的话题。坐在大青石上，我们争抢着为云朵不时变化出的形状起名字，父女俩的欢笑和每有新发现时的惊叹，随着静静流淌的护城河水，漂得很远很远。父亲疼爱地看着我如花的笑靥，幸福和欢乐挂在他的脸上。他还会根据我的想象和发现，讲上一两个与此相关的小故事，年幼的我，常常陶醉在这美景和故事里流连忘返。这幅大青石上父女比肩看巧云的图画，就这样永远定格在父亲和我的记忆中。

于是，父亲据此写成的小诗《巧云》诞生了：

傍晚，走出城门，
坐在河边的青石上，
我和我的小姑娘，
并肩看巧云。

她的眼长在天上。
她在创造，她在发现：
呵，大烟囱，呵，拖拉机，呵，军舰……
她欢呼这天空里的奇观。

绝早，我独个儿来到原来的地方，
太阳还没有露面，
东方的半壁一片明丽，
它昭示了光明白昼的开始。

一支又一支烟囱，
一座又一座高楼的巨影，
这景象多么动人——
这大地上扎了根的巧云。

童年的“小女孩”，曾因父亲第一次“为她”写了诗而无比欢欣。当女孩长大，真正读懂这首诗的时候，我知道了，亲身经历了旧与新两个时代的父亲，不仅用朴素生动的语言，描绘出我们父女共享欢乐时的画面，他更是在为我们祖国社会主义建设的盛景，由衷地欢呼和唱歌。在他的心中，中国的未来，永远是“光明的白昼”，他祈望天上的美景，早日展现在眼前。女儿的眼睛在天上，父亲的目光在人间。这首小诗的意义，已经超出父女间情感的单纯描写，而具有了更加深刻的内涵。父爱和对祖国美好未来的赞颂与企盼，那样自然地融合在一起，我从这更为博大的爱中，学到了多少东西。

还有那首《你看你这个小姑娘》。1958年初，为了将建国门外一大片旧时的坟地和又脏又臭的苇塘，改建成崭新的人工湖公园，我们那片的居民，掀起了一场群众性义务劳动的热潮。当时正在病中的父亲，和数百位义务劳动者一起，投入到旧貌换新颜的热火朝天的劳动中。工间休息，他还激情洋溢地为大家朗读专门为此而作的诗篇《建国门外人工湖》和《亲亲热热为挖湖忙》。父亲对于劳动的忘我与热爱，融入普通群众中那种如鱼得水般的情感上的欢畅和愉悦，以及我从未见到过的宏大的劳动场面，深深地吸引和感染着不到10岁的我。于是，每天放学一丢下书包，我便叫着喊着要和父亲一块儿去劳动。对于我的请战，父亲既欣喜又鼓励。你看，在工地上，我干劲十足、毫无惧色地捡出成堆的苇根和不时露出地面的白骨，有时甚至和父亲抢着抡镐挥锹，真要和大人们一试高低。满头大汗的父亲，看着爱女置身于热气腾腾的劳动大军中十分高兴，并且被我争抢着上阵的稚态和高昂的劳动热情深深打动，很快就写出了这首情趣盎然、朗朗上口的小诗《你看你这个小姑娘》：

你看你这个小姑娘，
委委屈屈小模样，
小辫像摇货郎鼓，
蹦着跳着要出庄。

眼皮包着两汪泪，
嘴角拴住个小绵羊，
委委屈屈小模样，
你看你这个小姑娘。

是要买糖果没遂心愿？
是看中了什么花衣裳？
是和要好的同学闹翻了脸？
请问你这个小姑娘。

不是为了这，也不是为了那，
发急只为了事儿一桩：
她要到人工湖上去挖土，
妈妈说：“镢头的杆儿比你长。”

短短16行诗，父亲用满含赞赏、疼爱的笔，将一个个子小小却一心要去参加劳动的小姑娘，在愿望受阻后那焦急委屈的样子，活灵活现地送到了人们眼前。我十分喜欢这首以我为模特儿的小诗，它曾作为我的保留节目，为许多客人声情并茂地表演过。后来，当我在一些少儿诗歌朗诵会上，听着名演员朗诵它的时候，心中确有几分骄傲和自豪。因为，父亲描写的决不仅只我一个人，他歌颂了新中国热爱劳动、热爱祖国的一代新苗。他们愿意用自己的双手，把大地装扮得更加美好。

这两首小诗并不是父亲的名篇和代表作，诞生的年代也已久远，但它们对我的启迪和教育，却令我至今铭记。因为，这不仅是我童年生活宝贵而真实的记录，更是父亲为祖国和新一代少年儿童唱出的歌。这字里行间饱蘸着爱的诗作，凸显着他一生不变的思想与情感，引导着我要和父辈一样，永远怀揣着一颗深切期盼祖国繁荣强大并且愿为之奉献汗水和热血的赤心。

我生命的“大保护神”

岁月，在人生年轮的厚积中逝去；亲情，在我的生命中愈发显示出它的难能可贵和感人的温暖。因为，人的命运是莫测的，生活，有时会在你面前蓦然变脸。谁也不会想到，曾经有过幸福往昔和健康体魄的我，会从三十多岁开始，就历经了小家庭破裂、女儿多病，接着自己又先后被多种疾病缠身，十年前，不得不离开了钟爱的编辑工作和健康人的生活轨道，走上了坎坷艰难的生活旅程。

那是怎样痛苦的岁月啊！记得在颈椎病严重发作的日子里，我一连数月躺在床上，头一动都不能动，就连去医院看病，也要靠人抬着担架送上急救车。身受的病痛和精神上的折磨，使一向坚强乐观的我，不禁以泪洗面：难道就这样走完自己的人生之路?!

年已九旬的父亲看到心爱的女儿遭此厄运，真是寝食难安，心痛万分。他和同样焦虑的母亲，立即将我和我的女儿接到身边，两位老人要用他们心中永远不变的爱，为我的生命支撑起一片充满希望和光明的蓝天。

这十多年间，是父亲步入暮年，正该儿女们床头尽孝的时候；而我，却依然需要年迈双亲各方面的扶助和照料。他们不仅从情感、生活和经济上，无微不至地关怀我，更给予我精神上极大的鼓舞。我卧病在床的那些日子里，父亲每天清晨外出散步归来后的第一件事，就是轻轻地推开我的房门，仔细询问我的情况，那种急切地盼望女儿早日康复的殷殷深情，写满他已苍老的慈爱的脸。他以自己积数十年体验总结出的有益于健康的四句歌诀，给我打气。多少次，他用带着山东味的语调，对我吟诵道：“思想大门洞开，情绪轻松愉快，锻炼、营养、药物，健康恢复快哉！”他还对我讲起青年时代，由于思想解除负担从而战胜疾病的故事，让我从中汲取有益的经验和力量的源泉。那时，老人几乎每天都为我拿来亲手削好的水果和各种点心，精心地放在我一伸手就可以拿到的地方；又嘱咐保姆多做些有营养或是我爱吃的饭菜，让久卧病榻的女儿赶快强壮起来。他教我如何在床上活动手脚锻炼身体，又将近期发生的国内外大事细细地讲给我听。他还多次说到要向我学习，学习我与疾病斗争的顽强意志和精神。当我病情稍有好转，自己从来不用手杖，并且在文章中称“我不服老，没法给‘扶老’（指手杖）派个用场”的父亲，仔细地从友人们送他的“扶老”中，挑选了一支写满各种形体的“寿”字的手杖，满怀期望地送到我的床前，盼望我早日站立起来，扶杖而行……父亲掏出了心中全部的爱，倾注在我的身上。他是在用他所能表达的一切方式，来诠释希冀女儿早日康复的那份心愿啊！

2001年3月中旬，我入住北医三院，面对风险大又前途未卜的颈椎手术，心中难免忐忑不安。21日清晨，就在我即将被推入手术室的时刻，年过八旬的母亲，为我送来了96岁老父亲刚刚写好的亲笔信：

我亲爱的大女儿——小平！你身在医院，爸爸的心在你身旁，大希望，你不要紧张，放开心。我，你，好紧张，对健康不利。放开，多想高兴的事，想想，你的病一好，又可以提起笔管，写美丽动人的作品。你的一些文章，成为名作（如《初恋》），想想这一些，心境就舒坦了。以爸爸为例，我把心放得很轻松，昨天，前天，一连两个下午全下到院子里，心旷神怡，晚上还看电视，“晕眩”也完全好了。你听话，学学爸爸，病会好得快。把紧张的心一定放开，一家亲人，全希望你一时受点苦，病一定会好快些。妈妈是你的大保护神！爸爸也是！好孩子，听话！

爸爸嘱

2001.3.21晨

两页信笺，浸透着令我动容的天高地厚般的父爱深情！它强烈地震撼着我的情感和心灵。年迈的父亲说得多好啊！已近百岁的他和82岁的母亲，是我人生的“大保护神”！有了这人世间永恒不变的最为宝贵的亲情，有了父爱和母爱的佑护和辅佐，我还有什么理由不鼓起生命的风帆，去迎击命运的挑战?!

是啊，最亲爱的慈父是我生命的“大保护神”，每念及这句话，泪眼蒙眬中，父亲的遗像在素洁的花丛中对我展露着笑颜。我怎能忘却，在我人生的每个阶段，都有他的爱和身影相随相伴。

记得“文革”期间的1969年8月下旬，我即将离开亲人和故乡，奔赴黑龙江生产建设兵团。正在“牛棚”被监督劳动的父亲，每逢周末才能回家一次。他难过地告诉我，请假的申请未被批准，一向疼爱我的他无法为我送行。难舍的亲情和对于全家人的未来茫然莫测的心绪，使我在离别之时的万端感受中，陡然增加了对于双亲的情感和依恋，父亲的话，令20岁的我伤心难言。

然而，8月26日上午我即将迈出家门的那一刻，气喘吁吁的父亲赫然出现在我眼前，二十年的爱，使他无法忍受没有送行的别离。惊喜之中，我一下子跑过去抱住了他的臂膀，一股热泪迷蒙了我的双眼。父亲执意为我拿着沉重的手提包，仿佛这是分离前他能为我做的最后一件事。在灯市口同福夹道通往集合地点的胡同口，我们父女做了最后的告别。因为，当天清晨经过再三恳请才被准假一个半小时的父亲，没有更多的时间与我话别。相对无言啊，父亲的手和我的手紧紧相握，久久不愿分手。从此天各一方的父女，不知何时才能再见。回头再回头，我几乎是一步一停地转身向父亲挥着手，只见已年过65岁的父亲一直站在那儿，夏季的热风掀动了他灰白色短衫的衣角，瘦削的脸上，堆满依依难舍的深情。他也一下一下地向前挥动手臂，我明白父亲的意思，他是在叮嘱我：“去吧，去吧，去开创人生新的天地，新的生活！”我的泪水一下子像决堤的江水奔涌而出。虽然那段岁月早已逝去，但是，父亲的身影和那挥动的手，永远定格在我的心间。

在我远离父母，身处黑龙江兵团、河北农村插队和石家庄纺织厂的八年中，不时收到父亲的家书。每封信的字里行间，都充满了挚爱、关切、思念和挂牵。1974年5月，在即将年满25岁的时候，我在兵团加入了共青团。父亲在来信中欣喜地写道："你23号的信，28号到，我读了六七遍，极为高兴。妈妈、苏伊也为之心情愉快。二十五岁，还力争入团，这精神大好！"知道我在夏季水利会战中表现出色，他叮嘱我："接你信，知开土方超额甚多，极累。努力工作当然好，但要量力而行，不能凭一时的劲头。活是长期的，决不可以天天以突击精神从事，这样，可以持久，可以不至损害健康，切记！"听说兵团试行"工分制"，父亲谆谆告诫说："你们改工分制，组织上如此决定，自有道理。干革命，做工作，不是为'工分'，你要努力为之，不要争工分。"1974年我所在的连队遭遇特大雹灾，父亲一连在多封来信中提及此事，远在千里外的老人，"心中为此甚为难过"……记得有一年连队指导员到首都公干，当时因劳累过度突发严重心脏病，从干校返京治病的父亲，已年近70岁。他带病亲自请指导员吃了饭，致使这位年轻的连干部，感动得一再向我讲起老人的热情与好客。我懂得，虽然热情好客是父亲的天性，但是，他更是为了远方的女儿才这样忘我地抱病支撑。

2001年，在准备为父亲编全集的时候，我带病整理了父亲多年来的旧信。在翻看这些纸张已经有些发黄的信件时，我触摸到了父亲当年为我而搏动的那颗爱心，更清晰地知道了，在相当长的一段时间里，先是为了大龄的我能调得离家近一些，后来是为了我的婚姻问题，父亲真是操碎了心。在我的记忆中，父亲平生极少开口麻烦别人。在他的晚年，每逢春节，中央统战部、中国作协和全国文联，都有人来拜年，询问父亲有什么需要帮助解决的困难。老人每次都事先三令五申地告诫我们，不要给组织上添任何麻烦。但是，为了我，他在二十世纪七十年代中期，却向一些友人甚而是原本素不相识的人，写了求助的信件。为了我啊，他破了人生的惯例。正是由于父亲和母亲不懈的努力，我才辗转地从黑龙江兵团、河北农村插队、石家庄纺织厂，最后回到了故乡北京。我深知，父亲提笔写这些信的时候，心中一定充满了挚爱，因为，那笔下流淌出的，是对女儿深切的关心和感人的真情。

父亲是我生命的“大保护神”，在我1995年重病后的十年中，他以极为欣喜的目光，注视着我的每一点进步。他看到，我循着父母的教诲和期待，仰承亲情的支撑和温暖，以乐观坚强的精神，与病魔斗争，最终站立了起来。不仅慢慢地生活可以自理，而且如父母所期望的，又拿起了笔，用这种与疾病和命运抗争的特殊方式，写出了一些受到好评的文学作品。在这个并不短暂的过程中，暮年的父亲给了我多少巨大的鼓励和支持。有多少次，我将文章的初稿请他过目，老人中肯的意见和建议，给了我不少灵感和启迪。文章发表后，他不仅每文必读，而且马上就会给我打来电话、捎来书信，有时甚至就在文章旁边写上评语。他用这些多是鼓励的话勉励我坚持写作。即使后来父亲因老年性白内障无法亲自阅读了，也让我把内容大声地讲给他听。我永远无法忘记那个令我万分感动的情景：年迈的父亲躺在病床上，举着放大镜，吃力地一字一句地读我的作品，用已经颤抖的笔迹写他的意见。这是已经九十多岁的老人啊！我的大嫂特意将这感人的画面摄入了镜头。这被永远定格的瞬间，是父爱情深的佐证和人生的纪念。

父亲是我生命的“大保护神”，这许多年来，没有他和母亲经济上源源不断的固定资助，我和女儿不会这样衣食无忧地生活到今天。每次去看父亲，他回回必问的，就是我在经济上有什么困难；临分别前，他总会从枕头底下掏出事先早已准备好的钱，塞在我手中，就连我因病不能步行来回打的的20元，也清清楚楚地加在里边。见到我再三推辞，他便假装生气地板起脸；当我感动地收下，他会马上展开一脸笑颜。早已成人本应供养侍奉双亲的我，还要操心一生的年迈双亲的援助，这钱，令我心中倍感痛苦煎熬，愧疚难安。这一生都没有丝毫改变的爱一直延续到他临终之前。当父亲在生命的最后一年住入协和医院，重病使他无法开口清楚地表达他的意愿，即使这样一见到我，他还每每示意母亲给我生活上的支援……

我的女儿菁菁说她永远也不会忘记，上高中、读大学，几乎每次都是刚刚放寒、暑假，外公外婆就早早地为她准备好了新学期的学费；尤其是2002年初秋，新学年即将开始的一天，因病有时说话已吐字不清的97岁的外公，躺在卧室的病榻上，拉着正在上大学的她的手，那样用力而清晰地一个字一个字地讲出的那句话："好好学习！经济上不用担心，外公就是你的银行！"这催人泪下的话语和老人脸上浮现出的极度关切的深情，令我们母女将这一刻深深地镌刻于心。我亲爱的父亲去世后，一向不好表露情感又身体不好的菁菁，是哭得最厉害的人……

父亲是我生命的"大保护神"，最亲爱的父亲啊，我知道，您是带着对我的挚爱和牵挂离去的！在您生前，有多少次，一谈起我的未来，您是那样忧心忡忡，放心不下。在我搀扶您散步的时候，您曾多次无限关切与疼爱地叮嘱我，要努力去争取光明的未来。您说您已经不止一次地嘱托我的母亲和兄妹，今后多多照顾和关心我。您更是用心良苦地多次嘱咐我的女儿：今后找爱人一定要找孝顺的，要和母亲一起生活……父爱如天啊！望着您忧虑而挂牵的面容，听着您甚而是哽咽难言的话语和叮咛，这一切，强烈地震撼着我的心魄！我最亲爱的父亲啊，在您病重的日日夜夜，我曾无数次虔诚地双手合十向上苍祈祷，我愿用自己的身体，承担您的病痛；我愿减少自己的寿命，来延长您充满爱的一生！在即将和您永诀的时刻，我紧紧拉着您的手，眼含无尽的泪水，大声向您重复那句曾经说过许多次的话："爸爸，您放心吧，我和菁菁生活得很好，您放心吧，放心吧……"

我最亲爱的父亲呀，您在天堂听到了吗?!

如天的父爱永远驻足在我的生命中

我最亲爱的父亲走了。在这似乎永远也走不出的彻骨的剧痛中，在对桩桩件件数不清的往事的回忆里，在无数人们对他的感动人心的怀念面前，我得以重新回顾和认识了父亲的人生。

生我养我育我的父亲，给了我如天的父爱，这爱，是他胸中大爱的支流和缩影。在中国百年的历史风云里，在艰苦曲折甚而是随时牺牲个人生命的革命斗争中，父亲是冲锋在前的永远的战士；就是对于痛苦难忍、生死攸关的疾病和死亡，99岁的父亲也在生命的阵地上，极其顽强坚韧地战斗到最后一分钟！他怀揣那份对于人民、民族和祖国的大爱，至死不渝。当病危之时的父亲，听前去探望的刘云山同志，用祖国安定人民幸福告慰他的时候，那样病弱几近昏迷的父亲，吃力地举起右手，向人们高高地竖起了大拇指！父亲生前留下的将自己的部分骨灰，撒在故乡他一生深深挚爱的贫苦农民“老哥哥”“六机匠”坟边，要与劳动大众永远相守的遗愿，那样强烈地震撼着我的灵魂！父亲在如天的父爱中，给我留下了多少人生的财富，它们多得计数不清：除了他胸中那份令我感动终生的大爱，父亲那善良正直、真诚质朴和热情如火的天性，他那清纯澄澈、汰去了尘垢杂质和物欲俗念的心灵与境界，他一生中对于信仰百折不挠甚而牺牲个人生命也在所不惜的不懈追求，他对于文学事业的忠贞执着和对工作极端认真负责的精神，他热爱生活、热爱生命的坚定乐观的生活态度，他严于律己、宽以待人、乐于助人和视友情如生命的品格，他心怀世界、胸襟广阔和淡泊名利与享受的品德，他“苍龙日暮还行雨，老树春深更著花”的活到老、学到老、工作到老的干劲，他那“我／一团火／灼人／也将自焚”的燃烧自己、温暖他人的人生信条……无一不深深地感动着我，感染着我，震撼着我。这种源自父亲人生的无穷的动力，促使我在如天父爱的恩泽中，从生命的最深处迸发出一种力量和渴求：我要学着父亲的样子，去做一个平凡而伟大的人！是啊，这才是父亲给予我的那份大爱的精髓所在！

那如天的父爱，将永远驻足在我的生命中！

含泪写于2004年9月

深植心间的爱

——为迎接父亲臧克家百岁诞辰而作

今年10月8日，是我亲爱的父亲臧克家诞辰100周年纪念日。这些天来，我一直在翻看着记载他人生轨迹的照片。父亲的笑容，温暖，灿烂，然而给我印象最深的笑，是在孩子们中间。

父亲爱孩子，早就出了名。这广义上的孩子，包括了多少大大小小、远远近近、相识或不相识的幼童、少年和青年人。在父亲九十九岁的一生中，他为他们倾注了心中那份不尽的深切的爱，有多少故事讲来让人动容。

父亲在晚年的一篇文章中，曾经这样写道：

> 我很喜欢青少年。
>
> 我有不少青少年朋友，有的近在身边天天接触；有的，远在四面八方，虽没见过面，但心灵交通，主要是诗为媒。
>
> 我喜欢青少年，喜欢他们像太阳刚出山，像春水流涓涓；喜欢他们像暴风雨中的海燕，像雏鹰初展翅膀飞上蓝天。

父亲一生的言行，为这份爱，做了最好的注脚。

父亲对青少年的爱贯穿了他百岁人生

父亲关注、喜爱孩子，是他的天性。他走上文坛的初始，就立即用手中的笔，去刻画那些生活在苦难中的孩子们。1930年5月，他写了《捡煤球的姑娘》，她们的青春，在黑风里暗暗地憔悴。从此，《拾落叶的姑娘》《两个小车夫》《到都市去》《小婢女》《卖孩子》……三座大山残酷压榨下的孩子们的不幸生活和凄惨命运，成了父亲揭露、鞭挞黑暗社会不可或缺的内容。尤其是1947年2月写成的诗篇《生命的零度》，成为父亲重要的代表作之一。“前日一天风雪，昨夜八百童尸”，这发生在东亚第一大都市上海的社会惨剧，那样深刻地震惊了父亲的心：“八百多个活生生的生命，／在报纸的‘本市新闻’上／占了小小的一角篇幅。／没有姓名，／没有年龄，／没有籍贯，／连冻死的样子和地点／也没有一句描写和说明。／……你们的死／和你们的生一样是无声无臭的。／你们这些‘人’的嫩芽，／等不到春天，／饥饿和寒冷／便把生机一下子杀死。／……一夜西北风／扬起大雪，／你们的身子／像一支一支的温度表，／一点一点地下降，／终于降到了生命的零度！／你们死了，／八百多个人像约好了的一样，／抱着同样的绝望，／一齐死在一个夜里！……”父亲用无比激愤的诗句，向这人间的地狱，发出了最强烈的控诉和抗议！

在春风催开鲜花朵朵的新时代，父亲深情的笔下，又流出了那么多为孩子们唱出的歌：《新的开始》《这光亮不是来自天上》《你看你这个小姑娘》《红领巾和树苗的对话》《马小翠》《五四的火炬》《少年，伟大的党的后备军》……他为孩子们的健康成长，尽了自己应尽的责任。

那份深植于心中的爱，使父亲对青年寄予了无限期望。早在他1937年写的《从军行——送珙弟入游击队》中，就有过这样的诗句：“大时代的弓弦／正等待年轻的臂力。”他期待青年人能够“为祖国”“许下”自己的“身子”。在反动军阀当道、日寇大肆入侵和国民党黑暗统治的旧社会，父亲曾向多少青少年朋友宣讲打倒军阀统治的义愤，疾呼抗日救国的真理，倾吐心向延安的衷情，高唱追求光明与解放的心声！全国解放后，他以自己的切身体会，谆谆告诫一代代新苗，要听党的话，好好学习，把自己锻炼成为祖国和时代需要的人才，这样，我们的中华民族才能繁荣昌盛。这些发自内心的话语和真情，打动过多少孩子稚嫩的心！

说起父亲对孩子们发自内心的关爱、培养和帮助，我的心中立刻涌上那么多往事，一件两件，多如繁星。无论是在暗夜如磐的旧中国，还是在人才辈出的新时代，尤其在父亲的晚年，这份深情，整整贯穿了他的一生。不管是在思想品德上，在生活和经济上，还是在工作学习和文学创作中，他全方位的爱，似乎无处不在。就连刚上幼儿园的孩子恋家的哭声，也那样牵动父亲的心。除了自己撰写有关青少年的文章，他关注着国内外孩子们的生存状况，积极地为青少年的书籍写序言，著文推荐；他为失去亲人、身有疾患和生活困苦的孩子们送去精神上的鼓励和经济上的支援；他为中国儿童少年活动中心捐献自己不菲的稿酬；他为素不相识远道而来的青年指点创作的迷津。耄耋之年的父亲更是和我的母亲一起，多年中一直尽心尽力地关怀一位本要失学的贫困少女，从她上高中直至结婚、生子……父亲这份深挚的爱，不仅温暖了一个个青少年的心田，指导、扶助他们在人生和文学创作的道路上迈步向前，也同样令我的心灵那样地震撼和感动。我亲爱的父亲和这份深植于心中的爱，已在我的灵魂中永存。

真情播撒诗的种子，倾尽心血哺育几代新人

父亲喜爱新生的一代，于是，从半个多世纪前直到他生命的最后几年中，他的身边，总是围绕着许多青少年朋友，这种情景，一直没有改变。父亲是作家和诗人，因此，他和青少年的交往，不少是以诗、文为媒。大、中、小学生和文学青年，都是他培养和帮助的对象。这份倾心培育新人的心愿和行动，贯穿在岁月长河中。

1934年，刚刚从山东大学毕业的父亲到山东省立临清中学教书。他那样喜爱这群天真活泼、纯洁质朴的农村孩子。像在山东大

学读书期间，闻一多先生指导他的诗歌创作一样，课堂上，父亲教书句句带情感，讲到动人处，自己都激动得心跳。课堂下，他为他们成立了小小图书馆，订阅进步书刊。他为他们读诗、讲诗、评诗、改诗，把诗的根苗种在这些少年的心间。学生中的诗歌天才，引发了父亲由衷的赞叹。父亲的回忆录《我的诗生活》对于这段教书生涯有动情的描述，标题是：《我向一群孩子学习》。清秋假日，父亲带依恋着他的学生们去野外郊游，到运河岸上去助纤夫们一臂之力。他要孩子们有一双欣赏大自然之美的眼睛，要孩子们去体察民间的疾苦，生活的艰辛。东北沦亡、华北危机之时，父亲挑选了《扬州十日》和闻一多先生的《一句话》等作品，激发学生们的爱国激情。它们像一把把燃烧的烈火，照亮了这批青少年的双眼和心胸！后来，从当年这些嫩苗中间，走出了许多人才和为国捐躯的烈士。数十年后，昔日的学生们还欢聚在父亲身边，齐声背诵当年的诗句，讲述父亲对他们的终生难忘的教诲和深远影响。父亲用他的爱，为学生们的人生和文学爱好铺垫了第一块基石。

在上世纪四十年代初期，父亲从抗战前线，来到战时的陪都重庆。有不少爱好新诗的青年，常常去他的住所拜访，求教，后来成了经常往还的忘年之交。其中，就有后来成为著名诗人和美术家的曹辛之，作家黎先耀、田地、林宏、郝天航、江心明、程康定、蒋燧伯等，后来成为“九叶派”的一些诗人，也常聚集在我父亲身边。他们常带着自己的习作，去探望我父亲，听他评点他们的作品，听他谈诗、论文、议事，令这些文学青年受益极多。父亲还介绍他们去重庆天官府巷郭沫若先生领导的文化工作委员会参加活动，听进步文化人士讲演，并且热情地把他们的习作推荐给报刊发表。于是，师生之谊日益加深。1946年初，父亲又大力支持曹辛之、郝天航和林宏等青年朋友，在上海成立了星群出版公司，不仅用他喜爱的“星群”二字为之冠名，而且将自己最满意的诗集《罪恶的黑手》和《泥土的歌》，交给公司出版，以版税充作股金予以支持。同时，又广为推荐、介绍著名作家为出版公司撰稿。1947年10月，星群出版社推出了父亲主编的《创造诗丛》，一次出版了杭约赫（曹辛之）、苏金伞、沈明（江心明）、方平、康定、吴越、索开、青勃、黎先耀、唐湜、李抟程、田地十二位青年诗人的诗集。父亲为他们一一写了序言，将他们介绍给广大读者，在诗坛上引起了不小的轰动。对这批文学青年，我的父亲真是尽了心力。他和他们成了终生的朋友。

上世纪四十年代中后期的上海与香港，父亲与在事业上刚刚起步的年轻的黄永玉结识，他同样给予这位年轻人自己力所能及的关怀和帮助。父亲介绍《诗创造》刊发黄永玉的木刻作品。在自己后来主编的颇有影响的《文讯》月刊上，同样为黄永玉留下了施展天才的空间。父亲在写于1949年的文章《永玉的人和他的木刻》中，这样写道："差不多他的每一幅新作，我有幸是最先的一个鉴赏者。永玉该不会忘记，两个人对坐在那张小圆桌边，蹙着额，替三个孩子在大树下草地上，听一个老头儿摇着扇子讲故事的那幅取一个名字的那一点苦趣；永玉也不会忘记他把《老鼠嫁女》和《海滨故事》的腹稿兴致淋漓向我讲述的那津津滋味……我上海的那间小房子，就是永玉的木刻展览会，来往的朋友们都是他的观众。多数人对着他的作品，久久地出神，像发现了一个天才似的称赞着，并且拿他去否定别人——那算是什么东西呀！"正如父亲预料的那样，"永玉的影响慢慢地大起来了"，然而一些非议也接踵而来，认为这位年轻人的作品和作风是不健康的。父亲马上写了文章《永玉的人和他的木刻》，为这位初出茅庐的青年木刻家正名。父亲深知黄永玉生活的艰难，"黄永玉是那么贫困，他今天这儿明天那儿地流浪着。木刻，支持着他的精神，也支持着他的生活。"父亲积极地推荐黄永玉的木刻到一些报刊发表，并且每次都事先垫付稿酬给他，"他把一幅木刻交给我，把三四万'法币'带回去买米。"因此，对于我父亲的一片深情厚谊，黄永玉一直牢牢地铭记心间。（直到我编辑这本书的2017年，耄耋之年的黄永玉先生还在报刊、电视和自己的文章中这样说："现在老头对年轻人，没有那个时候老头对年轻人这么好。那些老人家和我一点关系也没有，但是这些老头，像臧克家先生，我刻了几张木刻拿给他，他替我介绍发表，先把稿酬垫给我。现在有这样的老头没有？没有了。”）

新中国成立不久，我父亲认识了当时在人民印刷厂工作的青年工人李学鳌。1952年，李学鳌的习作陆续在一些报刊发表，引起了我父亲的极大关注。他以《谈一个青年工人的诗》为题，撰文热情地肯定了这位来自工业战线的年轻人的创作，并对他的许多诗作一一进行了仔细的点评，对他寄予了很大期望。从此，父亲一直关切地指导和鼓励这位勤奋的年轻业余作者，经常和他一起谈诗论文，共同研磨他的新作，兴致高的时候，还齐声朗诵学鳌的诗篇。父亲先后三次为他的诗集写序言，不仅称赞这位不断成长的年轻人，为人“豪爽，热情，开朗，乐观，说话像激流，笑声像狂风”，而且认为：“他的诗正像他的人，充满革命豪情，朴素，诚挚，不失工人阶级的本色。”同时，父亲又遵循他真心关心青年，决不“捧杀”的一贯做法，多次坦诚中肯地指出他诗作的不足。1962年10月，父亲在《给李学鳌同志》的文章中，就明确指出，在一段时间里，学鳌的诗虽然“技巧提高了一些，写得漂亮了一点”，“但骨子里却叫我感觉轻了”，缺少了“生活气息”，从而点出了深入生活，“沉在生活深处”，对于一个文学工作者极为重要的意义，为李学鳌后来的创作和发展，尽到了一位师长应尽的责任。后来，李学鳌果真没有辜负我父亲的培养和期望，成长为著名的工人诗人。

1989年，这个与我父亲相识了近四十年的忘年交，不幸身患重病。在去世的前几天，李学鳌叮嘱女儿给我父亲和其他几位文学前辈写了信。父亲接到这封“报病危”的信后，心中非常难过，马上用毛笔为他抄去了苏东坡在《前赤壁赋》中的一段话：“盖将自其变者而观之，则天地曾不能以一瞬；自其不变者而观之，则物与我皆无尽也，而又何羡乎！”在这段话下边，父亲又深情地写下了：“东坡名句，表现了他乐观主义的人生观，录奉学鳌诗友，病中破闷。”这位重情谊的老人，是在以唯物主义的积极乐观的生死观，来鼓励重病中的友人和学生。他多么期盼自己亲笔写下的寄托着师生之情和满腔希望的话，能给李学鳌带去战胜病魔和死神的生命的力量！但是，在父亲心焦的期盼与等待中，学鳌却在收到这封信的前三天，永远地闭上了眼睛。这幅浸透着克家老人的深情和巨大关爱的字，一直被李学鳌的女儿珍存着，成为李家第二代、第三代的传家之宝。

部队著名诗人、沈阳军区空军政治部创作室主任李松涛，在那篇感人至深的悼念我父亲的文章《光照我，热暖我，师恩永在》中，深有感触地写道："先生是参与中国当代诗坛建设最久的人，是发现和培养新秀最多的人。"他用饱蘸深情的笔，记录了我父亲从1975年到2004年逝世的近三十年间，对他各方面巨大的关爱、培养、鼓励和提携。每次读到它，我满眼的泪水，便会夺眶而出。

刚刚粉碎"四人帮"时，文学作品表现爱情还是禁区。年轻的李松涛以自己的诗作，冲破了这道禁锢。当时，他将一组爱情诗寄给了我父亲，诚恳地征求老诗人的意见。父亲立即态度鲜明地予以支持，一方面马上复信加以鼓励，一方面将附了明确意见的这组爱情诗作，推荐给当时《诗刊》的负责人。当这组诗最后终于在1977年的上海《文汇报》发表，并且引起强烈反响时，只有李松涛知道："这'突破'全因了臧老推动。"这位年轻人同时创作的反映青年创业的组诗《深山创业》，同样得到了我父亲的大力肯定和喜爱。年迈体弱的父亲不仅自己仔细过目，又将它推荐给著名评论家谢冕先生，并在附信中写道："总的印象是清新、灵秀，颇显光彩。缺点：欠深厚（生活底子薄），分量不够重，欠蕴藉。"后又在函件中，特地嘱咐谢冕先生："要求严一些。"1979年，父亲亲自介绍松涛加入中国作家协会，成为粉碎"四人帮"后的第一批会员。时过三年，父亲又撰文《谈李松涛的诗》，充分肯定了这位年轻的诗作者。后来，他又在海内外发表的论述新时期所涌现出的新人的文章中，多次提到松涛的名字和他的作品，给了这位后起之秀极大的鼓舞。父亲潜心栽培青年的厚谊深情和殷殷期望，深铭于众多文学青年的心中。

从1975年父亲初识李松涛开始，先后给他写了六十余封信，并数次为他亲笔题词，"无论长短，皆语重心长。"其中，1984年10月，父亲在急病住院略好后，为他寄去了经过思考和修改的两句题词：“高山喜见青松立／大海欣闻碧涛宏”，令松涛感动不已。父亲写于2002年的最后一封亲笔信，依旧鼓励他“后来居上，天才加努力，始得诗的硕果，见书如见人，我心花怒放。”而这封信，是97岁的老父亲想了两天，才十分艰难地写成的。其中的真情，可见一斑。

李松涛曾经感慨万分地在一篇文章中说：“先生古道热肠，广施慈爱，他为我等小辈所做的一切，既不能给他带来名，更不会带来利，只会消耗他有限的甚至是仅存的生命膏脂。”是啊，正如父亲晚年的一首诗中所写的：“我／一团火／灼人／也将自焚”。他正是怀着一份大爱，在燃烧自己的同时，给他人带来温暖和光明，更不用说是他始终挚爱的青少年朋友们了。

耄耋之年交下最后一批“小诗友”，天地间留下绵长思念

父亲到了晚年，对于孩子们的爱愈加浓烈，他不仅应一些小学之邀，担任了校外辅导员，每年都在家中接待来访的小朋友，将他们的好作品推荐到报刊发表，而且，对于许多初露才华的少年，给予了格外的喜爱和关注：田晓菲、任寰、吴双、吴娴、焦炬、荷洁、杨雪颖……一连串的名字，连带着一连串感人的故事。他不仅在年老多病、百事缠身的情况下，接见他们，为他们看习作，和他们谈诗，而且长期与他们通信，对孩子们稚嫩的作品，不仅从具体字句，而且从人生观和创作道路的高度上，由浅入深循循善诱地对这些幼苗进行指导和帮助。父亲还为他们的处女诗集写序言。他一生为青少年作品集和有关少儿与青年读物写的序言，就有近二十篇之多。老人不止关心他们的写作，同时关怀着他们的学习和全面成长。随着时光的流逝，虽然父亲和他们的接触、对话和写去的大部分信件，我已经无法探查和寻找，但是，仅从以下几个小小的情节，就可以看出老人那一片期望深远的厚重心意。

父亲在1981年10月14日给田晓菲的信中这样写道：“……你写

得有真情，有文采，不干巴，不拖泥带水。这些诗，出自一个孩子的手，它天真，活泼，有生趣。我在你的诗篇上画了记号的，是表示赞赏的。不画的，较平……你的表现形式，我觉得是好的。我不赞成‘自由化’太重——直化到与散文分不开家。你慢慢地长大了，会用成人的眼看一切，那时，我也希望你用这种形式表现现实，反映社会主义沸腾的生活，成为一个时代的歌手、现实主义的有成就的女诗人……”

父亲在1986年6月28日，为作家出版社《中学生诗歌评选》写的序言《诗的幼林》里，这样称赞任寰：“……小诗人任寰才11岁，就出版了两本书了。古有‘神童’之称，今有‘才女’之实，实在令人高兴。”

吴双，曾是我家的近邻，天真，热情。这个我父亲眼看着长大的小女孩，每天上学碰到外出散步的臧爷爷，常常笑着叫着跑过去，拉着我父亲的手撒娇：“爷爷送我几步。”当她得奖的作文《我的妈妈》在《北京晚报》发表后，父亲十分惊喜，于是为她和同时得奖的吴娴的作文《狱中的爸爸，看看我的作文吧》，动笔写了一篇评论《小手笔，好文章》，刊登在1985年3月的《北京晚报》上：“……这两篇东西，出自孩子们的‘小手笔’，但，确是好文章。写得真实、感人，特别是后者，我一读再读，眼中噙泪。我一边悲痛，一边又高兴，因而，想了许多、许多……”《我的妈妈》，“文字虽短，却有含义，孩子口吻，自自然然，使人爱读。”而吴娴“作文的字句，像小小铁锤，捶打着我的心！……一个小孩子的短文，为何如此使我感动？关键在一个‘真’字。‘真’，才能动人……光从这篇作文的题目上，就触及了这位小朋友悲痛的、希望的、一颗极为复杂的心。”父亲在文章的结尾，向读者和青少年作者传授了自己数十年创作的深刻体会：“脱离现实生活，没有亲身感受，即使才高八斗，也决然不可能写出真正的好作品来。”

焦炬、荀洁和杨雪颖，是父亲上个世纪九十年代以后结识的最后一批“小诗友”。那时的父亲，已是步入耄耋之年的老人。尤其是从1995年以后，他几乎大多时间是在病榻上度过的，身体与精力已大不如前。但是，他们同样得到了我父亲一如既往的深情和关爱。他怀着一腔不变的期望，教导他们："写诗，不是件好玩的事，它意义重大，从开始就应该弄清楚，我为什么写诗。为'名'吗？为'利'吗？还是为了服务人民？诗坛上，于今旗号太多，叫人目迷，如果认不清写诗的神圣使命，会被一些不健康的东西引入歧途。""我有个小朋友田晓菲，六七岁写诗，十岁左右，出版了一本诗集《绿叶上的小诗》，写得优美动人。她从小学，到中学，到大学，喜欢诗，她功课超人的优良……晓菲七八岁到京和我谈诗，我给她的诗集写序，亲切之至。她现在大约三十岁左右了，在美国，搞比较文学，因为她喜欢中国古典文学。我劝她不要只专西方，万不能忘了中国的古典文学，因此她专攻'比较文学'，给中国优良传统文学争光……我有意介绍田晓菲给你，用意你会明白的。"

……

这些用心良苦意味深远的教诲，父亲不知谆谆叮嘱过多少现在已经成才的孩子们。它是老一辈文学家对诗坛、文坛上新花们一份沉甸甸的责任，是父亲期盼幼苗们健康茁壮成长、中国优秀的文学传统代代相传的那份心愿啊！

岁月是最好的试金石。在近百年的历史风云中，父亲怀揣着对一代代新人真挚深远的爱和期望，走完了他的人生。一个人的生命、精力和能量是有限的，但是，当他将这份深植于心间的情感，化为阳光，化为雨露，化为终生不渝的崇高行动，那么，他可以笑慰地回头望去，那里是"小草茸茸绿，小花朵朵红。诗的祖国，诗的乔木，诗的幼林，一片悦耳的鸣声，一片生机勃发的动人"远景！而父亲的收获，又岂止在诗的园林?!

2005年7月

永远的战士

——为父亲臧克家百岁诞辰而作

我亲爱的父亲臧克家，在2004年2月5日元宵之夜，永远告别了他一生挚爱的祖国和人民，安详地走完了99岁的人生旅程。今年10月8日，又是他诞辰100周年纪念。身为他的长女，父亲微笑的面庞和清癯挺拔的身影，不时浮现在我眼前，永远镌刻在我心灵的最深处。他辞世后，通过对父亲一生全面完整的重新审视，我对于他的人生道路和毕生追求，有了一个更高层次的全新认识。于是，在我的心目中，父亲不仅是一位对中国文学事业做出巨大贡献的杰出诗人、作家和编辑家，更是一名在百年历史风云中不屈不挠始终如一的永远的战士！

凡是熟悉我父亲的人都知道，从1925年开始，在近八十年的文学创作生涯中，他紧握手中的那支大笔，从暗夜如磐的旧中国，写到了改革开放的新时代。他涉猎了诗歌、散文、小说、文艺理论和文学评论等多个文学领域，那皇皇十二卷全集，就是证明。父亲对中国现、当代文学的发展，尽了自己应尽的一份责任。他的许多作品，为国内外几代读者所熟悉和喜爱。

然而，不少人也许并不了解他人生的另一个不可分割的侧面。它是奠定了父亲文学创作基础和基调的尤为重要的基石，是他人生本色和一生不懈追求的最根本最真实的反映。其中可书可写的感人之处，不胜枚举。父亲曾在他暮年的一封信里，一语中的地道出了这一点。

1991年，父亲故乡山东诸城的赵顺年、茂梓两位同志，编辑了

《诸城名人传略》一书。他们将有关我父亲的内容寄来，请老人过目并斧正。结果，86岁的父亲删去了书中对他的全部赞美之辞，在给编者的复信中，非常明了地写道：“其实，我就是一位战士。”这几个字，是父亲对自己一生的总结，极其准确地点出了他整个人生的精髓所在。在近一个世纪的漫长岁月中，父亲始终以一名无畏战士的英姿，抒写着他99岁的人生画卷。这种终生不渝的“永远的战士”的精神和追求，正是他一生最好的写照。

父亲的根深植于人民之中

父亲是奋斗不息的战士，因为，他的根从小就深植于劳苦大众之中。正是这最根本的人生渊源，奠定了他要用自己的全部生命和热情，为人民而战斗、而写作的立场与追求。

父亲1905年10月8日出生于山东诸城农村一个破落的地主家庭，十四岁以前，几乎从未走出这块方圆三十里的故土。他看到了这个曾经荣华的封建之家的残貌，但是，他却是在穷孩子和贫苦农民中间长大的。在童年和少年时代，他生于穷乡，长于穷乡，耳闻目睹了旧中国农村的穷困落后，他身边那些几乎终日相伴的赤贫的农人，最终都没有逃脱在三座大山压榨下的悲苦生活和凄惨命运。“他们穷得可怜，没有田地，没有房子，有的是一条‘农奴’的身子。”他热爱这些顶着农奴命运的淳朴善良的农民，他为他们流泪，更为他们不平！与挣扎在封建社会最底层农民为伍的农村生活，使他“认识了人间的穷愁，疾苦和贫富的悬殊”。在这里，不能不提到两个人：“老哥哥”和六机匠。他们，是农民性格的两个典型，更是父亲人生的老师和以文学的乳汁滋养他的启蒙者。他们用爱和真情哺育他，成为父亲生命中魂牵梦萦终生挚爱的旧中国贫苦农民的代表。“老哥哥”，在父亲家做了一辈子长工，从二十岁起，用他那曾是铜帮铁底的身子，用一生的血汗和忠诚朴实、任劳任怨的行动，服侍了臧家四代人。从父亲的曾祖父开始，每个叫过“老哥哥”这个称谓的主人，都曾经允诺："你现在对我好，长大了我养你的老。"但是，当"老哥哥"真的年老无用的时候，父亲的祖父却因一点儿小事，无情地将他撵出了门。年少的父亲拉着一直那样疼爱他的"老哥哥"的衣角，用一双泪眼哭送这位心头上的亲人！望着被榨干血汗后孤身离去的老人的背影，父亲第一次对于他的祖父和地主阶级产生了憎恨！六机匠，同样是臧家的佃户。他是父亲最亲爱、最佩服不过的一个人。这位民间的天才，是一位出众的故事圣手，能把一个个故事的情节，夸张地、形象地、诗意地、活枝鲜叶地送到你的眼前来。因此，父亲说："他的房子，就是我的家——灵魂的家。""在他的屋子里，我认识了许多灵魂，在他的屋子里，我得到了昂扬的诗趣，在他的屋子里我洗白了自己的心。六机匠，他把诗的苗子插在了我心的田地上。"然而，就是这位底层劳苦大众聪慧天才的代表，同样被贫困追逐了一生，最终病死在故乡的土地上。这些在父亲身边不断发生着的残酷的社会现实，令年幼的他一步步认清了阶级剥削和阶级对立，他的"脉管里，流入了农民的血"。这十余年的人生经历，对父亲的一生产生了极大的影响，它，奠定了他的阶级立场和情感基石，也奠定了他要为劳苦大众的解放，为社会的光明而战斗而献身的初衷。父亲对故土农村和贫苦农民的爱是刻骨铭心的，1944年，不满40岁的父亲，就在诗作《爱的熏香》中，留下了遗言。他深情地写道："不管路多远，山多高，水多深，／'一定要把我埋葬在故乡！'""就在这些穷人的身旁，／匀给我一小块安身的地方，／我们彼此挨近，像生前，／挤着点儿大家都温暖。"永远地走进了父亲心间的"老哥哥"、六机匠这两位旧社会劳动人民的典型代表，他不仅在一生中为他们多次撰写深情感人的诗、文，并且在1979年写回忆录中有关"老哥哥"这一节时，74岁的父亲依旧三次为这位早已远去的故人痛哭失声！而他生前留下的遗愿，就是将自己的部分骨灰，撒在"老哥哥"和六机匠的坟上。父亲要永远地陪伴在这些至亲至爱的劳苦大众身边！

走上革命斗争和战火纷飞的第一线

正如父亲在自传体散文《我的诗生活》中所写的：“我的童年，正当皇帝的宝座动摇的时期，正当封建社会崩溃的时期，正当新与旧、革命与反革命激烈斗争的时期。我看到了旧的尾巴，也看到了光明的曙光。”正是在这样艰难曲折、你死我活的反复斗争之中，严酷动荡的社会现实：三座大山的沉重压迫和帝国主义瓜分中国的屈辱，反动军阀令人窒息的黑暗统治，广大人民的悲惨命运，使年少的父亲在刚一接触到“五四”运动的巨大影响，便立即产生了强烈的共鸣。1919年夏秋之间，还在诸城县上高小的他，聆听了本县大学生丘纪明——北京学生运动派来的代表，宣传五四运动和它伟大精神的演讲，那一句句慷慨激昂、充满爱国主义热情的话语，深深地打动了父亲年轻的心。当时，父亲身处五四运动诱因之一的山东，这个感受痛切的十五岁的小学生，平生第一次以一名小战士的斗志和身影，投入到这场运动中去。他和同学们组成了“反日会”，打着小旗到街头宣传。他们讲述对日本帝国主义和卖国贼的切齿痛恨，说到沉痛之处，演说者和听众们都流下了热泪。“反日会”的一个个小分队，还分头到商店去检查、封存日货，对于那些丧失爱国之心的奸商，毫不留情地给他戴上写着罪状的高帽子，游街示众……少年时期第一次投身到时代洪流中的这段经历，给了父亲深刻的印象和影响。他深切地感到，在汹涌澎湃的五四运动中，中华民族的爱国主义情感把全国人民联系在一起了，这是一股多么伟大的势不可挡的力量！

然而，军阀张宗昌却对这场革命运动和新文化思潮，进行了残酷的武力镇压和文化腐蚀，社会空气沉重而窒息。1923年，父亲考入济南省立第一师范。一师，可以说是对于五四新思潮、新文化不断吸收与传播的一个革命阵地。受到校内活跃的革命空气和共产党组织的影响，父亲思想上向往着光明与进步，对于军阀的反动统治极为愤懑和憎恶。他不仅在平时参加了CP和CY组织的一些活动，

“五卅”惨案发生后，参加了济南学生大规模的集会和游行示威，而且于1925年8月，在黑暗统治愈演愈烈的情况下，愤而疾书，以通信的形式，写了一篇揭露张宗昌反动统治的文章，投给进步文化刊物《语丝》，署名少全。《语丝》主编周作人先生以《别十与天罡》为题，将此文刊发在该刊第四十五期上，并亲自给父亲回了一信。这是父亲首次在全国性刊物上发表作品，而这第一篇作品，就是颇有些战斗性和讥讽意味的檄文！从此以后，父亲正式走上文坛。他以笔为枪，在文学创作这块阵地上，与黑暗社会、反动统治者和日本帝国主义的入侵，进行了为时二十余载的不息战斗，直至和全国人民一起，迎来了中华民族的解放。

1926年秋天，在轰轰烈烈的大革命感召下，对张宗昌倒行逆施和沉重压迫忍无可忍的父亲，与另外两名亲友一道，结伴奔赴革命政府所在地——武汉。年轻的父亲当时胸怀豪情地在长诗《自己的写照》中，倾吐着心声：“我们站在船头上听黑夜的海啸，／我们用放大的心向背岸嘲笑，／我们胸中落下了无边的天空，／我们将看见明早的太阳在大海上发红。”

那时，北伐大军刚刚克复武汉不久。武昌城墙上，醒目地写着“打倒帝国主义”的巨幅标语。武汉，已经成为全国革命的灯塔，到处洋溢着一派革命的浓烈气息。怀着向往光明与革命的一颗心，父亲1927年初考入中央军事政治学校武汉分校（即黄埔军校第六期）。半年多的军校生活，对于父亲来讲，是人生的课堂，是淬火的熔炉，更是生与死的大考验。中央军事政治学校的校址，在武昌两湖书院。威严的大门两边，是一幅字大如斗的对联：“党纪似铁，军令如山”！校园内，用各色彩纸写的标语醒目耀眼。一千二百名男女学生使昔日静寂的书院，顿时充满勃勃生机。在这儿，父亲和同学们受到严格的军事训练，每日出操，男女生一墙之隔，跑步声、口号声此起彼伏，遥相呼应。广场，是每天上大课的讲堂，政治的、经济的、国际问题的，令学生们眼界大开。在这儿，他们更接受了革命思想的教育和熏陶。校领导和教官中的共产党员，呼唤起青年学员们心中的革命烈火。当时任国民革命军政治部正、副主任的邓演达、郭沫若和领导香港大罢工的苏兆征等同志来校所做的充满革命真理和昂扬激情的讲演，以及在讲话中对于反动派的无情揭露、抨击与讽刺，更是给父亲以极大的教育与感染，留下了难以忘却的深刻印象。“一条身子配偶了长枪，同时把心也许给了党”，这是父亲当时生活的真实写照。第二次北伐中的1927年5月，夏斗寅叛变，宣布投靠已经发动四一二反革命政变的蒋介石。这时，父亲所在的中央军事政治学校和学兵团，合并组成为中央独立师，立即奔赴前线，讨伐夏斗寅叛军！身为副班长的父亲，和全体战士一样，每人四十排子弹，个个全副武装。他第一次成了真正在炮火中冲锋陷阵的战士！听，炮弹在身边爆炸，机枪在耳旁轰鸣；看，身为共产党员的连、排长们，英勇无畏地冲在最前边。一个、两个、三个……亲密的战友们在身边倒下了，但是，父亲和独立师的战士们没有退缩，他们紧跟着共产党员们往前冲！讨伐大军翻山越水，由湖北的纸坊到咸宁、蒲圻、嘉鱼，一直打到通海口。饿了，吃一口饭盒里馊了的米饭；渴了，一边前行，一边用小碗去舀路边小虫蠕动的塘水。激烈的战斗考验着每一个人。父亲亲眼目睹叶挺同志紧握手枪，迫使一名因一点儿轻伤就试图后退的指挥官，又向前冲去。在枪林弹雨的战场上，父亲接受着战火硝烟的洗礼，也经历了生与死的严峻考验。他交出的是一份合格的答卷。这是一名战士初赴疆场的体验，它历练了他的灵魂，也丰富了一名战士的人生。

讨伐夏斗寅叛军的征程，同样是一座社会的大课堂。世世代代受压迫剥削的劳苦大众，以那样热烈的革命热情，发自内心地迎接着父亲所在的中央独立师。父亲在半个多世纪之后，依然清晰地记得当时的情景：“大军到处，万众欢腾，争着看女兵。抓到罪孽深重的土豪劣绅，经过农民协会的控诉，由女同学宣布罪状，男同学立即去执行枪决。使我们大受感动、印象深刻、终生难忘的，莫过于新堤（今日的洪湖）之夜了。我们坐的轮船，还没有靠岸，欢迎的群众像一堵一堵的人墙，口号声，鞭炮声，声声震耳。这声音发自肺腑，高冲云霄。这声音，像热情的激流，贯穿了水中岸上的心胸。这声音里充满了同志的爱和革命的激情。革命歌声，像一条热线把我们拉上了岸，马上被人群包围了。队伍开到哪里，人群跟到哪里，大人苦诉军阀、地主们的万恶，从他们面色上看到怒火在燃烧，从他们的衣着上，看出生活的穷苦。他们向我们发问：'为什么不发给我们枪?'"

身历其境刻骨铭心的亲身体验，使身为一名战士的父亲，那样真切地再一次看到了劳动人民的苦难，那样深刻地感受到他们中间蕴藏着的可以翻天覆地的伟大力量和革命热情。战士在革命斗争的课堂里学习，成长；人民，是他最好的先生。这一切，使父亲更加坚定了要为这些劳苦大众的解放而斗争的信念。

高唱战歌奔赴抗战疆场

抗日战争，是中国历史上伟大而悲壮的一页；抗日战争，同样是父亲战士人生中的一个重要阶段。从小受到五四爱国运动巨大影响的父亲，由于生活在因签订丧权辱国的"二十一条"而被日本帝国主义侵占的山东，因此，他自少年时代起就产生了强烈的爱国主义情怀。1937年，日寇入侵。父亲望着中华国土一寸寸沦丧，悲愤万分。抗战爆发后，他决心全身心地投入到抗日救亡的洪流和斗争中去："抗战！抗战！／将敌人的脚跟，／从我们的国土上斩断。""诗人们呵！／请放开你们的喉咙，／除了高唱战歌，／你们的诗句将哑然无声！""我甘心掷上这条身子，／掷上一切，／去赢最后胜利的／那一份光荣。"当年父亲笔下的这些诗句，正是他真实的心声。

1937年11月，父亲到达战云密布的徐州。当时，中国军队集结了四十五万兵力，准备在徐州地区抗击日寇。五战区司令长官李宗仁有意办一个青年军团，收容、训练从北方各省流亡而来的青年学生，作为抗战的一支生力军；同时也想招贤纳士，增加自己的力量和影响。他当时曾公开张榜，点名希望"臧克家"等知名文化人士参加五战区工作。但是，面对李宗仁当时并没有实际工作安排的邀请，父亲更向往的是去心中久已渴望的圣地——延安。在父亲到达西安八路军办事处，急迫地等待延安方面消息的五六天里，五战区电告抗敌青年军团已成立。父亲决定回徐州，“我要去从军，到铜山，⁄因为那儿最接近敌人。”这个决定，凸显出当时父亲急于奔赴抗战最前线的战士的胸襟。1938年1月，他加入第五战区抗敌青年军团，从事抗战宣传工作。青年军团类似一座军事政治学校，为战争和前线培养后备力量和骨干。对于学员们的教学与训练，在大敌当前和大战在即的形势下，尤为重要和迫切。父亲深感责任重大，立即将全部精力投入其中。

1938年4月初，台儿庄战役打响，战事紧张惨烈。4月6日晚，父亲应李宗仁之邀，与李宗仁、白崇禧二将军等同赴台儿庄前线，进行战地采访和报道。在以后的八天时间里，冒着日寇飞机轰炸的危险，他三次深入战地，到了主力部队第五战区三十军孙连仲部下的三十一师、三十师和二十七师的前沿。在这震惊中华的大会战战地，父亲采访了从战役最高指挥官李宗仁、孙连仲、池峰城、张华堂，直到普通的士兵和老百姓。他看到了敌寇的凶残和罪恶，看到了中国人民的流血和牺牲，更看到了军民高昂的士气和被战斗锤炼成钢铁的意志，看到了万众同心以死御敌的伟大的爱国主义精神和力量！紧接着，台儿庄战役，这津浦北线上中国军民歼灭日寇的大会战、大胜利以及随后的战事，经过父亲自前线归来后七天夜以继日的不懈创作，立即化为积淀着他的情感和爱憎的长篇战地通讯报道：《津浦北线血战记》。在这篇被当今评论家誉为“堪称一流”的战地通讯报道中，父亲对于战略意义的分析鞭辟入里，对于战争的描写惊心动魄，扣人心弦，细节描写形象生动，人物刻画栩栩如生；同时也表现出身为诗人的他在语言上的独特风格。4月14日，李宗仁在前线亲笔为此文题写了重要的长篇题句。

在生活书店张仲实、邹韬奋先生的亲自主持下，5月初，《津浦北线血战记》一书由该书店以最快件赶印出版。除正文之外，书中还收入了数十张真实生动的战地照片、台儿庄战役示意图和几位指挥战役的高级将领的照片及题辞，再加上以战时地图为该书封面的设计，使它成为一本不可多得的抗战历史和爱国主义的教科书。父亲在此书的序言中开门见山地写道：“我写这本小书，没有一点别的念头，除了想把个人在前方眼看耳闻的一些惊心动魄的血的事实向大家来个忠实的报告。有几段是谈战局经过的实况，有几段是战场惨状的素描，此外，一些零星有关抗战的材料，我也很珍重审慎地把它穿插起来，作为枝叶呈现给亲爱的读者，叫置身后方的同胞们读罢它，掩起书本来，默想一下敌人的凶狠，劫后的残灰，无家可归的灾民的惨状以及前线上士兵们英武敢死的精神，而悲愤交集，热血澎湃，来一个深切的自省。如果叫不起这样的反应，那便是我失败了。一个胜利的消息传到后方，大家都鼓舞欢腾，不知争取这个胜利，得多少血，多少肉！单凭想象是不行的，想象填进事实的模型永没有个恰巧，战地给人一个新东西看，而且会使一切人心地放宽，精神健强，希望年轻体壮的朋友们到那里去……临沂的血战是初次胜利的火花，台儿庄的血战是胜利的火把，它将继续着燃烧——燃烧遍所有的失地。”台儿庄大战是中国军队在正面战场取得的首次重大胜利。而父亲的这本在当时迅速真实地报道台儿庄战役的书，一经问世便受到欢迎，很快再版。74年后的2012年2月，在生活·读书·新知三联书店为庆贺80华诞而出版的“三联经典文库”中，选入并再版了《津浦北线血战记》。出版者在“本书出版说明”中，用“忠实记录了中国抗战史上可歌可泣的一幕，读来惊心动魄”来形容它。此书是父亲抗战时期重要代表作之一。

父亲的另一本“在炮火连天的时候，在距离血肉纷飞的火线不远的地方，在极度慷慨与悲壮的情绪下”写成和编就的抗战诗集《从军行》，也于1938年6月由生活书店出版。收入诗集的十四首诗跳动着抗战的旋律，洋溢着抗战的坚定信念和激情，真实生动而又多侧面、多角度地反映了抗战初期的实况和中国人民满怀仇恨，誓死反抗侵略保卫祖国的伟大精神，同时凸显出父亲作为一名以身报国、积极奔赴抗战一线大无畏战士的精神境界和人生轨迹。这本诗集在当时产生了很大影响，许多读者数十年后还能背诵出当年激励过他们的名篇名句。

这两本书被生活书店印行多次，产生了巨大的影响，也在中国现代文学史上留下了不可磨灭的一笔。

1938年7月1日，由父亲牵头组建的第五战区战时文化工作团在潢川成立。父亲任团长，于黑丁任副团长，团员有：田涛、邹荻帆、田一文、鲁夫、伍禾、武智仁、李石锋、张克刚（柯岗）、胡小翔、郑桂文、梅丽莎、曾克。文化工作团直属五战区司令长官部。他率团深入河南、湖北、安徽农村和大别山区，进行抗日宣传和文学创作活动，直到1939年春被迫解散。从祖国天南海北会聚而来的14位成员，怀着共同的仇恨和心愿，克服了重重艰难险阻，进行抗日文化宣传和文学创作。他们凭着两条腿，沐雨餐风，冒盛暑，冲严寒，走到哪里，就工作和战斗在哪里。野外的荒村，村头的破庙，都是他们的安身之所。有时还要冒着敌人追击的危险。每到一地，他们都用大众化、通俗化的形式，出墙报，演小戏，唱救亡歌曲，朗诵抗战诗篇并创作文艺作品，向民众宣传抗战必胜的道理。有时，他们还要走村入户，开展个别谈话和家庭访问。时隔66年之后，著名作家贺敬之先生在2004年2月6日的文章《悼念臧克家同志》中，曾深情地回忆起抗日战争中那段难以忘怀的情景：

我第一次见到克家同志是1938年，当时我14岁。日本侵略者的铁蹄已经踏进我中原大地。在鄂西北均县小城的一所从山东流亡出来的战时中学的操场上，在成百上千的同学的包围中，作为战时文化工作团团长的33岁的臧克家，站在临时垒起的土台上，向同学们做抗日救亡的演讲。由于我闻讯稍迟，不能拥到人群前列，只能远远望着他激情飞扬的面部轮廓和连续挥动的手臂，听到的只能是被掌声淹没的不易辨清的结尾的话音。但就是这样，已经使我热血沸腾。特别令我激动的是，紧接着就看到操场边墙上贴出的一张大幅壁报，通栏是用毛笔抄写的署名为“臧克家”的一首诗，是写给我们这些同学的。我们争抢着高声朗诵：“在异乡里／喜听熟悉的乡音／在救亡歌声中／我遇到你们这群青年人……”

很快，整个诗篇随臧克家的名字传遍县城，掀起了我们这些操着熟悉乡音的青年人和少年人心中的阵阵波涛……

这段充满情感的文字，形象地刻画出投身于时代洪流的父亲，作为一名抗日救亡战斗者的身姿、奉献和影响，他用自己的行动和“抗战到底”的坚定信念，唤起了无数人心底的爱国情。几个月的行程，无论是在听众成百上千的村集市镇，还是在只有三两户人家的大别山中，父亲和战友们以同样饱满的激情宣讲着，演唱着。他们付出的汗水和艰辛，他们忘我的工作和牺牲，随着他们走过的中原大地的山山水水，变作多少人誓死抗敌的意志和心头不灭的记忆。同时，在紧张劳累的宣传工作和徒步远征之余，在月光、手电筒或是一豆油灯之下，他们依然坚守着另一个战场——文学创作的阵地。文化工作团团员、作家曾克到了晚年，还清晰地记得我父亲为了不影响别人，常常蒙住被子，打着手电深夜写作的情景。父亲见缝插针地把战士的一腔激情和所见所闻所感，化为这支部队的另一番收获——抗战作品。它们，同样真实地记录着父亲“永远是战士”的人生。在这个战场，在这个将自己的生命置之度外的双重战斗中，父亲为自己的祖国和民族，做出了无怨无悔的奉献：“为了祖国，／把生活浸在苦辛中，／为了抗战，／甘愿把身子供作牺牲。”

1938年7月，中共中央长江局副书记周恩来同志与国民党第五战区司令长官李宗仁在武汉商定，建立一个统一战线的文化工作组织——国民党第五战区文化工作委员会，负责战区抗日救亡宣传。10月，中共中央长江局和中共湖北省委选派共产党员和文化界著名人士，参与文化工作委员会的领导工作，钱俊瑞、胡绳和我父亲，都是其中的一员。父亲负责军队抗战文化工作，两个月后又当选为全国文艺界抗敌协会襄阳、宜昌两分会理事及宜昌分会总务股股长，足见父亲当时工作的成绩和影响。在他不懈的工作中，1939年3月，父亲的另一本抗战诗集《泥沼集》，由生活书店出版。

1939年4月，随（县）枣（阳）战役又打响了消灭日寇的枪声。

已被任命为第五战区司令长官部秘书的父亲和姚雪垠、孙陵组成了“文艺人从军部队”，出发到随枣前线，从事抗日文艺宣传工作，并曾参加随枣战役。父亲深入在此作战的广西部队84军的173师，从师部、团部、营部、连部，一直到了山头距敌人近二百米的前沿阵地。日本鬼子打过来了，敌寇的大炮飞机向这儿倾泻了三千余发炮弹，半小时前与父亲并肩屹立在阵地上的战士们全部壮烈牺牲！此行归来后，父亲在给《文艺阵地》编者的信中，这样描写这次战地之行：“弟同雪垠、孙陵两兄到随枣前线作战地文艺工作，到前线后即分三组。弟到84军173师。从军、师、团、营、连部直到第一线，距敌只二百米，鸡犬歌吹之声相闻。弟系卅日夜去的，敌于次日黎明即大举进犯，一日之内发炮至三千余发之多，为沪战后最烈之炮火。弟于炮火中跑出，身边落多颗，幸而不死！回程至枣阳，敌人突冲至，几被包围，往新野、邓县……急行八日两夜，始脱险。敌人在后面仅距三十里。弟现已到河口，将来或再到安徽去看看敌人后方的各种情况……”他不仅在火线上目睹了随枣战役的实况，而且冒着身边不时炸开的炮弹，历尽艰辛和危险，用自己手中的笔，见缝插针地在艰苦紧张的战争环境中（有时是在以膝为桌的战斗间隙或行军路上），写下了大量凝结着自己强烈爱憎的抗战文学作品，完成着自己心目中的神圣使命。为了记录这次战地之行，父亲写了长诗《走向火线》和散文集《随枣行》。《随枣行》一书中的《十六岁的游击队员》，曾被当时的国语教科书选做教材，产生了很大的影响。

1939年8月至10月，父亲再次远征。他与姚雪垠等人，自湖北经河南向大别山进发，到安徽敌后采访，了解、反映当地的抗战情况，并进行抗日救亡宣传。他们先后会见了新四军办事处主任何伟和美国作家史沫特莱女士。他将此行写成长诗《淮上吟》和通讯《淮上三千里》。《淮上吟》开创了他诗歌创作中“报告长诗”的先河，在探索中形成了新的诗歌体裁。(朱自清先生曾在1941年9月2日给作家牧野的信中谈道：“臧克家先生的《淮上吟》很不错，比喻特别新鲜有意味。”）它同样是父亲抗战时期的一部重要代表作。同年12月，父亲再赴前线，曾在正阳深入刚反正的王月高部。他冒着日寇的炮火，在战地上与官兵共度春节。1939年，从前线到后方，父亲的双腿走完了五千里路程。他在写于1940年1月11日的120余行的诗篇《我们走完了1939年——给孙陵、雪垠》中，这样写道："我们飞舞／在战争的风前，／我们拧动时代的轮齿／旋转，／我们用五千里的征程／送走了1939年。"

1940年，父亲与碧野、田涛、姚雪垠结成战斗集体，随五战区抗日部队与日寇厮杀于鄂西北战场，曾随部队转战武当山、古均州和汉江上游的郧阳城，并在荆山、汉水之间大举歼灭日本王牌军……自抗战以来的这些艰苦紧张激烈的战斗岁月，被父亲和战友们深深地镌刻在心间，至死都不曾忘却。

从1939年开始，国民党多次掀起反共高潮，左翼进步文化人士受到日益严重的迫害。1940年6月，父亲反映抗战实况的《随枣行》一书，被国民党中央图书杂志审查委员会以"不送审原稿"为由，"暂停发行"。由于国、共两党摩擦加剧，父亲于1940年10月辞去第五战区司令长官部秘书之职后，应三十军军长池峰城之邀，到该军任参议。被官兵们亲切地称为"三十军之友"的父亲，在这里受到热烈欢迎。但1941年5、6月间，他又被孙连仲下了"逐客令"。该年12月，他从三十一集团军参议职上，被调至该集团军所属的三一出版社任副社长。在河南寺庄出版社驻地，父亲开始创作抗战长诗《范筑先》（后改名为《古树的花朵》），直到1942年2月8日竣稿。这部用了父亲一年多心血写成的、全面抗战以来第一部五千行长诗，真实生动地刻画出抗日英雄范筑先为抗击日寇"誓死不渡黄河"，与祖国山河共存亡，最终在聊城以身殉国的光辉形象，读来感人至深。全诗风格深沉、凝练，笔法跌宕多姿，为中国长篇叙事诗的成熟做出了重要贡献。这段时间，由于父亲主编左翼进步刊物《大地文丛》，刊发了宣传马克思主义文艺观的译文和进步作家的作品，而被国民党搜查、传问，刊物被迫停刊，形势十分紧张。该年7月，满怀悲愤的心情，他不得不被迫离开了坚守五年之久的抗战正面战场，从寺庄徒步千余里，于8月中旬到达了抗战的大后方——重庆，开始了新的创作与战斗生活。

从1938年1月正式加入第五战区的工作，到1942年7月被迫离开三一出版社，父亲在坚守抗战正面战场的五年中，满怀热烈赤诚的爱国之心，不畏牺牲流血，不惧困苦艰险，上前线（据不完全统计，父亲参加过徐州会战、武汉会战、随枣会战、枣宜会战等），走后方，尽心竭力地为这场中华民族保家卫国、抵御外侵的伟大战争，做出了自己无私的奉献。父亲曾在写于1942年的长篇回忆录《我的诗生活》中这样写道："冬天，我冒着冰刀似的寒冷，骑着大马在风雪吹打着的战地上奔驰，我到过查山，这几次被敌人拿去又夺了回来的今战场；我在鲁寨同士兵们一道在战壕里过旧年，大炮是我们的火鞭。我驰马平昌关，敌人的大炮从老鸦山上把炮弹打落到我的身后身前。我曾在信阳前线深入刚反正过来的彭子文部，同他们一道住了两三天，谈了两三夜。凭这，我才敢写我的《向祖国》，因为我不但听到，而且见到，不但见到，他们的生活、处境、表情，曾经深深地打动了我。"战斗的空隙间，他用一支笔、一方小本和一个膝盖，就可以记录战事，倾吐心声。这些诗、文里，闻得见战争呛人的硝烟，听得见炮火震耳的轰鸣，看得见日寇灭绝人寰的侵略暴行和中国军民奋起抗战的无畏与牺牲。在父亲的笔下，一位位抗战英烈昂然屹立，他们的热血，在大时代的气流里开出了鲜红不败的花朵；一次次抗敌战役，惊心动魄，伤亡惨烈，爱国豪情气贯长虹。从抗日爱国将领直至普通百姓，父亲对于不同抗战群体真实生动的刻画，使我们再一次看到了中华民族的铮铮铁骨和伟大牺牲，使我们再一次感悟出为什么这是一场中国人民取得最后胜利的战争。

值得一提的是，在这五年的抗战正面战场经历中，父亲结识了李宗仁、池峰城、张华堂、黄樵松、钟毅、丁行等抗日爱国将领，并与他们其中的一些人结下了深厚的战斗情谊。这些抗战英雄和殉国烈士，后来都是他诗、文歌颂和缅怀的对象。父亲曾在写于1947年的长篇回忆录《生活和诗的历程——续〈我的诗生活〉》中，这样描写他与他们的感情："我们曾经用我们的墨笔，记述他们用血造成的故事；我们曾经用我们的歌词和诗句歌颂过他们，鼓舞过他们，娱乐过他们；我们曾经和他们一道历险，一道随着战争前进或后退；我们曾经以我们的心打进他们的心里去。”这份深厚的情感，被父亲牢记了大半生，直至1991年，耄耋之年的父亲还为这些抗日英雄和抗战故地题辞、赋诗，足见他对于这些结识于抗日战场上的抗战将士们的深情厚谊和对这段人生经历的不灭记忆。

当代抗战文学研究专家曾这样评论道：“全面抗战爆发之后，作家走向战地者为数不少，但能像臧克家这样在战区工作长达五年之久，与前线官兵结下了深厚友谊，并且创作了如此大量而全面的有关正面战场作品的作家，实不多见。”“四年多的正面战场经历，对臧克家的创作生涯至关重要。从个性心理来讲，圆了他北伐战争时期不得已而中止的戎装梦。战场阅历，真正使他从乡土走向广阔的天地。从此以后，他不仅是把握农村与农民脉搏的乡土诗人，也是唱出抗日将士心声的前线诗人；不仅善于咀嚼生活的苦味，而且长于吹奏时代的号角。他不单属于他所钟爱的乡土，也属于他敢于献身的祖国。”

父亲的一生，都被冠以文化界人士的头衔，但是，在北伐战争和抗日战争中，为了捍卫革命成果，为了保家卫国抵御外侵，他两次穿上戎装，成为一名名副其实的战士。这两段走入军营的难忘生活，成为父亲生命中极为宝贵的经历。在这些岁月中，他问心无愧地战斗着，经受着生死与战火的考验，因此，他可以骄傲地说：“我，就是一名战士!”

旧中国以笔为枪的战斗

父亲是一名战士，他的另一个战场，是他坚守了一生的文学战线。从1925年正式在全国性刊物发表作品开始，他一直紧握手中那支笔，以它为匕首，为投枪，为刺向反动派黑心的利器，以一名无畏战士的勇气和意志，精神和责任感，真实地反映旧中国尤其是广大农村的社会现实，为贫苦农民和劳苦大众呐喊和歌哭；他无情地揭露和鞭挞骑在人民头上的统治者，揭露和鞭挞旧制度的黑暗与反动，腐朽与虚伪；为祖国和人民自由光明、和平解放的未来忘情地歌唱。这信念，这战斗，一直没有动摇和停息过。翻开父亲的十二卷文集，他解放前的大半作品，不仅是历史前进和时代洪流的真实反映，更是一篇篇战歌和檄文。在那反动统治猖獗的岁月里，因一篇文章而遭厄运、被杀头的，不计其数。因此，在旧中国的文学战场，没有冲锋陷阵的战士那种不畏牺牲勇往直前的精神，没有坚定不移的信念和意志，同样是不可能战斗到底的。

父亲一走上文坛，就将他的立足点和全部情感，投入到劳苦大众一边，《捡煤球的姑娘》《难民》《老哥哥》《贩鱼郎》《老马》《炭鬼》《当炉女》……他为深受压迫和苦难的民众，唱出了心中的愤怒与不平。父亲1933年写成的长诗《罪恶的黑手》，深刻揭露了帝国主义罪恶和伪善的面目，与新诗《老马》一起，成为他早期诗歌的代表作。而早在1931年，他就曾在诗篇《不久有那么一天》中，这样预言："不要管现在是怎样，等着看，／不久有那么一天，／宇宙扪一下脸，来一个奇怪的变！／天空耀着一片白光，／黑暗吓得没处躲藏，／人，长上了翅膀，带着梦飞，／赛过白鸽翻着清风，／到处响着浑圆的和平。／……阴天的地上原找不到影子，／但请你注意一件事：／暗夜的长翼下，／伏着一个光明的晨曦。"

1933年7月，在恩师闻一多、文坛前辈王统照和诗友卞之琳的大力赞助下，父亲的第一本诗集《烙印》自费出版。同年11月，父亲在这本诗集的《再版后志》中，这样写道："老早心中为写诗定了个方针。第一尽力揭破现实社会黑暗的一方面，再就是写人生永久性的真理……写这些可怜的角落里的人群，我都是先流过泪的，我对这些同胞，不惜我最大的同情，好似我的心和他们的连结在一起。"几句话，点出了父亲进行文学创作的初衷。《烙印》出版后，立即得到文学界和广大读者的好评。闻一多先生在该书的序言中指出："克家的诗没有一首不具有一种极顶真的生活的意义。没有克家的经验，便不知道生活的严重。"老舍撰文《臧克家的〈烙印〉》，鲜明地表示了他的看法："《烙印》里有二十多首短诗，都是一个劲，都是像‘一条巴豆虫嚼着苦汁营生’的劲。他的世界是个硬的，人也全是硬的。克家是对现在的世界和人生决定了态度，是要在这黑圈里干一气。”由此可见，这本揭露社会现实和人民苦难的处女诗集，是父亲向旧时代、旧社会发出的怒吼，鲜明地显示了他作为一名进步文化战士的立足点。从此，他的作品，无论是诗歌，还是散文、小说、特写、通讯和文论，父亲始终紧紧把握着战斗方向，紧紧跟随中国历史和中华民族前进的步伐，呼唤大众的觉醒，展现人民的斗争。

几乎每个历史时期的现状和斗争，都能从他的作品中得到反映。父亲以诗人锐利的目光观照历史和社会，从一踏上文学之路，就以笔为枪，“抒发我的不平之气，表现我对封建剥削阶级、新军阀反动统治的控诉”：那些青春在黑风里暗暗憔悴的捡煤球的姑娘；那群被“阴森的凄凉吞了可怜的故乡”，因而在“陌生的道路”上“无归宿”的难民；那匹“背上的压力往肉里扣”，“抬起头来望望前面”的老马；那个因为“已经老得没用了”，而被永远关在大门外的“老哥哥”；那些“没有日头和月亮，／昼夜连成了一条线，／活着专为了和炭块对命，／是几时结下了不解的仇怨”的炭鬼；还有那个被美国兵“文明的皮鞭”抽打着的中国苦力……他笔下这些写不尽的劳苦大众的生动形象、凄惨生活和悲苦命运，就是佐证。

他呼唤人民的奋起和反抗，期待着“有那一天，心上迸出个突然的勇敢，／捣碎这黑暗的囚牢，／头顶落下一个光天。”在抗日战争的战斗风云中，父亲在民族革命的战场上疾呼：“……敌人把我们推入了战争。／我们再不空口讲正义，／正义永远握在强者的手里，／我们要用枪炮的毒口去碰毒口，／我们要用鲜血去涂成‘真理’的名字！／……我们要用四万万条身子，／筑一道防卫祖国的围墙！／活，要立起身子带响地活，／死后尸体也要交横在一起！／……我们的乡村呵，美的化身，／决不让她任人奸淫！／古井的辘轳边决不让敌人来饮马！／决不让敌人的脚尖／踏着祖宗的坟头／把我们的河山当画图看！／我们的热炕头／不能让敌人躺在上边打鼾！／

不能让妻子的手臂，／套上异种人的手腕！／不能让新的市场，历史上的都会，／打上倭奴耻辱的脚印！／不让，决不让！／除非我们全体都死亡！／……”面对奔赴战场的中华儿女，父亲满怀豪情地高唱：“耕破黑夜，／又驰去白日，／赴敌几千里外，／挟一天风沙，／兵车向前方开。//兵车向前方开。／炮口在笑，／壮士在高歌，／风萧萧，／鬃影在风里飘。”

《从军行——送珙弟入游击队》《伟大的交响》《血的春天》《别潢川——赠青年战友们》《呜咽的云烟》《淮上吟》《古树的花朵》《诗颂张自忠》《津浦北线血战记》《潢川的女兵》《十六岁的游击队员》……父亲笔下这些涵盖了多种文学门类的作品，带着战火的硝烟，记录下凶残的日寇面前，那不曾屈服的中国军民，他们用民族的铁拳，击退了入侵的强敌！这些在极为紧张艰苦的战斗生活中诞生的诗与文，基调高亢，极富爱憎，气势豪壮，它们是为我们民族振奋精神、砥砺正气的鼓角，更是一位战士在民族战争的火线上，放声高唱的战歌！

抗战文学专家曾经这样评论道：“最具臧克家个性的是他描绘正面战场的叙事性作品，文体有长篇报告文学、回忆录，也有简洁的战地速写、人物素描；有一气呵成的几千行英雄史诗、环环相扣的珍珠链似的组合性长诗，也有‘窗含西岭千秋雪’般的诗歌短章、刻画得入木三分的短篇小说。手法有质朴无华的白描、夹叙夹议的铺展，也有叙事与抒情的融合、自然或超拔的象征；有徐文长花草似的泼墨写意，也有陈宪章梅花般的工笔细描；风格有生死格斗间不容发的紧张，也有恋爱插曲小桥流水的缠绵；有气贯长虹、长歌当哭的悲怆，也有日常生活中不乏生趣的幽默。臧克家以多彩的笔墨展开了正面战场的宏大画卷，以丰富的细节呈现出真实的战场氛围。阅读这些作品，我们仿佛回到了抗战时期，跟作者一道走上正面战场，领略那硝烟弥漫的战争风云。”

从抗战末期直到全国解放前夕，国民党统治日趋反动、黑暗、腐朽，乌云压顶，白色恐怖日甚一日。父亲不仅一直积极投身于民主解放运动的革命斗争和历史洪流，更以更加坚定和自觉的革命立场，用手中的笔做枪，击发出一排排犀利无比的子弹，直射向反动统治者的黑心！1945年，毛泽东主席飞临重庆与蒋介石谈判。正在重庆的父亲，受到了毛主席的接见。他满腔激情地写出了诗篇《毛泽东，你是一颗大星》，以“何嘉”为笔名，发表在《新华日报》上：“毛泽东，你是一颗大星，／不亮在天上，亮在人民心中，／你把光明、温暖和希望／带给我们，不，最重要的是斗争！／……用自己的胸膛／装着人民的心，／你亲自降临到这战时的都城，／做了一个伟大的象征。／从你的声音里，／我们听出了一个新中国，／从你的目光里，／我们看到了一道大光明。”

这首诗，讲出了渴望光明、和平与解放的中国人民的心声！这段时期，“蒋介石踏着亿万人民骷髅的天梯，爬到了‘总司令’‘委员长’‘总统’的宝座，卖国求荣，发动内战，以敌为友，以友为敌，杀戮共产党员和革命人民，尸骨成山，血流成河。”在重庆、上海国统区的几年生活，父亲从“人民在流落，在呻吟，在饥饿，在死亡”的惨象中，痛切地感到：“这正是狂歌当哭的时代。这正是用诗抒愤、进攻的时代。”“恨，铸成力，力，向着黑暗的墙壁推去，推，推，推，推倒它。”久蓄在父亲心中的怒火，燃烧了，迸发了！

从二十世纪四十年代初起，父亲以一名冲锋陷阵战士的英勇无畏，开始创作尖锐、犀利、激愤的政治讽刺诗，1944年到1948年达到高潮。“当眼前没有光明可以歌颂时，把火一样的诗句投向包围了我们的黑暗叫它燃烧去吧！”“我们一齐向那些千夫所指的东西们掷出诗的匕首去，让它们早日倒下去吧！我们一齐向那些大家所希望的，来一个催生的大合唱吧！”父亲这样呐喊着，他高唱着诅咒黑暗现实、鞭挞反动统治的歌，拼搏在黎明前的黑暗！正如人们所指出的，父亲的政治讽刺诗，不是清浅的喟叹，俏皮的讥讽，低悒的哀怨，不满的牢骚，而是强烈的仇恨，严峻的抗议，深刻的揭露，尖锐的指控，有的简直就是“指着鼻子数其罪行”。《裁员》《宝贝儿》《星点》《胜利风》《重庆人》《人民是什么?》《枪筒子还在发烧》《“警员”向老百姓说》《谢谢了，“国大代表”们!》《生命的零度》……父亲用这些诗篇，给国民党的“劫搜”大员、“国大”代表、警察、贪官污吏等画像，画出他们的可憎嘴脸和丑恶灵魂；他用它们揭露反动政权假民主、真专制的真相，号召人民起来，做自己真正的主人；他用它们刺穿蒋介石自诩“伟大”“英雄”的虚伪画皮，还他以发动内战、残害人民的大独裁者和大刽子手的本来面目……“前日一天风雪，昨夜八百童尸”，在父亲根据上海——这东亚第一大都市一夜间发生的这出社会惨剧，而写成的诗《生命的零度》中，他怀着那样深刻的痛苦和愤怒，为这八百名“人的嫩芽”过早的夭折，发出了怒吼：“一夜西北风／扬起大雪，／你们的身子／像一支一支的温度表，／一点一点地下降，／终于降到了生命的零度！／你们死了，／八百多个人像约好了的一样，／抱着同样的绝望，／一齐死在一个夜里！”父亲用极尖利冷峻的讥讽和抨击，指向了制造这人间悲剧的罪恶根源。父亲的政治讽刺诗先后结集为《宝贝儿》《生命的零度》和《冬天》，产生了巨大的影响。

在创作政治讽刺诗的同时，父亲同样以杂文等多种文学形式为武器，在广泛的文学战线上战斗着。《官》《做主》《精神的囚犯》《伟大与渺小》《来个催生大合唱》……都是这个时期的作品。

尤其可贵的是，为了跟上时代和革命前进的步伐，跟上伟大的中国人民推动历史的脚步，父亲一边参加对反动统治者的坚决斗争，一边自觉地在世界观的旧我与新我的战斗中，沉下心来，认真总结自己四十年来走过的生活道路和二十年来文学创作的经验教训，无情地解剖和审视自己，从而使他的阶级立场、思想情感和文学创作，提升到了一个新的高度。1944年，父亲迈入不惑之年。他在一些诗篇和文章中谈到，自己所处的时代，是中国和世界发生激变的时代，“我，作为一分子，站在前进的行列上。在年轻力壮的时候，我走在前头，单纯的，勇敢的。可是，因为心上装载得太多太重，脚步也随着年龄蹒跚起来。我没有落后，我追随着时代，可是，以前不是拉着纤走的吗？”“对过去牵恋得过重，就把对未来的关心减轻了。怀旧，知识分子的通病，我患得特别厉害。时代变过了，一切都不同了，在感觉上，对于以往的总比对于新生的亲切，这是很可怕的。”“我所参加过的每一次战斗，总有许多人倒下去，许多人转回头，许多人挺身直前。而我自己呢？我没有倒下去，没有后退，我用了坚稳的小步子向前走，痛苦地、矛盾地、艰苦地走着。然而时代是在以百米竞赛的速度前进着，我害怕落后，也不甘落后。我是不是也应该调整一下自己的步伐?”“光瞅着眼前的东西‘变’，而自己却永远站在‘不变’这一点上，这是不行的。于是，我‘变’了，从‘我拭干眼泪瞅着你们变’，到‘我该拭干眼泪跟着你们变。’”“战斗，同自己战斗，理智鞭子的抽打，……新生活的树干上才可以抽出新生命的枝芽。”这一切，对于身处国统区的知识分子来讲，是十分难能可贵的。它表现出一名自觉的革命文化战士，勇于抛弃人生观中不符合时代和革命要求的旧我，从而塑造一个迈开大步，与亿万人民共同前进的新我的过程。这是一名战士能够永远保持与时代同步、与人民同心的不可或缺的条件和保证。

1946年末，国民党散布：“臧克家不再写诗了。”父亲立即以极大的义愤，写下了向反动政权再一次宣战的檄文《你们》：“你们宣传说，我不再写诗了，／对不起，我给你们一个大大的失望，／我被你们的话鼓励了，／我的诗性猛烈得像火！//……我有太多的悲愤要把胸膛爆炸开呵，／我有太多的感情要冲涌而出呵，／我的心被火燃烧着——／那羞耻的火，／那困恼的火，／那生之苦难的火呀！//……我要写诗，／因为我要活下去，／而且，越活越起劲！／我明白，在我们消极的时候／你们才积极起来！／我要用我的诗句鞭打你们，／就是你们死了，我也要鞭打你们的尸身！／我要把我的诗句当刀子／去剖开你们的胸膛；／我要用我的诗句／去叫醒，去串连起／一颗一颗的心，／叫我们的人都起来，都起来，／站在一条线上，／向你们复仇！复仇！”这些指着鼻子声讨、痛斥和鞭挞反动派的作品，需要冒着多么大的危险，这是每个从黑暗时代走过的人，才能深刻体验到的啊！

在父亲解放前夕出版的最后一本诗集《冬天》中，他1947年末写成的诗歌代表作之一《冬天》，深刻形象地表现了中国人民在那一年四季都是冬天的反动统治下，所遭受的无边的苦难，并且富有预见性地指出“这该是最后的一个严冬”，为国民党反动政权的垮台，提前敲响了丧钟。在这黎明前严寒逼人的冬天，在这白色恐怖登峰造极的岁月里，父亲除了积极投身于革命运动和以作品为武器之外，还先后主编了一些进步报纸和刊物，如：《侨声报》副刊、综合性文化月刊《文讯》和书籍《创造诗丛》十二种等，并大力协助青年友人曹辛之、林宏等成立了星群出版社，编辑出版了《诗创造》丛刊。在这些报刊上，父亲编发了大量革命与进步的文化人士和著名作家的文章，并培养了一批进步青年诗人，在当时产生了很大影响。

正是由于父亲作为一名革命与进步的文化战士的不懈斗争，1948年11月，国民党当局以“写讽刺诗、办左倾刊物和参与共产党创办的星群出版社”为罪名，将父亲的名字上了逮捕的黑名单。国民党特务们在查封星群出版社和《诗创造》丛刊时，一再逼问父亲的住处。在中共地下党组织和亲友们的帮助下，曾一周内五易其居的父亲，像当时许多进步文化人士一样，于同年12月8日，潜往香港避难。三个多月后，他与我的母亲一起，乘坐中共党组织租用的专轮“宝通号”，由冯乃超同志带队，与全船一百多位进步文化人士一齐北上，奔向已经和平解放的北平。光明、自由、和平、解放的新中国，这是父亲自从踏入战斗行列的最初一刻起，便已盼望的崭新的祖国和天地！为了它的早日到来，他与亿万中国人民一起，用自己的战斗，用自己的生命，迎来了这一天。父亲的心中，充满了一名战士为祖国和自己获得新生的无比喜悦与自豪！

坚守与捍卫

我至今清晰地记得父亲生前经常说过的一句话：“只要我认定的事，就破命去干！”它，不仅表现出父亲做事的坚韧精神和全身心投入，更可以看出他为了捍卫真理和原则，不惜牺牲个人的思想境界。他是这样说的，也是这样做的。

在父亲一生近八十年的文学创作生涯中，他一路沿着现实主义和革命现实主义的创作道路前进，一贯提倡作家和文学作品要与时代同步，与人民同心；一贯主张生活是文学创作的土壤和源泉，文学工作者要深入生活；一贯倡导文学的民族化和大众化，力主古为今用、洋为中用的创作方针。在漫长的创作之路上，无论社会上涌动着何种创作思潮，无论受到多大的打击和歪曲，他一直坚守和捍卫着这些创作原则和文学理念，终生都没有丝毫犹豫、动摇和改变。

父亲是在痛切地感受着中国社会的黑暗和人民的苦难中，开始文学创作的；他是汲取着中国古典文学和大众民间文学的深厚营养，走上文坛的，因此，直面和反映社会现实，将中国优秀的文学传统融入自己的作品，就先天地为他的文学创作，打上了深刻的几乎无法改变的印记。1933年他的第一本诗集《烙印》出版前后，一些诗人远离现实，躲在自我的小天地里唱恋歌，描写女人的“酥胸玉腿”，或沉醉于风花雪月之中。而父亲在《烙印》中所展示的社会现实，所描写的民众的苦难，把人们带回到真实的人间景况中来，因此，茅盾先生在1933年的评论文章《一个青年诗人的“烙印”》中指出：《烙印》的“全部二十二首诗没有一首描写女人的‘酥胸玉腿’，甚至没有一首诗歌颂爱情。甚至也没有所谓‘玄妙的哲理’以及什么‘珠圆玉润’的词藻！《烙印》的二十二首诗只是用了素朴的字句写出了平凡的老百姓的生活……我相信在目今青年诗人中，《烙印》的作者也许是最优秀中间的一个了”。正因为《烙印》真实地反映了旧中国农村和农民的实况，朱自清先生在《新诗的进步》中说，“初期新诗人大约对于劳苦人的真实生活知道得太少，只凭着信仰的理论或主义发挥，所以不免是概念的，空架子，没力量”，而到了臧克家，中国“才有了有血有肉的以农村为题材的诗”。穆木天在《关于〈烙印〉》中认为：“青年诗人臧克家的《烙印》，是最近值得注意的一本诗集。作者经验着‘九·一八’以后中国农村破产的情形，感到了深刻的人生的痛苦。他以现实的平常的材料，咏诸诗歌……他的那些短诗，可说是时代象征之一面相。”就连反对、厌恶和从来不读新诗的齐东野先生，也在他的文章《由现在中国的诗坛谈到〈烙印〉》中，极生动地道出了他读《烙印》后的全新感受，和父亲这些真实反映劳苦大众生活的现实主义诗作，给予他心灵的巨大冲击："那充实的内容，明显而深的字眼，新颖的词句，一字一字地刺入我心的深处，继续着一气读毕，我兴奋，我喜悦，全身感到一种紧张，又觉到一种松弛，意外地我在仇人中寻找到一个可爱的朋友，在垃圾中捡起一颗珍珠，那时我把它紧紧地搂在胸前，迅速地就向回跑，也不管朋友允许我借阅与否。它不但打破我那'誓死抵制新诗'的信条，而且闯进我那狭小的书斋，永久做我的伴侣，因为失去它我便感到空虚，也唯有这样才感到满足，纸上的字，个个都是刺，刺你的眼，刺你的心，犹如把刺刀穿进你的胸。……一个新的生命已经在那里发育、滋长，慢慢地繁荣起来了。"就这样，父亲这些根植于现实主义土壤的作品，一问世，就向人们展示了它强大的生命力，为当时的诗坛，吹来了一股清新的风，带来了勃勃生机和活力。这一切，不能不说是父亲现实主义创作原则和手法、他的民族化的文学风格，在首次集体展示时的一个大成功！

父亲从最初走上文坛，便对现实主义创作原则和手法，对于文学的民族化、大众化问题，持有自己一贯的立场和见解。1933年11月，父亲在《烙印·再版后志》中说："我有一个野心，我想给新诗一个有力的生命"，又说自己"老早心里为写诗定了个方针"。这个生命，这个方针，就是他坚持了一生的革命现实主义和民族化、大众化的创作道路。他"沿着自己的道路，从《烙印》直走到"生命的终点。"这中间，在形式上显然有变化，有演进，但这变化，这演进，是沿着一条轨道进行的，而这条轨道是铺在生活的基地上的。"沿着这条现实主义的、民族化大众化的轨道，父亲被人们称为：对"五四"尤其是大革命以来的中国现代史，做了系统的几乎是编年史的反映。他从1929年起，年年有新作问世，1933年后平均每年出版一本诗集，最多时一年出版了三部。工农兵学商，东西南北中，从"辛亥"到北伐，从抗战到建国，他作品覆盖的时间"面积"之大，在新诗史上是很少有人能够比拟的。对于这条道路，他的作品，他始终为之不懈的鼓与呼，他为捍卫它们所做的努力，都是最好的明证。

父亲晚年曾多次谈道："我对文艺问题有个人的看法，而这种看法与多年来的创作实践和理论学习是密切关联的。因而我坚持它，不易动摇。我觉得它对，就要坚持，人言不恤。这些，我都毫不含糊地形诸口头和笔头。"

父亲在1934年的文论《论新诗》中就指出："我们的时代是在暴风雨里，经济破产使得都市动摇，乡村崩溃，有多少生命在惨痛地往死路上去……处在这样的环境里，只能写诗已经是可耻了……作为一个诗人而活在眼前的中国，纵不能用锐敏的眼指示着未来，也应当把眼前的惨状反映在你的诗里，不然，那真愧煞是一个诗人了。"作为一名现实主义作家，父亲一生都非常看重和大力提倡生活对于文学创作的巨大意义。他先后在许多文章和众多言论中，都提出"生活是文学创作的土壤"、要"深入生活"的主张。在1942年写成的《从学习到创作》中，他明确指出深入生活和正确的世界观，是一个作家进行文学创作的极为重要的先决条件，因而进一步丰富和提高了他对于现实主义文学创作的认识和理论。父亲还一直大力提倡继承中国优秀的文学传统，向大众学习，向民间学习。他曾下大力搜集过民歌民谣，以通俗易懂、易于被民众接受的语言，写出优秀作品。他早在1940年的《我怎样学写新诗》中，就明确地提倡："……向大众口语的源泉里，汲取一些活的诗句，……大众的口中流露了多少诗人笔下写不出来的妙句，这妙句只要你肯躬腰，真是'俯拾即得'呵，……该要生活来充实诗的内容，该向大众学习自己的诗句了。"他又在《〈臧克家诗选〉后记》中说："我很喜欢中国的古典诗歌（包括旧诗和民歌），它们以极经济的字句，表现出很多的东西，朴素，铿锵，使人百读不厌。我在写诗的时候，有意地学习这种表现手法。……人民的口语在我的习作中也起了作用。"不仅是诗歌，从父亲对于文学的其他门类，如散文等的创作中，都可以明显地看出中国优秀传统文学对他的巨大影响。

父亲一生都坚守在革命现实主义和民族化、大众化文学创作的阵地上，从来没有改变他认定的真理，无论风吹浪打，不改初衷。他曾在民众的苦难中，于1934年撰文指出“囿于自己眼前苟安的小范围而大言不惭地唱恋歌……诗做得上了天，我也是反对的”，并对当时“新月派”诗歌中过于注意外形上的修饰，而内容大多装满了闲情——爱和风花雪月；对“现代派”以神秘派的诗的形式，表现一种轻淡迷离的情感和意象，缺乏时代气息；对于某些革命派诗歌的标语口号式倾向，都提出了异议和批评。父亲不仅在自己的文学创作和理论观点上，坚守着这些原则，而且在解放前他主编报纸刊物的方针上，也强调了这些主张。尤其是上世纪四十年代，战争连着战争，社会黑暗，中国人民处于水深火热和不断奋起的斗争之中。1946年，父亲大力支持和协助青年友人们创办了《诗创造》丛刊。在决定办刊之时，父亲向他们提出需要注意的两点，首先就是“一定要搞现实主义”。在这些编辑者大目标共同一致，但在艺术思想上却有分歧，存在不同见解的时候，父亲旗帜鲜明地支持了部分编辑人员的如下主张：“在残酷的现实环境中，要多刊登战斗气息浓厚与人民生活密切联系的作品，以激励斗志，不能让脱离现实、晦涩玄虚的西方现代派诗作充斥版面。”有时候，因为观点的不同，父亲曾与持不同见解的青年友人争论得面红耳赤。他在这段时期的文章中谈道：“眼前是这样一个时代，真和假，丑和美，罪恶和正义，自由和奴隶，对照得如此鲜明，如此强烈，彼此在批着对方的面颊，而斗争的红血不断地流。”“在今日意义上的‘新诗’，语言的近代化、口语化是必需的，而最主要还是内容方面强烈的时代性——也就是斗争性。”让一贯坚持现实主义创作原则的父亲，让一生为人民而战斗的父亲，在人民的苦难和不屈的斗争面前闭上眼，这是他绝对不能容忍的。这场友人间由于文艺观念和办刊方针不同而引发的争论和思想交锋，是遵从革命现实主义、主张走民族化大众化道路的诗人和编辑者，与显示出西方现代主义色彩的同仁们的思想斗争。这场论争不仅产生了一定的社会影响，而且在当时的时代氛围中，也具有一定的代表性和典型性。

全国解放后，父亲继续坚守在这块文学阵地上，不仅在自己的创作中初衷不改，而且利用各种方式和机会，为革命现实主义以及民族化大众化理论和创作鼓与呼。同时，从上世纪六十年代初起，为了向广大读者介绍中国优秀古典文学和其中的名篇佳句，讲述自己对于中华民族博大精深的文学传统的体会感悟，父亲陆续写了许多有关古典诗文的赏析文章，产生了不小的影响。他的一些“心中有感、笔下有情”的作品，都曾在中央人民广播电台播出过，如《诗人之赋——重读〈阿房宫赋〉》等，作为保留节目，直到“文革”后还几次听到它们的声音，深受广大读者和听众的喜爱。1990年，这些文章结集为《臧克家古典诗文欣赏集》出版。父亲为坚守和捍卫现实主义传统和民族化、大众化阵地，切实地做着大量工作。

步入晚年和暮年，父亲这位在中国现、当代文学园地耕耘了一生的老战士，不顾年老体衰，更以极大的责任感和使命感，关注着中国文坛尤其是诗歌的发展。

在一段很长的时间里，他接到很多群众来信，反映文学界尤其是诗坛存在的一些问题；许多文学界的友人也谈到这些情况：现在的文坛上，出现了念不懂的晦涩的怪诗，用新名词堆垒起来的奇文，不知所云的小说……父亲对此忧心忡忡，十分焦虑。于是，不论是在自己的一系列文章中，还是在有关文学问题的会议上；不论是在家中接待旧识新交，还是在与友人、读者的通信中，他都旗帜鲜明地对这些创作倾向和文艺界潮流，进行了比较严厉的批评。这位文学界的老者和过来人，用中国现代文学史上活生生的例子，用自己数十年来的创作经验和体会，语重心长地谈道：现在有些人认为，文学作品离人民、生活和时代越远越好，去“狠挖个人内心”；一些人对祖国优秀文化传统，淡然视之，甚至全盘否定；相反，对于国外的一些东西，有的是连外国人都已经摒弃的东西，不分香臭，不问后果，只管拿来。结果，连我这个老诗人都成了“诗盲”，读者不满，专家摇头。我们的社会主义文学要前进，要革新，要与时俱进。但是，革新和前进要有个坚实的基础。脱离现实和人民，任意标新立异，结果就会成为空中楼阁，为群众所厌恶，降低了文学作品的价值与声誉。写诗，不要忘了民族风格，要为人民所喜闻乐见。学外国的东西，当然是好事，但必须“大而化之，以我为主”。我国“五四”以来的新诗传统，应该总结经验，以利创作。作家要下到生活的深处，不然，就没法了解新的现实生活和战斗在其中的人们的精神面貌。在新事物面前，就会“眼前有景说不得”，只为相看不相知了。现在，有的人主张从零开始，不要传统。水无源，人没有祖宗，怎么行？知古才能知新。父亲还指出，文艺创作是各式各样的，各种题材、各种风格，都产生过著名篇章而传诵永久。可是，每个时代的大作品，大作家，都是与时代精神、与现实生活结合在一起的，成为启发、领导广大人民群众向前进的伟大号召力量。大作家和名作家的分界线就在这里。

……

父亲不仅对作家、诗人，而且对文艺理论研究者和报刊编辑，也提出了为繁荣和正确引导社会主义文学创作和理论研究，应该恪尽职守的要求和期望。父亲这些文学观点和主张的提出与一再重申，在当时是顶着压力和个别人的非议甚至谩骂、攻击的。但是，在社会主义文学阵地这块没有硝烟战火和刀光剑影的地方，父亲知道，有些文艺思想、观点和文学道路的斗争，仍然是十分尖锐、激烈的。对于个人遭受的压力、打击和曲解，这位经过枪林弹雨和生死考验的老战士，这位淡泊名利并早已把个人得失置之度外的世纪老人，对此历来淡然处之，毫不在意。我想，时间与历史是最好的见证。父亲为之坚持和奋斗了一生的文学主张，是经得起中国文学发展的考验的。

父亲对中国文学事业，尤其是中、青年文学工作者，寄予了莫大的期望。在他生前，曾培养了几代青年作家和文学爱好者。1996年末，92岁的父亲满怀深情地为全国第五次作家代表大会和文代会寄语：“身在文艺界的每一位同志……都要深入生活，锻炼精神，树立正确的人生观和文艺观，写出无愧于时代和人民的大作品，成为大作家。同时，应该注意提倡批评与自我批评。对好作品，多予表扬；对腐朽有害的东西，严肃地给予批评，使是非有准，正气浩然。我作为一名九十二岁的文艺界老兵，期望这两个大会对于文学艺术的发展繁荣，起到更大的指导和促进作用。”5年以后，97岁的病中的父亲，又以《继往开来，走向辉煌》为题，贺第六次作代会召开：“……我年近期颐，老朽矣。‘老来病院半为家，苦药天天代绿茶。’自然规律已使得我不能再用手中的铁笔为时代放歌，为人民呐喊了。然而，长江后浪推前浪，对于广大的中、青年作家，我是抱有很大希望的。中华五千年文明，博大精深；‘五四’新文化运动的优良传统，更应继承；对于外国文学，要学其精华，为我所用。希望祖国文学战线上的同志们，能踵事增华，贴近时代，关心人民，深入生活，真正写出无愧于时代、无愧于人民的大作品来！”

一名在中国文学战线战斗、工作了一生的战士，直到他的耄耋之年，依旧高举革命现实主义和民族化、大众化的大旗，依旧怀揣着深切期盼中国文学事业沿着正确的康庄大道发展、前进的拳拳之心，依旧在尽自己的绵薄之力，为祖国社会主义文学大树，除去枯枝杂芜，添一铲土，育一棵苗。这就是父亲——这位老战士的本色和心愿啊！

怀揣着祖国、人民和文学事业
坚韧顽强地战斗到生命的最后一息

我实在不愿提笔写这最后一个小节，我情愿将这段记忆永远封存。因为，父亲从2002年底因病住院，直到2004年2月5日辞世，眼看着他受到多种疾病的折磨，眼看着他的生命在最后的日子里一天天衰弱，我深感撕肝裂肺万箭穿心般的痛。然而，99岁的父亲，以令我震撼的精神和毅力，以极其顽强的生命力，在长达一年多的几百个日日夜夜里，忍受着常人难以忍受的苦痛，那样坚韧顽强地与病魔、与死神，进行着你死我活的持久战、拉锯战、阵地战和白刃战！当他安详地闭上眼睛的时候，我知道，他在生命的阵地上，在他人生的最后一场战斗中，已经尽了自己的全部力量，战斗和坚守到了最后一息！

重病的父亲，依旧是一名生命不止、战斗不息的战士。你看，当

他第一次呼吸衰竭，入住重症监护室，戴上呼吸机的时候，我们全家人和医护人员为此忧虑万分，生怕近百岁的老人挺不过这一关。但是，仅仅半天，父亲就能够脱离机器自主呼吸。第三天，他就在大家惊喜的簇拥下，微笑着被送回了病房。在离开重症监护室的那一刻，他为自己的胜利高高地竖起了大拇指。这一仗，他又打赢了！他在为自己庆功！医生们多次对我们说："这老人，真牛！他创造了我们医院治疗史上好几个'第一次'，有的真是医学奇迹！"的确啊，一年多的时间里，医院为父亲报了六次病危，但是，父亲硬是五次击退了死神的进攻。这发生在近百岁老人身上的战斗故事，怎能不是奇迹?!

在父亲病情相对稳定的一段日子里，老人示意身边的家人为他拿来纸和笔，他要再用这些陪伴他战斗了一生的武器，写下心中不忘的话语。亲人们望着白纸上已不成形的笔迹，问他在写什么，父亲一字字大声地说："时代精神！人民大众！"重症在身有时神志已经模糊的父亲，念念不忘的，仍然是他为之奋斗了一生的信念和挚爱，这怎能不令人深深地震撼和感动?!

2003年10月，父亲刚在医院度过99岁生日，病情又一度恶化。然而，当刘云山同志代表党中央来看望他，向他讲起祖国繁荣、社会安定和人民幸福的现况，以此来告慰这位为祖国和人民奋斗了一生的老人时，已经不能讲话的父亲吃力地抬起瘦弱的手臂，高高地，高高地竖起了大拇指！因为，中华民族的兴旺发达，中国人民的富足安康，正是父亲战斗的目标，一生的向往，也是他心中不灭的牵挂啊！

今天，当我们迎来父亲百岁诞辰的时候，我的耳边依旧那样响亮地听到了他略带山东口音的话语："我，其实就是一位战士！"是啊，这位矢志不渝的永远的战士，无愧于祖国和人民，无愧于事业和理想。他，不仅是我人生的楷模，也永远活在他战斗过的祖国的大地上！

截稿于2005年8月

2017年8月补充

妈妈睡了

2009年2月5日9点35分，我亲爱的妈妈郑曼老人睡了，永远地安睡了。凝望着她那与肺癌搏斗了四年半之久，依然慈爱而坚毅的脸，我的泪水滂沱而下。妈妈呀妈妈，此刻，思绪万千的我记起了多少您入睡后的容颜……

妈妈睡了，那是二十多年前，在北京市中医医院。坐在人声嘈杂的候诊大厅的椅子里，妈妈睡了。两鬓如霜的头微微后仰，靠在洁白的墙上，慈祥的面庞掩盖不住担忧和疲惫。那时，身为长女的我疾患缠身，于是，七十多岁的妈妈陪着40岁的女儿四处求医的情景，令多少医生护士们发出由衷的感叹！望着老人在极度疲乏中睡去的身姿，我的心被深深地震撼！不用细说她生我养我教我育我，用自己一生的言行，为我树起了人生的标杆；不用细说她在照料整个大家庭的同时，深深念及我人生之路的坎坷，主动分担了我一人抚养孩子的辛劳，费心出力，从无半句怨言；仅在我生病这段长达二十多年的岁月中，妈妈浓浓的母爱和深深的牵挂，时时伴随着我，激励着我，促使我再一次扬起人生的风帆。经济上困难了，她会和爸爸一起，及时送上双亲的关爱；几次我要做手术时，年迈的妈妈几乎天天风雨无阻地穿越半个北京城，倒几次车去看望我，把好菜好饭亲手喂到我的嘴边……后来，我的作品间或问世，她总是非常高兴地对我谈起她的感想，提出中肯的意见。当她罹患癌症，我每次陪伴她到楼下小花园散步的时候，她都要非常关切地询问我的生活和今后的打算，并多次提出要帮我出版一本自己的作品集，女儿的进步和康健，是她最大的慰安。就在生命最后的日子里，老人还在电话中言语艰难地问起我和我女儿的情况，其情之深之切，几次令我哽咽难言……亲爱的妈妈，您的一生是我的楷模；您用行动为我诠释了母爱的伟大。您的这份爱，为我生命的苍穹，支撑起一片蓝天，给了我人世间如沐春风般的温暖。妈妈呀，天堂中的您，是否听到了我饱含深爱的声声呼唤！

妈妈睡了，在协和医院爸爸的病房中。在那由三张高低不平的窄窄椅子拼成的“床”上，妈妈睡了。过度的辛劳瘦削了她的脸庞，飞雪般的白发无情地扩充着它的地盘。睡梦中的妈妈依旧十分警醒，微小的响动就能令她睁开双眼。她体念儿女们不是在外地，就是身带重病或家有负担，早该由别人照顾的高龄的妈妈，毅然承担了全天候陪住在病房的重担！在不分昼夜倾力付出照顾爸爸的日子里，在这张连翻身都很困难的“床”上，年近八十的妈妈，一睡就是几年！协和医院一位亲眼目睹这情景，并且给我的双亲都看过病的老专家，在妈妈去世后，拉着我的手动情地说：“我一生中接触过无数病人和他们的家属，像你妈妈这样的好人，我今后不会再遇见！”是啊，自从1942年，妈妈毅然与生活艰辛并随时可能遭受反动统治迫害的爸爸结合后，无论是在中国大地黎明前那段最黑暗的日子，还是在解放后扬眉吐气当家做主的崭新天地；无论是在黑白颠倒饱受摧残的“文化大革命”，还是相携相伴地步入他们人生的暮年，妈妈始终全力支持爸爸的文学事业，帮助他整理、出版、校对各类著作和有关书籍，举办各种文学活动和大型展览。展览会上，妈妈几十年来为父亲细心保存的各类照片，受到了参观者的一致赞叹！再加上接待客人、回复信件，收集和勘正资料……就连我们住平房时房屋漏雨，六七十岁的妈妈都要亲自上房进行修缮。她承担了多少繁杂而细致的工作啊！数十载如一日，她始终全力照料爸爸的身体和生活，尽心竭力，无悔无怨。那一件件感人的故事，贯穿于他们婚后62年的人生长卷。尤其是爸爸1995年病重住进医院，妈妈无私忘我倾尽心力，日夜不离地陪护在老伴儿左右，直到2004年2月5日爸爸辞别人间。一册册厚厚的记录本里，妈妈数年如一日地记下了爸爸每天的病况、饮食和治疗，分门别类，详细工整，不厌其烦；面对相濡以沫的老伴儿所受的病痛和折磨，她心中的焦虑、悲痛和熬煎，需要多么坚强的意志和毅力去承担。在SARS肆虐、病房戒严的日子里，妈妈一人包揽了看护照料的全部重担，擦身、洗头、换衣、喂饭，定时按摩和撤换尿垫……这每天必须的工作，累得妈妈站立不稳，汗水次次湿透衣衫。爸爸几次病危的紧急关头，她不顾自己超负荷运转，甚至累得旧病复发，不得不躺倒在那张拼成的“床”上，也不愿离开爸爸的病床边……妈妈的精神境界和人格魅力，感动了多少熟悉她的人。无数亲友万端感慨地说着同一句话：“没有郑曼大姐多年来的精心照料，原来就多病的克家老，不会活到99岁高龄。这是她对中国文学事业的特殊贡献！”在爸爸离去半年后，妈妈就查出患有肺癌并已扩散。她坚毅、乐观地面对着死亡的挑衅，依旧在为老伴儿的事情忙前忙后，出力奉献……中国自古流传下来一句话：恩爱夫妻不能同年同月生，但愿同月同日死。亲爱的妈妈，是天堂中的爸爸想念您了，在他2004年2月5日去世整整5周年后的同一月同一天，他又把您接到了自己身边。无尽的悲恸中，我不禁惊叹人间真情的完满美好，我至亲至爱的爸爸妈妈，从此相守相伴直到永远。

妈妈睡了，那是在赵堂子胡同旧居一个炎夏的午后。还在泛红的面庞伴着粗重的呼吸，妈妈睡了，病中的她睡得并不安宁舒坦。几个月了，心脏每跳两三下便间歇一次的痛苦，折磨得年过七旬的老人寝食难安。一天上午，她又带病去协和医院，看望一位住院的老同事，得知同病房一个正读初中的孩子，由于缺少医药费，全家人泪眼相向，一筹莫展。善良的妈妈从来看不得别人受苦受难，冒着七月灼热的烈日，她吃力地走回家中，立即亲自去银行取了钱，执意要再一次去医院，将她的这份心意送到孩子手边。望着她那被晒得赤红的汗津津的脸，听着老人略带喘息的话语，我在巨大的感动之中，坚决将她扶倒在床上。直到家中的阿姨帮她实现了心愿，妈妈这才释然地闭上了双眼。我知道，她的心中盛满了博大的爱；她的一生，把这爱洒在了多少人的心田。记得抗战期间，19岁的妈妈刚从浙江台州中学简易师范毕业，就毅然舍弃了台中附小的优越条件，立即与几位志同道合的同学奔赴农村。在生活非常艰苦的情况下，开办了战时乡村学园和妇女识字班，无偿地为贫苦农民的孩子（尤其是女孩子）和妇女们，传播知识，教授文化。因为，被我的外公称为“自己子女中最有骨气”的妈妈，小学毕业后是以绝食的方式，才争取到继续学习的机会。亲身的体验使她深深知道，穷人的孩子，特别是女孩子想要学习有多么难！这份爱心，矢志不渝地贯穿了她的一生。直到晚年，生活节俭得近乎苛刻的她，不但一届届地资助了大中小学贫困生和病残的孩子们，关心着他们的学习和生活，而且靠工资收入的她，于2005年拿出20万元在贵州捐建了一所希望小学，期望更多的孩子沐浴着阳光健康成长，实现她毕生的心愿。就在那年春节妈妈临终前，她还叮嘱家人，不要忘了给她帮助的孩子们寄去学费。不仅如此，面对无情的天灾和民众中的弱势群体以及一些社会公益事业，她总是怀揣着爱，去尽自己的一份责任。记得那是妈妈罹患肺癌一年多之后的2005年岁末，为了给困难群众送去温暖，已经86岁的她拖着病体，找出了一床崭新的绸被面，执意坚持着一针针一线线，亲手缝制了一床厚厚的棉被，加上一千元捐款，一起送到了急需它们的地方，妈妈这才觉得略表了自己的心意，得以心安。在她重病住院无力外出的时候，嘱托我到全国妇联捐建了支持西北地区的“母亲水窖”；在与癌症顽强搏斗的四年半中，她多次对子女们讲述了自己最后的心愿：“我过世之后，你们要把我多年的积蓄，捐献给最需要它的人们……”这笔已被儿女们捐赠给中华慈善总会的遗款，是母亲留给人世间的最后奉献！亲爱的妈妈，您看到了吗？一位您资助过的女大学生，也赶来参加了您的告别仪式。当年，您从晚辈口中，得知这个女孩来自西北贫困地区，生活十分艰难，就主动联系她，帮助她解决了大学期间的一些困难。如今，她已在北京有了一份自己的事业和美满的家庭。一大捧洁白的鲜花，浸透着她对您的钦敬和感念；按照家乡送别家中老人的风俗，她还带来了一把大大的新伞。她祈望它能为您遮风避雨，送您步入天堂，让她心中挚爱的老人永远祥和平安！

……

妈妈睡了，在鲜花丛中，在党旗的覆盖下，在人们对她的怀念和称颂中，永远地安睡了。我不禁想起了爸爸所写的被万千次传诵的诗句："有的人死了，他还活着。"就让我把爸爸的这句诗，敬献给他最亲爱的人生伴侣。因为，已经安睡的妈妈，会永远活在我和爱她念她的人们心间！

2009年2月底

我要深深地感谢……

最早看到这两尊铜像的照片，是2007年10月，侄子龙龙从母校山东大学将它们摄入镜头，又细心地冲洗好，分送给我们全家人。那时，父亲的铜像在他诞辰102周年前夕刚刚落成。照片上，在山东大学那绿草如茵的百年校园中，我的父亲臧克家和他的恩师闻一多先生的全身雕像，咫尺相距，静静地坐在两条长椅上。尊敬的闻先生，还是那一袭长衫，项系围巾，左手握着那只不离身的大烟斗，低头沉思；我亲爱的父亲，依旧是那身中山装，一只手攥着书，一只手搭在长椅的靠背上，微笑着凝视前方。多么熟悉而永生难忘的形象啊！

再次看到有关铜像的相片，是去年清明之际。身为山东大学老教授的大哥，率全家去祭扫时所留。两大束盛开的花，敬献在两尊雕像面前，代表着晚生后辈的浓浓深情和无限思念。父亲慈爱的臂弯中，坐着他的儿女子孙。老人的脸上，满含欣慰的笑。望着这一张张照片，我的双眼不禁润湿；我的思绪跨越时空与生死，绵延不绝，纷至沓来。因为，我深深知道，父亲这盎然的笑意中，饱含着多少内容……

我要深深地感谢，感谢山东大学中文系81级和83级的校友们。这些已经步入中年的山大人，怀着那样虔诚和热爱的心，先后集资并精心设计、铸造了这两尊铜像。他们那样了解这两位前辈的心愿，让这对生死不渝的师生，如此近距离地永远相守在一起。

闻先生是我父亲一生深深感激和景仰的恩师。1930年，父亲报考山东大学。由于没有学习过所考的内容，他的数学只得了零分。是时任山大文学院院长兼国文系主任的闻先生慧眼识人，他对我父亲国文试卷中的“杂感”：“人生永远追逐着幻光，但谁把幻光看做幻光，谁便沉入无底的苦海”十分欣赏，对此打出了98分的高分，并破格录取了这名学生。在1932年闻先生离开山大前的两年中，他的精心培育和巨大帮助，对我父亲的诗歌创作和文学道路，产生了深刻影响。父亲在1946年的散文《我的先生闻一多》中，这样写道：“读了他的《死水》，我放弃了以前读过的许多诗，也慢慢地放弃了以前对诗的看法。挟着自己的诗稿，向他请教，结果我毁掉了那些诗稿；听过他的意见之后，我动摇了对另一些诗坛先进们的崇拜观念。”“这时候，我的诗，他是第一个读者；开始在刊物上发表诗，也是他拿去的。有一个暑假，我从故乡把《神女》寄给他看，寄回来的时候，在我自己顶喜欢的一个句子上有了红的双圈。我跳了起来！”就这样，在闻先生的影响下，父亲逐渐形成了他特有的精炼、谨严的现实主义诗风。1933年，父亲的第一本诗集《烙印》问世并产生巨大反响。对于这本自费出版的书，闻先生不仅拿出20块大洋作为资助，而且亲自为其作“序”。序中，他写道：“克家的诗，没有一首不具有极顶真的生活的意义。”“他的好诗，不用说，更不是寻常的好诗所能比拟的了。”并且语重心长地勉励作者：“千万不要忘记自己的责任。”这一切，给了初入文坛的青年诗人巨大的鼓舞和激励。这本给当时低迷的诗坛带来震动的诗集，是父亲文学道路上的第一个里程碑，受到了众多读者和诸多名家的好评，也使父亲正式步入了中国文坛。这喜人的成果，与闻先生的巨大帮助和大力提携，是密不可分的。

这对师生两年间的相处，铸造了他们一生的深厚情谊。1932年，闻先生离开山大赴清华大学任教。分别不久，他就在给我父亲的信中动情地说：“得一知己，可以无憾。在青岛得到你一个人已经够了。”在以后的岁月中，父亲时常想念自己的恩师。1942年，他的新著《我的诗生活》问世。在寄赠给闻先生的那本书的封面上，父亲用饱含情感的话语，写下了自己的心声：“一多先生，我无时不在念想着你！你是我的领路人，在你的光辉里我找到了自己。你的《楚辞校补》，饰在我的案头，像你的影子温暖了我的心。”就在闻先生为国捐躯的前两年，为祝贺我父亲“四十初度”，远在昆明的他特意写了一张条幅，寄给父亲。条幅上，他用整齐娟秀的钟鼎文，抄录了《诗经》中的一首诗：“如月之恒，如日之升，如南山之寿，不骞不崩……”闻先生对十几年前教过的这位学生的厚重情谊和衷心祝福，洋溢在一行行诗句之中……因此，直到暮年，我父亲还多次深情地说：“对于闻先生，几十年来我一直怀着深深的敬仰与感激之情。”“闻先生的影子，经常在我心头，不论他生前还是他死后。”“没有闻先生，就没有我的今天。”对于恩师的这份真情，贯穿了父亲的大半生。自1944年起，他先后写了三十余篇有关闻先生的诗、文，并在晚年亲自为恩师起草并题写了长篇碑文。他还曾在一些文章和不同场合，对研究闻先生学术论著不多、重视不够提出批评：“闻先生充满爱国主义激情的诗篇，反而受到冷漠，我很不平！……我认为，现在应该在学术界、在文坛上，以各种方法宣传、发扬他的业绩，他的卓越成就，他的高尚品德，他的伟大的爱国主义精神，使广大人民群众学习他，认识他，因而受到教育。”为介绍、宣传和纪念闻一多先生，为弘扬先生的伟大精神，父亲疾呼呐喊，倾尽心力。就连闻先生的儿子闻立雕先生，都极有感触地在文章中写道：“有谁为他心中所敬爱和崇拜的人，一篇接一篇，持续几十年，写过这么多诗文？没有。就连我们闻一多的亲生儿女也没有。”因此，今天，当父亲的铜像坐落在闻先生塑像的身边时，我知道，父亲的心是多么欢愉，父亲的笑是多么欣慰。因为，山大的校友用他们美好的爱心，延续了这对师生生前的深情厚谊，终于完成了他们生前没能实现的不仅“以心灵相通着”（父亲语），而且永远在一起的夙愿。

我要深深地感谢，感谢这些心怀美好愿望的校友们。这两座铜像的落成，不仅使我们两家的后代，有了一个怀念、祭奠先辈的场所，有了一个心系之、情牵之的美好的心灵向往之地，更在一代代青年聚集的山大校园中，开辟了一个爱国主义的大讲堂。我猜想，这一定是他们树立铜像的初衷之一。父亲与闻先生，除了他们在文学上的共同追求之外，爱国主义是使他们心灵相通的另一个重要原因。在他们身上，充满着爱国之情，爱民之情。他们的一生，是为国为民而奋起、而斗争、而工作的一生。

闻先生，是享誉中外的诗人、学者和民主斗士，是一位贫贱不能移、威武不能屈的伟大的爱国主义知识分子。我父亲在1983年的散文《忆闻一多先生》中，对先生的爱国主义精神和一生的道路，进行了深刻的阐述与分析："五四运动期间，闻先生在清华读书，他参加学生运动的领导机构，成为一名积极分子，曾亲手把写好的岳飞的《满江红》张贴出来鼓舞人心。后来，他去美国留学，亲身感受到帝国主义者的欺侮和凌辱，使他义愤填膺，写下了《洗衣歌》和《太阳吟》《忆菊》这样一些爱国怀乡激烈情怀的名篇……闻先生青年时代就对军阀混战、列强侵略、社会黑暗、民生疾苦痛切关注，他不止一次想为祖国寻求一条出路，参加过政治性质的团体，但路子都没有找对，于是，他想从文化方面给多灾多难的祖国开一剂灵药。闻先生终其一生，在苦心地为他深深热爱的祖国探寻出路，在文化方面，在政治方面，不管遭受多少挫折，多少次失败，多大的痛苦，但他始终志不衰，气不馁。最后，他终于找到了马列主义，找到了中国共产党，他心扉打开，目光炯炯，他找到了最后的归宿——生命的结穴处。他大叫，他战斗，他变成了一个顶天立地的大无畏战士，他发扬了中国诗人那种头可断，志不可屈的精神，令人钦佩，也令人感动。"

我们不会忘记，最能凸显闻先生伟大爱国精神并令我们震撼的，是他壮烈牺牲前几天的言与行：1946年的云南昆明，面对人民群众反内战、争民主、求和平斗争的进一步深入，白色恐怖尤为猖獗。7月11日晚，民主战士李公朴先生遭特务暗杀，反动派叫嚣“要用四十万元买闻一多的头”。面对国民党的威胁，面对逝去的战友和朋友们的劝阻，闻先生斩钉截铁地说：“李先生为民主可以殉身，我们不出来何以慰死者?!”12日，他亲笔为《学生报特刊》题辞：“斗士的血不会白流的。反动派！你看见一个倒了，可也看得见千百个继起的!”7月15日上午，在恐怖气氛令人窒息和随时可能被杀害的生死关头，闻先生毅然参加了民盟云南省支部在云南大学致公堂召开的李公朴先生殉难经过报告会。会上，他做了气壮山河的最后一次讲演。你听，闻先生无比激愤地质问：“李先生究竟犯了什么罪？他所写的、所说的，都无非是一个没有失掉良心的中国人的话!”面对会场中国民党特务的破坏与挑衅，闻先生大吼：“今天，这里有没有特务?!你站出来，是好汉的站出来！杀死了人，又不敢承认，还要污蔑人，无耻啊！无耻啊！……特务们，你们想想，你们还有几天？你们完了，快完了！……其实广大的人民是打不尽的，杀不完的。历史上没有一个反人民的势力不被人民毁灭的……我们看，光明就在我们的眼前，而现在正是黎明之前那个最黑暗的时候。我们有力量打破这个黑暗，争到光明！我们的光明，就是反动派的末日！”在对祖国的民主事业抱定必胜信心、对和平到来的可能做了分析、对昆明的青年寄予厚望之后，闻先生最后义薄云天地宣告：“我们不怕死，我们有牺牲的精神，我们随时像李先生一样，前脚跨出大门，后脚就不准备跨进大门!”就在当天下午5点多，他被万恶的国民党特务枪杀，倒在了祖国的大地上！这就是闻先生，在明知可能随时牺牲生命的时刻，他大义凛然义无反顾地走在反抗黑暗统治的最前列，以自己宝贵的生命和鲜红的热血，对暗无天日的旧时代和国民党的倒行逆施，做出了最有力的反抗和痛击；为他深爱的祖国和人民的光明未来，做出了最伟大崇高的奉献与牺牲。

我的父亲臧克家，是著名作家、诗人和编辑家，同样是一位杰出的爱国主义者。他从小在三座大山压榨下的旧中国农村长大，亲眼目睹他挚爱的贫苦农民衣食无着，命运悲凉；亲眼目睹他眷恋的广大农村落后穷困，他幼小的心中，充满了不平和悲愤。同样受到五四运动的影响，读高小的父亲就参加了“反日会”，上街抵制日货，宣传游行，从而揭开了他爱国人生的第一幕。被冠以“农民诗人”和“人民诗人”的他，从步入中国文坛的大门开始，手中的笔，一直为人民和祖国而挥动。旧时代，他揭露社会的黑暗与不平，诉说人民的疾苦和不幸；他号召人民起来，反抗旧军阀的暴政、日寇的入侵和国民党的黑暗独裁；他的心，向着祖国、人民的光明未来敞开；他的步伐，踏着血雨腥风艰难前行。父亲不仅用自己的笔进行战斗，而且身体力行，积极投身于残酷斗争的前列。正是基于爱国为民的初衷，大革命时期，他报考黄埔军校第六期，亲身参加了北伐战争讨伐叛军夏斗寅的战役。在身边不时有战友倒下的枪林弹雨中，担任副班长的父亲一直冲在队伍的前方；抗日战争时期，他多次深入抗战最前沿，冒着日军飞机的疯狂轰炸，进行战地采访和抗日宣传，并以最快的速度完成和出版了《津浦北线血战记》等战地报告文学集和诗集，将日军丧失人性的无耻侵略、中国军民以死抗敌的大无畏爱国精神和战斗的惨烈，真实快速地公之于天下。他还不畏千难万险步行近万里，多次赴鄂豫皖和大别山区，进行抗日文化宣传，为唤起同胞们的爱国抗敌之情竭尽全力。在国民党专制独裁的最后几年中，父亲不仅以笔为匕首与投枪，写了大量的政治讽刺诗和进步诗文，揭露、鞭挞其反动腐朽、终将灭亡的面目，叫醒、串连起一颗颗受压迫者的心，一齐起来争取民主和平的早日到来，而且积极参加各种民主运动，创办、编辑进步书刊，被国民党冠以“写诗骂人、办左倾刊物、参与共产党创办的星群出版社”等罪名，上了特务的黑名单。为躲避他们的搜捕与迫害，父亲曾在一周内五易其居……新中国成立后，父亲以重获新生的极大热情，为祖国和人民放声歌唱，为建设和发展中国的文学事业贡献力量。他心怀的爱国主义精神，同样贯穿了他的后半生，这样的事，讲述不尽。

使我永远不能忘记的，是父亲人生最后两年中的几件小事，它们使我心灵震撼，至今不能平静。父亲去世前的几年，虽然缠身于病榻之上，但他的心，一直深深地系念着一生热爱的祖国和人民。2002年12月16日，97岁的他在给我大哥全家的信中，这样写道："今日信，小事少，而大事多，最为我所器重。山东大灾，领导同志以仁人之心，处理灾情，可佩可敬。小事我爱，这重大的事，我更爱之……你肯定我们的祖国，日益昌隆，成为全世界上流大国，领导有方，万众一心，中国形象永久树立全球。我，人，已老矣，关心世界大事，浩然之气不衰！……"父亲最后一次在报刊上发表的，是"七一"前夕于重病中写下的"党强民心壮"五个大字。这是他的心声，也是他的期盼。2003年10月，为庆贺父亲99岁寿辰，中宣部部长刘云山同志亲赴医院探望，在病床边向老人讲述了全国人民正在党中央领导下建设小康社会的情况，刚刚从昏迷中苏醒的已经病危的父亲，极吃力地抬起手臂，高高地竖起了大拇指！人民大众幸福自由、富足安宁，伟大祖国日益走向富强和繁荣，这是父亲毕生的心愿和追求！已经不能讲话的他，用高高竖起的大拇指，代表了他的千言万语，也代表了他那颗永不熄灭的爱国爱民的赤诚之心！

今天，在山大校园中，面对着两位如此热爱祖国和人民的先辈，回忆起这些感人肺腑动人心魄的往事，我们会感到这两颗心的光辉、不朽与伟大。每一位有良知和责任感的后来者，都会在这座大课堂中受到感染与教益，都会怀揣着对祖国和人民的大爱，沿着他们的路继续前行。

我要深深地感谢，感谢山大这些尊师重教的校友们。从这对在茵茵校园中永驻的前辈身上，我还看到了一种不同于旧时教育的新型师生关系。正是基于共同的人生追求，基于爱国爱民的奋斗精神，闻先生与我父亲在相识后的人生之路上，为了同一个崇高的目标，相互激励，相互支援，既是师生，又是战友，这其中的故事既打动人心，又具有令人深思的现实意义。抗战期间，在抗日宣传和采访的徒步数千里的跋涉中，在艰苦的斗争里，我的父亲时常朗读闻先生的诗《一句话》，激励自己和他人。在闻先生为了找寻报国出路，曾一度埋没于书斋之时，1939年3月，父亲在诗作《青天里一个霹雳——寄一多先生》中，热情赞颂恩师深重的爱国之情，更殷切地期盼他走出象牙塔，“磨亮你那支生锈的笔／祖国等待你新的歌颂”。1944年，他得知闻先生在课堂上大声朗诵诗人田间的爱国抗战诗篇，并赞扬这诗是鼓的声音，就兴奋地为此写成了新诗《擂鼓的诗人——呈一多先生》。在诗的末尾，他激情地写道：“最后，像从火山口里／听到爆炸的地心，／从你大张的口里／我听见了，‘呵，祖国；呵，人民’！”远隔千里的两颗爱国爱民之心，交相融会，遥相呼应。同年，当父亲听到闻先生竟被反动派解聘的消息，又当即发表了《文化战士——闻一多先生》一文。在表示了极大愤慨的同时，他盛赞闻先生是“老当益壮的文化战士”，“少数人把他推出去，多数人将打开大门欢迎他”，呼吁人们“给他精神和物质上以援助”！闻先生读到了父亲寄去的诗作和文章，在回信中写道：“你在诗文里夸奖我的话，我只当是策励我的。从此我定不辜负朋友们的期望。此身别无长处，既然有一颗心，有一张嘴，讲话定要讲个痛快。”父亲知道，闻先生在昆明领导进步文化运动，为民主战斗，他像一面正义的大旗，在它下面团结着无数青年。有一次，父亲接到了几张从“联大”寄来的呼吁团结的传单，在第一张的边上，闻先生写了一句话：“这就是我年来的工作。请把它们分散给朋友们看看。”这一切，使父亲“有一种说不出的感慨。”他觉得，“对现实，对诗的看法，我显然比闻先生落后一步了。”这是一种无形的鞭策和激励，更加坚定了他以恩师为榜样，在争取祖国的民主与和平的路上迅跑的信念和决心。他们之间的师生之谊，已经被赋予了新的、更加深远厚重的涵义与内容……如今，当人们面对铜像，回首往事；当我们对比当今教育界某些走了形、变了味的师生关系，难道没有从两位前辈身上，汲取到更多的教育与启迪？我想，这种直到半个多世纪后，还值得借鉴、称颂的典范与精神，正是山大校友们的呼唤和期盼啊！

我要深深地感谢，感谢山大这些热情的校友们。他们让两位那样热爱青年的先辈，永远置身于他们热爱的青年当中。投身于教育事业的闻先生，用一腔挚爱之情和大半生的精力与心血，培养教诲青年一代，指导和提携了如陈梦家和我父亲等一批年轻人成材。他为他们指引创作，评判作品，推荐其中的优秀之作，到有影响的大刊物上发表（这并不是我父亲一人的专利）；他无私地将自己学术研究的书稿和成果，提供给学生们随意查阅；他不仅为青年诗人的处女诗集出资出力，而且亲自动笔撰写序言……身为教授，他积极支持和投身于青年学生的进步活动中，谆谆告诫年轻一代："封建社会是病态的社会，所以封建社会的东西是要不得的。""我们要把文学和政治打成一片，要出塔。""不仅要做新诗，更要做新的诗人。""不但做今天的诗人，也要做明天的诗人。"在祖国最黑暗的时期，他以自己的亲身经历，告诉斗争中的学生们："青年运动之转化为有组织的政治斗争，也正是青年运动必然的发展。"在血与火的严峻斗争中，他和吴晗先生全力支持西南联大的革命进步学生，成立了云南民主青年同盟。这支队伍是抗战胜利前后，昆明民主学生运动中的一支坚强力量，使一大批青年学子，锻炼成长为革命的生力军。就是他在云南大学致公堂的最后一次讲演中，还那样坚定地说出了对青年一代的期望："历史赋予昆明的任务是争取民主和平，我们昆明的青年必须完成这个任务！"1946年7月15日，闻先生为了抗争穷凶极恶的国民党反动统治，为了祖国民主和平的明天，慨然赴死，为他所热爱的青年，做出了最好的榜样；为他们的人生，树立起旗帜与高标！

我的父亲臧克家，同样一生热爱青年，这真情发自心底，深挚醇厚，老而弥坚，其中感人的故事不胜枚举。他那样关注旧社会底层青年的悲苦命运，从他拿起笔的那一刻起，《捡煤球的姑娘》《拾落叶的姑娘》《两个小车夫》《到都市去》……三座大山重压下穷苦青年们凄惨的人生，成为他揭露鞭挞黑暗社会不可或缺的内容，他为他们呼号，为他们抗争。在1935年初的诗作《我们是青年》中，父亲这样道出了他的心声："黑暗的云头最先在我们心上抽鞭，／红热的心是一支火箭！／宇宙在当前是扣错了的连环，／我们要解开它，／照着正直的墨线／重新另安！／擎起地球来使它翻个身，／提起黄河来叫它倒转，／相信自己的力量吧，／我们是青年！"在抗战初期的诗《别潢川——赠青年战友们》中，他号召青年们"为了祖国，／把生活浸在苦辛中，／为了抗战，／甘愿把身子供作牺牲。""我们都还年轻，／一齐挺起腰来／去拉大时代的纤绳。"用自己的行动，"去庆祖国的新生"。在反动军阀当道、日寇铁蹄入侵和国民党黑暗统治的旧时代，父亲曾向多少青少年宣讲打倒军阀的义愤，疾呼抗日救国的真理，倾吐心向延安的衷情，高唱追求光明与解放的心声，为他们的觉醒和奋起指明方向，点火加薪。

著名诗人贺敬之曾在悼念文章中，深情地回忆起当年身为流亡学生的14岁的他，在鄂西北均县一所战时中学的操场上，在成百上千青年的包围中，聆听作为战时文化工作团团长的我的父亲，做抗日救亡演讲时的情景。父亲时而沉痛时而激昂的话语，极大地激发了青年人的抗战热情，使多少人将这一幕，永远地刻在了他们的记忆中。新中国成立后，父亲又深情地倾诉："我喜欢青少年，喜欢他们像太阳刚出山，像春水流涓涓；喜欢他们像暴风雨中的海燕，像雏鹰初展翅膀飞上蓝天。"他为他们写作，尽力帮助他们解决各种困难，满足他们的各种需求；他和他们同甘苦，共患难，关心他们的学习、生活，更关心他们的成长和前程。在99岁的人生中，像闻先生培养他一样，父亲倾心培育和指导了几代青年作家和文学新人，直到耄耋之年，还交下了最后一批"小诗友"，为他们的成长铺路添瓦，直到生命的最后一程。就在逝世的前两年，重病在身的父亲，用颤抖的手，在纸上写下了一段充满期盼的话："年老的已经衰退，新的一代又来接上，前程远大万里长。"父亲曾经帮助过的一位失学青年，在老人去世后，曾在信中含泪写道："我用一个春天送你，因为你就是春天，是阳光，温暖和煦。你走进深秋，把鲜花留在春天。你走进永远，把阳光留在我心。就让我用最素洁的山花，送你一路……”这动人的话语，代表了多少青年的心声。父亲用自己的一生，对“热爱青年”四个大字，做出了无私的贡献，写下了最完美的注脚。

今天，热爱青年的闻先生和我父亲的雕像，就坐落在山大校园中。一代代青年在这儿聚拢。两位前辈正亲耳聆听着年轻学子们的欢声笑语和朗朗书声，亲眼目睹着后来人的愉快生活和茁壮成长，而中华民族的未来，就系在这些后来者的身上。他们将看着他们挚爱的祖国，在青年人手中日益富强；他们将看到人民心中的远大目标，在青年人足下一步步实现！他们的眼中，怎能不充满希冀和期待？他们的脸上，怎能不挂起满足和欣喜的笑容？这不尽长江的滚滚浪花，将伴随这两尊铜像和他们美好的祝福与心愿，直到永远。

我还要特意替我亲爱的父亲深深地感谢，感谢山东大学和83级的校友们。从我的爷爷起，我家四代人（爷爷、父亲、我的两位兄长和侄女、侄子），都曾就读于山大。一家四代就读于同一所高等学府，这在中外教育史上，都是不多见的可喜之事。而我的父亲对于母校山东大学，尤其情意深长。他生前曾多次对我们说过：“山大对我一往情深，我也对它一往情深。”的确，山东大学不仅以它宽阔的胸怀，迎接了参加过大革命后又流亡东北的青年臧克家，而且以它雄厚优异的师资（尤其是闻一多先生），培养和哺育了这位学子和新诗人。在山大学习的四年中，父亲不仅学到了知识，而且出版了代表新一代诗风的处女诗集《烙印》与《罪恶的黑手》，使他成为上个世纪三十年代初期最优秀的青年诗人中的一个。这一切，和母校山大息息相关。母校的培养与恩泽，被父亲牢牢地镌刻在心中。新中国成立后，父亲一直和母校保持着密切的联系。他一直关注着它的成就和发展，曾多次回校，旧地重游，参加山大举办的活动。在那儿，他探望他的老师、同学，和年轻的学子座谈、联欢，在重大的活动中登台讲演；他登上一多楼，并去拜望一些师友的故居。

还有一件往事让我至今难忘。那是上世纪五十年代中期，父亲带着五六岁的我回山大。在他学生时代住过的宿舍门前，几位同去的教师，任凭怎么努力，谁也打不开那扇紧锁的门。是父亲，拿着那把似乎失效的钥匙，只一下，就打开了锁。于是，在热烈的掌声和惊喜的欢呼声中，大门洞开。是啊，山大那一往情深的旧居之门，正等待着故人的开启和归来呀！这些年中，父亲不仅担任了山大校友总会顾问和中文系兼职教授，还多次为母校题写了饱含深情的辞句："祖国万岁，母校千秋"；"历山巍巍，泺源流长。堂皇我校，学风优良。济济多士，为国栋梁。与时俱进，光大发扬。"……在父亲96岁高龄的时候，他又将自己的几千册藏书，赠给了山大，为母校新的腾飞，尽一点儿绵薄之力。老人支撑着第二次腰椎骨折后的病体，非要给经办此事的家人，亲自写一封叮嘱的信。信中，他语重心长地写道：这是我对母校和人民最后的贡献之一，一定要多捐书，捐好书，把这件工作办好。他一再对山大图书馆的同志讲，千万不要把这些书束之高阁，一定要借阅给学生们，让它们真正发挥一点点作用。父亲对母校和后辈校友们的拳拳之心，感动了在场的每一个人。

"一往情深"的山大，对我父亲这位老校友，同样数十年真情不改。尽管岁月流逝，尽管校领导有了更迭，学生们换了一届又一届，但是，母校仍然一如既往地关怀着他。为庆祝父亲80岁寿辰，山东大学出版社出版了他的诗文集《乡土情深》；自上世纪八十年代中期起，山大先后两次与其他有关单位，举办了"臧克家学术讨论会"、"臧克家文学创作研讨会"和"臧克家文学创作生涯65周年"大型展览，受到热烈好评。每逢新春佳节和父亲的生日，山大满含祝福的贺信，就会飞到他的手边。在介绍山大的书籍中，这位从母校走上文坛的文学家，总会占有一席之地……2004年2月5日，我的父亲以99岁高龄辞世，山大马上派主要领导专程赶赴北京吊唁，带来母校和全体师生的沉痛哀思和深切慰问，并陪同我母亲和家人，将父亲部分骨灰，撒在故乡他那些贫苦农民朋友的坟边。从2004年9

月，山大就开始筹办“臧克家先生百年诞辰纪念系列活动”。第二年10月8日我父亲百岁寿辰，母校隆重召开了“臧克家先生百年诞辰纪念大会和学术思想研讨会”，举办了“当代诗魂——纪念臧克家先生诞辰一百周年展览”及“臧克家先生诗作朗诵音乐会”，并编辑出版了厚厚的纪念文集。一个个发言，一张张照片，一句句吟诵，一本本书籍，母校以它不变的深情，追念着它优秀的学子，也同样激励着后来人。山大对我家的“一往情深”，并没有因为父亲的故去而中断。在此后的几年中，不幸罹患肺癌的我的母亲，同样接到山大的祝福和问安。在父亲去世整整5年后的今年2月5日，母亲也辞别人世时，山大马上写来了充满情感的唁函……从1930年至今，这段持续了近八十年的深情，不仅将母校与学子紧紧相联，而且，这份不变的情谊，深深地长久地温暖着我们全家人的心。现在，从山大毕业七十三年之后，一往情深的父亲得以永远伫立在母校的怀抱中，父亲的笑啊，是那样灿烂，那样欢畅而又含义深长……

绵绵思绪，回味无穷；两尊雕像，几多深情！凝视这一张张照片，我不仅看到了两位先辈永驻山大的难忘身姿，更从这儿看到了崇高精神的会集。面对我心中那份不变的情感，面对历史与人生，更是面对不尽的未来，我真的要用这世界上最美好的语言，深深地感谢，感谢尊敬的山东大学和那些亲爱的校友们！

（今年适逢闻一多先生诞辰110周年，我的父亲臧克家先生诞辰105年，特写此文，以致深深的热爱、缅怀与纪念之情。）

2009年6月30日

妈 妈 花

这是一株银星海棠。在不大的花盆里，已有一米多高的主干昂然向上，恣意伸展。两边的侧枝不甘落后，也洋洋洒洒地伸向前方。一张张撒满银星的硕大叶片绿中带紫，常随着风儿轻轻摇曳，好似在向我点头、招手。一枝枝新芽从湿润松软的泥土中次第抽出，彰显着一派生机。无论秋冬春夏，每隔一两个月，几簇盛开的红色花朵，便会如期地挂满枝头。这是由一个个小花组成的大花团。开始，花蕾一而二、二而三地孕育、生发。每个小花都有两个心形的红色花瓣，先是紧紧合抱，像一颗小小的红心，然后慢慢绽放，吐出黄色的花蕊，最后开出一大簇红色的心之花朵。它们仿佛在用不断吸吮和孕育着的爱，来回应我的一腔深情。

这是我用特殊的满心的爱，用热烈的关切和心血，精心培育的花卉。它是与我心心相印的花的精灵，爱的化身。我一直深情地称它为——妈妈花。因为，是我亲爱的妈妈，在不幸身患晚期肺癌的最后日子里，应我的请求，拖着年近九十的病体，亲手从她培育的银星海棠的母体上，摘下了一枝稚嫩的幼芽；又亲手将它插在盛满清水的瓶子里，待它长出根须后，再移入花盆中。然而，妈妈没有等到亲手栽种的那一天，就永远地闭上了眼睛。从我怀着无法形容的悲恸，把这枝根须茁壮的幼芽接回家的那天起，我就把它当成了妈妈的化身。

我的妈妈生前爱花。她把对生活和大自然的一腔挚爱，倾注在对各色花卉树木的培育之中。经过她的一双巧手和不辞辛劳的付出，在我们曾经住过的四合院和楼房里，一年四季，各色鲜花不败。你看吧，院落中，走廊下，窗台上，和那些派着不同用场的大小房间里，数十个品种的花株，争奇斗艳，炫人眼目。我们有过一个晚上，就饱享十七枝令箭荷花同时怒放的眼福；我们在挂满爸爸老友字画的客厅中，闻过兰花、茉莉、米兰、栀子和水仙的幽香。我们曾目睹月季、杜鹃、茶花、朱顶红和大理花的艳丽，也曾赞叹菊花的多姿，一睹腊梅的高洁，感慨昙花的短暂，品尝金橘和石榴的甜香。幼年的我为洋绣球和倒挂金钟的酷肖实物啧啧称奇；含羞草的小小叶片，在我的抚摸下不时地关闭、伸张。妈妈的巧手仿佛能掌控花期，她叫水仙在新春佳节时一起绽放。至于美人蕉、玉簪花、串儿红、西番莲、牵牛花和既能遮阳、又可食用的丝瓜、豆角，都是多年应邀光临的客人。还有那些用绿叶和红叶，同样装点了我们生活的云竹、吊兰、龟背竹、仙人掌、巴西木与一品红……更令人难忘的，是妈妈1973年从干校归来后，亲手在院中种下的两棵丁香。每到春天，满树白花如云如霞，清香四溢，再加上同时盛开的含苞时深红、怒放后淡粉的海棠花，和一片抽出新叶的翠竹，整个小院绚丽多彩，招蜂引蝶，一派令人陶醉的春之盛景……我实在无法一一尽数妈妈数十年间栽种培植过的花草树木，这些映入眼的色彩，沁入鼻的芬芳，岁岁年年地伴随我的人生，令我终生难忘。

陶醉其中的当然还有爸爸，他常常夸赞妈妈养的花。记得上世纪七十年代我在黑龙江兵团时，因重病从干校回京的爸爸，常常在来信中动情地向我描述："我们的小院内，花木繁茂，欣欣向荣。玻璃脆大小十余盆，全开花了。昙花又将再'现'，桂花新叶不少，月季也发了新芽。""我们院内，百花齐放。月季又开了，向日葵比屋檐高一二尺。牵牛花成为一个'绿角'，每天开几十朵，顶多开到九十朵。""两海棠树之间，被搭成了绿色辕门。丝瓜三尺长，下垂击人头。绿叶红花搭成了桥，成为了一个美丽的拱门。""北京天气已凉，我穿上了毛衣，但院内花木尚红绿不退。"就是在爸爸的作品中，也不乏对此的描绘和赞叹，像旧体诗中的"座上高朋抒壮志，窗前小朵缀青柯”，“初夏小庭院，落花迎客香”；他为老友陶钝先生家的菊花写的“秋来不用登高去，自有黄花俯就人”，也非常切合我家的情景。步入晚年的爸爸还在一些散文中，满笔诗意地写出了陶冶其中的心境：“我的小独院中，瓦盆数十，花色繁多，小白长红，给季候增光添色。现在是冬季，客厅里有花数十盆，书桌上一大盆蟹爪莲，花朵百千，如盏盏小红灯笼。写作之余，疲累袭人，花虽不解语，对之可以赏心宁神。”“一阵好雨过后，满院花木，身爽神清，树叶上，花朵上，水珠莹莹。红花更红了，绿叶更绿了，清风吹来，花香四溢，绿色如流。蜻蜓抱住花茎，坦然而又舒适地在小憩，蜂蝶纷忙地在花前来去。生机盎然，满庭芬芳，与人同乐。”

妈妈亲手孕育出的美景，给我们全家人的生活，增添了多少绚丽的色彩和欢悦的心情呀！

1989年，李铁映等同志代表中央领导，来家中为爸爸庆贺八十五寿辰。老寿星兴致勃勃地领他们观赏了满庭花木，自豪地向来宾们夸耀妈妈美化环境的成果，引来了一片欢笑和掌声。更有无数客人为这些过目难忘的花草而倾倒，不少人在多年后的文章中，还时有提及。季羡林叔叔就是一例。叔叔公务繁多，虽与我爸妈是1946年就结识的老友，但每年忙得只有春节时，才能来我家欢聚。就是这一年仅一次的到访，妈妈的花也给他留下了深刻的印象。2004年我爸爸去世后，羡林叔叔在《痛悼克家》一文中，就曾这样写道：“郑曼这位女主人，我在上面已经说了一些好话，但是还没有完。她除了身上有那些美德外，根据我的观察，她似乎还有一点特异功能。别人做不到的事她能做到，这不是特异功能又是什么呢？我举一个例子——种兰花。兰花是长在南方的植物，在北方很难养。我事先也并不知道郑曼养兰花。有一天，我坐在‘陋室’（作者注：指我家客厅）中，在不经意中，忽然感到有几缕兰花的香气流入鼻中。人一离开赵堂子胡同，香气就随之渐减……”我家兰花的香气就这样被羡林叔叔刻入了记忆之中。

妈妈当然没有特异功能，她是靠着数十年不变的爱心和无怨无悔的不懈付出，才赢得了众多花草树木对她的衷心回报。妈妈育花，休憩身心，怡养性情，安享美景，情在其中，乐在其中，但是，她的心血、辛劳和汗水，更在其中。爸爸说得好："我爱花，观赏时多，为她操劳时少。我爱人把早晚一段时间花在追肥、浇灌、培育、剪枝上面去，不以为苦，以此取乐。我呢，体力能胜任时，也费举手之劳，以小碗舀水，踉蹡往返几次，便不支而退了。"妈妈却将养花这种看似清闲，实则劳累、费心的体力劳动，坚持了半生之久。我的眼前，至今还鲜活地闪现着许多生动的画面：初春，她忙着整理东、西厢房前的花畦，种下各色花卉；又将在屋中过冬的盆花一一搬出，整枝松土，施肥浇水，为花木新一轮的生发打好基础。尚带冷意的春风中，晶莹的汗珠润湿了她额前的白发。炎夏，每逢酷暑和暴雨将至时，她会将如同儿女般的花株，逐盆搬到廊檐下和树荫里。有时一天要随着骄阳的迁移搬动数次，自己腰酸背疼也在所不惜。深秋，她不仅细心地采撷各种一年一种的花卉的种子，还要为盆花的冬储、院中土地上花木的过冬做好准备。寒冬，她常常记挂着她的花，怕室温过低、怕天寒地冻而扼杀了它们。至于平时对于花木的莳弄，更是不在话下。妈妈坐在小马扎上，一下一下地松土、挖坑并种下花籽的动作，她手持喷壶为花木浇水洗叶的身影，永远清晰如昨日般地印在了我的脑海中。

养花当然也有烦恼。妈妈曾在晚年的日记中写道："上午种下美人蕉，下午抽空松月季盆土。去冬两盆米兰未搞好，全要死。扶桑叶全落，至今不见发芽，也危险。金橘、茉莉花都受到严重损伤。这一冬天，损失惨重!"她的心疼和懊恼之情，溢于笔端。妈妈正是在损失和失败中不断总结经验，才成为业余的"花木专家"。人间事物，大多处于矛盾之中。妈妈养花也不例外。在我家，爸爸爱鸟和妈妈爱花是出了名的。但是，爸爸挚爱的小麻雀，有时偏偏喜欢啄食妈妈种植的花卉的嫩芽。于是，妈妈动脑又动手，十几只挂着细布条的小竹枝，便出现在花畦里和花盆中。风儿吹动轻柔的布条，一阵阵上下舞动。这"土法上马"的自制"驱鸟器"，还真成了我家的“护花使者”。妈妈对花的爱是经久不变的，就是在她生命的最后日子里，只要能下床活动，她依然亲手浇花、整枝、施肥。她在为她的花木尽最后的心力。妈妈是个有大爱的人，这爱博大醇厚，感人至深，其中自然包含着对这些花木的深情。正是这份爱深深地打动了我的心。我请求她亲手为我栽植一盆花，给女儿留下她的爱和一份有着鲜活生命的念想；也让耳濡目染的我，来传承妈妈对于大自然中这些生命的深爱和真情。

就这样，这盆银星海棠成了我心中无比珍贵的“妈妈花”。我对它倾注了多少情感和关注啊！我为它施加各种肥料，细心地翻松盆中的泥土；我间湿间干地给它浇水，几乎每天都怀着爱与期待，观察它的变化和成长。一次突来的大风，吹断了“妈妈花”尚且稚嫩的主干，我三次从楼上跑下，流着心疼的泪水，在楼边的树枝上、乱草中遍寻不见……我的心系在“妈妈花”上，看到它，我仿佛看到了妈妈的身影；看到它，我更加坚信：任何挫折都击不垮爱的传承。当“妈妈花”的第一簇花团盛开的时候，我欣喜地围着它频频按动快门。怀着那样虔诚和热爱的心，我从中挑选一张最好的照片，将它放在妈妈、爸爸的遗像前。我知道，天堂中的双亲和我心灵相通，他们会看到“妈妈花”枝繁叶茂，会看到我学着妈妈的样子，用心血浇灌出的这份爱的结晶。这花会将妈妈欣慰的笑，映衬得更加灿烂；这花会让仍在天堂中伏案写作的爸爸赏心宁神。如今，用“妈妈花”的嫩芽移植的后代，正依偎在它的身旁；“妈妈花”在我养的十几种花卉的簇拥下，轻轻地向我点头，招手。清风中，它仿佛在向我传递着爱的嘱托和叮咛。

我为我有“妈妈花”而庆幸、欣慰和骄傲。因为，妈妈的爱没有远去，她就在我的身边；因为，我要学着妈妈的样子，怀着深情和不懈的付出，用劳动去装点、美化我们的生活。我将带着这份大爱，循着妈妈的足迹继续前行。

2010年6月30日

父亲臧克家与毛泽东诗词

——为纪念父亲诞辰105周年而作

2010年10月8日，是我亲爱的父亲臧克家先生诞辰105周年纪念。这些天，我一直在翻阅凝结着父亲毕生创作心血的《臧克家全集》十二卷，回忆着他生前许多难忘的往事。读到近期一些报刊上有关毛泽东诗词发表情况的文章，更是拨动了我的记忆，使父亲与毛泽东诗词近半个世纪的渊源与关联，一一重现在我的眼前。

父亲与毛泽东诗词的不解之缘，起始于1956年11月。11月的17日和21日，在相隔不长的短短4天里，有两件事，使父亲开始了他与毛泽东诗词长达47年的联系。1956年11月17日，这一天，父亲写下了他人生中第一篇毛泽东诗词赏析文章《雪天读毛主席的咏雪词》。这篇不足一千五百字的开篇之作，从此将他引入了毛泽东诗词研究的领域之中。而4天之后的另一件事，就更具有历史意义了。当时，他任主编的解放后第一份全国性诗歌刊物《诗刊》，尚在创刊前夕。在一些诗人、学者和专家多次商讨创办《诗刊》的诸多问题之时，冯至先生向该刊副主编徐迟提出，毛主席的旧体诗词，是既充满政治性，又具有动人的艺术魅力的。他建议《诗刊》创刊号上刊登毛主席诗词，以此作为诗歌思想性与艺术性完美结合的一个典范。于是，徐迟先生把从各处搜集到的毛主席诗词八首找来（其中包括：《忆秦娥·娄山关》《七律·长征》《沁园春·雪》《浣溪沙·和柳亚子先生》等），与我父亲商量，想恳请毛主席改正传抄之误后，交给《诗刊》发表。于是，大家以《诗刊》七位编委的名义，起草了给主席的约稿信，1956年11月21日由我父亲用毛笔精心抄好，七名编委签名后，请中办转呈毛主席。信是这样写的：

亲爱的毛主席：

中国作家协会决定明年元月创办《诗刊》，想来您喜欢听到这个消息，因为您一向关心诗歌，因为您是我们最爱戴的领袖同时也是我们最爱戴的诗人。全世界所爱戴的诗人。

我们请求您，帮我们办好这个诗人们自己的刊物，给我们一些指示，给我们一些支持。

在诗歌的园地里，已经显露了百花齐放、百鸟啭鸣的春之来临的迹象。西南的诗人们，明年元旦创刊《星星》诗杂志；《人民文学》《长江文艺》都准备来年初出诗专号；诗歌在全国报刊上都刊登得很多。这是一个欢腾的时代，歌唱的时代。热情澎湃的诗歌的时代是到来了，《诗刊》因而诞生。

我们希望在创刊号上，发表您的八首诗词。那八首，大多已译成各种外国文字，印在他们的“中国诗选”的卷首。那八首，在国内，更是广泛流传。但是，因为它们没有公开发表过，群众相互抄诵，以致文句上颇有出入。有的同志建议我们：要让这些诗流传，莫如请求作者允许，发表一个定稿。

我们附上那八首诗词的抄稿一份，请加订正，再寄还我们。如果您能手写一首，给我们制版发表，那就更好了。

其次，我们希望您能将外边还没有流传的旧作或新诗寄给我们。那对我国的诗坛，将是一件盛事；对我们诗人将是极大的鼓舞。

《诗刊》是二十五开本，每期一百页，不切白边；诗是单行排的，每页二十六行。在编排形式上，我们相信是不会俗气的；在校订装帧等方面，我们会恰当的求其讲究。

我们深深感到《诗刊》的任务，美丽而又重大；迫切地希望您多给帮助；静下来要听您的声音和您的吟咏。

《诗刊》编辑部
主编：臧克家
副主编：严辰　徐迟
编委：田间
沙鸥
袁水拍
吕剑
一九五六年十一月二十一日

在大家殷切的期盼中，1957年1月12日，毛主席写来了那封著名的回信：

克家同志和各位同志：

惠书早已收到，迟复为歉！遵嘱将记得起来的旧体诗词，连同你们寄来的八首，一共十八首，抄寄如另纸，请加审处。

这些东西，我历来不愿意正式发表，因为是旧体，怕谬种流传，贻误青年；再则诗味不多，没有什么特色。既然你们以为可以刊载，又可为已经传抄的几首改正错字，那末，就照你们的意见办吧。

《诗刊》出版，很好，祝它成长发展。诗当然应以新诗为主体，旧诗可以写一些，但是不宜在青年中提倡，因为这种体裁束缚思想，又不易学。这些话仅供你们参考。

同志的敬礼！

毛泽东
一九五七年一月十二日

两天之后——1957年1月14日下午3时，毛主席在中南海颐年堂，接见了《人民日报》文艺部主任、诗人袁水拍先生和我父亲。那天上午11时，当父亲在我家附近小商店的公用电话中，接到水拍先生告知毛主席邀约的电话时，心情的激动可想而知。在1月14日下午长达两个小时的谈话中，毛主席欣悦地对父亲说："你在《中国青年报》上评论我那篇'咏雪'的文章，我看过了。"父亲接着向主席请教了《沁园春·雪》中"原驰腊象"的"腊"字，应该怎么讲？当时，主席和蔼地反问："你看应该怎样？"父亲说："如果作'蜡'字比较好讲，'蜡象'正可与上面的'银蛇'应对。"毛主席点头说："好，你就替我改过来吧！"

毛主席给《诗刊》的一封信和同意诗词十八首在该刊创刊号上发表，以及他两天后对两位诗人的接见，给全国诗歌界和诗人们以极大的鼓舞；置身其中的父亲，更是激情难抑，感慨良多。他不仅将这两件大事记录在自己的诗、文里，更深深地铭刻于心中，成为他工作和人生道路上的极大激励和鞭策。

1957年1月25日，《诗刊》创刊号问世。由于上边刊载有毛主席诗词十八首和关于诗的一封信的手迹，广大读者排长队争购《诗刊》，成为那年春节前的街头盛景和文坛佳话。《诗刊》加印了两次，才满足了读者的要求。然而，尽管父亲从主席处归来后，立即向《诗刊》负责校对、付印等工作的编辑部主任叮嘱，一定要将创刊号上《沁园春·雪》中的"腊"字改为"蜡"，但是，由于该同志的原因，"腊"字并没有被改正过来。为此，父亲事后曾几次提出了严肃的批评。

毛主席的诗词十八首正式发表后，在国内外引起了强烈反响。人们一致认为，毛泽东同志的诗词是中国革命和社会主义建设的历史再现，是他几十年革命实践的产物，内容博大精深，思想境界高超，气势雄伟磅礴，具有感人的艺术魅力，开了一代诗风。毛主席诗词在国外也深有影响。有的外国人士曾说："一个诗人赢得了一个新中国。"为了帮助广大读者尤其是青年人学习、理解毛泽东诗词，1957年10月，中国青年出版社出版了父亲与周振甫先生合著的、全国第一本讲解、注释毛泽东诗词的《毛主席诗词十八首讲解》。对于主席诗词中涉及的历史情况和疑难词句，由周振甫先生作详细而通俗的注释；对诗词的思想内容、写作背景、艺术特色等，由我父亲作了浅近明白的讲解。郭沫若先生为该书题写了书名。在这本书中，父亲根据毛主席接见时的嘱托，在全国首先正式将“腊”字改为了“蜡”。该书出版后，受到广大读者的热烈欢迎和普遍好评，因而多次再版。两位作者和中国青年出版社，还根据毛泽东诗词不断正式公开发表和主席后来对某些诗词原意的阐述，对该书加以增订补充和修改。在1958年将书名改为《毛主席诗词讲解》后，一直发展为1990年的《毛泽东诗词讲解》，全书收入了毛泽东诗词五十首。在三十余载的时间中，这本讲解、注释毛泽东诗词的专著，共发行一百二三十万册，对于普及、推广毛泽东诗词和提高广大读者的欣赏水平，起到了不可小视的积极作用，被人们誉为“在毛泽东诗词研究中，起了开路先锋的作用”，产生了巨大而深远的影响。

毛主席对自己的作品，要求非常严格，他的许多诗词都做过修改。这种修改不是闭门造句，而是不耻下问，广泛征求多方面的意见。从1957年1月12日他给《诗刊》的一封信开始，直到“文革”前，毛主席先后给我父亲写过七封信（其中包括给《诗刊》的那封信和后来给我父亲与徐迟先生的一封信），其中大多涉及毛泽东诗词的发表和改动问题，父亲曾几次写信，请毛主席将他未发表的诗词，交给《诗刊》发表，时间以1961年和1962年居多。在一些诗词发表前，主席也不忘给我父亲寄来一份抄件，征求意见。毛主席那平等待人、真诚相见和谦逊无私的伟大胸襟，使我父亲敢于坦率地对于主席的作品，发表自己的意见。1962年毛主席的“词六首”在第五期《人民文学》杂志发表前，父亲就曾对其中的字、句，提出了个人看法。毛主席于1962年4月24日的来信中说：“你仔细给我修改的几处，改得好，我完全同意。还有什么可改之处没有，请费心斟酌，赐教为盼。”父亲收到这封信后，被主席的谦虚平易再次深深打动。

毛主席诗词公开发表后，一些外国友人将中国领袖的这些诗作译成了本国文字。但是，由于他们中的有些人对中国传统文化尤其是旧体诗词缺乏了解，在翻译过程中出现了一些偏差，如：有的将《蝶恋花 · 答李淑一》里，“我失骄杨君失柳”中的“杨”“柳”，译成了“杨树”“柳树”；有的将《沁园春 · 雪》中“唐宗宋祖，稍逊风骚”，理解为“唐宗宋祖文化修养不是太高，未能充分理解《国风》和《离骚》”；将“数风流人物，还看今朝”中的“风流人物”，理解为“风流倜傥”，具有花花公子的含义。因此，1962年左右，中央有关单位组织了几位国内著名的翻译家、外交家和作家，成立了毛泽东诗词英译定稿小组，准备出版权威性的《毛泽东诗词》英译本。

翻译诗，尤其是中国的“旧体诗”，是件费力又不易“讨好”的事，需要深厚的中、外文功底和文学造诣。首先得读懂原诗，它的历史背景怎样，艺术表现如何，对某些字句的不同解释如何处理……真是难关重重。更何况这是毛主席的诗作，意义非同寻常。参加定稿小组的著名翻译家、作家叶君健叔叔，那段时间常常来到我家，就着一杯清茶，与父亲促膝而坐，切磋、商讨一些遇到的问题。同时，父亲还将曾多年跟随毛主席并对旧体诗词很有造诣的郭化若将军，介绍给君健叔叔，以求将翻译工作做得更臻完美、准确。

一天，时任中宣部文艺处处长的袁水拍先生，将我父亲和君健叔叔约到了他的办公室，建议说：毛主席诗词要译成外文，但有不少字句，大家意见纷纭。今天我们把这样的句子凑一凑，请毛主席亲自解答，作为定稿。他们三位在一起谈了一两个小时，提出了十七个问题，准备请教毛主席。水拍先生将这些问题打印在三张纸上，分给我父亲一份。过了一段时间，水拍先生来到我家，高兴地对我父亲说，主席已对他们提出的问题，一一作答。父亲欣喜地将那三张打印好的问题找来，铺在桌上，然后根据作者的本意，对诸如“问苍茫大地，谁主沉浮？”“莫道君行早”“山下旌旗在望，山头鼓角相闻”“中流击水”“国际悲歌歌一曲”“五岭逶迤腾细浪，乌蒙磅礴走泥丸”“枯木朽株齐努力，枪林逼……”等诗句中涉及的问题，一一写出或画出了正确答案。就这样，许多疑难迎刃而解。父亲和为翻译毛泽东诗词而忙碌的英译定稿小组的同志们，心中都充满了踏实和欣喜之感。这三张上世纪六十年代为解惑而打印成的有关毛泽东诗词的十七个问题，一直被父亲和我们珍存到今天。虽然纸上的字迹已经模糊褪色，但是，它记录了一段父亲不能忘怀的历史。由于当时在场的水拍先生和君健叔叔没有保留这份珍贵的材料，因此，父亲手中的这一份，堪称“孤纸”了。水拍先生在逝世前，还特意借去看了一个多月。归还时他感慨地说：“你保存到现在，太不容易了！”1983年12月23日，父亲在自己的散文《珍贵的“孤纸”》中，充满感情地回忆了这段往事。

1963年，《毛主席诗词》（三十七首）由人民文学出版社出版。正式出版前，中央事先印发了征求意见本，父亲有幸获赠。他认真仔细地再三捧读，拟出了二十三条意见，并与当时的《诗刊》副主编葛洛先生在电话中进行了商讨。后来，遵照毛主席的意见，中央在钓鱼台召开了有20多人参加的会议。有幸到会的父亲记得，朱德、邓小平、彭真等中央领导和郭沫若、周扬、田家英、何其芳、冯至、田间、袁水拍等同志，都参加了这次会议。毛主席亲自用铅笔写在纸上的“我写的这些东西，请同志们一议”几个大字，显眼地摆在会场中的一张大桌子上。会议由田家英同志介绍了这次出书的情况后，与会者发表了各自的看法与意见，进行了认真的讨论。散会时，父亲将事先写好的二十三条意见交给了田家英同志。当《毛主席诗词》出版后，父亲欣喜地发现主席采纳了他的十三条意见，其中有标点、个别字、小注中的字句，还有整个句子的调换。如：七律《登庐山》中，“热风吹雨洒江天”中“热风吹雨”四个字，就是主席将原作中的“热肤挥汗”，接受父亲的意见改过来的。父亲再一次感受到一位伟人虚怀若谷的谦逊美德，心中深为感动与钦敬。

1975年底，“文革”前夕被迫停刊的《诗刊》即将复刊。已担任该刊顾问兼编委的父亲心想，1957年《诗刊》创刊时，发表了毛主席诗词十八首，给了我们莫大的鼓舞与激励；现在，《诗刊》历经劫难，重新出刊，主席是否还会像十九年前那样支持我们呢？于是，他与当时的正、副主编李季、葛洛，将收集到的真伪难辨的几首诗词，呈请郭沫若先生认定。郭老肯定地指出，其中的《重上井冈山》和《鸟儿问答》，确是主席之作。经过请示，这两首诗词在《诗刊》复刊后的1976年第一期上发表了。这是《诗刊》自创刊后的又一件振奋人心的盛事，也显现出毛主席对《诗刊》的一贯鼓励与支持。

父亲进入暮年之后，应河北人民出版社之邀，从上世纪八十年代末开始，着手主编《毛泽东诗词鉴赏》一书。此时，年已84岁的父亲，身体情况很差。以耄耋之年，带病之身，主持这项浩繁的工作，是要有他常说的“要破命去干”的精神和毅力的。父亲怀着满腔热忱，毅然接受了这个任务和挑战。于是，从该书的初始构想，到筹划约请哪些作者撰稿、为这些不同的作者安排哪首诗词更加合适……尤其是在该书的编撰思想和书稿的总体把握上，父亲真是巨细不捐，事必躬亲，付出了极大的心血和努力。比如：他在1990年3月给副主编蔡清富先生的信中叮嘱：“我考虑，编写《毛泽东诗词鉴赏》，应注意以下问题：⑴注释——要简洁。参考振甫人文本注。⑵时代背景——太多不好。因为‘鉴赏’‘文章’，不少已说明了。再，我们不要搞得太繁琐（读者不关心这些，关心作品及鉴赏文章），因为不是通俗本，我们要高级点。⑶搞得太繁琐，会成为一部现代史概要了。鉴赏文章，我划红圈，认为可发排——如果清富、李捷同意的话。鉴赏文章，切要问题是：不要太指实，不要牵扯今天不便公开的政治事件、国际问题与人物。”父亲一向考虑问题十分周全细致，许多关键的或是细微的问题，他都一一想到。另外，由于准备邀请的撰稿人，大都是他的老友至交，因此，许多重要作者的约稿信，全由他亲自执笔，以示庄重与盛情。我至今清晰地记得，在那段日子里，父亲总是忽而凝神沉思，忽而戴上老花镜，在笔记本上写着什么。他是个办事极认真严谨的人，有什么事，一想起来，马上记在本子或小条上。那时，他写字台摆放着的台历上，写满了用红铅笔记的“备忘录”，并按日期夹上了许多小条。即使在深夜，他只要想起什么，也马上开灯记下。用他旧体诗词中那句“夜半灯花几度红”，来形容他那段夜以继日地全身心投入的时光，是再恰当不过的。

经过父亲认真慎重地反复斟酌，这本鉴赏集的作者队伍形成了。其中，有参加过长征的老革命家、诗人张爱萍和魏传统将军，有老专家老学者钟敬文、唐弢、肖涤非、王季思、周振甫等先生，有著名作家、诗人冰心、刘白羽、端木蕻良、姚雪垠、魏巍、冯牧、碧野、叶君健、阮章竞、李瑛等各位，共48人。赵朴初先生在病中不仅修改了自己的旧作寄来，而且亲自题写了书名。有一些八十多岁的老者，极认真地写来了文章和感人的来信，令父亲“百感丛生，眼泪欲流”。

在这项紧张的工作开始一段时间后，父亲因病重住进了医院。但是，即使卧病在床，他也没有中断工作，仍在思考、关注和过问书稿情况与编辑此书的各种事宜，有些重要的稿件，还执意亲自过目。当时，在医院陪住的我的年已七旬的母亲，不仅细心地照顾着父亲在病中的一切，而且，身为资深编辑的她，在联系作者、审阅稿件方面，同样做了大量工作。这部书的两位副主编：北京师范大学现代文学研究专家蔡清富先生和中央文献研究室从事毛泽东作品研究的李捷先生，对母亲的贡献深为感动。

1990年8月，《毛泽东诗词鉴赏》由河北人民出版社出版。这本书以人民文学出版社1986年版《毛泽东诗词选》（五十首）为蓝本，鉴赏文章按诗词写作时间顺序排列。48位作者的文章见解独到，风格各异，会集成一本多角度、多侧面的集各家之言的佳作集成。同时，这本书还登载了毛泽东同志关于诗的五封信（致臧克家等、致李淑一、致周世钊、致胡乔木、致陈毅）和郭沫若、冰心、我父亲、蔡清富、李捷等作者的有关文章六篇，具有很高的学术价值；再加上文前配发的精美的有关照片和毛泽东同志手书诗词的手迹，以及整个书籍庄重典雅的装帧，使这本书一问世，便受到了热烈欢迎并多次再版，被人们誉为“代表了这个时期同类图书所达到的最高水平”。这本凝聚了编者、作者和出版社共同努力与心血的书，果然不负众望，不久就获得了“中国图书奖”一等奖、“全国图书金钥匙奖”一等奖、“全国优秀畅销书奖”和“中国青年优秀图书奖”等一系列大奖。耄耋之年的父亲，在听到这一系列喜讯的时候，心中是多么欢悦和欣慰啊！

同三十多年前开始出版发行的《毛主席诗词十八首讲解》一样，这本上世纪九十年代初问世的《毛泽东诗词鉴赏》，也随着毛泽东诗词不断正式公开发表，而出版了1996年5月的增订本。父亲为它写了《增订本卷头语》。书中不仅对毛泽东同志新发表的6篇诗词，补发了新的文章，而且收入了贺敬之、公木、邵华、刘济昆等作者的有关力作，对原书中的个别文章，相关作者也进行了一定修改；书前的图片、手迹也稍作调整，使全书除了有新颖之感外，更臻于完美。

为了纪念毛泽东同志诞辰110周年，2003年10月和2004年3月，河南文艺出版社接手《鉴赏集》的出版工作，又连续出版了增订本二版的封面设计不同的两种版本。这本书是根据1996年9月中央文献研究室编辑、中央文献出版社出版的《毛泽东诗词集》（六十七首）而来。此时的父亲，因患重病早就住入医院，曾几次报了病危，已不能再做什么具体工作和执笔为文了，主要由副主编李捷同志担当重任。但是，年已98岁的父亲，于2003年3月依然授意家人代笔，颇富情感地写了《〈毛泽东诗词鉴赏〉增订二版卷头语》。他在"卷头语"中动情地讲道："时光飞逝。屈指算来，《毛泽东诗词鉴赏》问世已有十三个春秋了。由于广大读者的精心呵护，各界朋友的热心鼓励，这棵稚嫩的小芽已到了春华秋实的时节。时至今日，这本小书总共印了多少，很难统计。但我们这些编者和作者深知：是亲爱的读者们用各自的爱心支撑着它，才使它有如此的生命力。我衷心地感谢你们：亲爱的读者！"当这本又加入了陈淑渝等十位同志文章的增订二版问世时，它初版时的二十余位作者和副主编蔡清富先生，已相继作古。父亲不无伤感地写道："捧起这本书，他们的音容笑貌便浮现在眼前，我心怆然……可惜他（们）已经看不到这个读本了，痛哉！"人世间的事，有时竟然那样令人悲痛地相同。十一个月之后的2004年2月5日，父亲，这位世纪老人，永远地闭上了眼睛。他和这些老友们一样，没有亲眼看到最后一个版本。他将自己最后的热与光，倾注在这项他从事了半个世纪的重要而又光荣的工作中。他虽然没有看到增订二版2004年3月的版本，但是，我知道，离去的父亲是欣慰的，因为，从广大读者对于这本书的热爱和评价中，他已经得到了最好的回报。

平心而论，父亲在毛泽东诗词研究和普及方面所做的努力和取得的成就，是至今无人能够企及的。仔细回想，他何以能在半个世纪的漫长岁月中，与毛泽东诗词结下了如此的不解之缘，为它付出了巨大的心血与辛劳（据不完全统计，父亲编著的毛泽东诗词解释、鉴赏类书籍，累计印数已达240万册之多）？甚至面对个别人的歪曲与谩骂，也丝毫不改初衷？父亲在《增订二版卷头语》中说得好："我年已九十有八，有幸目睹了中国一个世纪的变迁：从屈辱到强盛，从战乱到太平，从贫穷到小康，可谓沧海桑田。"从少年时代起就反对黑暗统治，追求光明解放的父亲，对于领导中国人民摆脱穷困黑暗的领袖毛泽东，有着深深的热爱和崇敬之情。他的人生道路、人生阅历和体验，使这种热爱从来没有改变。父亲曾欣喜地目睹了他一生挚爱的祖国和人民这种天翻地覆的变化，而毛泽东诗词，正是中国这历史巨变的史诗和颂歌。诗词中巨大的思想、艺术的魅力与感染力，打动和激励着父亲的心胸。这一切因素加在一起，他怎能不由衷地将对领袖和这些诗词的满腔热爱之情，化为投入这项工作的初衷和持之以恒的动力与热情？同时，毛泽东同志那谦逊平易、诚挚待人的胸襟和品格，以及他对于旧体诗词的深厚造诣，都使身为诗人的父亲，除了钦敬感动之外，能不避嫌疑，勇于对毛泽东诗词提出自己的意见；同时，这一切也使父亲"诗情激荡"，感觉到他与诗词作者"同在一个诗的世界里"。我想，我读懂了我的父亲。

父亲远去已经六年了。天堂中的他，一定还在继续着他的事业与追求。今天，当我以那样深切的怀念，迎来他诞辰105周年的时候，我知道，正如父亲为纪念鲁迅而作的诗《有的人》中所写："有的人死了，他还活着。"他永远在我和他所热爱的读者心中。

赶写于2010年9月父亲生日前

诗　与　歌

在人类历史上，诗与歌从来都有着天然关联并且不可分割。许多脍炙人口的诗篇，都被配上或优美动人或凄凉哀怨或激昂壮烈的曲调，被人们世代传唱。这样的例子，古今中外，不胜枚举。

我父亲臧克家是诗人，自幼喜爱诗歌。他24岁写于青岛大学的诗《默静于晚林中》，刊登在1929年12月1日《民国日报》副刊《恒河》周刊第19期上，这是他公开发表的第一首诗作。从此，在诗歌这块沃土上，他笔耕不辍，直到2004年2月5日元宵之夜，以99岁高龄驾鹤西去。据我所知，他的诗作，曾被几位中国的大音乐家、作曲家谱成歌曲，流传于国内外。下面，尽我的记忆和了解，按父亲诗作成歌的时间顺序，一一写来。

一

老　马

作曲：冼星海

谱曲时间：1936年初

总得叫大车装个够，
它横竖不说一句话，
背上的压力往肉里扣，

它把头沉重地垂下！

这刻不知道下刻的命，
它有泪只往心里咽，
眼里飘来一道鞭影，
它抬起头来望望前面。

《老马》写于1932年4月，是父亲的诗歌代表作之一。从小生长在旧中国农村的父亲，目睹耳闻了多少贫困、饥饿和苦难。诗中这匹老马，是中国封建社会三座大山重压之下，亿万贫苦农民的化身。这首诗，曾经打动了几代人。

最早知道这首诗曾被冼星海先生谱曲，是在父亲的两篇文章中。他在写于1979年12月8日的《关于〈老马〉》一文的开头一段，这样写道："记得1938年，在武汉见到冼星海同志，他对我说：'法国朋友要我选一首自己最喜爱的诗，配上曲子寄给他，我选了你的《老马》。'"在1980年6、7月间写成的长篇传记体散文《诗与生活》里，父亲对见到冼星海先生的历史背景和当时的情况，又有过一些记述：1938年4月，应第五战区李宗仁司令长官之邀，被抗战激情燃烧着的父亲，三次冒死赴台儿庄战役前线采访，并立即撰写了长篇战地通讯报道集《津浦北线血战记》，7天后即由生活书店加急赶印出版。5月，他与于黑丁筹备组织第五战区战时文化工作团，分别任正、副团长，准备徒步到河南、湖北和安徽三省，开展战地文艺宣传和创作活动。在汉口组团期间，父亲听说金山同志领导的上海救亡演剧队第二队，当时也住在汉口。而从1933年开始就与父亲有书信往来的友人王莹，正在其中。就是这次去演剧二队的探友之行，使父亲第一次见到了著名作曲家冼星海先生，得知了先生曾为《老马》谱曲，并将这首歌寄到了异邦。父亲在这篇文章中接着写道，该年7月1日，由14人组成的战时文化工作团正式成立，"我们的文化工作团和上海救亡演剧队第二队也在潢川汇合了。金山同志他们队里，有不少著名演员、作曲家、音乐家，而‘我们14个’呢，却只能凑合着演演小戏，像《新小放牛》《放下你的鞭子》，再多就拿不出来了。如果演对台戏的话，一定是一边热闹，一边冷落。好在不论能力大小、技巧高低，大家心里那股救亡的热情和劲头却毫无二致。”由此可见，是抗日救国的洪流，使父亲与冼星海先生汇集到一起；在抗日烽火中，他们是并肩作战的战友。同样，是共同的立场爱憎和痛切感受，令他们笔下的诗与曲联姻。听冼妮娜大姐讲，在有关《老马》的创作手稿上，她父亲写下了这样一段话：“借老马的被压迫，意示上海劳苦大众的生活。”因此，这首1936年初写于上海的歌曲，被他定为“男低音独唱，情绪表现低沉”。全歌4/4、2/4与3/4拍交替变换，在打头的歌词上方，星海先生写下了“纯朴地”三个字，为全歌定下了基调。就这样，中国诗人和音乐家做词谱曲的《老马》，飞越了国境和万水千山，在法国生了根。我想，星海先生之所以选中父亲的《老马》，一方面是出于他由衷的喜爱；另一方面，他是想让法国朋友了解中国人民的生活现状。他一定认为，全世界当牛做马的劳苦大众的心是相通的，法国人民会理解《老马》的涵义和象征。好的诗与歌，是没有国界的。

后来，我曾在父亲珍存重要文件的黑色皮包中，见到过这首《老马》的歌片。遗憾的是，当时没有注意具体的作曲时间。更令我后悔的，是当年只将它当做珍贵的文物，却没有唱会它。如今，星海先生和我父亲都已离去，而这张烙印着时代风云的歌片，却还埋藏在父亲的遗物中，没有被寻觅整理出来。所幸的是，刚刚联系上的热情的冼妮娜大姐，不仅告诉了我《老马》谱曲的时间、它早已被收录《冼星海全集》，而且准备将她保存的五线曲谱，复印后给我寄来。我要深深地感谢伤痛未愈的妮娜大姐这一片心意和填补我遗憾的巨大帮助。在接到它的那一天，我会带着悠远的记忆和不变的深情，将它刻印在我的心间。

二

怀念曲——给回国志愿军

作曲：郑律成
谱曲时间：1958年

把这棵松树栽在这里，
留下一个最好的纪念，
我们曾经在这片土地上，
和朝鲜弟兄并肩作战。

松树永远不会凋谢，
就像我们的友谊一般，
松树一年又一年生长，
青青的，像我们的怀念。

父亲的这首诗写于1958年3月17日，3月18日发表于《人民日报》。那时，正值举国欢庆，热烈迎接中国人民的好儿女志愿军归国的日子。在短短的一个月时间里，父亲就写了《亲人回到了我们眼前（四首）》《千万人拍手把你们欢迎（两首）》《亲人回到了北京城》和《爱花的人》等诗篇，他那激动、热爱、自豪和万分欣喜的心情，跃然纸上。半个多世纪后的今天重读这些诗，仍然能感到那股扑面而来的激情与深爱。

得知郑律成先生也曾为我父亲的诗谱过曲，是在2010年10月24日。一位多年老友热心地打来电话说，为了纪念抗日战争胜利65周年、志愿军抗美援朝出国作战60周年，那年10月23日，北京多支业余合唱团共同举办了“英雄赞歌演唱会”。老友所在的北京育才校友合唱团的节目之一，是女声小合唱《怀念曲》。这首由郑律成先生谱曲的歌，就选自父亲的《亲人回到了我们眼前——欢迎志愿军归国》四首中的最后一首。《怀念曲》，是谱曲成歌时加上的名字。由于这首歌的词、曲作者都是名人，节目主持人特地对它做了重点介绍，给听众留下了深刻印象。

不久，应我的请求与嘱托，老友寄来了《怀念曲》的歌片。这是一首深情动人的歌曲，E调，采用了朝鲜族歌曲惯用的3/4拍，与父亲诗作的意境可谓相互映衬。歌的结尾处，诗中的首尾四句被高、低两个声部重复演唱了一遍，加深了情感的渲染，突出了“中朝人民兄弟般的战斗友谊如松树常青”的主题。律成先生是出生在朝鲜、后来又加入中国国籍的朝鲜族著名作曲家，抗美援朝和中朝人民的友谊对于他来讲，具有格外深重的意义。因此，他为我父亲的这首诗谱曲时，就多加了几重感情，唱起来很是打动人心。他能从当时众多的欢迎志愿军归国的诗作里，选中父亲的这首诗谱曲，同样说明了他们情感的相通。听他的女儿郑小提大姐讲，这首歌是先生读到我父亲的诗后，立即谱成歌曲的，它被收入了《郑律成作品选集》。如今，52年过去，大家还在唱着这支歌，说明了它的生命力和人们心中不灭的情感。我相信，这首象征着中朝两国人民战斗友谊的歌曲，还会被人们传唱下去。

当我收到《怀念曲》的歌片时，第一时间就唱会了它。在那舒缓深情的歌曲里，我仿佛看见了父亲与律成先生的微笑，看见了万万千千在抗美援朝战场上浴血鏖战和英勇献身的战士们的身影，也看见了那一棵棵栽种在朝鲜大地上如今依旧青翠的苍松。

三

反抗的手

作曲：王洛宾

谱曲时间：1995年7月5日

上帝
给了享受的人
一张口；
给了奴才
一个软的膝头；
给了拿破仑
一柄剑；
同时，
也给了奴隶们
一双反抗的手。

这是父亲写于1942年的诗。诗中，他用一连串的排比，凸现了显而易见的主题。父亲在这一年间，曾接连写了三首有关“手”的诗：《手的巨人》《反抗的手》和《手》。它们相互关联映照，讴歌了被压迫民众的觉醒和他们勇于改变自己命运的巨大力量。

王洛宾老人为这首诗谱曲，源于一次难忘的会见。1995年6月30日，这位著名作曲家、“西部歌王”在北京展览馆剧场，成功地举办了“在那遥远的地方”专场音乐会。第二天，他就由我父亲看着长大的近邻、《北京日报》副刊主编李培禹陪同，敲响了赵堂子胡同15号我家旧居的大门，来看望神交已久的老诗人。1913年12月在北京出生的洛宾老人，小我父亲8岁，因此，他称我父亲为“艺兄”。抗战时期，当我父亲忘我地投入到抗日救亡斗争中时，洛宾老人也战斗在西北战地服务团。这段相近的人生经历，牵出了绵长的话题。洛宾老人回忆说，早在大学读书的时候，他就喜爱父亲的诗，《老马》《春鸟》等名篇，到现在还背得出来。虽然数十年间辗转了许多地方，但对艺兄诗作的关注和热爱丝毫没有改变。我父亲平时很少欣赏歌曲、音乐，却久闻这位著名音乐家、作曲家的大名。他对洛宾老人说：“你的歌有翅膀，它们是歌，也是诗。”两位耄耋老人的交谈亲热而知心，话题涉及中国诗歌的民族继承和传统民歌尤其是少数民族民歌的传播等等问题。他们的观点与见解那样相同。热情的歌王激动地说："我即兴为您的一首诗谱曲，唱给您听听？"他随即从父亲的诗作中，选了1956年写于青岛海滨的短诗《送宝》：

大海天天送宝，
沙滩上踏满了脚印，
手里玩弄着贝壳，
脸上带着笑容，
在这里不分大人孩子，
个个都是大自然的儿童。

这曲谱于旧作、带着少数民族风味的新歌，赢得了一片掌声。洛宾老人接着神情庄重地说："我要再为您的诗谱一首曲子，一定会更好的。"在客人即将离去的时候，他们相互赠送了作品集。两位老人的手再次紧紧相握。那段时期心脏一直不好的父亲，依照惯例，一直将客人们送到大门外。他与洛宾老人互相搀扶，仿佛多年不见的老朋友。于是，一张执手相送笑意盈盈的照片，定格在那个生动感人的瞬间。这次相谈甚欢的会面，被两位老人和在座者深深地印在了记忆之中。四天后在厦门，这位著名的作曲家将父亲的诗《反抗的手》谱曲，完成了他的心愿。这首D调、4/4拍的歌，结尾处高亢有力，烘托出全诗的主题。它，不仅是词、曲作者一见如故的友情的继续，也是他们情感与意志契合的见证。几个月后，1996年3月14日，王洛宾老人走完了他与音乐结缘相伴的一生。培禹感叹："这首《反抗的手》，恐怕是这位著名作曲家的最后创作了。"这时正在住院的91岁的父亲，在重病中再三叮嘱家人："我要尽我的意思……"他为千里外的朋友，送上了洁白的花圈……

这就是三段我所知道的故事。我从三个不同的侧面，写出了父亲的诗作被名家们谱成歌曲的情况。三首诗，三支歌，它们所处的历史时期不同，诗作的主题与意境不同，歌曲的风格、曲调迥然相异。从中，我看到，诗与歌的作者是战友、是同志、是兄弟，他们怀揣着祖国和人民，无论是在随时准备抛头颅洒热血的战争年代，还是在新中国成立初期或是之后的和平建设时期，他们的目标和立场一致，爱憎和感受相同。因此，不管是素昧平生，还是一见如故，都会结下这诗与曲联袂成歌的缘分；而这歌，唱出了他们共同的心声；从中，我听到，这些带着时代烙印的歌，数十年后还在民众中传唱不息。因为，它们表达了人们共通的情感和诉求，唱出了时代的声音和对那段历史不曾忘却的记忆，也寄托了子孙后代对这些有着杰出贡献的先辈们的深深怀念和崇敬的感情。

现在，文中提到的四位父辈都已先后离去，我特写此文，表达我对他们深切的热爱与缅怀之情。他们的诗与歌，将与他们的精神和事业一起，存留在人们心间。我想，在他们已经聚首的天堂中，一定也会响起他们共同撰写的旧曲新作的旋律和歌声。

2010年10月至11月

心的太阳

2004年之前，每年的2月5日这一天，对于我来讲，是一个再普通不过的日子。五十四个2月5日，已经在我的生命中平淡地逝去，没有留下任何痕迹。然而，2004年2月5日——那个万家灯火的元宵之夜，却第一次让我的人生塌了天！我亲爱的父亲臧克家以99岁高龄，驾鹤远行了。这是再也无法弥补和填充的人生之失。我的心被撕裂了！它让我记住了2月5日。万万没有想到，整整五年过去，2009年2月5日，我亲爱的母亲郑曼也在这一天永远地闭上了双眼！那种双亲远离再也无法团聚的痛，是用任何笔墨都描绘不出形容不尽的。况且，大半生的经历让我深知，他们对我恩重如山。于是，2月5日，就这样以另一种意义，裹挟着双重的巨恸，裹挟着双重的痛失与回忆，镂刻在我的余生中。从此，我有了年年断肠的2月5日。

双亲故去后，我从至今都走不出的悲恸中，细细地回忆和品味着他们一生走过的道路；又从众多的前辈和亲友那里，知道了许多以前不曾知晓的事情。这一切，使我从一个新的高度和多个不同的崭新侧面，了解了我的父母，懂得了他们的人生。

记得父亲在生命最后几年的重病中，写下了“我／一团火／灼人／也将自焚”的诗句，这是他终生不变的性格写照。在“视朋友为生命中大半个天”的99岁人生中，父亲这种热情如火而又诚挚、善良、宽厚的秉性，曾经温暖了多少友人的心。我至今不能忘记，1972

年秋父亲因病从干校回京后的三四年中，发生的一些故事和场景。

父亲在“文革”期间，尤其是1969年11月下放到湖北文化部干校后，非常记挂当时“生死两茫茫”的文坛师友，这种情感，刻骨铭心。因此，从干校归来后，他不顾病患，不避嫌疑，给友朋们发去大量信件，并迫不及待地看望了不少久未晤面的前辈和故交。那时，他们大多戴着各种名目的“帽子”，并未走出“文革”厄运。在他所尊敬的前辈中，父亲最先去探望的，是茅盾先生。父亲第一次见到茅盾先生，是在1927年的武汉“中央军事政治学校”（即黄埔军校）。那时，还被称为“沈雁冰”的茅盾先生是教官，父亲是第六期学员。此后，先生对初入文坛的父亲大力扶助识拔，1933年和1936年，他先后为我父亲的第一本诗集《烙印》和长诗《自己的写照》写了评论文章，做了热情的肯定和鼓励。1942年8月，父亲住入“中华全国文艺界抗敌协会”，与先生的会面多了起来；抗战胜利后两家同住上海时，更是往来密切。近半个世纪的交谊和情感，使父亲对先生格外挂牵。而这“文革”中的第一次拜望，令他的印象那样深刻。父亲后来回忆说：“在茅盾先生‘门前冷落’的家中，会客室里横一条竹竿，挂满了衣服，住所内也阒然无声。望着眼前的清冷场景，想起过去高朋满座的热闹情形，我心中感慨不已。”当父亲与茅盾先生的双手紧紧相握时，两人的眼睛都湿润了。父亲感叹：“生离生还，得重见尊重而又亲近的前辈老人安然无恙，这种快慰之情，无法言传了。”父亲走后，茅盾先生心潮难平，写下了五言诗一首：“惊喜故人来，风霜添劳疾。何以报赤心？亦惟无战栗。”这位老者的欣喜之情，足见一斑。从此，父亲不仅如往昔一样，时常去看望他，而且书信往还频繁。（翻看《茅盾书信集》，父亲是与他通信最多的友人。）在这些会面和信件中，他们谈生活，谈身体，谈老友们的近况，谈各自新购进和正阅读的书刊，相互交流和评论当时的各种信息。每当父亲有旧体诗问世，或是读到朋友们这方面的佳作，他总是不忘抄录一份寄给先生，交流切磋，鉴赏品评。他们是在品味和分享着眼前一亮的阅读之乐……这一切，给逆境中心境孤寂的茅盾先生，带去了多少温暖和慰藉。

这段时期，父亲还先后拜望了叶圣陶、胡愈之、阿英等老者，并且非常思念他敬仰但当时却不能见到的郭沫若先生。这种深情，在他的文章中跃然纸上。

我曾读过冯至伯伯的女儿冯姚平大姐，在我父亲去世后写的悼文《父亲的老友》。她在文章的开头这样写道："'又上老友家去了吧?'我问父亲。这是1973年春天，我的父亲冯至从干校提前回到北京，除了每天上午到学部'学习'外，什么事也不能干。有时'学习'完了，他就就近到臧克家伯伯家去坐坐，聊一聊，以解心头郁闷。晚上我回家，一眼就能看出，因为在当时他难得有个好心情。臧伯伯一贯以'老友'称呼我的父亲，所以在我们家，'老友'也就成了臧伯伯的代名词。"读着姚平大姐的这段话，当年阴云压城之时，那一个个充溢着友情的日子和情景，就又一次亮在我的眼前。尽管那时正值"文革"，人们往来都要"避嫌"；但是，在赵堂子胡同15号我家旧居不大的客厅里，却几乎天天故友新朋满座。就连茅盾先生和叶圣陶先生，也由工友或亲人陪同，驾临我们的小院。我至今清晰地记得，比我父亲大8岁的曹靖华伯伯，几乎每隔几天，就拄着手杖，肩上斜背一个黑色皮包，步履稳健地跨进我家的大门。有时，他还会送来自己栽培的花卉，"根土犹存"。推心置腹、发泄郁闷之后，老人婉谢了我们陪同搀扶的请求，又一个人向公交车站走去。我忘不了他那慈祥的面容和远去的背影……至于父亲同辈的至交，就更是过从频频。前面提到的冯至伯伯就是其中一位。季羡林叔叔是极少出门访友的。他曾在悼念朱光潜先生的文章中说："我最不喜欢拜访人。即使是我最尊敬的老师和老友，我也难得一访。我自己知道，这是一怪癖，想改之久矣。但是山难改，性难移，至今没有什么改进。"然而，大约是从1975年开始，"不喜欢拜访人"的羡林叔叔几乎每年春节，都要从西郊北大燕园，先前是去挤他"视为畏途"的公交车，后来改乘小汽车，有时还邀上父亲的同窗挚友、北大教授邓广铭叔叔，穿越大半个北京城，来我家拜年欢聚，吃团圆饭，直到2001年由于年迈而终止。为此，父亲后来动情地说："羡林不来不是春……"

回想起来，尽管当时人们谨慎小心口有遮拦，人心之间似乎还隔着看不见的樊篱；然而，久别重逢的文坛故旧们都在父亲这儿敞开心扉，一吐心中块垒，痛斥眼中的"逆贼"。大家打听着友人们的情况，交流着社会上的各种信息，回忆着数十年不变的友谊……在当时的社会环境和政治气氛之下，人们为什么愿意不约而同地会聚于我家的小院？细细品来，是父亲以他那厚重真诚的情感和无人能及的热情，在那特殊的岁月里，开辟了一方安全的、友情的净土，吸引着众多的师友，并为他们带去了心头上的一缕阳光和严冬里的温暖。

父亲对待友人，从无身份、地位、年龄、职务之分，一律热情诚挚，关怀爱护，人们对此有口皆碑。有一件小事，我不能不提。张秋蕊阿姨，从1954年开始，就在作协幼儿园做医务保健员，在幼教战线勤勤恳恳工作多年。我的女儿就曾在她任副园长的国家出版局幼儿园中，度过了快乐的童年时光。1969年，秋蕊阿姨与父亲同赴湖北干校。1972年冬，因长期低烧，她回京入住东四隆福医院检查病因。刚返京治病不久的父亲，听到这个消息，马上买了水果，拒绝了从黑龙江兵团回家探亲的我陪同前往的请求，一个人乘公交并转车去看望了秋蕊阿姨。谁知，在返回的24路公共汽车上，父亲由于病体不支，下车时行动略迟缓了一些，头部被车门夹住。待他回到家中，我和正在客厅等他归来的一位老友，见他耳窝中已有一缕鲜血流出，大惊失色，力劝他马上去医院看看。然而，父亲只叫我用酒精棉擦去了耳中的血迹，服下镇静药片略微休息后，又请老友坐到他卧室的床前谈心去了。（像这种服药支撑、"舍命陪君子"的事，在父亲身上并不鲜见。）当秋蕊阿姨后来知道了这件事，那种感动、内疚之情交集的情感，难于言表。在以后的岁月中，尤其是父亲故去之时，她多次激动地对我说："像克家同志这样的好人，以后不会再有了。你在文章中，一定要写写这件事，让大家知道他对我们普通百姓的一片心！"今天，我了却了秋蕊阿姨的这桩夙愿。

父亲对于友朋灼人的热情，还表现在他那自发而无私的帮助。与父亲相识于上世纪四十年代的曹辛之叔叔，是诗人，也是艺术装帧家。父亲1947年主编的《创造诗丛》十二本，向社会推荐了十二位青年诗人的诗歌专集，并为每位作者都写了序言，其中就有杭约赫（曹辛之）的《噩梦录》。“文革”刚结束时，辛之叔叔的“问题”还没有得到彻底解决，工作分配也被搁置。他的心情非常苦闷。父亲得知后，不仅关切地劝慰，而且几次主动向当时刚上任国家出版局领导的王子野叔叔，反映了这个问题。在同样珍视人才的子野叔叔的直接过问下，辛之叔叔这些苦恼迎刃而解。这位老人在以后的工作中，焕发出夺目的光彩。像这样的事，何止一件两件。老舍伯伯的夫人胡絜青伯母在1977年7月20日的来信中，称父亲“是老舍最好的、最知心的老朋友，对他最了解”。正因如此，絜青伯母不仅当时在落实老舍伯伯的各项政策和出版遗著问题上，征询父亲的意见，而且在舒济大姐从河北师范学院调入北京人民文学出版社工作，以便整理伯伯文稿的事情上，父亲也应伯母的请托，再次去求助于王子野叔叔，直至调动问题圆满解决。后来，父亲还应伯母之邀，带病为伯伯的《老舍新诗选》写了非常精彩的长篇序言，令她全家极为满意而且感动不已……对于老朋友甚至素不相识的人，父亲总是竭尽全力地去帮助他们，满足他们的需要和请求。这样的例子俯拾即是。

那段时间，父亲数十年的老友姚雪垠叔叔，正在湖北家中撰写长篇小说《李自成》的“全书内容概要”。父亲得知了这个消息，在1973年左右重新探望茅盾先生时，着意谈了雪垠叔叔埋头撰写《李自成》的情况；回家后，又立即将茅盾先生的住址告诉了远在湖北的老友，力促他与先生联系，以求得到前辈的指教和帮助。父亲为这对师友牵上了“红线”之后，雪垠叔叔曾在一年多的时间中，用书信与茅盾先生探讨《李自成》创作中的各种问题。当时，茅盾先生正患目疾，视力严重减退。但老人仍抱病阅读，对这部小说中的许多章节，谈了细致中肯的意见，使雪垠叔叔获得巨大帮助和指点。这些通信，后来曾结集出版，引起不小的反响。这已是后话了。对于这部《李自成》“概要”，父亲大加赞扬鼓励。他在给雪垠叔叔的信中写道：“‘提要’（注：即‘概要’）前半已读毕，极兴奋。可谓宏图大展，我读之，不能释手。我历史知识太差，几乎可以说：‘不能赞一辞。’你，明史资料多，生活知识较丰富，文笔细致，组织力强，思想性也不差。凭这些，准可大成。希望能垂诸永久，努力，再努力！”“你的《李》，写完就是胜利。我想，天会假以年的。……在我们，上帝就是我们自己。”父亲曾在这几年写的旧体诗《寄姚雪垠同志（六首）》中，对这位老友“誓为英雄创史诗”的远大抱负、“寸阴共天争”的忘我耕耘和“拭目丰碑立，共仰英雄风”的巨大成就，表示了由衷的赞叹和钦佩；对于这部长篇小说的最终完成，寄予厚望。同时，父亲也毫不隐晦地提出自己的看法：“你的大作，引人入胜，但望在细节方面，尽力删汰。因为我们这样的老年人，对一些旧时代的风俗习惯，比较熟悉，往往在作品中多所引入，情不自禁，觉得弃之可惜，以此炫耀（此二字也许‘重’了一点），取悦读者。该写的不可少，与主题无大关系，或对于人物性格刻画，非必要时，痛下决心：‘割爱’。”1973年深秋，深思熟虑后的父亲在去信中，开列了几位前辈和专家学者的名字，希望雪垠叔叔能将“概要”寄给他们，征求意见，以使《李自成》更臻完美。叔叔在11月17日的回信中称：“你所提的可以商请看稿的前辈和朋友，深合我心……”

那一段时间，父亲将《李自成》“概要”分送给友人阅读，并将它的成就，在茅盾先生、叶圣陶先生和胡绳、张光年、严文井等师友中，积极推荐，“大力鼓吹”。他们都是文学界、理论界和出版界的大家，有些当时已重新走上领导岗位。为了《李自成》全书的顺利完成与润色提高，为了它今后的出版和成功，父亲可谓用心良苦。他在给雪垠叔叔的信中说：“胡绳同志近甚忙……‘提要’下部寄来后，即送给他，早已告知他了。”“胡绳同志昨早来玩，炉边对坐，品茶小谈……他要我先致意，以后再抽空写些意见。主要一点是：农民起义军中的‘流氓无产阶级’问题。要注意它的反面作用，肯定其革命性。”“昨晚文井同志（人民文学出版社党委书记，第一把手）又来长谈……谈了两个多小时，又谈到你。光年，时常聚谈。他调‘出版局’做‘顾问’工作，一切文艺工作，可能由他参与、上报告。我把你的‘提要’和《李》两次送他看了（一二日一气读完）；他大加赞赏，极推崇，将上报给出版局党的核心小组。”1975年12月20日，因撰写《李自成》上书毛泽东主席并得到眷顾的姚雪垠叔叔，举家迁京。寒风中，父亲带病由家人陪伴，亲自到北京火车站的站台上迎接老友。这举动，对于当时年老多病的父亲来讲，可以说是罕见的。其中的情义，打动了在场的每一个人……我不知道父亲这些用意深厚的言行举动，对于《李自成》的出版和巨大成功，是否起了些微的推波助澜的作用；但是，他对于朋友那种发自内心的无私的爱，和没有丝毫功利目的的倾力帮助，却为他那首诗中所写的火一样的热情和给予他人的灼人温暖，做了最好的印证。他的这种性格，一生都没有改变。

我想，父亲从干校返京后的这三四年时光，只是他百年生命中的一个瞬间。但是，它却从一个极小的侧面，让我在当今社会一些人心的疏离、冷漠、戒备甚而仇视中，看到了热情、温暖和永恒的所在。年年断肠2月5日。今年，又到了双亲辞世七周年和两周年的祭日。此刻，我又记起了那首自己非常喜爱的、父亲写于1945年的小诗：“你会觉得心的太阳／到处向你照耀，／当你以自己的心／去温暖别人。”是啊，要用心的太阳，去温暖别人！父亲是这样写的，也是这样做的！我深深懂得，在这断肠之日的巨大悲恸和无尽怀念里，更有人生榜样的启示和召唤。生命与生命的传递，应该有人类那些不该遗忘的精神的接力在其中。我将努力在双亲不灭的生命光芒里，走好我今后的路。这正是亲爱的父亲和母亲，在天堂中的期待。

（今年10月8日，是父亲诞辰106周年纪念，特写此文，寄托我深深的怀念与哀思。）

2011年1月

聆听父亲

我怀着那样虔诚热爱的心，聆听父亲心灵的歌唱。它是那样醇厚、浓烈、悠长：

设若我死了，／设若我死前还有一点时间，／我一定写下一句最后的请求，／仅仅是一句，留给我的亲人去看。／什么也不说，把双眼一关，／死去了，曾经生活过，／没有感谢，也没有抱怨。／生活了一辈子，／希望抖战着手乞求的，／没有一件被痛痛快快地给，／这最后的请求，仅仅是一句，／你们，我的亲人，可不能再叫它缩回只空手。／可不能再叫它缩回空手，／仅仅是一句，这最后的请求：／不管路多远，山多高，水多深，／‘一定要把我葬埋在故乡！’／贴近我故乡有一道西沟，／西沟崖上有一块小小的坟场，／我年轻的父亲就埋在这儿，／左右的坟里都是贫穷的乡里。／（他的乳母，带着白发和慈悲，／偎依在他身边，永远把他当一个孩子。）／这块可怜的茔地，／像一个可怜的穷村，／小小的土坟，荒草蔓延，／他们的死后，就像他们的生前。／没有石碑，没有别的标记，／连一条小径也不留，／四周都是枯瘠的田地。／就在这些穷人的身旁，／匀给我一小块安身的地方，／我们彼此挨近，像生前，／挤着点儿大家都温暖。／我们从来没有野心，／不论死后还是生前，／贫困，受苦，良善，／一个十分卑微的好人。／右手的阡崖做坟墓的枕头，／几株马尾松又瘦又硬，／它一年四季恋着清风，／一听到脚踪它就动了激情。／也常有不知名的鸟儿，／来枝头上唱歌，／唱完了，又飞走，／好给人心上保留着寂寞。／春天，野花开在我们头上，／隔着土地也闻到了芳香，／草绿了，绿得像那个人的眼睛，／细雨潮润了我们的床。／听到了叱牛，也听到了犁头破土，／犁头破坏了我们的房屋，／可是我们并不生气，／还情愿为着穷人缩一缩身子。／暴雨把西沟灌一个饱，／像一个粗暴的人日夜吼叫，／这声音叫醒了我的记忆，／我又变成了个快乐的孩子。／睁开眼什么也望不到——／除了矮的谷子，高的高粱；／耳朵也听不到别的声音，／只听到农人的歌唱，蟋蟀的歌唱，／只听到一片生机在大地上响。／秋天，白云贴着天飞，／淡，淡得像烟，／眯缝着眼看，像孩子时代，／好好地看看天，看看云彩的变幻，／在生前，生活得太匆忙，／没有闲情，也没有时间。／树叶凋零了，隔一片疏林，／望过去，望得很远，／隐藏在林子身后的'西河'，／在金色的阳光下一闪一闪。／那不是'焦家庄'吗？跨在河岸上，／住在这村庄里的人民，／没有一家不穷困，／没有一个不可怜，／虽然它给我童年的心上，／种满了快乐，／可是，它最怕回味，咀嚼！／大地在冬天盖一床白雪的厚被，／把头一蒙，我入了永不天亮的冬眠。／我太爱这乡土，太爱这块土地上的人民，／这爱是那么浓烈，那么醇厚，／它的熏香使我不朽！

这首名为《爱的熏香》的诗，是我的父亲臧克家写于1944年11月20日的旧作，发表在1945年8月15日《时代文艺》创刊号上。但是，直到父亲2004年辞世前的三四年，才被亲戚从北京图书馆查找到。我是如此喜爱这首诗篇，每次读它，我的心都不能不为之震撼。父亲的身影和他魂牵梦萦的故土四季变换的景色，会那样清晰地亮在眼前。我深深知道，这首诗，是父亲终生不渝的对于故乡农村和贫苦农民无比热爱的真情流露；是他对于这些农人苦难生活不平的倾诉；是他早在39岁时，就在异乡写下的一份语重心长的嘱托。它的力度和厚重，非同一般。

一个人心中得有多么浓烈、深重和赤诚的爱，才能够让他用一生来承载！父亲毕生99个春秋岁月，始终被这从不褪色消减的情感填满。从1905年降生在齐鲁大地的诸城农村，他的心和感情，就开始系牵在这方土地这方农人身上。故乡的山光水色和贫瘠土地，染亮了他的双眼，养育了他的身躯。他爱大自然爱得要死，他爱乡村像爱他的母亲。从小，土里水里风里雨里，出身于没落地主家庭的他，却在穷孩子堆里长大。是父亲家的佃农六机匠，这位生活在社会底层的天才，第一个启发和培植了父亲的文学兴趣，是他把诗的苗子插在了父亲心的田地上。而这位民间的文艺天才，却和万千贫苦农民一样，挣不脱最终逃荒要饭、贫病而死的厄运。“老哥哥”，这位在五十年中服侍了臧家四代人的长工，原本铜帮铁底的身子被熬尽榨干。年老时被父亲的祖父撵出家门。年幼的父亲拉住“老哥哥”的衣角哭泣着不肯松手，却留不下这位心中至亲的人……这些亲身经历和耳闻目睹，使父亲的脉管里流入了农民的血。三座大山下的苦难农村和穷困的农民，在他心里牢牢扎了根。黑暗反而擦亮了他的双眼。从此，父亲的灵魂中就有了“人生为了谁”的定盘星。

1944年，在抗战正面战场坚守了五年之久的父亲，被国民党迫害，不得不来到重庆歌乐山中。相同的农家小院，重新置身于农民之间，可以亲近的乡村风光，再次投入到熟悉的田园劳动……这一切，勾起了父亲对久无音讯的故乡和故人们的无比思念。而回乡之路，早已被日寇侵华战争重重阻断。在后山杜鹃鸟“不如归去”的声声泣血啼叫中，父亲写下了这首《爱的熏香》。诗中，迈入中年大门之前的他，就以“遗嘱”的方式，将生命中“最后的”挂牵与挚爱，写给亲人："不管路多远，山多高，水多深，／'一定要把我葬埋在故乡！'""就在这些穷人的身旁，／匀给我一小块安身的地方，／我们彼此挨近，像生前，／挤着点儿大家都温暖。"他愿以假想中的死亡回到故乡，和贫苦农友们重新聚首于地下，一起诅咒黑暗中这贫富悬殊的社会，用双眼再看看故土的景色和山川……这是何等的心愿！当年他笔端上的情感和分量，可以想见。在父亲身边生活了数十年、对于他的这种情感非常熟悉的我，每每读到这些非同一般的诗句，也会感到灵魂的洗礼和震颤！

一个人心中得有多么浓烈、深重和赤诚的爱，才能够使父亲在83岁再次撰写回忆"老哥哥"的文章时，一文三洒痛哭泪；才能够使他在94岁的《看山》诗中，如此写道："乡音入耳动我心，故里热土暖我身。五岳看山归来后，还是对门'马耳'亲。"（注："马耳"是父亲故乡的一座山）；才能够使他在99岁生命数度垂危并已口不能言之际，还为人民生活的幸福安定和祖国的繁荣，吃力地高高竖起大拇指……捧读着这首诗，联想起父亲围绕着这份大爱的人生足迹：他为改变劳苦大众的悲惨命运、为抵御侵略保卫故土和祖国、为争取光明解放和为崭新中国所付出的一切，更给了我深刻启迪和人生的榜样。正是依照六十年前这首诗中的深情嘱托和再三叮咛，2004年元宵之夜父亲远行后，亲人们将他的部分骨灰，撒在了诸城他的贫苦农民朋友们的坟上。让他们在故乡的大地上相依相守，让这不朽的爱的熏香伴随他们长眠。

我相信，人类的情感是相通的，会有更多的人喜爱上这首写于七十年前的诗篇。让我们在心中最神圣最重要的位置，安放上故乡、祖国和人民大众，那么，中华民族的未来将是一片光辉灿烂！

愿这大爱的熏香，永远不朽，长驻人间。

2013年3月初

让诗歌插上朗诵的翅膀

——记父亲臧克家与诗歌朗诵

自从人类社会有了诗歌创作，诗歌朗诵便应运而生。从产生于人民口头的民歌，又借助口头流传；从中国旧时文人的诵读和吟唱，欧洲古代行吟诗人云游四方的传播，发展到现代的诗歌朗读，它的历史相当漫长，而其内涵，也有了很大的不同和发展。众所周知，诗歌创作和诗歌朗诵有着相互促进、密不可分的关系。创作是朗诵的基础和前提，只有好的诗歌，才能通过朗诵产生打动人心的艺术魅力；而朗诵是诗歌生命的扩大，它会使后者发挥更大的激励人民、享受艺术的积极作用。这样的例子在古今中外的历史上不胜枚举。

我的父亲臧克家是诗人。他毕生七十余载所创作的诗篇，被几代人在不同时代、不同地域和不同场合朗诵过。而父亲这位诗歌的创作者，同时也是诗歌朗诵运动和活动的积极倡导者、组织者、参与者和推进者。让好诗插上朗诵的翅膀，走出书本和书斋，飞向人民大众的心间，在不同时代发挥更大的作用，这同样是父亲一生的追求和心愿。

回过头去眺望一下父亲这位世纪诗翁的人生旅程，不说他从少年时代就喜爱诗歌并开始进行创作，常与同好们组成诗社，探讨吟唱；从青年时期投入时代与社会大潮后，他更是在历次社会变革、民族危亡的时刻，不忘发挥诗歌朗诵这个武器不可小视的作用与影响。

譬如：1937年全面抗战爆发后，父亲怀着满腔抗战激情和对日本侵略者的刻骨仇恨，立即奔赴前线。在坚守于抗战正面战场的五年中，他充分利用诗歌朗诵的强大艺术感染力，积极发挥其便于传播和易于发动大众的特点，无论是在抗日前线还是在敌后，他都放开喉咙，激情朗诵抗战诗篇，或是组织诗歌朗诵活动，唤起民众抗日救亡的热情。历史证明，诗歌朗诵是抗战时期进行抗日救亡宣传的有力武器和重要内容之一。父亲在他的回忆文章中，对于他任团长的第五战区战时文化工作团，1938年7月至1939年春徒步远征到鄂、豫、皖和大别山区，进行抗日救亡宣传时的情景，曾有过这样的描写："每到一地，我们都要出墙报，演小戏，唱救亡歌曲，朗诵抗日诗篇并创作文艺作品，向民众宣传抗战必胜的道理。""我们十四个，曾在多少伟大的场合中朗诵过诗，也曾在溪水边，绿树下，烟雨濛濛之中，做过诗歌朗诵问题的探讨。"1938年，这支战时文化工作团在到达商城之后的一个傍晚，就在这抗战前线召开了第三次文艺座谈会——诗歌朗诵运动大会。小小的庭院，被战斗在前方的青年和文艺爱好者们坐得满满的。与会者不仅满怀情感地朗诵了各自爱好的诗篇，而且就诗歌，这抗战中的号角；朗诵诗的内容与形式；山歌、民谣、鼓词、小调与朗诵诗的区别；朗诵的方法；如何开展诗歌朗诵运动等问题，展开了热烈讨论。在抗战前方举行诗歌朗诵会和讨论会，并且得到了民众的关注和积极支持、参与，足见诗歌朗诵工作的影响和意义。父亲记得，在他当时参加过的欢迎白崇禧将军的剧台上，在"八 · 一三"纪念大会上，诗歌朗诵都发挥了很大影响，"朗诵者的声音、情调、姿态，抓住了每一个人的情绪，使得全场都不敢大声呼吸。""不放松每一个朗诵的机会"，以达到向人民大众宣传抗战必胜信念的目的，这就是父亲在民族危亡关头，克服重重艰难险阻所做的工作之一，他尽力推动、组织这项工作并参与其中。这样的例子在他的一生中，并不少见。

父亲对于诗歌朗诵的推进、支持与宣传，还表现在他的著作中。从抗战时期开始到去世，他这方面的文章与诗作有十余篇，涵盖了通讯特写、诗歌、散文和文艺理论等多个门类。最早的是写于1938年的《诗歌朗诵运动展开在前方》。这个有关诗歌朗诵著作的开篇，就已经为我们带来了“诗歌朗诵运动随着民族解放的战争展开了”的大好信息：“在陕北有过‘破题儿’的尝试，此后，广州、武汉……也响应了起来。……这个运动的本身已经惹起大众的注意，已成为铁的事实。”之后的著作还有1954年1月的理论文章《诗的朗诵》，1956年1月的新诗《迎春——迎春诗歌朗读大会开场诗》，1963年3月的新诗《诗在发言》和《诗，站起来了！——根据在“北京首次星期朗诵会”上的讲话写成这首诗》，1981年5月的序言《要记住三亿少年儿童——〈少年儿童朗诵诗选〉代序》，1983年8月的新诗《写给日本朗诵团的同志们》，1985年6月的新诗《回来吧，快快回来吧！——为失足青少年朗诵会而作》，1985年12月的新诗《生命试卷的鉴定——向老山抗越前线战士们致敬！》，1986年2月的新诗《艺术新花朵——祝北京朗诵艺术团建团五周年》，1986年4月的散文《来自南疆的老山兰》，1998年尾的新诗《给殷之光同志》等。从1938年到1998年，这些著作贯穿了父亲的大半生。它们涉及了对诗歌朗诵理论和现状的研究，对青少年在这方面的关注与培养，对于诗歌朗诵活动、团体和朗诵艺术家的支持以及对国际朗诵艺术团体的关注和友情，其中不乏多首专门为各种诗歌朗诵会而写的诗篇。父亲对于诗歌朗诵这项工作的用心，足见一斑。

尤其值得重视的，是父亲写于1954年的专门论述诗歌朗诵理论的《诗的朗诵》。在这篇三千余字的文章中，他对于诗歌朗诵的起源，现代诗歌朗诵的涵义、特点、作用和对象，开展这项活动需特别注意的事情，什么样的诗适合于朗诵，诗朗诵的投巧和方法等诸多问题，都提出了自己的看法，而这些看法，正是他从多年实践中提炼出的理论精华。从全文不难看出，父亲再三强调的，是诗歌与人民大众的结合，而朗诵，正是最好的渠道和工具。他反复指出：“诗歌朗诵渐渐形成一种运动，这种运动实际上就是诗歌与广大人民群众更密切、更直接结合的运动。”“‘五四’文学革命以后，诗虽然革掉了旧的枷锁，建立了新的内容和形式，但实际上这种革新了的新诗并没有打进劳动人民群众里去。原因很简单，就是诗人所歌唱所抒写的和人民所要求所希望的并不能完全一致。……抗日民族战争爆发之后，诗歌的范围、影响随着诗人们生活圈子的扩大而扩大了。朗诵运动兴起了。在抗战的队伍里，在工厂里，在学校中，我们可以听到诗的声音了。到了抗战胜利前后，朗诵诗也成了反抗国民党统治、反抗美帝国主义压迫、争取自由民主的一种武器。在各种群众运动的场合里（特别是学生运动），诗朗诵成了必不可少的节目，它所起的鼓动、燃烧作用是很大的……新诗它终于要一步一步地从供给个人默读（眼看）向着面对广大群众高声朗诵的路上走去。”父亲是多么高兴看到这种情景，因为这正是他为之努力的目标。他在文章中指出，在群众大会上朗诵，第一件应该注意的事情，就是诗的题材和主体是否和群众的生活、思想、要求、希望相符合，诗人的情感是否和群众达到了一致的程度。诗的思想内容应该是群众化的，语言应该是口语化的。越是切合听众实际要求的，感染力就越大，越容易产生共鸣，结果一定是成功的。在诗歌朗诵的艺术技巧上，父亲认为：朗诵的方法，因人而异，是没有一定成规可循的。有的借助于手势、表情甚至于服装、道具、舞台、灯光，这要看实际情况的需要与否。但有一条基本规律必须服从，那就是从事朗诵这首诗的人必须对于它有深刻的了解，和它起了情感上的共鸣，对于它节奏的急缓，调子的高低，必须揣摩体会，做到一丝不苟的程度才行。总之，父亲所倡导的，是他终生不渝的“文学艺术为人民大众服务”的宗旨，因此，这篇文章涉及的多个有关诗歌朗诵方面的问题，都是围绕着如何能更好地使之为人民大众服务这个中心。其中的不少论点，今天读来，仍有指导和借鉴意义。

父亲在《诗的朗诵》的结尾，写了这样一段话：“诗，燃烧了朗诵的人，朗诵的人再拿它去燃烧广大的群众。一个真正好的诗歌朗诵者，应该是一个最懂诗的人。他的朗诵不仅是一种诗的传声，应该是一种诗的再造。如果对于诗篇精神缺乏透彻的领会和具体的把握而仅凭某几种类型的腔调去做，那他是不会得到成功的。”这句话，对于朗诵者对诗歌精髓的把握与理解，对于写作者、朗诵者及听众情感上应产生的共鸣，提出了真理性的见地。由此，我记起了65年前父亲的一次诗朗诵。得知有这样一次朗诵，源于父亲老友姜德明先生1979年的一封来信。信中附来了香港报纸该年发表的一篇散文《听诗人臧克家的朗诵》。作者施宁先生在不长的文章中回忆起：

> 那是四十年代[①]，在（香港）青山达德学院民主礼堂上，听过一次嘹亮而又动人的声音：就是诗人臧克家的演讲与朗诵。
>
> 这个清瘦而又带着北方口语的诗人，在演讲时，虽然使我这个广东人不易听得懂，但他那种手舞足蹈的激动表情，实在令我十分兴奋。我听见他说他很高兴地望着座上的许多年轻人而感到自豪。
>
> 当口若悬河、滔滔不绝的话语结束了，全场流动着一阵热烈的掌声。随之侧坐在讲场前面的黄药眠先生站起来说话："相信一定有些人听不懂臧先生的讲话，我来翻译一下吧。刚才臧先生的演讲题目是《闻一多先生的道路》。"
>
> 话刚说完，臧先生转身想走回座位去，跟着又是一阵掌声，听到有人在高呼："请臧先生来一次朗诵。"
>
> 他微笑地摇一摇手，但为了大家的热情，终于又拿起一支粉笔在黑板上写了一首闻一多的遗作《一句话》，跟着又高声朗诵起来："有一句话说出就是祸，有一句话能点得着火！……"一边放声朗诵，一边不停地顿着脚，像狮子怒吼一样地激动着。
>
> 快要完毕了，突然又一次呼声："再来一次！"
>
> 真令我感动了，这是诗人臧克家的朗诵。

从1948年到1979年，三十一年岁月流逝，却冲洗不掉施宁先生

① 1948年12月。

对于我父亲当年朗诵时的身姿、情态、声音和自己被深深打动的清晰记忆。我深深理解65年前这次朗诵背后，有着父亲多少亲身经历的感慨和多么深厚的情感在其中。闻一多，是招收父亲进入国立青岛大学（即山东大学前身）读书的恩师，是指引他形成自己诗歌风格的引路人。他们都是终生不渝的忠诚的爱国主义者，都曾为中华民族的民主解放而不畏牺牲，不懈战斗。因此，父亲对于闻先生著名诗作《一句话》的爱国主义思想核心，理解得那样透彻深刻。他用自己满腔的爱国热忱，充满激情地朗诵这首已为祖国而献身的恩师的爱国名篇，多重情感的会集之下，刚刚因国民党搜捕而来到香港的父亲那狮子般的怒吼，当然会打动每位听众的心。这是一次多么成功的诗朗诵！由此可见，父亲不仅是诗歌朗诵活动的积极参与者，而且是他自己提出的诗歌朗诵理论的实践者和验证者。

父亲一生参加过多少次诗歌朗诵活动，早已无法计算。无论是在抗战前线还是后方；无论是在国统区还是在只避难数月的香港；无论是在全国解放后的工矿、学校、剧场、电台甚而是沸腾的义务劳动工地上，父亲都曾忘我地投入到诗歌朗诵活动中，尽其力，倾其情，放其声，为几代听众留下了美好难忘的记忆。仅举一个小小的例子，我至今记得，那是1958年初春。离我们当时的家不远的建国门外，还是一片近似沼泽、荒草丛生的坟地。夏天蚊蝇扑面，臭气四溢；冬天垃圾遍地，野狗出没。为了改变这里的旧貌，将它修建成供群众休憩的人工湖公园，成百上千的人们参加了义务劳动。那热火朝天、挥汗如雨的场面，深深感染着在场的每一个人。父亲那时身体不好，本来就清瘦的身躯更显孱弱。当他听到修造人工湖的消息，就急急地赶到了工地上。他不仅参加了义务劳动，而且赶写了《建国门外人工湖》《你看你这个小姑娘》和《亲亲热热为挖湖忙》三首诗。在义务劳动的工间休息，父亲为在场群众高声朗诵了这几首诗。他那带着山东口音的朗诵声，被尚带寒意的春风吹得很远很远。这些诗和诗中对这块土地美好未来的憧憬，赢得了一阵阵热烈的掌声和喝彩。父亲的朗诵为这沸腾的工地注入了新的力量。

直到多年以后，遇到当年参加过那次劳动的旧日邻居，他们还念念不忘聆听父亲那次朗诵时的激动情景。和群众在一起，为大众而朗诵，这就是父亲的初衷。

1957年1月，第一本全国性诗歌刊物《诗刊》创刊。身为发起人之一和第一任主编的父亲，在任职的9年间，除了主编刊物外，还非常注重诗歌朗诵活动。《诗刊》老编辑白婉清同志在写于2004年的悼念文章《深切缅怀臧克家同志》中，这样写道："当时《诗刊》社时常组织诗歌座谈会以及配合当时形势的诗歌朗诵会。他不仅亲自主持，有时还在朗诵会上带头登台朗诵自己的新作。虽然他浓重的山东口音往往不易听懂，但那充满时代使命感的激情深深打动着听众的心。"那时的"星期朗诵会""迎春诗会"和各种朗诵专场，曾产生过很大影响，对于推动诗歌朗诵事业的发展，起到了很大作用。父亲在1964年4月12日"支持非洲独立周"诗歌朗诵会上，一手拿着诗稿，一手高高举起的激情朗诵的照片，被我们珍存至今。

在倡导和推动诗歌朗诵事业的过程中，父亲与一些朗诵艺术家结下了长达数十年的深厚友谊，并倾力支持他们和这项事业的发展。如，1963年3月25日，北京"业余朗诵研究小组"的朱琳、董行佶、杨启天、殷之光和赵韫如等同志，到我家做客。这些曾为诗歌朗诵事业做出贡献的艺术家们，在这里与父亲一起探讨有关诗歌朗诵的问题，一起研究如何在群众中更好地开展这项活动。他们无话不谈，相互切磋，不大的客厅中充满着抑扬顿挫的朗诵之声和欢声笑语。其中，父亲交往时间最长的是殷之光先生。79岁的之光先生至今还清晰地记得，上世纪60年代，他还只是一位普通的年轻演员，就曾在一些会议和诗歌朗诵会上，多次听到我父亲语重心长地说过："诗歌就需要朗诵。就像是一本躺着的书，让它能从抽屉里爬出来，从书架上跳起来，从房间里面插上翅膀飞起来，飞到广大人民群众中去。""诗歌通过朗诵已经站立起来，它迈开步伐，开始走向剧场、学校、工厂、农村……朗诵使诗歌更加大众化了，它像一匹千里马，载着战斗的心，幸福的心，快乐的心，奔向远大的社会主义的前程。”在他眼中，父亲是诗坛泰斗，也是数十年间在朗诵事业上给过他许多支持、鼓励和帮助的和蔼可亲的前辈。“文革”后，之光先生要在北京倡导诗歌朗诵活动，老诗人立即热情地在倡议书上签名以表支持。他任团长的北京朗诵艺术团于1981年成立后，父亲热烈祝贺并一直关注他们的活动和发展。1986年该团建团五周年，父亲于2月18日特赋诗一首《艺术新花朵——祝北京朗诵艺术团建团五周年》，称赞这十几个人的集体，在几年中克服种种困难，为朗诵事业做出了努力和奉献。父亲还曾先后给之光先生写过多幅条幅和诗篇，赞扬他为此做出的成绩，鼓励他为这项事业继续奋斗。父亲曾在一张条幅上这样写道：“你的一张口打动过多少人？到处传播社会主义最强音。一腔热情像翻腾的沸水，你是诗歌朗诵的一名功臣！”1998年尾，93岁的父亲又特意写了一首诗《给殷之光同志》。满怀感激之情，之光先生曾专门举办了“臧克家杯朗诵艺术大赛”，以答谢这位尊敬的老者为诗歌朗诵事业做出的贡献和对他们的一贯支持。1986年元旦前夕，之光先生参加北京慰问团赴老山前线。临行前，他请父亲为老山官兵写一首诗，他们要带到前线为战士们朗诵。已入古稀之年的父亲一直被对越自卫反击前线的英雄事迹深深感动，早有此夙愿，于是欣然命笔，很快写出了《生命试卷的鉴定——向老山抗越前线战士们致敬！》。在南疆战场战士们出发前的誓师大会，在老山前线的猫耳洞，在几千人的集会上，之光先生高声地激情朗诵它。这首诗中对于前线战士生命意义和价值的高度评价与赞美，对于他们不惜牺牲、寸土不丢的伟大精神所表达的深深的崇敬、感激和颂扬之情，在战士们中间引起了极为强烈的反响。年轻战士从猫耳洞写来铿锵誓言，刊登这首诗的战地诗报寄到了父亲手中，前沿部队政治部和一位团政委写来了热情洋溢的感谢信。之光先生还捧回一株栽种在罐头筒中的“老山兰”，这是前线战士们送给父亲的礼物。父亲珍爱地将它置于卧室书案的右侧。他在1986年4月1日的散文《来自南疆的老山兰》中，这样写道："我被信上的话语深深地感动了。听到殷之光同志背诵这两节诗的时候，我也激动得泪涔涔了。诗，就应该是写给广大群众读的；诗，就应该是朗诵给战士们听的。自己的诗能为战士们所欣赏，我感到莫大的光荣，莫大的鼓励，莫大的鞭策！"在这篇散文中，父亲那种激动、高兴与欣慰的情感，跃然纸上。

……

这就是父亲在他99岁的人生中，为积极倡导和推动诗歌朗诵事业的发展，积极支持与参与这项活动，所做的点点滴滴。虽然这件工作并不是他的"主业"，不是他主要工作和主要成就之所在，但是，他毕生不渝的"一切为人民大众"的坚定信念和人生宗旨，同样贯穿于他对这项事业的关注和奉献之中。

2013年2月

记父亲臧克家与国民党抗战爱国将领的交往与友情

又迎来抗战胜利68周年纪念日了。近几年，随着对于抗日战争正面战场的逐步肯定和对于这段历史真实的复原，我对于抗日民族统一战线成立后，我的父亲臧克家从1937年末到1942年秋坚守于抗战正面战场的这段人生轨迹，有了更清晰和深刻的了解。这是父亲人生中的一个重要阶段，是他满怀对于日本侵略者的无比仇恨，对于祖国母亲与故土家园的无比热爱，积极投身于抗战第一线的一段重要的人生历史。

在这工作、战斗于抗战正面战场的五年中，父亲先是于1938年1月加入第五战区司令长官李宗仁刚组建并任团长的抗敌青年军团，从事抗战文艺宣传工作；1938年7月1日，由他牵头在潢川成立了第五战区战时文化工作团并任团长。该月，由中共中央长江局副书记周恩来与国民党第五战区司令长官李宗仁商定，建立一个统一战线的文化工作组织——国民党第五战区文化工作委员会，10月，该会成立，父亲为委员之一，负责军队抗战文化工作；两个月后又当选为全国文艺界抗敌协会襄阳、宜昌两分会理事及宜昌分会总务股长。1939年春，父亲被任命为第五战区司令长官部秘书。1940年10月辞去司令长官部秘书之职后，他又先后到30军和31集团军任参议，1941年12月调至31集团军所属的三一出版社。从1939年开始，国民党逐次掀起反共高潮，并加紧对左翼进步文化人士的迫害，父亲才被迫于1942年7月离开抗战正面战场，徒步去大后方重庆开始了新的生活。

父亲始终怀抱着奔赴抗战最前线的坚定信念，据我的不完全统计和了解，他先后亲身参加过抗日战争中的徐州会战、武汉会战、随枣会战和枣宜会战等著名战役，并多次徒步万余里，到鄂、豫、皖和大别山区进行敌后抗日救亡宣传、采访以及文学创作。父亲与抗战官兵同仇敌忾，朝夕相处，并肩战斗，结下了深厚的战斗友情。多少次抗战宣传和前线采访，父亲从高层爱国将领一直深入到抗敌部队的团、营和连队，深入到与敌人鸡犬歌吹之声相闻的最前沿。除夕之夜，父亲特地奔赴前线，在日寇的炮火和战斗中，与战地官兵共度春节。在激烈战斗的间隙，他与他们推心置腹，切磋战事，谈诗论文，共同研究如何在部队中开展抗战文化工作；他为他们批改作品，个别辅导，有时直至夜半更深；有时他们也谈到理想与爱情；分别后还经常通信联系，谈时事，抒胸臆，品诗文。他被第五战区30军的官兵们亲切地称为“30军之友”，在那里受到热烈欢迎。有多少次，父亲被抗战官兵们舍生忘死、保家卫国、前赴后继、视死如归的大无畏精神和一腔爱国热血所深深震撼。他用饱含崇敬、热爱与歌颂的笔触去描写、刻画他们，激发起更多人的爱国热忱，使这些祖国母亲的忠实保卫者，永远活在他的作品中和人民的心坎上。

在这段时间里，父亲也结识了多位国民党抗日爱国将领，其中不乏抗日英雄和殉国烈士。在抗日战场那血与火的洗礼中，他与他们中的不少人结下了深厚友情；而这份珍贵的战斗情谊，被我的父亲珍存了大半生。父亲曾在写于1947年的《生活和诗的历程》中，这样描写他与他们的感情：“我们曾经用我们的墨笔，记述他们用血造成的故事；我们曾经用我们的歌词和诗句歌颂过他们，鼓舞过他们，娱乐过他们；我们曾经和他们一道历险，一道随着战争前进或后退；我们曾经以我们的心打进他们的心里去。”的确，父亲在他的许多诗、文中，都满怀情感地写到了这些抗战英雄；直到1991年，已入耄耋之年的父亲，还多次题词、赋诗，纪念这些故人和抗战故地。这份对于抗战将士的深情厚谊和对这段战斗人生的不灭记忆，感人至深。

下面，就我了解和知晓的情况，对于父亲与每位爱国抗战将领的交往，阐述于下。

李宗仁：时任国民党第五战区司令长官。

从1937年底初识李宗仁将军开始，父亲曾在他领导的第五战区工作了3年，与他有过不少接触，并为此写过《雪中聆训记》《铁的一团——介绍第五战区抗敌青年军团》《我所见的李宗仁将军》《突出徐州后的李宗仁将军》和《津浦北线血战记》等数篇文章，对于李将军对抗战正面战场运筹帷幄的指挥，对他抗战必胜的坚定信念以及兼容并包、延揽人才的作风，对政治文化工作和青年干部的重视与关心，在战事危急关头的从容不迫，对党派摩擦的不以为然和他品格的质朴、坚毅、廉洁、谦和以及普通百姓对他的热爱与支持等，都有过形象生动的描写和刻画。父亲对这位来自桂系的国民党抗战高级将领十分崇敬。李宗仁将军也在这段时间，对于父亲的工作和文学创作，给予过很大的支持、关心和帮助。

1937年11月，为早日奔赴抗战第一线，父亲来到战云密布的徐州。大敌当前，手握兵权虎镇徐州的李宗仁，深知文化宣传和政治工作的重要，他很想招贤纳士，为抗战和自己增添力量，于是在当地的报纸上刊登启示："凡马寅初、孟超、臧克家……等先生和他们的朋友、学生，请留在徐州。"李将军是从司令长官部随从秘书、父亲的内兄王深林处，得知父亲到达的消息的。当时，他先后两次约父亲到第五战区司令长官部长谈。在李将军办公处的大门上，贴着一副明显的对联："门对千竿竹，胸罗百万兵。"在这些接触中，李将军的精神信念和性格人品，尤其是初次见面时，对成群盘旋于头顶的日寇飞机那极其鄙夷的镇定目光，都给父亲留下了深刻印象。父亲在写于1938年3月的《我所见的李宗仁将军》中，详细地记述了会见的情况和自己的心情与观感。

1938年1月，李宗仁将军筹建的抗敌青年军团成立，父亲应邀加入，在宣传科负责抗战文化宣传工作。青年军团的学员，大多是从北方各省流亡而来的青年学生。李将军对于学员们的教育和训练很重视，并且要求十分严格。父亲写于1938年2月4日的特写《雪中聆训记》，就深怀情感地记录了青年军团男女学员于开拔前，在雪中聆听李宗仁司令长官训话的情景。在亲自宣布了亲日败类韩复榘被拿办的振奋消息后，李将军激愤地大声说："凡是不抗日的、骚扰老百姓的队伍，在抗战怒潮中，一定会被淘汰的！"他那充满爱国激情的讲演，为每一位在场者的心中，再次点燃了不灭的爱国主义火焰。学员们将怀揣这火焰，奔赴前线。

1938年4月初，台儿庄大战激烈进行。父亲应李宗仁之邀，于6日夜与李宗仁、白崇禧等，一起乘车奔赴大战战场。父亲冒死三进台儿庄，对战地情况和血战台儿庄的主力部队——第五战区30军孙连仲部下的32师、27师和30师，进行了战地采访。采访对象上至孙连仲、池峰城、张华堂等著名将领，下至普通士兵和老百姓。此后，他仅用六七天时间，就赶写出长篇战地通讯报道《津浦北线血战记》。文中的第三节《李白两将军亲赴前方》和第十四节《告别司令长官》，写出了两位将军亲临前线共同指挥作战的场景。4月14日，李宗仁在战地亲笔为该书的出版题写了长篇题句："暴日前受钜创于津浦路南段，野心犹未稍戢。近复挟其精锐数万之众，恃犀利之器械，左攻临沂县，右取临峄，直逼台儿庄。炮火连天，所过为墟，气焰炽张，有囊括我徐海之势。幸我将士用命血战兼旬，旅进旅退，反复搏击，卒将顽敌击退。双方伤亡惨重，为第三期抗战以来所仅有。余偕臧君克家遄赴前线督战巡视，台儿庄已成一片焦土。人民未及逃避死于敌人炮火之下者不计其数。敌尸未焚或已焚而残肢未化者累累皆是，臭气熏天，满目凄凉，极尽人间之悲惨。因日军阀逞侵略之野心，致两国人民罹此极度之牺牲，良可痛恨。希我军民不以小胜而骄，受挫而馁。吾人为求我中华民族解放而抗战，必须以大无畏之精神再接再厉，扫荡顽敌，还我河山，奠定民族复兴之基础，树立永久之和平焉。”（注：题句中标点为本文作者所加。）这篇题句，表达了李将军和一些国民党爱国将领坚决抗击敌寇、争取民族复兴的心声，具有重要的历史意义。它为父亲的这篇文章增添了分量和光彩，从中可以看出李将军对父亲的极大信任和对他文学创作的极大支持。4月22日，父亲去李将军处辞行，准备到武汉出版此书。在离开前线的这次会面中，李将军关切地问起父亲在前线的收获和感想。当问到在台儿庄有没有捡些胜利品做纪念时，父亲掏出一张从日军死尸上捡来的女子照片，照片背面写着："昭和十三年二月二十六日写。当年十九岁春。"李将军愤慨道："日本军阀为了做侵略之迷梦，寡人之妻孤人之子！其实日本老百姓和中国老百姓有什么仇恨呢?!""是啊，'可怜无定河边骨，犹是深闺梦里人'呵!"李将军听了父亲的回答后笑了，笑中夹着伟大的同情和怜悯。父亲建议，自己到武汉组织一个战时文化工作团，到五战区来做战地服务工作。李将军高兴地答应了。于是，才有了父亲牵头组建并任团长、隶属于五战区司令长官部的第五战区战时文化工作团。它的建立，与李将军的支持是分不开的。

在张仲实、邹韬奋的亲自主持下，生活书店以最快件将《津浦北线血战记》一书于5月初出版，几个月后即再版。台儿庄大战是中国军队在正面战场取得的首次重要胜利。父亲的这本书是当时最迅速真实地反映台儿庄大战的成功之作，74年后的2012年2月，生活·读书·新知三联书店为庆贺八十华诞而出版的"三联经典文库"中，再次收入并再版了这本书。1938年5月书出版后，父亲带着它和对徐州突围后李宗仁将军的关心，在潢川又一次拜见了他。对于父亲这本书的满意的笑容，挂在李将军的脸上。他们谈到了这次突出徐州的情况，谈到了对于报纸上刊载的《徐州突围记》一文的各种反应。对于徐州会战的失败，父亲直率地讲了自己的一些看法，李宗仁默默地听着。当父亲说到一些作家和金山、王莹所在的上海救亡演剧二队，希望到五战区来工作和演出，并要到战地上去拍摄影片时，李将军高兴地说："好，别的不敢说，房子有的住，饭有的吃！"李将军像这样关心政治、文化和青年工作的事例还有很多：父亲在《铁的一团——介绍第五战区抗敌青年军团》中，记述了这一教导队性质的团体，在李宗仁的决策与关心下成立与发展的过程；在《淮上三千里》中，父亲又披露了李将军捐资成立中原出版社，出版《中原月刊》《文化月刊》和《青年月刊》的情况；在《从银幕看到了我自己——看〈八千里路云和月〉抒感》中，父亲写道："一个堂堂的司令长官，可以用自己的坐车去迎接一般'队员'，同他一起工作、谈天、唱歌，像朋友家人一样。"以后的许多年中，父亲在自己的几篇长篇散文体回忆录中，对李宗仁将军和自己的这段经历，都有所提及。毫无疑问，第五战区司令长官李宗仁深深地留在了父亲的记忆中。而他的有关这位国民党高级将领的文章，也为人们了解抗战时期的李宗仁将军，提供了第一手材料。

池峰城：抗战初期任第2集团军第31师师长，1939年升任第3集团军30军中将军长。

1938年台儿庄大战中，池峰城师长所指挥的31师，是坚守台儿庄的主力部队，打得非常英勇，血战15天，一师人牺牲得只剩下一个团。战斗最激烈时，日寇赤柴第10联队攻陷台儿庄南门，并占领了大部分城区。池师长率全体将士逐屋抵抗。他组织了一支敢死队，与日寇展开肉搏战……在台儿庄残破的北门和西北角的城墙上，依然飘扬着中国国旗。在血战台儿庄这场中国军队在正面战场取得的首次大捷中，池师长和31师功不可没！因此，该年4月初父亲与李宗仁、白崇禧将军等同赴台儿庄前线时，当然要急切地徒步专程赶往31师师部所在地韩佛寺，采访这位英雄的师长。4月10日夜，在这座不起眼儿小山村的一个院落里，池师长与父亲面对摇曳的烛光而坐。出生于河北景县的池师长，浓眉大眼，一身英武，他用因颈部受伤而嘶哑的嗓音，谈得那样热情而投入。他讲到了这次的血战，讲到了新兵的补充，提出“军民合作、官兵合作、军政合作”，才能取得胜利……他用自豪而喜爱的口吻，谈起他与彭德怀共住一地时，受八路军启发而组建的31师战地服务团。这批大多是从天津流亡出来的大、中学生，经过短期训练后，已成为军中基层干部和地方干部的后备军。他也讲到了自己对他们的十条约法：不尚空谈、与士兵同甘苦、有牺牲精神……最后，他坚定地说：“我们的武器虽然比不上敌人，然而我们的血肉可行！我们拿血肉拼敌人的武器，我看敌人已经技穷了，竟预备用毒气对待我们了。青纱帐起来，敌人更没办法了。到处是我们游击队的世界。我们不久就会打回老家去！”在台儿庄战场的几次接触和长谈，使池师长和父亲建立起战斗友谊。他和他所率领的部队，与父亲成了朋友，成了“患难之交”。父亲对于池师长和31师官兵的战地采访，写入了《津浦北线血战记》，这是书中最精彩的、最惊心动魄的章节之一，也是中国军队在正面战场不畏牺牲无比英勇地抗击日寇的真实记录。之后，在随枣前线，父亲又多次采访报道过他们，和这些将士结下深厚友谊。

1940年10月，由于国共摩擦加剧，五战区已不再有抗战初期的那种抗战气氛，父亲厌倦了官场上的逢迎拍马和明争暗斗，于是辞去了司令长官部秘书之职。时过不久，他就与已升任30军军长的池峰城，相遇于南阳的一个旅店中。是池军长从旅客登记牌上发现了父亲的名字，于是，在这深秋的夜半便风风火火地闯入了父亲的房门。他力邀父亲去他的30军：“到我们那里去吧，黄樵松师长他们都很怀念你，‘丁当当’（注：指秘书处长丁行）也在。一言为定，明天就走！”池军长的热情和友情抓住了父亲，但父亲还是提出了要求：“约碧野、田涛同去30军；我们跑战地，写文章，将来准备出版两个集子和一套文艺丛书。”池军长兴奋地满口应允。1941年元旦，父亲与两位友人应邀到了30军在湖北南漳安家集的驻地。父亲任30军参议，继续从事抗战文化活动和文学创作。

父亲曾在他的长篇回忆录《生活和诗的历程》中，这样描写有“铁军”徽号的30军和池峰城军长，他对他们有历史的情谊：“30军是很年轻的，很有诗意的。说它年轻，因为它有朝气，有创造性。池军长，是一位胸怀四海的英雄，他的心潮在日夜向前涌腾。他有一双眼睛，选拔有为的干部；他有一套见解，容纳前进的工作团员；他有一个天才的脑子，把住室也筑造布置得特别有点‘艺术’味。他手下的士兵，发明了棕子腰带、竹子‘水笔’，他手下士兵的脸子没有一个不透露出红色。打仗的时候，他是一员猛将，在闲暇的时候，他沙沙的嗓子会说出诗一般的境界，诗一般的句子来……”难能可贵的是，与父亲接触密切、连吃饭都在一个桌子上的池军长，对于父亲的一些话和劝告，是能够听得进去的。在蒋介石等国民党顽固派的反共浪潮中，一天，有士兵报告抓住了一名新四军女战士，父亲立即表态：“放了，都是抗日嘛！”池军长右手轻轻一扬：“放了！”另一次，池军长与父亲散步时说：“中央有指示，要我去攻打共产党游击队。”父亲再次劝他：“这事可不能干啊！团结抗战是国策。拖着，这事绝不能做！”池军长沉思良久。然而，30军不是世外桃源，再深厚的友情也抵不过国民党掀起的反共高潮。此时“皖南事变”已经发生。池军长因在部队中收留了父亲和一些进步文化人士，而遭到第2集团军总司令孙连仲的责骂。他命令池军长下驱逐令。池军长对此既难过，又为难。1941年4、5月间，为了不使这些患难朋友处于左右为难的境地，父亲与碧野、田涛等友人，辞去了参议的职务，离开了30军。父亲曾在文章中这样形容：“离开，就是把眼前的人净化为影子存放在心上。”这正是他当时心情的写照。1943年池军长到重庆，还特地到父亲在歌乐山的住处看望，老友异地重逢，十分亲切。他见父亲生活很清苦，还想请这位老友到他的军部去走走，被父亲婉言谢绝了，但父亲心中充满了对老朋友的感念之情。

父亲与池峰城将军在抗战期间结下的友情是深厚的，父亲曾称他是“最亲切的一位故人”。他既非常钦敬于池将军的抗战精神和许多突出的过人之处，也看到了他身上的个别缺憾。父亲在不少文章中都生动形象地写到了这位战场上的故人，笔端多带情感。从1938

年他们初识于台儿庄大战战场，到1941年4、5月间被迫分别于国民党的反共逆流，身为国民党高级将领的池峰城将军，脱离不开国民党历史发展轨迹这个大局。尽管他与父亲的战斗情谊不可谓不深厚，但最终也只能以军中分别为结局。但是，抗战的烽火和并肩走过的那段岁月，使两人都把对方印在了自己的记忆和人生之路上。

池峰城将军1949年4月1日因历史遗留问题被关押，1955年3月16日病逝于狱中。1983年5月12日，北京市公安局予以平反。这位著名抗战英雄的名字，在拂去历史的尘灰后，永远铭刻在中国人民感天动地的抗战历史中。

黄樵松：时任第2集团军第42军27师少将师长；后升任为整编第30军中将军长。

1938年4月在台儿庄战场，父亲收到了27师黄樵松师长特地派专人从七十里外骑快马送来的题句、照片和战地绘图，而他自己则带部队赶到前方包剿敌人去了。照片上的黄师长个子不高，一身戎装，英武精干之气逼人。4月7日他在前线以凳为桌写来的题句是："强暴的飞机大炮坦克是打不开我们血肉筑成的长城——台儿庄。敌寇所持的机械化的壁垒和毒瓦斯的恶魔阵营，卒被我们用大刀手榴弹前仆后继的死拼战术冲得粉碎而败溃了！这是精神战胜物质的铁证，我们要在这现实底下，再接再厉地拼去干去，一直干到失地收复，民族复兴为止！"久闻对方大名而渴望一见的父亲和黄师长两个人，只能为这次的失之交臂而"以得不到一见为憾了"（黄师长语）。但黄师长的热情，已由这些珍贵的礼物，传递到父亲的心中。父亲将它们全部收入到《津浦北线血战记》一书中，把这些珍贵的史料留给了读者和历史。

黄樵松师长，河南尉氏县人，农民出身，师范毕业生。中学时代就不满现状，痛恨军阀专制，立志当兵报国。入伍时因怕自己个子矮不合格，偷偷跷起脚，一番周折后才过了关。他是位能征善战、具有浓烈爱国思想和民族气节的抗战英雄，真诚地拥护共产党提出的抗日民族统一战线。1937年10月黄樵松担任27师79旅旅长时，就曾率部在娘子关歼灭关沟之敌，击毙日军77联队大队长中岛利男、少佐鲤登及其部下300余人；1938年在台儿庄战役中又成为坚守和歼敌的主力。在这次战役中，敢死队员上战场前都要悲壮激昂地朗诵黄师长所作的绝命诗《榴花》："昨夜梦中炮声隆，朝来榴花满地红。英雄效命咫尺外，榴花本是血染成。"七十七年后的2015年初，在中央电视台播放的五集纪录片《台儿庄一九三八》的第四集中，年近百岁、神志有时已不清楚的台儿庄参战老兵，仍能一字不落地背诵这首诗。1938年9月中旬，他带部队据守商麻公路上的制高点鸦雀尖，阻击进犯大别山的日军13、16师团。此战给日军造成严重伤亡，延迟了其进攻武汉的速度，实现了我军节节抵抗、持久消耗敌人的战略目标。父亲在1940年1月的诗作《国旗飘在鸦雀尖》中，真实再现了黄樵松师长和其率领下的27师官兵，在鸦雀尖与敌寇殊死搏斗的激烈紧张，由衷赞美、讴歌了我军将士的忠贞爱国和牺牲精神。他在"诗后附记"中写道："大别山战役，27师奉令扼守鸦雀尖，师长黄樵松氏，预做国旗七面，在战局危急时，即以国旗分赠，示不成功则成仁之决心。鸦雀尖敌将冲上时，师长令敢死队十人冲下山头后，即于树间将国旗悬起，预备做光荣之牺牲，置诸死地而后生，敌人终不得逞。当时在鸦雀尖留有二寸照片，至今犹存，敢死队十名，生还者七人，该师以'鸦雀尖七勇士'呼之。"忠贞报国的黄师长作战时的一腔热血、果敢决绝和顽强神勇，可见一斑。

正是在抗击敌寇的战斗中，父亲与黄师长结下了深厚友情。通过交往和畅谈，通过身边的人对师长的介绍、评价和十足的钦敬之情，父亲对他有了深入的了解。黄师长身为国民党高级将领，却没有一点儿官气，平易近人，待人诚恳豁达，对朋友肝胆相照，对普通官兵关爱培养。但对自己和家人他却要求非常严格，生活极为朴素。他的太太是妇女队队长，常骑马带领一大队军官太太到前线去劳军。她能做一般妇女能做的一切事情。他们的孩子不准别人叫少爷，和穷人家的孩子杂在一堆，绝对分辨不出来。就连黄师长的父亲，已经把两个儿子送上抗战前线并且儿子已身为“高官”，但他依旧质朴得令人敬佩……黄师长对老百姓是发自内心的热爱，每到一地，都叫士兵替百姓修桥铺路，帮忙收割，办妇女、儿童识字班。他常常到贫苦农民家走访，用自己的薪金帮助解决他们生活上的困难……黄师长治军有方。除打仗外，他还督促他的干部读书，每周交来笔记，堆得高高的像座小山，他亲自一一批阅。他为文化水平低的战士办班学习文化，让有文化者和战地服务团的成员当教师。这些都是他的一贯作风。黄师长爱好诗歌和习字。他的诗像他的人，刚直而有力：“陈兵娘子关／壮志薄云天／笑斩鲤登头／放歌大板山”！这是河北战役的写真。在分开的日子，黄师长会写信将自己的诗作用大字抄给父亲，撑得信封鼓鼓的。诗中的气概和精神，令父亲敬佩而折服。父亲1941年到30军后，与黄师长又相处了五个多月。他常到黄师长的师部去；黄师长也常骑快马用半小时从师部到军部来，老友相聚，畅谈甚欢。在战斗的间隙里，他们还一道在平整出的空地上打网球，一起围炉读诗、谈诗，从中得到无限乐趣。父亲曾应黄师长的请求，介绍也在五战区工作的进步青年单柳溪做他的秘书。单柳溪也对这位文武全才并思想进步的上司非常崇敬。1942年，父亲到了重庆后，黄师长一度调到68军受刘汝明指挥，刘的思想顽固，军阀习气较严重，这使从小立志要打倒军阀的黄师长十分不满。于是，他在信内附来一首诗：“手枪嘭嘭／黄樵松／打倒军阀／在梦中”！上书“请诗人圆梦”，从中足见黄师长的性格。父亲为黄师长视他为知己无话不谈而深为感动，更为这位一向厌恶内战的刚直挚友捏一把汗。他在回信中写去了鼓励，也写去了劝勉。在国共抗日统一战线破裂的国民党反共高潮中，该有多少危险伏在黄师长身边啊！

1948年10月，已升任整编第30军军长的黄樵松准备率部起义，他还策划在这次行动中，趁军事会议之际活捉阎锡山。然而，11月

3日晚，他却被手下相处多年的师长戴炳南出卖，晚10时遭阎锡山逮捕，押解南京。面对屠刀，他写下了《绝命诗》：“戎马仍书生，何事掏虎子，不愿蝇营活，但愿艺术死。”同年11月27日晨，他与其他两位联系、参与起义的国共两方面的同志晋夫（中共第8纵队政治部宣传部长）、王震宇（30军谍报队长）在南京军人监狱一同壮烈牺牲。就义前他大义凛然，慷慨陈词，高声指控国民党反动派祸国殃民的种种罪行，指出了其必然灭亡的下场，并高呼：“南京解放万岁！”“毛泽东主席万岁！”牺牲时年仅46岁。全国解放后不久，父亲从1950年的《人民日报》上看到这条消息，悲痛万分。这位活在他笔下、刻在他心中的“彼此感情甚深”（父亲语）的挚友，最终以他的英勇赴死，完成了他忠贞于祖国和人民的一生！在1980年7月撰写的回忆录《诗与生活》中，父亲再次心怀深情地用不小的篇幅写到了这位军中故人和昔日的战友。他同时在文章中披露：1979年11月，山西省统战部将黄樵松烈士的骨灰由南京雨花台移葬太原双塔烈士陵园时，召开了隆重盛大的追悼会，父亲特地为此写了一副挽幛：“沉痛悼念为争取民主、反对独裁壮烈牺牲的抗战名将黄樵松。”深切缅怀这位四十余年前结交于抗日战场的一代英烈。1989年，在黄樵松军长殉国40周年之时，已84岁的父亲又专门为黄樵松和丁行两位烈士和池峰城师长，写下了一篇情深意切的散文《遥远的怀思》。父亲在文章的开头这样写道：“久债不还，拖的日子越久，心里的压力越重。财物如此，精神方面的更加严重。”由此可见，半个世纪之后，父亲依然在心中那样厚重地珍存着这份战火中结下的情感。同样，祖国和人民也会世代铭记这些抗战功臣，人民英雄！

钟毅（天任）：时任广西部队84军173师中将师长。

钟毅师长是1939年春天，父亲与姚雪垠、孙陵组成“笔部队”，在随枣前线结识的军中之友；而在1940年5月9日的枣宜会战中，他就在唐河岸为掩护主力转移，身负重伤为国捐躯了。虽然他们相交不过一年，但这位“上马杀敌是猛将，下马拿笔是诗人”的抗战英烈，却被父亲称为“我抗战以来结识的许多军人当中最有头脑，最热情，最懂得文化的一位杰出的军人”。“他是一位名士，一位英雄，又是一位热情善良的好朋友。”身为广西扶南县人的钟师长，四十岁左右，身材魁伟，风度儒雅，待人宽厚，温暖，家常，实在。他能打仗，能吃酒，能作诗，能招纳有为的青年（他凭一个人的力量支持了三个“工作队”，几百个男女青年都把他当做老大哥），能叫自己的部队把书本同枪杆子看得一样重！战功卓著的钟师长思想进步，谈及国家大事慷慨激昂。他的秘书和他领导的文艺宣传队中的一些人员，都是共产党员。左翼作家曾多次深入过他的部队。1939年，美国进步作家史沫特莱女士就到173师访问过两次，并在国际上做了宣传。钟师长对进步文艺工作者推心置腹，倾心交谈，不隐瞒自己的思想。因此，父亲与他一见如故，交谊深厚。

日寇入侵中国后，钟师长在抗击侵略者的战斗中，战功显赫。无数次激战里，他亲临第一线指挥，将个人生死置之度外。官兵们见师长这样奋勇无畏，勇气倍增，宁死不退，屡挫敌锋。他因在1939年率部击退进犯唐县镇、尚书店一线的日军，而荣获军事委员会颁发的陆、海、空甲等奖状。像这样的例子，不胜枚举。他将自己的报国之志，化为杀敌的信念、力量和智慧。父亲对此，尤为钦敬。

同时，身为诗人的父亲非常欣赏钟师长的诗文和行书，其中以根基深厚的旧诗尤佳。早在1921年春天，20岁的钟毅就曾赋诗道：“男儿仗剑出乡关，不斩楼兰誓不还。太息中原长板荡，要将只手挽河山。”表现出他以天下为己任的雄心大志。父亲很喜欢钟师长写于抗战期间的《平林怀古》：“汉家火德未全衰，崛起平林旷代才。观斗山前将星合，朝王庙上霸图开。千秋帝业留陈迹，万里风云作壮怀，放眼乾坤纷扰日，登临我亦戎衣来。”平林店是汉武中兴之地，钟将军作战时到过此处，不胜感慨，以诗铭志，希望早日荡平日寇，还我河山。父亲从中再一次读出了他的博大情怀与人生抱负。

战事不大紧的时候，父亲会同钟师长和173师的官兵们，在月下光亮亮的场地上说笑放谈，听酒后的钟师长从心里发出的开怀大笑。这时，他饱经战火的脸被染成了红色。他们听热爱青年的钟师长讲他那令人心跳的奇而险的战争经历和战斗故事。父亲感叹，钟师长是从多么不平常的道路走过来的啊！在这些夜半，父亲知道，没有一个人的眼睛不是亮的，没有一个人的心不是热的。人们心中溢满对这位抗战英雄的敬意和由此而生的爱国热情。他为有这样的朋友而深感自豪。

父亲记得最清晰的，是在激烈的随枣战役中，几天几夜没合眼的钟师长眼睛红肿，声音嘶哑，仍在前沿紧张地指挥着战斗，解决遇到的各种复杂问题。在敌人一夜倾泻三千炮弹的危急情况下，他对深入最前线采访的父亲下了让他们马上离开的“逐客令”：“真想多留你们住些天，可是战事已经不允许了！”这时候，敌寇的机枪已哒哒地打在墙上。送出大门后，他留恋地紧紧握了每一个人的手！父亲曾在给《文艺阵地》编者的信中，这样描写当时的情况：“……弟到84军173师。从军、师、团、营、连部直至第一线，距敌只二百米，鸡犬歌吹之声相闻。弟系卅日夜去的，敌于次日黎明即大举进犯，一日之内发炮至三千余发之多，为沪战后最烈之炮火。弟于炮火中跑出，身边落多颗，幸而不死！回程至枣阳，敌人突冲至，几被包围，往新野、邓县……急行八日两夜，始脱险。”由此可见钟师长所率173师当时的处境和危险。父亲与钟师长分开后，时刻担心和记挂他和官兵们的情况。幸好第二天，同样记挂着父亲他们的钟师长，就从十几里之外派人来接父亲一行了，足见他对朋友的一腔真挚关切与热情。月色下，他们的手又紧紧地握在一起！这战火中的生离死别与再度重逢，使他们的情感更加深厚，令父亲牢记终生。

这次战役分别后钟师长也有信来，致款款之意；父亲对他更是牵挂于心，念念不忘。然而，一年后这位抗战英雄的壮烈之死，带给了父亲无比巨大的震撼和悲痛。1940年5月，为掩护主力部队转移，钟师长率部到达河南苍台附近与日军藤田师团相遇，双方短兵相接，杀成一团，血战7天7夜。173师孤军无援，损失惨重，最后他身边只剩部分卫士排的士兵。因弹尽粮绝，钟师长又右胸重伤，他下令士兵分散突围，自己掩埋好机要物品后，仰天长啸，高呼："中华民族奋起啊！抗日必胜！建国必成！"然后举枪饮弹，自戕殉国，年仅40岁。父亲在文章中写道："第二年又是'5月会战'，他为民族壮烈地牺牲了。我纪念他的是眼泪，他留给我的是许多信件诗稿和一个生动的影子。"这份情感与纪念，记录在他的作品里，印刻在他的心海中。

钟师长殉国后，国共两方面都为他的离去表示了深切的悼念。1941年2月，国民政府和各地军政府机关为他举行了公祭，白崇禧将军宣读祭文。中共中央和八路军领导人、钟师长生前的朋友朱德、王稼祥、谭政、肖劲光、王若飞等出席了大会。他的灵柩被送回广西安葬。近半个世纪后的1987年12月28日，钟师长被广西壮族自治区人民政府追认为革命烈士。而他的影子，一直鲜活在父亲的心中。1991年10月17日，86岁的父亲满怀深情地写下了《纪念烈士钟毅将军九十诞辰》一诗："誓扫妖氛挥大军，男儿报国献此身。难忘战地三昼夜，终生令我为倾心。"

丁行：又名丁行之。中共地下党员，池峰城秘书，31师战地服务团负责人，后任30军秘书处长。

在父亲生前卧室的书柜中，珍存着一个装着两块晶亮雨花石的小瓶子。这是父亲特意嘱托老友、中央工艺美院教授邱陵先生，于1974年从南京雨花台丁行烈士墓上拾回的永久纪念（父亲曾向邱陵先生讲述丁行烈士的事迹和与他的友情，并亲笔为这位老友抄录了自己所作的有关丁行烈士诗文的条幅以相赠）。这两粒雨花石和父亲为丁行烈士写的多篇诗文，凝结着父亲对这位战友深深的怀念。

丁行烈士，山西夏县人，农家出身。1927年8月加入中国共产党，曾先后两次组织夏县农民暴动。他跟随池峰城将军几十年，池当营长时，他就是池的秘书；池升任30军军长后，他遂为30军秘书处长，池亲切地称他为“丁当当子”。潜移默化中，他对池峰城的影响不可小视。

父亲初识丁行烈士，是在1938年4月的台儿庄战场。在池峰城师长的31师，活跃着一支战地服务团，团员有叶以群、蒋牧良、欧阳蒋弼、李辉英……负责人就是丁行烈士。服务团有40多人，分为总务、宣传、服务三个组；宣传组又分为6个股：教育、民宣、研究、话剧、艺术和歌咏。他们出报刊，搞宣传，做战士的政治思想工作，进行抗战宣传和文艺演出；他们也上火线，卧战壕，抬伤兵。战斗激烈时，他们谁也不服从师长叫他们撤退的命令，最后只好用抽签的方法，把一部分人拉回了徐州。他们还做日文翻译和前后方的沟通联系工作。这支不大的队伍，有男有女，操着不同的口音，有着不同的出身和学历，但为了抗战这个共同的目标，他们精诚团结，拼命工作，成绩显著，父亲在不少文章中都有过记述。在他写于1938年的《津浦北线血战记》中，特地专门写了一章《民族解放的先锋队——31师战地服务团》。而身为服务团负责人的丁行烈士，功不可没。他为抗战尽了自己最大的努力和力量。父亲到了31师以后，很快和他成了无话不谈的挚友。

丁行烈士热情精干，是一位爱憎分明、对革命事业无限忠贞的革命战士。父亲曾在诗中这样形容他：“你的人，身体那么瘦，/小鼻子长在个小脸上，/你的性子也像块瘦石头，/瘦得一身全是锋棱。”为人直爽的他，从不隐瞒自己的观点，常常手捧俄文书籍细心学习研读。和思想右倾的人争论问题，他辞锋锐利，一字不让！父亲曾记下这样一件小事：“记得三九年我住在‘老河口’，你，突然一步闯进了我的小屋子，别后的话还没倾倒完，你便同《阵中日报》的一位总编辑为了‘苏联问题’大吵了起来。吵罢过后，那位客人走了，你才问我‘他姓什么，叫什么，这个反动的东西’!”又有一次，是在皖南事变后，孙连仲下令扣押30军的进步军官，丁行烈士冒着生命危险，机智地从后门跑到战地服务团送消息，送路费，才使不少团员及时逃脱，幸免于难。身为中共地下党员，他用自己的言行影响了不少人。大家都说，“丁当当子”是池师长的“军师”，是具有一定进步思想的池太太的“参谋”，30军的几位师长和官兵更是敬佩地称他为“30军的圣人”，足见他精神、工作和人品的优秀。

黄樵松师长与丁行烈士关系甚好，也受到他的不少影响。1948年黄军长准备率部起义时，身在北平的丁行烈士还曾积极地为此与中共地下党联络，直到得知已与解放军取得联系才作罢。

在艰苦的抗战岁月中，父亲与丁行及他领导的战地服务团的团员们一道参加战斗，一道谈论战争形势，一道用粗瓷大碗和高粱秸做成的筷子大口大口地扒饭吃，吃得又香又甜。戎马倥偬的间隙，在隐约的炮声中，父亲靠着草垛看丁行烈士和团员蒋牧良下棋，有时为了一个棋子，他俩会争得面红耳赤，各不相让。这也是战争中的一点儿乐趣啊……

在父亲与丁行烈士分别后的1947年9月，由于叛徒出卖，孙连仲下令逮捕了他手下参谋处、作战处和军法处的五位中共地下党员，身为军法处处长和孙连仲家庭教师的丁行烈士就在其中！原来，丁行烈士利用孙连仲对他才能的赏识和自己的特殊身份，从事地下情报工作并营救了不少被捕的同志，后又为北平军调部中共代表多次提供国民党军事、政治、经济等方面的重要情报，为中共情报工作做出了巨大贡献。他们被押送到南京后，受到严刑拷打，但丁行烈士始终坚贞不屈，于1948年9月19日在“国防部小刑场”壮烈牺牲！丁行烈士牺牲时，年仅40岁。当时的《大公报》为此刊发了消息。消息中说，他们牺牲时高呼口号，声达墙外！父亲在上海看到《大公报》后悲愤填膺，于该年年底在香港写了诗篇《一个壮烈的死》。在这首120行的诗作中，父亲怀着深情，怀着悲愤，写出了他与丁行烈士的交往、友情和对于杀害丁行烈士的国民党反动派的无比仇恨。13年后的1961年5月14日，父亲又为在自己梦境中出现的这位逝去的故友，写下了《梦》。父亲多么希望这位让他魂牵梦萦的革命烈士，能像他诗中的最后一句描写的那样："紫金山下雨花台，／黄土底下你怎么躺得住？／你的精神像江潮澎湃，／会大叫一声破土而出！"1975年4月9日，父亲又在旧体诗《莹莹双石子》中，倾吐了自己的情感与怀念："莹莹双石子，乃从烈士墓上来。／悠悠隔生死，往事冲胸怀！／霹雳声声九天落，气壮山河敌顽摧！／忠骨黄土下，英概万古不随埋。／长夜终有明，风暴横扫阴霾开。／春色融融满天地，鬼雄联欢雨花台。"

这些饱蘸情感的诗与文，这珍存多年的丁行烈士墓上晶亮的雨花石，象征着一份那样深厚真挚的战友之情，永驻在父亲的心间！

除了上述几位抗战将领和英烈外，父亲在抗战时期与时任国民党军事委员会副总参谋长兼训练部部长的白崇禧将军，也有一些接触。白将军不仅在军事上是一位指挥奇才，而且对于当时的抗战文化工作也多有支持。在台儿庄战场上，白将军与李宗仁将军同时，为父亲的《津浦北线血战记》一书题了词"战胜不骄　受挫不馁"。1938年夏，父亲曾介绍并带领上海救亡演剧二队的负责人金山和演员王莹，去拜会了白将军。白将军对于演剧队请求到五战区进行抗战宣传演出，积极支持。这在王莹写于1938年7月24日、发表于《全民抗战》第10号的文章《白崇禧将军会见记》中，有详细记载。

当我在大病后用多天时间写完这篇长文，当我80后的女儿几次被英烈们的事迹感动得流着泪打完这些文字，文章中所写的抗战将领、民族英烈和我亲爱的父亲，都已或早或晚地辞世。但是，他们舍生忘死投入其中的中国人民的抗战历程和他们身上所焕发的伟大精神，应该被中华民族的子孙万代所铭记。已在天堂团聚并继续着友情与交往的他们，一定在共同期盼着祖国的强大和民族的复兴。

2013年9月

父亲的珍藏

我的父亲臧克家生前曾多次说过这样的话："友情是我精神世界里的'半壁天'。"他曾用"老友老友，心中老有。意志契合，如足如手"来形容这些伴随他一生的师友之情。众所周知，父亲待人极为热情，交友广泛，非常珍视老友间的情感。因此，自上世纪40年代起，他就数十载如一日地收集和珍存起我国文学艺术界、教育出版新闻界和军事界众多师友赠送给他的书法和绘画作品。这些出自巨匠大家之手的友情见证，会集成一座蕴含丰厚、品位高尚的文化宝库，成为父亲这位世纪老人非常珍视的价值连城的珍贵收藏。

为了纪念这些和着墨香而来的友情，父亲于1989年3月23日写下了情深意切的散文《友情和墨香》。他在文章的开头这样写道："我的四合院，幽静宽敞，足供盘旋。我的会客室不大，七八个人便告客满。看上去，它并不富丽堂皇，但风格别具，典雅朴素。四壁书画，虽非长廊，常令嘉宾游目，神色飞扬。古有陋室之铭，我则重友情和墨香。"在这篇散文中，他着重介绍了高挂于我家厅室壁上的近二十位师友的墨宝和画作，也写出了他们数十年间的交往与友情，读来令人感慨钦羡不已。父亲曾经非常自豪地对家人和朋友们说道："我可能是存有朋友字最多的人。在别人眼中，我这里挂的是书法，可是在我看来，它们并不完全是书法，它们还是朋友间的情感。我喜欢书法，但我更珍惜情感。你们仔细看看，我客厅里挂的这些字的作者，可不可以说就是半部中国现代文学史？"父亲的话毫不夸张。他辞世后我们整理遗物时发现，馈赠这些珍藏的师友名单，已经有数十位之多。让我按年龄顺序将他们敬录于下：郭沫若、叶圣陶、刘海粟、茅盾、王统照、曹靖华、田汉、郑振铎、老舍、闻一多、俞平伯、冰心、陶钝、沈从文、王亚平、冯至、胡絜青、萧涤非、吴伯箫、李广田、钱君匋、廖沫沙、吴作人、曹禺、张爱萍、姚雪垠、柳倩、季羡林、何其芳、端木蕻良、唐弢、张光年、方殷、周而复、阮章竞、华君武、王子野、刘白羽、于立群、黎丁、曹辛之、程光锐、魏巍、芦芒、孙峻青、黄永玉、贺敬之、刘征、迟浩田、翟泰丰、高占祥、刘章……在这些师友中，不少是相交半个多世纪的真正的老友。这些作者众多、情深意重、历史长久、字（画）意俱佳的藏品，或咏志，或抒情，或相互激励，或衷心祝愿，它们内容丰富，含义深广，令人目不暇接。

在这些珍藏中，最为珍贵、年代最久远的，是郭沫若、茅盾和闻一多这三位父亲深为崇敬热爱的前辈、师长所赐的墨宝。最早的是郭老甲申（1944年）3月在重庆天官府4号住所中为父亲题写的条幅："生命乃完成人生幸福之工具耳。工欲善其事，必先利其器。故欲求人生幸福之完成，必须内在生活与外在生活均充实具足。以文艺为帜志者，尤须致力于此。内在生活，植根欲深，外在生活，布枝欲广。根不深，则不固，枝不广，则不闳。磐磐大树，挺然独立，吾企仰之。"从青少年时代起，父亲受郭老的影响颇深。早在读初中时，他就开始接触到郭老的诗歌和其他文艺创作。在写于1978年8月30日郭老逝世后的散文《得识郭老五十年》中，父亲用"如闻暮鼓，如闻晨钟，如听九天鹤唳，如听掀天海浪，如看黑夜火把红又亮，如听入耳春雷震天响……眼为之明，心为之亮。烈火焰中看凤凰"，来形容当年郭老在思想上给他带来的启迪与震撼。少年的他曾从郭老主编的刊物上，剪下一张郭老与孩子的合影，在照片的左边写上"沫若先生，我祝你永远不死！"几个大字，将它高悬于壁上，从中足见父亲对郭老的崇拜热爱之情。在父亲得识郭老的五十年中，不论是1927年在武汉"中央军事政治学校"（即黄埔军校）多次聆听郭老激奋人心的讲演，还是1938年3、4月间从台儿庄抗战前线到武汉第一次得接郭老謦欬；不论是抗战时期在重庆和抗战胜利后在上海与郭老的亲密接触，对于父亲主编的《文讯月刊》的稿件馈赠，还是全国解放后郭老对父亲主持《诗刊》工作的大力支持，以及晚年父亲与张光年、沙汀等老友们怀着深深的思念之情，相邀同去拜望郭老时的倾心交谈和依依不舍的送别……这桩桩件件往事，无比深刻清晰地刻印在父亲的人生记忆中。父亲曾在《友情和墨香》和1992年10月5日的文章《磐磐大树　吾企仰之——郭老条幅释义》中，这样谈到自己对郭老这幅字的观感："字，写得极洒脱自然，精神贯注。所写内涵，意义深远，从事写作的人，极可取法。""这幅字，字句无多，含蕴深长。开头一句，如泰山压顶，霹雷当头。它把郭老的人生观、价值观，表现得如此斩钉截铁，如此坚决明彻，令人神往而心折。"确如父亲所说，七十年后重读郭老这段话，仍有深刻的教育启迪在其中。郭老的这幅字一直挂在我家客厅的东面墙上。他的教诲和对父亲半个世纪的情感，通过这幅珍贵的墨宝，留驻在人们的目前与心间。

写于同年的，还有茅盾先生和闻一多先生的两幅。茅盾先生在该年4月赐赠的条幅中，亲笔抄录了我父亲写于1940年7月的抗战诗篇《柳荫下》的第一节，以示喜爱与赞赏："几株垂柳／铺好了一地荫凉，／八九匹战马／拴在柳腰上。／驰骋过疆场的铁蹄／闲敲着午睡的大地。／阳光点了它一身银花，／尾巴驱打着逗它的蝇子。／木鞍弓着腰／做闲散的梦，／有一种／卸却了责任的轻松。／弹药卸在前线，／它们又回程。"先生在诗后缀四行跋语："克家兄迁居歌乐山后，遂少见面，顷寄纸来索书，谓将以'悬之案头，权当对晤'，情不容却，因录克家《柳荫下》第一节以寄相思。茅盾卅三年四月。"短短几行字，情义深长。茅盾先生是父亲的师长，他对于1933年登上文坛的"青年诗人"臧克家，给予了极大的支持和奖掖。该年父亲的处女诗集《烙印》自费印刷出版后，茅盾先生、老舍先生于11月1日在当时影响很大的《文学》月刊第1卷第5号上，同时发表了两篇评价文章，给予了充分的肯定和褒扬。茅盾先生在这篇《一个青年诗人的〈烙印〉》中指出：“（《烙印》）全部二十二首诗没有一首诗描写女人的‘酥胸玉腿’，甚至没有一首诗歌颂恋爱。甚至也没有所谓‘玄妙的哲理’以及什么‘珠圆玉润’的词藻！《烙印》的二十二首诗只是用了素朴的字句写出了平凡的老百姓的生活。”“我相信在目今青年诗人中，《烙印》的作者也许是最优秀中间的一个了。”同时，茅盾先生也中肯地指出了这些诗作在思想性方面的不足。1936年，父亲的长诗《自己的写照》出版后，茅盾先生又写了一篇《叙事诗的前途》，评论了他的这首长诗。这一切，给了父亲极大的指导与帮助。1942年8月，父亲从抗战正面战场长途跋涉到达重庆后，在中华全国文艺界抗敌协会结识了这位文坛巨匠，自此交谊深厚。1946年冬天茅盾先生和夫人孔德沚应邀去苏联访问，父亲与郭老夫妇、任钧先生去码头送别时的合影，一直被父亲和我们珍存到今天。我至今清晰地记得，1972年父亲因病从湖北干校返京后，立即迫不及待地与众多师友恢复了联系。当他怀着久别的思念急匆匆地去拜望茅盾先生时，看到往昔车水马龙的门前空寂一片，会客厅里横一条长竹竿，挂晾着一些衣服，心中感慨万端。茅盾先生的处境、心情可想而知。在这次劫后重逢后，父亲说：“生离生还，得重见尊重而又亲近的前辈老人安然无恙，这种快慰之情，无法言传了。”而茅盾先生则写了五言诗一首，来抒发自己难平的情感：“惊喜故人来，风霜添劳疾。何以报赤心？亦惟无战栗。”自此，为了减轻先生孤寂的心绪，父亲时常写信给老人。在相互往还的通信中，他们谈各自的生活和身体，谈老友们的近况，聊刚购进和阅读的书籍、文章，交流和评论社会上的各种信息。父亲将自己和朋友们新写的旧体诗抄给先生，切磋品评，其乐无穷。父亲还在信中向茅盾先生请教有关中国现代文学史中的一些疑问，以求还原历史的真相……从1973年开始直至逝世，茅盾先生先后给父亲写来72封信。据《茅盾全集》之《茅盾书信集》统计，父亲是收到先生来信最多的人。在得识茅盾先生的数十载中，父亲从他那里获得颇多提携与教益，令他终生难忘。1974年，茅盾先生又为父亲写来两张条幅，成为收藏中的珍品。一幅是："浮沉湖海词千首，老去牢骚岂偶然。漫忆纵横穿敌垒，剧怜容与过江船。美芹荩谋空传世，京口壮猷仅匝年。扰扰鱼虾浩劫尽，放翁同甫共婵娟。"另一幅是："铜琶铁拍谱兴替，一曲肖邦气如虹。未许朱弦成绝响，争教翠黛失奇功。丹心应喜归乐土，黑手何能抗大同。细雨如膏润幼草，东风正劲压西风。"诗后的跋语为这首词作了说明："五零年访华沙，在肖邦故居听少女弹奏。少女为波兰国立音乐院高材生，技可参加国际肖邦演奏比赛，而为保守派所厄。'丹心'云者，谓肖邦遗命心脏藏钢盒，留故居。希特勒征波兰时掠去。波兰解放后始归赵。"父亲将第一幅高挂于客厅西墙之上，日日相对，如晤先生之面。1981年3月27日，茅盾先生辞世的噩耗传来。父亲悲情难抑，他打开先生近四十年间为他写的三幅条幅，老泪滂沱。在短短两周时间里，他和泪写下了《泪眼看遗墨——悼念茅盾先生》《往事忆来多——沉痛悼念茅盾先生》《挥泪告别——悼茅盾同志》等诗文。在《往事忆来多》这篇长篇悼文中，父亲怀着极沉痛的不舍之情，回忆起许多往事和茅盾先生留给他的不灭印象与影响。在文章的开头，父亲这样写道："古今最怆然伤神的事，莫过于把笔撰写悼念亲友的文章了。更何况已届暮年，挥老泪，痛悼自己崇敬而又亲切的前辈——茅盾先生！"这深重的悲怆之情，曾经伴随了父亲很长时间，成为我们挥之不去的记忆。

与郭老的墨宝比肩挂在我家客厅东墙上的，是闻一多先生所写的条幅。闻先生是父亲1930年在山东大学读书时的恩师。他不但因父亲入学考试时写的《杂感》"人生永远追逐着幻光，但谁把幻光看做幻光，谁便沉入了无底的苦海"，将因未学习过有关教程，数学只得了零分的父亲破格招录，收入自己门下，而且对这位学生悉心指导，关爱有加。父亲在1946年7月写于上海的散文《我的先生闻一多》中，有这样的描述："这时候，我的诗，他是第一个读者，开始在《新月》上发表诗，也是他拿去的。有一个暑假，我从故乡里把

《神女》寄给他看，寄回来的时候，在我自己顶喜爱的一个句子上有了红的双圈。我跳了起来!”“读了他的《死水》，我放弃了以前读过的许多诗，也慢慢地放弃了以前对诗的看法。挟着自己的诗稿，向他请教，结果我毁掉了那些诗稿；听过他的意见之后，我动摇了对另一些诗坛先进们的崇拜观念。”由此可见，闻先生对于父亲诗歌理念和风格的形成，起了至关重要的作用。因此，虽然闻先生只在山东大学授课两年，但他与父亲师生之谊甚厚。1933年，父亲处女诗集《烙印》的出版，又得到了先生的鼎力支持。他不但与王统照先生一起出资、出力、出名做自印版的出版人，而且亲自作“序”。在“序”中，先生评论说：“克家的诗，没有一首不具有一种极顶真的生活意义。没有克家的经验，便不知道生活的严重。”“他的好诗，不用讲，更不是寻常的好诗所能比拟的了。”同时，闻先生也殷殷叮嘱：“克家千万不要忘记自己的责任。”父亲深深知道，没有这些“前辈的大力培育，这株小幼苗出不了土，长不成材”。“没有闻一多先生，就没有我的今天”。1944年10月8日，是父亲虚龄40岁生日。远在昆明的闻先生当月特意用漂亮的钟鼎文，抄录了《诗经·小雅》中《天保》一诗的片断，寄赠给昔日的学生：“天保定尔，以莫不兴。如山如阜，如冈如陵。如山川方至，以莫不增！如月之恒，如日之升。如南山之寿，不骞不崩。如松柏之茂，无不尔或承。”诗后写“克家四十初度”六个字。字里行间浸透着对心爱学生的殷殷期待与深深祝福。父亲说：“闻先生治印有名，在这幅字上所用的一方，在别处不曾见过。字与印，成为双璧，弥足珍贵！”一年多后，闻先生即被国民党反动派杀害，父亲从此痛失恩师。对于闻先生，父亲怀有一生不变的深情。自1939年起，他先后写了三十余篇有关闻先生的诗与文，其中的《说与做——记闻一多先生言行片断》至今还被收入中学语文教材。闻先生的公子闻立雕先生曾深有所感地在文章中说：“有谁为他心中所敬爱和崇拜的人，一篇接一篇，持续几十年，写过这么多诗文？没有，就连我们闻一多的亲生儿女也没有。”全国解放后，父亲不仅在许多场合和自己的文章中，提出要大力研究、宣传和弘扬闻先生的卓越成就和伟大爱国主义精神，而且在1984年以八十高龄，亲自为矗立在山东海洋学院“一多楼”前的闻一多先生纪念碑起草并题写了碑文。这篇三百余字的碑文情感充沛，字句无多但涵盖广泛，无论是字迹还是贯行，父亲都精心竭力地做到自己完全满意为止。面对纪念碑上镌刻的这篇碑文，回想起1944年秋闻先生写给父亲庆贺生日的条幅和自1930年他们相识以来的件件往事，我真是感慨系之。在这对师生身上发生的故事，至今仍能衍生出多少值得人们深思和探讨的问题啊。

除了以上三位尊敬的师长，父亲收藏的每一幅字，每一张画，都映衬着一个熟悉而亲切的身影和几多难忘的回忆。它们是历史岁月中诚挚情感的代表和象征。这些师友与父亲数十载的交往与情感，无论是前辈师长的指导提携与关爱帮助，还是同辈或是晚辈友人间摒弃功利与私念的长年交谊，不少都堪称为当今社会和中国几代文艺家交友待人的典范，令人们称道。其中的故事和真情，岂止是几篇文章所能写尽的！而每位师友形体迥异各具特色的字画，不仅映照出作者的情操与境界，意趣与修养，而且对于每个阅读它们的人，都是一种难得的艺术享受。

正是鉴于以上原因，父亲的珍藏给多少人留下了过目难忘的印象。与父亲相识于留德十年归国之际，在给我的题辞中用“生死之交”来形容他们之间深厚情感的季羡林叔叔，在2004年10月22日的文章《悼念克家》中这样描写他的观感：“……就连那不足七八米的小客厅，也透露出一些诗人的气质。一进门，就碰到逼人的墨色。三面墙上挂着许多名人的墨迹，郭沫若、冰心、王统照、沈从文等人的都有。这就证明，这客厅真有点像唐代刘禹锡的‘陋室’……”在父亲的旧雨新知中，像这样在自己的文章里提到这些珍藏的，决不仅只羡林叔叔一人。

我深深知道，在七十年的时光中，父亲为了搜集这些字画，锲而不舍，花费了多少心血和精神；在不同的历史环境中，我的双亲为了更好地保存呵护它们，又尽了多少心力和操劳。随着岁月的流逝，它们也在中国社会的风云变幻中遭到过不可避免的厄运与劫难。父亲在《友情和墨香》中回忆说：“闻、郭先生的两幅字，抗战胜利的第二年，我作为爱人郑曼的眷属乘拖轮从重庆东下，大江中船几次颠危，条幅受到浸润，到北京之后，重新装裱。有此际遇，故倍加珍惜。”而在“文革”中，上世纪五十年代老舍伯伯在絜青伯母画的扇面下方题写的“诗人之家”四个大字，连同田汉先生解放前在上海为父亲写的“云烟满纸，气韵流动，充满了乐观放达精神”的墨宝、吴作人先生上世纪五十年代赠予的极富诗情韵味的双鸿芦苇图，一并被毁，荡而无存了。我们只能从照片上，看到那张老舍伯伯和絜青伯母的连璧之作了。父亲每每想到这些，“心甚凄怆”。

父亲对于这些珍藏的爱是那样深厚，它们已经成为他生活中不可分割的一部分。正如与父母共同生活时间最长的妹妹所说：“几十年来，他生活、工作、行走在这些墨宝之间，仿佛畅游在友情的海洋之中。每每坐在客厅或躺在床上，他好像穿越了时空在和朋友们对话，与他们做着精神和情感上的交流。”父亲就是在这种心情和氛围中，活到了99岁高龄。

父亲对于这些珍藏是那样地看重，因此对它们的未来早有安排。我至今清楚地记得，早在他去世前的一些年，父亲就怀着深深的情感叮嘱我们说：“我这一辈子没有什么宝贵的值钱的东西，唯有这些朋友们的字画，是我最珍爱的。我百年以后，你们一定不要把它们拆散，要整体地捐赠给一个地方，好好地把它们保存下去。”这是他沉甸甸的嘱托和一份放不下的心愿。我们了解父亲的性格和为人，深知他想使这些珍藏变成社会财富的想法，是他一生为人处世原则的体现。我们深深敬佩父亲的这个决定。即使在临终前，他对这些字画依旧万分牵挂，已经不能用语言表达自己意愿的老人，还在向我们询问它们的情况。深为感动的我轻轻地安慰他：“您放心吧，字画都在，保存得很好。我们一定按您的意思办！”

正是为了完成父亲和母亲生前的心愿和嘱托，我们兄妹四人经过再三慎重考虑，在2013年将这些与我们共同生活了数十载的收藏珍品，郑重地整体捐赠给了父亲的母校——山东大学，它也是从我祖父开始，我家四代人读书深造的地方。我们期望这份珍贵的文化遗产，代表父亲和全家人的深情，永驻社会和世间；期望一代代青年能在这些前辈们醇厚友情和深厚文化修养的熏陶中获益成长，在当今社会中，做对祖国、对人民、对师友怀有一腔真情的后来人。

正是为了更好地弘扬这份珍藏的文化与社会价值，我们怀着一份深深的感动和怀念之情，选编了一本以父亲那篇散文为题目和代序的新书《友情和墨香——臧克家和他的师友们》，以此奉献给社会、读者和我们挚爱的双亲。这本已由山东大学出版社出版的书，不仅收入了八十余幅父亲师友们的书画作品、四十余张父亲与他们在不同时期的合影，而且加入了父亲写给师友们的部分墨宝。这本书的文字部分，是从父亲解放前后五十余年撰写的有关师友们的诗文中精选出来的，大多是饱蘸浓情的回忆文字，一个个呼之欲出、性格鲜明的人物跃然纸上，打动人心。这些诗文与前面的书画、照片相互呼应，给人们留下了深刻印象。这次选入的不少文章都是父亲的怀人佳作，内涵丰富多彩，刻画评论精当，对于中国现、当代文学研究，都有很好的参考价值。这是一本值得一读的好书，它更加全面完美地诠释了父亲的珍藏。

我们欣慰我们完成了双亲的嘱托；我们自豪我们传承了父母的精神；我们庆贺父亲的珍藏成为了大众的珍藏；我们伸出双手迎接《友情和墨香——臧克家和他的师友们》的出版问世。亲爱的父亲和母亲啊，你们在天堂中看到了吧！

2014年8月初截稿

“人间最动人的友情”

——忆父亲臧克家与郎平的交谊

2016年8月21日上午，海内外亿万中华儿女瞩目的里约奥运会马拉卡纳奇诺体育馆。当年轻的中国女排队员在主帅郎平的率领下忘我拼搏，以3：1的战绩力挫塞尔维亚队，时隔12年再次夺冠的时候，望着电视银屏上郎平与女排姑娘们热烈拥抱，喃喃耳语，我难掩心中的激动和眼中的泪花，立刻来到父亲臧克家的遗像前，向他报告这个重大的喜讯。我知道，天堂中的父亲会开怀地再展笑颜，由衷地为他生前多年来一直牵挂于心的忘年交郎平和中国女排姑娘们喝彩！因为，在上世纪八九十年代，他与郎平曾有过一段忘年的深厚交谊，这其中的情感，打动人心。

父亲是文学家，除了从他的作品中得知，早年在抗战前线，他曾于战争间隙与情同手足的抗日官兵在平整过的简陋场地上打过网球和篮球之外，父亲平生坚持数十年不变的锻炼和运动方式，唯散步而已。但是，步入晚年，他对体育的爱好大大增加。正如他1979年时讲的：“上了年纪，很爱看各种运动节目，多半是从电视上看。特别爱看球赛，很紧张也很愉快。看到男女健儿，大显身手，或胜利归来，金牌、银牌挂在胸前，心为之壮，自己好似也变年轻了。精神大大受到鼓舞。”“对于女排，兴趣更浓，它对我的吸力更强。”的确，父亲最爱看并且心系情牵的，莫过于中国女排的各种大赛了。每当此时，父亲会调整好平时严格遵守的作息时间，准时坐到电视机前。比赛开始，他好似也参加了战斗似的，精神紧张，脸色随着球变，心胸逐着球起落。当看到对方的硬球打过来没有去拦截的时候，急得立起身子想把球接过去；看到我们发球失误，口里“唉唉”地发出惋惜、遗憾之声。我队每胜一球，掌声、欢呼声四起，其中也有他的一份。他是以闪亮的双眼，愉快的心情，看着一个又一个好球，从一个一个女排健儿手中，坠地开花。暂时失利时，不失掉信心；乐观的精神，决胜的意志，使战局化险为夷。父亲心脏不好，严重的神经官能症使他特别容易紧张。看到战局激烈之时，他有时不得不往嘴里塞上一片镇静药片。实在紧张得不行了，只好“兴未尽而人已不支而退”了。就是回到寝室躺在床上，他还要竖起耳朵，细听家人观赛的动静，急切地等待老伴儿或孩子们前来报告鏖战的结果。有时按捺不住，索性小憩片刻就又返回电视机前。父亲对中国女排比赛的关注和痴迷足见一斑，因此自诩为“老球迷”。

就是在这一场场观赛之中，父亲由衷地喜爱上了中国女排。他喜爱她们的精湛球技和青春活力，喜爱她们的坚强意志和顽强作风，喜爱她们的团队精神和场下流汗流血的不计付出，他更看中了一代代中国女排传承不息的为祖国和人民争光的爱国主义情怀。对于这个集体和女排精神，父亲用“钦敬”二字来表达他的感想和心情。为此，从1981年到1985年，父亲不吝笔墨充满情感地写下了新诗《赋诗迎健儿》《东风传捷报》《拥抱》《向英雄女排欢呼》《欢情》《把她们举起来》，旧体诗《迎女排》《强中强——赠女排姑娘》和散文《球迷》。他称赞女排姑娘们：“在战场上，你们一个个小老虎一般，／在欢迎大会上，你们却这样谦逊、腼腆。／你们顽强作战，勇往直前，／不畏强敌，胸怀必胜信念。”父亲要和全国亿万民众一起，“把她们举起来，／高高地举到半空，／用森林的手臂，／用沸腾的热情。／……她们带回来的，／不只是金牌、银牌，／她们带回来的，／是热的激情，力的洪峰。”父亲要把这些小诗化作一朵朵小花，缀在女排这个英雄集体的胸前。

在这支年轻的队伍中，父亲尤为关注的，就是中国女排和女排精神的杰出代表——郎平。

父亲是1980年左右认识郎平的。那段时间，他参加了一些体育界召开的会议，尤其是为中国女排庆功的欢迎会。会上，75岁的父亲与小他55岁的郎平一见如故，结为忘年之交。于是，郎平成了我们全家尤其是父亲热烈欢迎的座上宾。诚如父亲所夸奖的，郎平虽是誉满中华的“铁榔头”，球技高超，斗志顽强，看她在赛场上那一记记令对手无法招架的重扣，真叫无数中国观众打心眼儿里有一种酣畅淋漓的痛快之感。但是，在场下，郎平的本色是质朴谦虚，亲切平易，从不以“明星”自居，是个很重感情的姑娘。她把我父亲看做尊敬而又可以亲近的长者和文学前辈，对他无话不谈。在紧张的赛事和训练之余或是逢年过节，她总会与姐姐郎洪或是全家人一道，来北京赵堂子胡同15号我父亲家中看望。头几年，多是郎平、郎洪这对姊妹花，身着朴素的运动服，骑着半旧的自行车在晚饭后结伴而来。她俩那格外高挑匀称的身材，很是令人注目。每当这时，父亲总要亲自端来水果招待嘉宾。大家亲亲热热像一家人似的坐在我家客厅里，聊比赛，聊训练，聊家常。非常挂心我父亲身体的郎平，多次当面或在来信中劝告年事已高的“臧老”：“不要看球了！上了年纪，心脏又不好，从报纸上看看结果就行了。”关切之情，溢于言表和笔端。

一次，父亲和郎平谈到了年轻运动员的运动生命问题。老人语重心长地说，有人说运动员的运动生命很短，活跃一时，也不过是一道流星罢了，这不正确。凡是为人民立过功的人，不是“流星”，而是“长明星”，人民会记住他们。中国女排队员身上没有半点“明星”的气味。出访美国的时候，你们再三申明这次来完全是为了学习，不做社会和体育活动，也不接待来访的朋友们。这些都是从你们的品格里发出来的，令我十分感佩。铁的“榔头”和女排精神是不朽的！郎平听罢，连连点头。

百忙中的郎平常常把探望我父亲排在休假日程中的前列。1988年10月刚从哈尔滨参加老队员球赛归来，略作休整后，她第三天上午去看了老教练袁伟民，晚上就来到我家团聚。1990年从异域返京，郎平的父亲接机后连家都没有回，直接把车开到了我家门前。一见面，郎平就仔细端详着我父亲，高兴地说："您一点儿都没变样！"接着把特意带来的营养品送上："老人吃了身体好。"父亲在后来写的散文中这样描绘当时的情景："我正在会客室里招待客人，忽听小女儿苏伊叫了一声：'郎平来了。'我急忙起身，迎了出去。霎时间，几个人都置身在特有的一种热烈气氛中了。彼此问长问短，如同久别的家人团聚在一起。……友情，友情啊，人间最动人的友情。他父女俩和我全家的欢快情态，秃笔难描了。"令我父亲这位文学家"秃笔难描"的，该会是怎样激动和欢乐的场景和心情啊！记得每当郎平和家人起身辞行时，父亲总不忘带领嘉宾们到我家的小院中，欣赏一下我母亲精心打理的姹紫嫣红的各色花卉，给郎平一家留下了深刻的印象和念想。就是在郎平慎重地选择终身伴侣时，也不忘将男友带到我家，"请臧老鉴定一下"。1986年她结婚时，我父亲不仅被邀为嘉宾和袁伟民教练同坐一桌，高兴地参加了在北京饭店举行的婚礼，而且特作旧体诗《郎平、白帆同志结婚赋绝句以贺》。诗中末两句"英雄气概猛如虎，儿女柔情藤蔓长"，形象地道出了"铁榔头"身上那种"英雄气概"和"儿女情长"的和谐统一。这位老人对于郎平的关爱，更使得她把我父亲奉为家中尤为尊重的长者一般，放在心的深处。这是何等的信任和深厚的感情！

为了记述这些难忘的时光、场景和由此而发的感想，父亲用优美亲切的笔触，还写下了诗歌《胼胝的手掌——赠郎平同志》，散文《嘉宾晚间到》《郎平来函问起居》《郎平行迹》和书评《胜利全从拼搏来——读〈郎平日记与书信〉有感》。如今读来，仍有一种温暖荡漾在心中。

这对忘年交时常相互牵挂。当郎平到外地集训或出国比赛的时候，他们之间便不时有书信往还。郎平和中国女排姑娘们当时虽然只有二十岁上下，但她们对于赛场上来之不易的胜利有着清醒冷静的认识。她在1982年10月4日的来信中谈道："这次比赛胜之不易，全国人民都很关心，但去年夺冠以来，活动太多，宣传方面也有

‘过多’‘过分’之处。”一句话，叫父亲对于这位年轻的后辈刮目相看，也更加全面深刻地认识了女排。父亲一生热爱青年，对朋友热情如火，他1983年5月28日给郎平的信就是佐证：“郎平小朋友：我在盼望着，我全家在盼望着，我焕然一新的小院落在盼望着，我的八十盆花在盼望着——盼望您胜利归来的日子。”1984年4月11日晚，郎平在即将出访美国的前夕，向她一向崇敬的老人汇报了她的行踪和心情：

臧老：

您好！前段我们在湖南冬训了73天。6号才回到北京，现在也很忙，正准备出访美国。后天就要走了。将在美国访问13天，走6个城市，打6场比赛，任务挺重的。估计第一场球困难大些。我们13号走，15号就进行第一场比赛，乘飞机的疲劳及时差会影响我们的体力。总之，我们也是为奥运会做各种准备。

2月份的“十佳”发奖大会，由于在外地训练，就未能参加，很是遗憾。特别是在电视中看到您也参加了发奖会，而且还作诗一首，（本文作者注：指诗作《祝贺——给全国十名最佳运动员》）作为您的朋友，我更是感到十分荣幸。因为您对我们这些年轻运动员总是十分的关心，使我们很感动。

近日来，我们训练比赛十分紧张，可能没空去看望您了。不知您身体怎样？望您多多保重身体。待有休假日，一定去看望您。

另外，想拜托您一件事。我有个同学在北大中文系上学。她十分喜欢文学，也喜欢读诗，更对您的诗崇拜不已。她知道我与您是好朋友，便托我，想请您写幅字，如果是您的诗更好。

如果您身体不好，就不要写了。千万不能影响您的休息。谢谢！最后祝您身体健康！心情愉快！

您的朋友郎平

父亲在这一年的最后一天，更不忘给出国参赛的小朋友，捎去了自己的近况和新年的祝福：

郎平小朋友：

佳节思亲，读了你的来信，欣慰之至。

9月份住院32天，经多方检查，各器官均告正常。可，上月29号，忽然语言不畅达，记忆大减。医生又要我住院，我拒绝了。在家每日打针，服七八种中西药，每周去医院一次。CT检查，脑子无异状。经一个月的治疗，现在好多了。看外表，很康强。说话已差不多正常了。工作也能做了。客人多，杂事多……

虽不常见面，但时时思念！你出国赛球，每场我从电视荧屏上看到你的影子。

你队改组情况，我从报上看到了，你成了老大姐了。信上你没写，我想你成为“队长”了。

你5号又要远行了，望来个信！

我一切好，你不要惦记我！你看我一气给你写了这么多，病人能如此吗？

新年好！紧紧握你的手！

克家

1984年12月31日

自从喜得女儿之后，郎平的来信中充满了成为母亲的喜悦。她在1992年7月和1994年2月春节前的来信中说：“很久没有给您写信了，主要是忙极了，请您谅解！您近来身体好吗？每天早晨还做操锻炼吗？您院子里的花一定开得很美吧？您还看女排的比赛吗？您的夫人及小女儿都好吧？我们特别想念您们。自从有了女儿，全家都开始忙，忙中有乐。女儿叫白浪浪。白，当然是爸爸的姓，而浪，是郎的第四声，也继承了妈妈的姓，我们认为也很好听，您说呢？我们都喜欢女儿，更希望她长大了能喜欢打排球……”“很久没有去看望你们了，但心里一直惦念着你们并为您的健康祝福。我今早要飞往东京开会，而后，转战中国南方大约两个月，没有机会与家人及朋友共度春节了，所以请允许我代表我的家人给您及您的全家拜个早年……待我春天回来时，一定去看望。我们都很好，浪浪更是‘突飞猛进’，才一岁八个月的孩子，看上去也有两岁多了，身体又棒，真是比他爸爸妈妈小时候强多了。随信捎去一张浪浪送给爷爷奶奶的相片。”

是啊，直到父亲去世已经12年后的今天，我们依旧珍存着和郎平及她的家人在不同年代、不同时期的照片，它们是这段交谊的美好见证。挺有意思的一张，是摄于1990年7月29日的五人合照。那天，不约而同地来看望我父亲的两拨客人，聚首于我家中。一拨是作家胡世宗带着借暑假之机来京游玩的15岁儿子胡海泉；另外就是把车直接从机场开到我家的郎平父女。26年后女排在里约夺冠之时，这张合影成了手机微信上的热点，广为流传。如今已是歌手的海泉，在2016年8月24日晚北京电视台文艺频道“每日文娱播报”中，面对自己当年戴着700度近视镜、身着牛仔短裤的青葱年华，道出了当时身为文学少年的心声：“郎平姐那时就是我心中的偶像！”这个小插曲，映衬出郎平作为中国女排杰出代表的深入人心。

在这次里约奥运夺冠之后，中国女排的老教练、老领导袁伟民深有感触地说：“郎平真是非常的不容易！”我父亲虽非体育界人士，但当时对郎平和女排姑娘们的“不容易”，有深刻的体会。在场上夺冠的荣耀背后，女排姑娘们有多少不为人知的场下付出啊！父亲在作于1981年8月9日的诗《胼胝的手掌——赠郎平同志》中，这样动情地写道：

你的意志就是拼杀争取胜利，
火红的青春充满了战斗的力量！
一个队，就是一个整体，
球到你手，就休想逃脱死亡的下场。

你神态安详，体魄健壮，
谦逊温暖，亲切家常。
“觉得辛苦吗?”我这样向你发问，
你笑着向我伸出胼胝的手掌。

这“胼胝的手掌”上，含有多少无言的内容。在1986年6月30日的文章《胜利全从拼搏来——读〈郎平日记与书信〉有感》中，父亲感慨道：“胜利得来却是十分不易的！和全世界强队、强手较量，确实压力重如山。她们长年累月，青春年华，是在滚打弹跳极端艰辛中度过的。每天，一练下来，衣服上可以扭下汗水，浑身发软，人如‘马失前蹄’。哪一个队员身上没有几处伤损？她们的岁月，消磨在飞机上，轮船上，火车上，谁知有多少？头晕，恶心，胃里‘翻江倒海’，眼底出血，甚至休克，当场晕倒，急救入院。可是，中华女儿是铁姑娘，哨子一响，病魔退避，在战场上，精神抖擞、判若两人了。难怪连外国观众也都为之大大惊佩了。中国女排的姑娘们都有‘出奇的坚强精神’。”在1994年2月17日的散文《郎平行迹》中，年近九十的父亲又心怀赞许地说：“郎平，在球场上，十年征战，声名赫赫，已经退役了。可是，她的事业心强，时时刻刻随着球转动。从去年开始，她东山再起，联系世界明星，组成‘八佰伴’组织，意不在扬名，不在拿奖金，她想鼓励、促进中国女排的成长、壮大，恢复‘五连冠’雄风。其志可嘉，其心良善。”是啊，退役后的郎平这一连串行动的背后，从一名年轻的女排队员一步步成长为蜚声世界排坛的顶尖级教练，坚强忘我地走到今天的背后，又有多少只有她自己才知道的“不容易”！但是，为了中国女排的发展腾飞和女排精神的传承发扬，郎平始终把祖国放在人生选择的第一位。这一切，使我们从更高层次认识了郎平，认识了她纯粹高尚的精神世界和人格魅力。我父亲当年结识并赞赏郎平的原因，正在于此。

……

2004年2月5日，我99岁高龄的父亲驾鹤西去。远在美国的郎平难抑悲痛之情，请托郎洪代表全家人，前往八宝山参加了我父亲的遗体告别仪式，送了她们心目中那样亲近可敬的老人最后一程。这段长达二十个春秋、年龄上相差半个多世纪的忘年之交，充满着真挚的情感和正能量，为我父亲的晚年生活平添了内容和色彩，因而被我们全家人长久地记忆并深深地感动着，其中许多场景至今仍能清晰地回放到眼前。父亲与亿万民众和球迷一起，对以郎平为代表的中国女排，给予了坚定的支持和热情的关怀，成为这支年轻队伍成长的动力，夺冠的源泉。同样，父亲也从郎平和中国女排姑娘们身上，感悟、汲取到许多东西，尤其是至今仍然高擎不变的女排精神，给了耄耋之年的父亲很大的震撼与感动。共同的对于祖国、人民和中国体育事业的衷心大爱，是忘年之交的基石。因此，他（她）们的心、他（她）们的精神和情感是相通的。

今天，当已经不再年轻的郎平率领着中国女排，让五星红旗再次在里约马拉卡纳奇诺体育馆高高升起的时候，我格外怀念我亲爱的父亲，格外怀念他与郎平亲如一家的那段时光。我仿佛看到父亲像过去一样，与我们比肩坐在电视机前，为郎平和新一代中国女排姑娘们的胜利，尽情地欢呼，鼓掌！

2016年8月至9月

我的父执

我记忆中的老舍伯伯

我十分喜爱书柜中摆放的那几件小玩意儿：一位面目慈祥肩背礼品袋的圣诞老人，一个举竿垂钓但却永远没有收获的俄罗斯小怪人，几组造型逼真各具情态的惠山泥人……然而，我最珍爱的，是那个似乎不能称之为摆设的万花筒。这个高高的深蓝色万花筒被安放在最醒目的地方，因为，它是跟随我时间最长而又历经了一番劫难的宝贵纪念品，寄托着我深深的怀念和哀思。是敬爱的老舍伯伯五十多年前从异邦把它带来，送给了那时刚满十岁的我。

我是老舍伯伯看着长大的。1949年末伯伯从美国归来，去当时我家住的笔管胡同探望我的父亲臧克家，就看到了那个稚气未脱的小小的我。大约从三四岁起，我就常常像条小尾巴一样缀在父亲身后，和他一起去看望老舍伯伯了。一跨进当做客厅的北屋的门坎，老舍伯伯就会笑呵呵地迎过来。和父亲亲热地打过招呼以后，他总要走到我跟前，弯下腰，用他那特有的洪亮的声音说："大姑娘来啦！"伯伯把"大"字念得很重，那语调，那神情，令我至今难忘。当时，我总有些纳闷："我才这么点儿，刚刚比伯伯屋里的红木桌子高出小小的一截儿，怎么就叫我'大'姑娘呢？"这个疑问，在我的小脑袋中一直装了很久很久。

那时候，我总爱往伯伯家跑。在丰富胡同那柿树成荫的小院中，有老舍伯伯絜青伯母和蔼可亲的笑容，有从伯伯口中流出的逗得我前仰后合的笑话和顺口溜，有满柜子满架子的各色小玩意儿，有好看又好吃的北京风味点心，有四季开不败的花和揽一叶秋风的丹柿。当然，还有伯伯全家的“宠物”——那只长着一身长长的白毛、令我“敬而远之”的大猫。那时，我好怕它哟！只要有它在，我是万万不敢轻举妄动的。在我稚嫩的记忆里，伯伯家的那个大书柜是个万宝山，好玩的东西永远也掏不完。有时是个布娃娃，有时是个能吹响的泥公鸡，有时是个竹片串成的小游龙，“大姑娘”每次总是满载而归，这已经成了惯例。到了丹柿飘香的季节，我定会捧回一篮丹柿小院的特产。它们带露含霜，极鲜极美，再缀上几片被秋风染成墨绿的叶子，真像是出自老匠人手中的美玉雕成的工艺品。父亲舍不得吃，总是先将它们摆在案头观赏，直到柿子软得几乎透了明，才不舍地分给家人，让我们共同分享友情的香醇和甘甜。

老舍伯伯重友情、爱孩子是出了名的。

每次从国外出访归来，他都要拟一个分配礼品名单，将一些珍贵的纪念品，送给老朋友和他喜爱的孩子。记不清从什么时候起，我开始“榜上有名”了。每次的礼物上都附有一个纸条，上面用工整的字写着：“大姑娘的”。那个深蓝色的万花筒，就是伯伯在一次访问日本归来后送给我的。这只神奇的万花筒是那样地与众不同，你转动它的时候，它能将你捕捉到的景物，变幻成一幅幅美丽非凡的画面。当我刚刚从伯伯手中接过这件礼物的时候，就迫不及待地把它对准那个大书柜，立刻，万花筒中出现了那么多小猫的头、娃娃的脸和长了16条腿的长颈鹿；我惊呼着，奔到院子里，对着天上的云，对着葱郁的树，对着满院生机勃勃嫣红姹紫的花朵……我眼前这五彩缤纷的世界，是多么美好啊！

我笑了，伯伯也笑了。

又有一次，伯伯从欧洲一个矿区为我们带回了一件非常精美的艺术品：在一块巴掌大的深紫色大理石断面上，趴着一条雕铸得极其精细的金色蜥蜴。它那摇头摆尾、栩栩如生的样子，真叫人担心它会一下子从大理石上窜下来，蓦地钻到什么地方去。我们全家人是那样喜爱它，把它高高地摆在客厅中专门摆放贵重礼品的地方，如同把老舍伯伯这份深情和爱心，摆在我们心灵的深处一样。

然而，“文革”中，这两件珍贵的纪念品也同世间一切美好的事物一样，遭到旷世的浩劫。它们被粗暴地扔进一个纸箱，粗暴地丢上卡车，拉走了。在这场浩劫中，我失去了老舍伯伯，也失去了留下哪怕一件可以寄托回忆与哀思的纪念品的权利。

关于深蓝色万花筒的故事并没有结束。

十年后，从母亲领回的被抄走的物品中，我意外而惊喜地发现了这久违了的万花筒。我小心翼翼地拂去上边的灰土，仿佛拭去了岁月的风尘。我珍藏起它，也珍藏起一份回忆与深情。老舍伯伯的儿子舒乙大哥，曾在多年前的一篇散文中，这样描述我对这件失而复得的礼品的爱：“当初万花筒的包装纸上特意写着‘送给大姑娘’。如今‘大姑娘’的‘大姑娘’都到了玩万花筒的时候。无奈，老‘大姑娘’偏偏不准小‘大姑娘’乱动。因为那是一件宝。连小‘大姑娘’的姥爷姥姥都很羡慕呢！”是啊，这的确是一件宝，它是从老舍伯伯那颗永不枯竭的爱心的泉眼中，涌流出的宝！

从我能记事起，每隔一段时间，父亲、伯伯或者还有其他叔叔伯伯们，总要相邀着去逛逛公园或下下馆子。聚会前，伯伯都要特意叮嘱：“带上大姑娘。”

一次，我随他们去北海公园。那正是秋风送爽金菊盛开的好时节。湖面上轻舟点点，绿荷片片；游乐场中不时传来孩子们的欢笑声。我们三个人优哉游哉地走得很慢。伯伯和父亲一边走，一边聊，聊文艺界发生的事，谈他们共同的朋友，有时又将话题拽回遥远的过去，这对从1935年开始就建立起深厚友情的老朋友，该有多少话可说啊！我呢，夹在他们中间，一手拉着父亲，一手拉着伯伯，低着头，两眼盯着身边两双穿着黑布便鞋的大人的脚，尽力使自己稚嫩的步子跟上他们的脚步。走到北海边上，大人们停了下来。海面上吹来的风，轻轻掀动伯伯那件半旧灰呢大衣的衣角儿。他双手扶着手杖，微微抬着头，眯着双眼，像在极目远望，又似在沉思遐想。那时，北海公园虽不似今日修饰得精美，周围也无高楼林立，但这儿已经成为广大劳动人民休憩欢娱的好场所。伯伯是在想它的过去呢，还是它的未来？

从北海边，我们径直走进“仿膳”。那天到底吃了什么美味佳肴，我已记不太清，只知道那肉末烧饼的香味儿，至今似乎还残留在舌尖。以后再去吃，总觉得味道赶不上小时候的这次。我是沾了伯伯的光呢！谁都知道，这饭店的店名“仿膳”二字，就是伯伯亲手所题呀！

那时，一年中总有那么几次，老朋友们要到离家不远的饭馆去聚聚，这实际上是一种文艺聚餐会。“大姑娘”自然是有请必到的。这许多年中到底吃了多少次饭，我早已忘却了，但永远不会忘却的，是那一次。

那是国家发生自然灾害的六十年代初，在“翠华楼”。伯伯是这儿的常客，上至经理，下至服务员，都是他的朋友。哪位大师傅病了，哪个女服务员生了孩子，伯伯都记挂在心上。每次去，连许多不负责招待我们的厨师和员工，都要赶过来和他打招呼，问寒暖。只要伯伯一到，你看吧，大厨师们都会拿出自己的“绝活儿”，摆上丰盛的一桌，那真是色香味俱全，有的竟使人不忍下箸。但是，那次，当伯伯顺口点出那些熟悉的菜名时，一位经常接待伯伯的老服务员十分尴尬地说：“真对不起您，因为缺原料，这些菜都做不出来了。”一时间，刚才还充满说笑谈话声的屋子静了下来，大家都沉默了。只有无忧无虑不谙世事的我望望这个，看看那个，不知发生了什么事。老舍伯伯看着全屋的客人，低声和那位服务员商量了几句，然后侧转身子，轻轻地抚摸着坐在他身边的我的脑袋，大声说：“大姑娘，没关系，用不了多久，你瞧吧，天上飞的，地上走的，水里游的，都得往咱们的桌上跑，让你吃得饱饱儿的，再喝上碗大姑娘喜欢的核桃酪。临走，还让你提回去一只扎着翅膀飞的大烧鸡！”我使劲点点头，笑了。大人们的脸上，却浮现出一种我那时还不能完全理解的神情。后来，当我长大了，懂得了生活和人生之后，我才明白：那是一种精神，一种信念。一种对困难的藐视，一种对人民必定战胜天灾人祸和对美好生活不久必将到来的坚定不移的信念。我想，伯伯就是带着这种精神，这种信念，和全国人民一道，度过那艰苦的岁月的。然而，老舍伯伯却没能和我们一块儿迎来“四人帮”倒台的日子。他走了。在那黑白颠倒人妖不分的暗夜里，在那非人的侮辱和殴打之中，他走了，走向了永恒。他以死做了最后的抗争。就在去世的前几天，他还给父亲打来了电话，讲他的身体，讲他的处境，讲他听说不少朋友挨批斗后他的非同一般的感想和心情……谁知，寥寥数语，竟成永诀！这些年来，我有时会冒出一个大不韪的近似有罪的念头：如果老舍伯伯在那种景况下屈辱地活下来，忍辱负重委曲求全地承受一切，倒反而不像我所熟悉的伯伯的性格了。因为在他身上，有一种非常突出的精神和几块傲骨：耿直，倔强，宁折不弯。他是纵玉碎而绝不瓦全的。否则，老舍就不成其为老舍了。

从我的女儿菁菁开始蹒跚学步起，我就带她去看望絜青伯母了。一进丹柿小院和那间宽敞的北屋，菁菁就一点儿也不认生。当年令我生几分畏惧的大白猫的后代，被她追得满屋子跑。照样是满庭院的花木葱茏，照样是各色的北京小点心。吃够了，玩够了，临走，伯母慢慢地站起来，打开那依旧摆满各种小玩意儿的书柜，拿出一只用绒线编织成的小熊，送到菁菁面前：“姑娘，拿上吧！”小熊洁白小巧，憨态逗人。看着它，我一时间感慨万千。此时此刻，我仿佛又回到了难忘的童年时光；此时此刻，我多么希望能在这间熟悉的屋子里，再见到老舍伯伯的身影，再听听那句“大姑娘来啦”的亲切的问候声；我多么希望再坐在伯伯身边吃上一顿饭，然后拿上伯伯早已许诺给我的那只扎着翅膀飞的大烧鸡呀！

魂兮归来吧，老舍伯伯！

1994年1月

仁 者 寿

仁者寿，这是我对于那些宽厚仁爱的长者，发自内心的深切祝愿。仁者长寿，这世界便多了师表和楷模，多了辐射于人们心灵深处的温暖和光明。著名画家、老舍伯伯的夫人胡絜青伯母，就是这样一位仁爱的长者。

我是在老舍伯伯、絜青伯母的温暖关怀之中长大的。从我刚刚记事起，便常常像条小尾巴一样缀在父亲身后，去那著名的丹柿小院做客了。两位老人一直对我疼爱有加，从小“大姑娘”“大姑娘”地叫我。在这亲昵的称呼声中，我从稚气未泯的童年岁月，步入了已为人母的不惑之年。这许多年来，他们对我的爱，真能写出许多感人的故事呢！即使是在老舍伯伯去世之后，我依然生活在伯母仁慈爱心的福荫之下。

记得多年以前，我从黑龙江兵团辗转回到北京，早已到了谈婚论嫁之时。伯母对此十分挂心，几次对我和我的父亲提起这事，并热心地为“大姑娘”物色人选。在1977年9月27日晚的来信中，絜青伯母这样写道：“克家同志：顷接手札，得悉小平生活近况，嘱托之事，容我物色；张同志之子，俟我对他问询后，再复函，其余的青年，有为的，家庭面貌等等，我都得考虑——在我心目中合格，才肯管这件事。儿女大事，我向来不马虎对待。”伯母的关切之情跃然纸上。直到我的婚事有了着落，她才放下心来。我结婚那天，突降大雨，前来道贺的朋友们边擦着身上的雨水，边开玩笑说：“这可真是喜（洗）辰呀!”望着窗外如瀑的疾雨，我正暗自庆幸没有因为自己的事，去惊动那些从小就疼我爱我的长辈们，使他们免于这一“洗”之行，忽然，门开了，75岁高龄的絮青伯母在舒济大姐的搀扶下，与我所在刊物的主编孔罗荪叔叔和夫人，手拿着滴水的雨伞，一齐走了进来。我忙迎上去，又惊又喜地说：“这么大雨，您们怎么也来了?!”伯母慈爱地嗔怪道：“我正要埋怨你呢！这么大的事，也不通知我一声。大姑娘办喜事，我能不来么?”说着，她双手展开一幅用红绸子扎着的亲笔画：“这是我特意为你的喜庆日子画的‘百籽图’，现在讲计划生育，咱们意在图个大大的吉利吧!”那画上，一簇红彤彤的饱满籽实，挂在繁花茂盛的枝头，火红的花，火红的果，照亮了满屋人的眼眸。我望着伯母那已显苍老但仍然充满笑意的脸，心中感慨万端。一定是她那颗仁厚慈爱的心，催开了花，催红了果，将爱的温暖和光明，永远地留在了我的心中。

近些年来，我接连遇到许多不幸：家庭变故，孩子多病，疾患缠身，一时间丧失了生活和工作的能力。絮青伯母常常关切地询问我的情况，在感慨“大姑娘”境遇坎坷的同时，她四处打听，联系医术高明的大夫，多次叮嘱舒济大姐、舒乙大哥打来电话，催促我尽快治疗，早日康复。即使这样，老人还是放不下心来，亲自打电话过问这事之后，又不顾年迈，在亲笔信上详详细细地将大夫的住址、如何坐车、每周就诊时间等写得清清楚楚，并在一张卡片上亲手绘制了详细的示意图。最近，她更亲自写来一封长达三页的情深意重的信，不仅向我传授了她“淡泊名利、与人为善、乐于助人”的养生之道，而且用自己在旧与新两个社会中经受磨难与考验的切身感受，鼓励我“不退缩、不被病魔吓倒了”。她深情地写道：“我劝你身不断活动，手不停练习写文章，不久你必能得累累硕果。别有自卑感，打起精神工作，四十岁的人正是工作的高峰，有信心，有毅力，终有成绩出现的。我爱你是能干的‘大姑娘’。干！不退缩，不被病魔吓倒了！好吗!”读着这封信，不仅是我，就连我的母亲都感动得热泪盈眶。从此，我又多了一分战胜病痛的勇气。因为，这世间有一份深爱，有一双关注着我的满含期望的眼睛！

我知道，并不是自己格外地受到絮青伯母的恩宠，许多人像我一样，得到过她的关爱、帮助和接济。我曾亲眼看到，在伯母的寿诞之日，不同阶层、不同职务、不同年龄的人们，纷纷前来，簇拥着这位老寿星，表达他们的崇敬爱戴之情。她播种了爱，也收获了爱。

今年春节，舒乙大哥带来了伯母被评为“全国百位健康老人”的喜讯，一些报刊陆续登载了她每日坚持锻炼的报道和照片。欣喜之余，我想，絮青伯母年逾九秩仍身心双健，这固然与她的健身之法、养生之道有关，但更不可或缺的，是老人那高尚的道德与境界。心中有爱天地宽。一位拥有仁者之心的人，怎么会老呢?!

在絮青伯母92岁寿辰即将到来之际，献上这篇小文，也再一次献上我衷心的祝愿！

1996年11月

风范长存

——记季羡林先生

记得很小的时候，曾经随父母去看过中国青年艺术剧院上演的印度话剧《沙恭达罗》，深深地为舞台上的异域风光和动人的剧情所吸引，我贪恋地站在贴满剧照的宣传栏前，久久不肯离去。由于年幼，我当时并不知道，将这出名剧引入中国的，就是父亲臧克家的多年好友季羡林先生；更没有认识到，这位学贯中西的知名学者，是一位多么令人敬仰而又可亲可敬的前辈。

羡林先生1911年出生于山东临清。从清华大学外国语文系毕业后不久，即赴德国留学。在哥廷根那段凄苦的日子里，他忍受着屡遭轰炸、饥寒交迫和家书阻断的磨难，以顽强的毅力和坚韧不拔的精神，苦读10年。在名师的精心指导下，终于取到了“真经”，于1946年回到祖国。后一直在北京大学执教，至今已整整半个世纪，早已是弟子三千桃李满天下。论辈分，连北大的谢冕教授，都已经是他的第五代弟子了。

羡林先生学识渊博，著作等身，他研究的领域涉及语言、文学、民族、宗教、翻译等多种学科，精通英、法、德、俄、梵、吠陀、吐火罗、巴利等多种文字，尤其是后几种已经“作古”的语言，已是“当今世人几人识”了。由此可见，他堪称“国宝”，也是世界著名学者。

“文革”期间，羡林先生在“背着不知多少黑锅”，“一个月有几天要到东语系办公室和学生宿舍所在楼中去值班，任务是收发信件，传呼电话，保卫门户，注意来人”（先生语）的情况下，依仗着“心灵深处那一点微弱但极诱人的光芒”，从1974年起，历经10年，克服了无数困难，将那部两千年来驰名印度和世界的洋洋巨著《罗摩衍那》，全部翻译完毕，奉献在中国读者面前。近几年，这位耄耋老人，又在社会活动极其繁多，连续失去婶母、爱女、夫人和女婿数位亲人的情况下，以老迈之躯，主编了《传世藏书》《四库全书存目丛书》等巨著，为后人留下了极珍贵的文化遗产。而这种不懈和不屈的精神，又令多少人景仰感动啊！

然而，这位既有深厚的中国文化和东方文化根基，又具精到的欧洲文化素养的博古通今的大学者，却是一位质朴敦厚、俭朴过人的老人。在我的印象中，先生总是一身朴素衣装，从无更改。记得多年前，我陪父亲去对外友协参加“纪念泰戈尔诞辰150周年纪念会”，不少中外文化界名人到会，联合国教科文组织也派来了代表。作为会议贵宾、中国研究泰戈尔权威的羡林先生，依然是那身深灰色旧中山装，一双黑面圆口布鞋，这就是他自己笑称的“几十年一贯制”吧！但是，这位质朴老人身上的那种大学问家的儒者气度，却深深吸引了每一位与会者。至于他的家中，更可称没有一件像样的家具。四壁很久没有粉刷了，居室中没有一点儿装饰过的痕迹。然而，先生的家是一座“藏书城”。一行行书架紧紧排列，其间只能容一人行走。羡林先生就在这样的“书城”中生活和工作。这位学富五车的老人，是用“书”富五车做根基的。

羡林先生是1946年在共同的朋友李长之那儿，认识我父亲臧克家的。当时，父亲在《侨声报》主编文艺副刊，住在上海东宝兴路138号《侨声报》宿舍。羡林先生刚从德国归来，无处落脚，就住在父亲那儿。那是间斗室，没有任何家具，地上铺着“榻榻米”。他们席地而坐，抵足而眠。这对一见如故的山东老乡，从此结下了半个世纪的深厚友情。记得五六十年代先生出访印度，回来后送给父亲一个十分珍贵的印度花瓶。那洁白如玉、剔透得仿佛吹弹得破的瓶身上，飘落着几枚火红的枫叶。父亲珍爱地将它放置在客厅小书柜中专门摆放贵重礼品的格子中。就是这个装满友情的花瓶，在“文革”中惨遭劫难，被抄走后尘封了近20载，于80年代才奇迹般地回到了父亲手中。父亲十分小心地把它放到了原来的位置上，欣慰地笑了。

羡林先生家住北京西郊朗润园，在百忙中进一次城实属不易。于是，一条不成文的规矩形成了：每年春节，先生总是邀上父亲的另一位老友（也是父亲的小学同学）、著名学者邓广铭先生，一同来我家做客，吃顿便饭。多少年过去，风雪无阻。这样，每年我都可以见到先生的面。时间一年年流逝，先生那被父亲在旧诗中戏称为“遍寻黑发一根无”的一头白发，愈见稀疏；然而，这位年逾85岁的老者，仍是精神矍铄，神采奕奕。这三位老友深感聚日无多，几次在相互通信中决心“痛改”一年只见一面的“旧习”，然而，人虽老，事仍多。苦于无分身之术，他们只好沿袭老规矩了。

我是羡林先生看着长大的，他对我的关怀，我一直深铭心间。1992年7月25日，《光明日报》刊发了我的散文《我的父亲臧克家》，刚从国外归来的羡林先生在给父亲的来信中写道：“回来看到小平的文章，很有韵味，非常喜爱。为什么不提一提你那要活到120岁的豪言壮语呢?”先生的鼓励之情，溢于笔端。身为报纸副刊编辑，我常叨扰先生，向他邀稿。电话中，他的话不多：“我极忙，容我考虑一下。”但，没过几天，一篇用小字抄写得非常工整的美文，就会寄到我手中。我知道，这期副刊一定又会颇为精彩了！

《诗经·车辖》中云：“高山仰止，景行行止。”羡林先生的风范，将激励后辈人以此为楷模，众生仿效。

1996年12月

共同托起祖国的明天

这是一群满头白发饱经沧桑已经步入垂暮之年的老人，这是一群分布在祖国各地和海外不同国家、地区的炎黄子孙，这是一群本来可以含饴弄孙安享晚年，但是却仍将那颗炽烈的爱心系于中国教育事业的西南联大人！1995年6月20日，当德高望重的北京大学陈岱孙教授，将海内外1200多位西南联大校友捐赠的70万元，郑重地交到中国青少年发展基金会负责人手中，用于在云南贫困县修建三所“西南联大希望小学”的时候，你可知道，这前前后后发生了多少感人至深的故事？

西南联大，这所在抗日战争硝烟中诞生的蜚声中外的高等学府，从1937年到1946年9年中，将她哺育培养出的八千余位莘莘学子，撒向了中华大地，撒向了五洲四海，为祖国的解放和振兴，为世界科技文化的发展，做出了不可磨灭的贡献。而在战争年代艰苦环境中铸就的爱国爱民、关注社会、精诚合作、上下齐心的联大精神，也同时在一届届联大师生心中深深扎下了根。也许，正是联大人身上不灭的精神，促成了这次意义深远的捐建活动。

（一）

那是1994年12月20日晚上。严冬之夜，7位联大44级同窗在北京相聚。共同的责任心、共同的忧虑和共同的爱心，勾起了一个共同的话题：我国目前的基础教育现状堪忧，亟待改善。每年因贫困而失学的儿童有100万之众。而他们正是中华民族的未来呀！我们人老了，干不了什么大事，但可以从生活费中节省一些钱，帮助失学儿童重返校园。于是，一个在校友中为捐建“西南联大希望小学”而筹款的动议形成了。这7位年逾古稀的老人，抱着万一筹不足建一所小学所需的20万元，就撕下老脸沿街托钵化缘的决心，起草了一份联合发起这次活动的倡议书。连这7位老人最初大约都不曾估计到，“为了祖国的未来”这个再朴素不过的初衷，像一根红线，将1000多位分布在世界各地的校友的心，紧紧地连在了一起！

第一个带头响应的，是曾在联大执教的陈岱孙教授。这位已届95岁高龄的老人兴奋地说：“这是件好事！‘联大’的号召力太大了，要向海内外发动。这件事一定能够成功！”接着，施嘉炀、赵宗尧、王佐良等著名学者纷纷加盟。1995年1月20日，在“在京发起人第一次会议”上，一封激动人心的“告校友书”诞生了：“亲爱的校友们，我们常看到这样的报道：‘联合国教科文组织统计，在全世界8.9亿文盲中，我国占2.29亿。世界每4个文盲中，就有一个中国人。’‘我国目前重点扶持的贫困县有679个，其基础教育条件之差，触目惊心。’许多失学儿童，仅因为交不起每年60元人民币的书本费。回想我们那一段不平常的大学生涯，生活那么艰苦，学习条件那么简陋，而我们能在联大精神哺育下，在名师指导下，终于完成了学业，学会了做人，怀着‘中兴业，须人杰’的豪情，步入了社会。半个多世纪后，我们如今已为人祖父母了。作为联大人，我们无比幸福和骄傲！可是，面对着千百万失学的孙辈儿童，我们能无动于衷吗？他们也是祖国的花朵、祖国的未来啊！我们建议：集中全体校友（含附中、附小）的力量，在曾经哺育过我们的那块土地——云南的贫困县，捐建‘西南联大希望小学’。这将是我们对那一段难忘的大学生活的最好纪念。校友们，让我们在垂暮之年，再伸出双手，为托起祖国的明天，尽一份力量吧！”

近四千封力重千钧满含期望的信发出去了。一个于半个世纪之后重新聚集在“西南联大”旗帜下的奉献活动开始了！十几位发起人在会议当场捐献的八千余元，成为这次活动收到的第一笔捐款。

读着这份令人动容的“告校友书”，千百位联大校友的心沸腾了！短短三个月时间里，信件和汇款如潮水般，从内地，从海外，从世界的许多地方涌向了北京！陈岱孙教授代表1200位联大人第一次捐赠的70万元，对于改善中国基础教育来讲，可以说是微不足道的。但是对于不少靠离、退休金生活，以至家庭状况本来就比较困难的校友来讲，它是多么来之不易啊！

一个80多岁的福州校友，每月退休金仅280元。因为校友录上没有他的名字，他并没有接到“告校友书”。但是，当他从其他校友那儿得知这个消息，马上寄来了热情响应的信和50元钱。一位湖南校友，一生坎坷，由于种种原因，安置问题至今没有妥善解决，只能作为爱人的家属生存。就是在这自身生活难保的窘境中，他还凑足100元汇来。这是何等忘我的大爱！

一些校友是在病床上接到“告校友书”的，他们迫不及待地嘱咐家人送来捐款。钱钟书先生重病入院，托家人寄来1000元；一位校友在来信中这样表示：“我已成了卧病医院床头与癌症搏斗的老翁了，不胜落叶悲秋之感。但见到陈老带头签名筹款，才觉出我们这一辈还不算老。人虽已离休，心仍系后代；虽一生清贫，仍尽力解囊。邮去300元，愿集腋成裘，愿联大师生风范再现西南高原！”著名学者王佐良先生在倡议书上签名后几天，就不幸去世了。他的夫人强忍悲痛几次打电话询问捐款办法，以实现先生的遗愿！短短几个月中，已有五位校友像王先生一样离去了，但他们将这份无比珍贵的爱心和期望，留在了人间！还有一些已故校友的家属、子女或孙辈人，都在来信中深情地说，自己的亲人生前重视教育，我们要代故去的亲人捐款，并以此告慰他们的在天之灵。

本来，这次捐款的范围只限于联大校友，但是，仍有那么几位“顽固分子”破了例：原西南联大工学院院长施嘉炀教授的夫人，非要单独拿出钱来，再献上自己的一份：“我是燕京毕业的，但一直跟着联大住在昆明。你们在云南建希望小学，我也应尽一份力。”她指着墙上挂着的孩子们的照片说：“我所有的孩子都是在昆明出生的呀!”这份心意，能不收下吗？张道一先生夫妇去美国探亲，看到儿媳转去的“告校友书”，他的夫人再三重申：“当时我在‘云大’上学，但联大的民主作风教育了我，我一直称联大是我的第二课堂。请允许我以‘联大之友’的名义，献上一份爱心吧!”这份情，能拒绝吗？还有年届83岁的吴壬林老人，虽并非联大人，但当时在联大北区墙外，组建并主持“学生服务处工作”，曾经参加过联大的许多活动。听到捐款的消息，她特意送来300元。捐献小组的校友们满怀敬意地收下了这位“编外联大人”的心意!

一“书”激起千层浪。身在香港的校友们很快汇来了20多万元港币，他们热切地希望用这笔钱建一所“西南联大（香港校友）希望小学”！身在海外的老联大人，大都是早年就离开祖国，距今已在异邦定居多年。但是，他们那颗不变的心，仍然系念着祖国。当一纸飞鸿从北京飞去的时候，多少校友的心弦被拨动了！美国旧金山的陈国强校友，按捺不住激动的心情，马上把“告校友书”复印了许多份，分发给相识的联大人，并热心地把该地区80多位同学的姓名、地址，抄写得整整齐齐，寄给捐献小组。又是他，主动将身边校友们的捐款收起，一并汇回了祖国。他还先后两次捐款，尽心尽力地支持了这次活动!

……

信寄来了，捐款汇来了，老校友们对祖国的教育事业倾注了极大的关心，纷纷为即将建立的西南联大希望小学出谋划策。他们不仅对校名校址的选定提出了有根有据的意见，而且对今后的教育和办学方针，提出了十分有见地的看法：我们不但要解决一些儿童的失学问题，还要使孩子们从小学开始接受爱国主义教育，教育他们爱祖国，爱人民，爱故乡。北京校友陈家泳建议，在今后若干年内，校友们还可以继续给孩子们更多的帮助，通过一帮一的方式，供优秀的学生上小学、中学，甚至大学。台湾校友朱德熙表示，学校建成后，要继续援助孩子们书籍费。天津一位已逾古稀的校友说得更诚恳：“多年来我的遭遇坎坷多难，生活清贫，无法多寄款。但是，我从事教育40多年，当过班主任、校长。如果需要，只要你们一声令下，我将去任教西南联大希望小学，以献出我的余热!”……

一笔笔情深意重的汇款，一封封热得烫手的来信，忙坏了这次活动的组织者——建校捐献小组的老人们！他们不顾年迈体弱居住分散，有事就聚在一起商量，然后分散完成各自的任务，夜以继日默默无闻地奔波着，忙碌着。

70多岁的关英老人，不仅是这次活动的第一个倡议者，而且担负了繁杂琐碎的收款、记账、寄收据、收发信件、编写印发各种材料等工作。为保证钱款的安全，她请老伴儿当“护卫”，无论酷暑严冬，每天陪她挤车从清华大学进城跑邮局跑银行。在整个活动期间，她经手的捐款经监督小组核查，竟分毫不差！还是她，将老迈之龄置于脑后，亲自到云南文山县了解建校情况，回来后向校友们做了详细汇报。可是当笔者写完此稿，根据编辑要求向她索要一张照片时，却被她拒绝了：“不要宣传我，要宣传，就宣传校友们!”

这次跨国界的联合行动，由于校友众多，牵扯面广，发出了近两万封信。而这些信件全是捐献小组的老人们争着抢着义务完成的。张家环、杨义夫妇本是财务监督小组的成员，工作已很繁重，但仍然争取到写六百封信的任务。为了及时将信息传达给校友们，两位老人冒着大雨，一人推自行车，一人打伞扶着车后架上的信件，艰难地一步步走向邮局；张咸恭校友为了节省信封和邮费，动员老伴儿把住在地质大院校友的材料，一一送上门去；而马万钧校友在写完四百多个信封后，竟晕倒在邮局里。就是这位不辞辛劳地为捐建活动出力的老人，还未等到小学建成，就于数月前离我们而去了！这就是中国老一代知识分子，这就是西南联大人！

（二）

本来，1995年6月20日，当陈岱孙教授将这笔准备在云南保山地区昌宁县、思茅地区景东县和文山州文山县修建三所“西南联大希望小学”的70万元、1200多位校友的重托，交到中国青基会负责人手中的时候，这次捐建活动已经宣布画上了一个圆满的句号，然而，谁又会料到，当中外新闻媒介将这个消息传播开来后，一个新的热潮又掀起了。

1996年元旦刚过，美国加州曾荣森、刘慕仁夫妇，寄来了一封深情的信：“读了来信和寄来的材料，没想到国内还有这么落后贫困的地区。我们决定再捐赠2.5万美元，在云南设置一所小学。并不是我们很富有，我们的积蓄全仗在此当工程师积存而来。想想国内的孩子们，拿出一部分来，增加对日后祖国人民改善生活的希望，也是应该的！”这对可敬的爱国老人，在整个活动中先后三次捐款近3万美元！后来，当他们得知云南丽江遭受地震灾害，又立即汇来1000美元，请捐献小组转交云南灾区作赈灾之用。这是一份多么厚重的心意和深情啊！现在，他们捐建的这第四所“西南联大希望小学”，已经在云南省路南县圭山乡破土动工了。曾荣森、刘慕仁这对老者虽身处异国他乡，但他们造福中华造福后代的美好希望，一定会在祖国的大地上实现！

联大44级生物系杜继彦，毕业时与华侨校友白纯瑜结婚后，即赴马来西亚定居，几十年来与祖国断了联系。夫妇二人一直在马来西亚教授中文，传播中华文化。他们以自己的工资收入供养7个儿女长大成材，直至退休，生活并不十分富有。接到“告校友书”，杜继彦激动得夜不能眠，马上寄回3000元作为夫妇二人的捐献。她曾对身边的亲人愧疚地说过：“祖国生我养我教育我，我心中有愧呀！今后，我还要向祖国捐款！”谁知，几天以后，她因突发心脏病而永远离去了。她丈夫白纯瑜念念不忘亡妻的遗愿，不顾久病之躯，于1996年9月来到北京，郑重地捧出1万元人民币：“这是杜继彦的私人积蓄，我亲自交给你们，了却她生前回报祖国之恩的心愿。请以她的名字捐献！”在场的校友们都流下了热泪！

正是在这种爱国、报国崇高精神的感召下，许多“局外人”也纷纷行动起来：昆明一位不肯留下姓名的人士特地送来1万元，支持这次捐建行动；清华大学1950—1953届两千余位校友，在50届校友郑用熙的倡议下，于1995年8月发起捐建“清华大学希望小学”

活动。半年之后，他们已将捐款28万余元，用于在河北易县北娄村修建这所小学，并购置了两套希望书库，设立了助学奖教基金；旅居加拿大的联大校友曹锡光，不仅先后两次捐款14000元港币，而且被这个意义深远的活动所打动，决定单独出资在家乡浙江捐建一所希望小学，他还准备向这所小学和其他希望小学赠送一批适合老师阅读的书籍。现在，这所小学已经竣工招生了。（作者注：至2013年底，经关英、郑用熙这对夫妇之手捐建的希望小学已达33所。他们付出的辛劳和汗水可想而知。）

这是一个诞生于严寒冬夜但却充满了光明、温暖和希望的行动，中国老一代优秀知识分子，再一次向祖国敞开了赤子般的情怀。在整个活动历经的一年零四个月时间中，1463位西南联大校友共捐款106.44万元，建立“西南联大希望小学”4所，购置33套“希望书库”，并用12万元设立了“西南联大春蕾助学基金”和“西南联大奖励基金”，用于救助失学女童和奖励优秀的师生。它不仅牵动了国内各地，而且遍及美国、英国、加拿大、澳大利亚、日本、新加坡、泰国、马来西亚和香港、台湾等众多国家与地区。而其中感人的故事，又何止百件、千件！他们在垂暮之年那种为迎接中华民族更美好的明天而“尽一份力”的初衷，那种“春蚕到死丝方尽，蜡炬成灰泪始干”的爱国报国情怀，那种忧国忧民无私奉献的高尚精神，将在千千万万幼小的心灵上播下爱国的种子，转化、孕育出一种更加动人的精神和力量。

也许，这些已经在人生之旅中跋涉了大半生的老人们，不能从始至终地目睹一批批贫困的孩子们，在“西南联大希望小学”健康成长的全过程；不能亲耳聆听这些天真童稚的孩子们发自内心深处的表示感谢的话语，但是，他们却将那样深湛的挚爱和温暖，送进了孩子们幼小的心田。这爱，像和煦的阳光，将照亮多少失学儿童成长的路！1463位西南联大校友炽热的爱心，催开了祖国鲜艳的花朵；1463双如林的臂膀，将共同托举起中华民族明天的太阳！

1996年12月

不了情

在我父亲臧克家住所的饭厅中，摆放着一辆轮椅。深蓝色的椅套典雅素净，从窗外射进的阳光柔和地照在银白的车架上，发出耀眼的光芒。它静静地立在那儿，无言地将这几近圣洁的光和一份深深的温暖，送进我们全家人的心田。

它，是一年前父亲病重时，他的多年老友、敬爱的前辈叶君健叔叔，送来的一份特殊礼品。君健叔叔与夫人苑茵阿姨，同我父母的深厚交谊，可以追溯到十分久远的年代。

那是半个多世纪以前的1942年，他们相识于抗战时期的山城重庆。那时，二十七岁的君健叔叔已经是复旦大学外文系教授。他从青年时代起就勇敢地站在反法西斯战斗的前列，为追求人类进步与世界和平，做着不懈的努力与斗争。他是一位进步作家，经常用“马耳”作为笔名，为莫斯科用六种欧洲语言出版的《苏联文学》撰写文章。这年10月25日，英姿勃发、俊朗潇洒的君健叔叔与青春秀美、仪态高雅的苑茵阿姨，在重庆文化界友人们的热心筹办下，举行了一个简朴的婚礼。同年8月刚刚结为百年之好的我的双亲，是多么为这对新婚夫妇高兴啊！在这个由老舍先生主婚的喜庆日子里，新郎新娘收到的唯一一份礼物，就是我的父亲亲笔写在一张大红纸上的贺诗。他们珍爱地将它挂在新房的墙壁上，每天都要读上几遍，直到闭上眼睛都可以吟诵出来。几十年过去了，他们珍存着这件新婚的礼物走过了艰难，走过了战火与流离。这不仅因为它是他们完美结合的见证与纪念，更是一份深挚友情的信物。然而，在万恶的“十年浩劫”中，这张伴随他们度过近三十年婚姻历程的贺诗，却被造反派抄走后从此没有了下落。

全国解放后，深感重获新生的君健叔叔夫妇与我的父母，都以百倍的热情与力量，投入到建设他们梦寐以求的新中国的工作中去。由于君健叔叔是著名的作家和翻译家，精通几国外语，也是中国作家用世界语写作的开拓者，在国内外有着很大影响，其中最负盛名并感染了几代读者的，当属他用四十余年时间精心翻译、编注的《安徒生童话全集》，它被公认为“当今世界上两个最好的译本之一”，叔叔由此曾获丹麦女王玛格丽特二世颁发的“丹麦国旗勋章”。因此，他的主要工作侧重于中外文化的交流，创办并主持了《中国文学》英文、法文两个版本，将大量优秀的中国文学作品，推介到国外。而我父亲则以笔为犁，耕耘在中国文坛的沃土中。虽然工作侧重有所不同，但是，友情的长线却紧紧地系在两位老友心间。那时，君健叔叔一家住在恭俭胡同六号一座小小的三合院中。我常陪父亲去看望他们。父亲在文章中曾这样描写老友见面时的情景：“我一去，两人谈笑风生，亲热无比。忆往事，谈故旧，纵论文场，臧否人物。兴冲冲而去，喜洋洋而归。”叔叔那热情敦厚、沉稳平和的品格，给我留下了很深的印象。

君健叔叔也常来拜访父亲，深厚的交谊中往往又多了几份工作的重责。1957年1月，由父亲主编的《诗刊》创刊号上，刊登了毛泽东主席亲自校订的诗词十八首，君健叔叔立即着手进行翻译，准备介绍到世界各地。翻译诗，尤其是旧体诗，是件费力又不易“讨好”的事，需要深厚的功力：首先得弄懂原作，它的意义何在，艺术表现如何，对某些字句的不同解释又如何处理……真是难关重重。于是，他多次来我家与我的父亲商讨有关问题。就着一杯清茶，两位老友促膝而坐，相互切磋，解决了多少疑难之点啊！君健叔叔曾告诉父亲，一些外国友人因对中国传统文化缺乏了解，在翻译毛主席诗词时，有的将《蝶恋花·答李淑一》里“我失骄杨君失柳”中的“杨”“柳”，译成“杨树”“柳树”；有的把《沁园春·雪》中“数风流人物，还看今朝”的“风流人物”，错译为“花花公子”……因此，作为中国的翻译工作者，他深感责任的重大。君健叔叔与后来组成的翻译组的其他同志一起，广泛征求学者、专家们的意见，父亲就曾将多年跟随毛主席并对旧体诗词有造诣的郭化若将军，介绍给叔叔；并且曾共同与袁水拍先生一起，将主席诗词解释中有异议的地方汇总成二十多条，由水拍先生口头请示了毛主席，由此从根本上解决了不少毛泽东诗词研究领域中的关键问题。1976年，北京外文出版社正式出版了《毛泽东诗词》英译本，该书成为出版社后来出版的各种外文译本的蓝本。这中间，倾注了君健叔叔多少心血与汗水！这本书，也是他们老友间为事业共携手的一个小小范例啊！

时光荏苒。1992年10月，是君健叔叔与苑茵阿姨结婚五十周年的金婚纪念日。这对于并肩携手走过半个世纪漫长岁月的叔叔、阿姨来讲，是多么值得庆贺的日子啊！漫漫五十年，这中间有多少艰难与辛酸，又有多少走过艰难走过离别后的幸福、恩爱与甘甜！苑茵阿姨曾在读过我的《岁月添白发　恩爱犹青春》这篇记述我父母五十六年婚姻生活的文章后，于两三个月前动情地打来电话，向我的母亲讲起了她与君健叔叔在解放前那段动荡艰辛的生活，这时，坚强的阿姨落泪了。那是一段怎样的日子啊！就连举行婚礼的那一天，新娘身上穿的那件红缎子旗袍，也是由于贫困而向别人借来的！婚礼一结束，这对新婚夫妇就不得不并肩“为生存而斗争”了。1944年，君健叔叔应英国战时宣传部之邀，飞往英国，向欧洲人民介绍中国人民抗击日本侵略者的伟大业绩，激励英国人民坚定反法西斯战争的必胜信心。这一去，就是六年。在这段天各一方的日子里，不少英国少女对这位中国人民的抗战使者颇有好感，但君健叔叔心中只有他终生的爱人；而苑茵阿姨也听人说叔叔已在国外结婚，他们劝年轻俊美的她不要再苦苦等待……但是，阿姨坚信丈夫的为人与品德，从不怀疑对方的忠贞。她一个人在国内与贫困斗争，又独自咀嚼着在苦难、疾病中儿子不幸去世的丧子之痛……当1949年叔叔从国外转道香港回到祖国时，阿姨已因肺病进入第三期而危在旦夕，多亏叔叔的精心照护才挽回了生命。即使是在全国解放后的五十年代，由于收入微薄，加上双方的多位亲人与他们住在一起，君健叔叔一家的生活，依旧十分困难。但是，面对这一切，无论是经济上的困窘还是解放前受到的政治上的迫害；无论是相守还是分离，这对坚强的夫妻相互理解支持，患难与共地走向了金婚。谁能不为他们的两心相印而喝彩？艰难之后的幸福、安定的生活，又使他们格外珍视完美结合五十周年纪念日的到来！

然而，1992年3月，就在金婚来临的半年多之前，却传来了不幸的消息：七十七岁的君健叔叔被查出患了前列腺癌并已扩散到肺部和骨头！听到这个噩耗，苑茵阿姨昏倒了！听到这个噩耗，我们全家人的心像压上了一块巨石。这年初秋，悲恸中的苑茵阿姨打来了电话，希望曾为他们夫妇结婚时红纸题诗的我父亲，再写几句话，以作金婚的纪念，并且在通话的最后说了四个字："越快越好！"这也许是老友最后的请求？父亲心情异常沉痛，他不顾年迈多病，马上拟好了词句，立即亲笔在宣纸上写好了贺词：

君健
苑茵　老友金婚纪念

银婚变金婚，两心并一心；
恩爱相终始，百岁犹青春。

臧克家
郑　曼　贺

壬申年秋

纸上的墨迹刚刚干透，父亲就仔细地用纸包好，小心地在外边系上绳子，亲手交到我的手里，让我立即作为代表，将这份特殊的礼物，送到住在北大医院的君健叔叔手中，并再三叮嘱千万不要在车上挤坏弄皱，因为，这是一份什么样的礼物啊！它，仿佛不是一张薄薄的宣纸，而是一颗心！这是一颗饱含着深湛友情和希冀着老友早日康复的心呀！

当我在北大医院三人同住的病房中看到君健叔叔和苑茵阿姨，双手递上这仿佛力重千钧的贺词时，叔叔、阿姨同样显得苍白的脸上泛起了久违的笑容。他们轻轻地打开宣纸，轻轻地同声念着那首贺诗，君健叔叔那消瘦了不少的脸上，现出了由衷的喜悦，而阿姨的眼中却有泪光在闪动。这泪花和笑容中，又包含着多少内容啊！当阿姨将我送出病房，站在楼梯口向我讲述了他们的近况时，我知道了，为了减轻对方的痛苦和负担，这对恩爱的老夫妇是怎样相互隐瞒着真实的病情；我知道了，叔叔为了增长体力配合治疗，是如何艰难地吞下那一口口饭菜；我知道了，身患严重心脏病的阿姨是倾尽了全部心力在服侍、照料着病重的老伴儿！这份情，这份爱，让我落泪了。当时，我就在心中揣上了一个心愿：在10月25日老人们金婚的这一天，我一定要代表我的全家，送来一束大大的玫瑰花！然而，当金秋10月来临的时候，严重的颈椎、腰椎病已将我击倒在床上，我已无法向这对可敬的老人献上祝福的花束，它，成了我终生的遗憾。

也许是苍天睁开了眼睛？在医护人员精心的治疗下，在苑茵阿姨与全家人竭尽全力无微不至的护理中，君健叔叔的病情奇迹般地好转了！他是多么珍惜这来之不易的时光啊！老人拿起了笔，又开始了写作，实现了他“当一回专业作家”的夙愿。他不断推出中、短篇新作、散文和回忆录，一本本新书也结集出版了。当八十八岁的父亲读到这些作品，收到这些格外珍贵的赠书时，按捺不住喜悦的心情，欣然提笔，躺在病床上写下了《喜讯传来——贺叶君健老友康复出院》这篇情真意切的文章。文章中，他对“为人正直不阿，工作认真，对待朋友，热情诚挚，乐天主义，笑口常开，与之交游，心旷神怡”的君健叔叔安然回家的消息，感到如“心头上飘忽的乌云，一扫而空”，使曾为老友的病情“心惊慌，意急切”的他，真正觉得是得到了“令人旷达开怀的大喜讯”！字里行间那为老友康复由衷喜悦的情感，令人动容。

也许是因为病，使我这个晚生后辈与君健叔叔的交往，也多了起来，因而更增加了我对他的了解与崇敬。每当身为报社编辑的我带病在电话中向老人约稿，叔叔总是尽可能地满足我的要求，并十分关切地询问我的病情，介绍治疗颈椎病的各种方法。当他听说我一个人带着孩子，靠几百元劳保工资维持生活，老人非常热情地问我生活上有没有困难，想给我一些经济上的援助。我知道，君健叔叔和苑茵阿姨曾多次用他们并不丰厚的工资，去帮助生活困难的友人们。1998年大洪灾，他们一下子捐出了仅有的稿费两万元。听说我父亲多年重病行走不便，君健叔叔将儿子孝顺他的那把新轮椅，赠给了老友并派儿子立刻开车送到了我家门前。我也曾在报纸上读到他家小保姆卢丽霞的文章《难忘的教诲——叶君健爷爷教我学文化》，对于这个从湖北红安县来的小同乡，君健叔叔视她为亲孙女，并帮助、培养她从一个农村娃儿，成长为一名北京的大学生！叔叔在那段与癌症做斗争的并不长的日子里，将多少爱留在了人们的心间呵！

然而，正当我们全家为君健叔叔病情好转而深感庆幸的时候，1996年6月，又传来他的癌症再次转移的消息。我深知骨癌的疼痛是常人难以忍受的。当时，“君健叔叔的生命就是战斗”的深切感触，那样强烈地占据了我的思维。一定是叔叔心中有了某种预感，这年9月10日，他亲自拨通了我家的电话，执意要拖着病体来看望我的父亲。我母亲怕过度劳累和激动会影响他的病情，但叔叔深情地说：“见面的时间不多了，就让我去一趟吧！”第二天下午，君健叔叔在苑茵阿姨的陪伴下，来到了我家。病中相逢，两位老友紧紧地拥抱在一起，久久不愿松开！坐在秋阳斜射的客厅中，两对老人有多少话要讲呀！五十多年的深厚友情，浓缩在这难得的会面中。这是既高兴又沉重的时刻，谁都知道，期待奇迹再次发生的希望是那样渺茫。这是君健叔叔在与我的双亲诀别啊！当家父在大门口目送叔叔阿姨离去的时候，他那饱经沧桑的心中，又增添了一份深深的哀痛。

第二年10月初，我的父母接到召开“纪念叶君健从事文学创作六十五周年研讨会”的通知。“通知”的旁边，有君健叔叔亲笔写下的一行字：“克家同志：您好，我已近乎瘫痪，不能行动了，可否写几个字？君健。”父亲当时刚因重病初愈从医院回家，稍一用脑或激动，血压就升高。但是，老人同样执意地立即拟好了贺辞，在近六十载的友情之旅中，第三次提笔为君健叔叔写下了感人肺腑的话：

> 作家、翻译家，著名于当世。
>
> 同志、好朋友，深交六十年。
>
> 人品、作品，双照心目。
>
> 带病握笔，可敬可钦。

短短几句话，不仅是对君健叔叔一生的高度概括，也是这对老友深湛情感的流露与总结！

自从去年5月父亲不慎摔倒而致腰椎骨折后，卧病在床的他隔些时日就催母亲打电话给苑茵阿姨，问询君健叔叔的近况。然而，今年元旦前后，九十四岁的老人却像有了什么心灵感应似的迟迟不提打电话的事。这是他的心在拒绝那噩耗的到来呀！然而，1月5日，那不幸的消息最终还是传来了！八十五岁的君健叔叔远行了！我的父母永远地失去了这位“深交六十年”的挚友。再也不会有秋阳斜射的客厅中那相见甚欢的交谈了！再也不会有君健叔叔祥和的笑容，关切的询问和那洒向人间的挚爱了！一对患难与共的夫妇，一双相交甚笃的老友，从此天上人间，永不能相见！

我们全家都哭了！

就在我准备动笔写这篇文章，打电话去征求苑茵阿姨的意见时，这位年近八十岁的老人那样悲恸而深情地哽咽着说：“小平啊，你君健叔叔就这样走了，却给我留下了永久的巨大的哀痛。我的生命和全部情感都被他带走了呀！”

这是人间至真至纯至深的情感！夫妻情，老友情，连同晚辈对前辈的崇敬与怀念，汇成了这难以割舍的不了之情，永远萦绕在心间！

写于1999年3月

养生无术是有术

被人们誉为学贯中西的学界泰斗季羡林先生，今年已是虚龄九秩的老人了。自80年代中、后期分别从北京大学副校长和全国人大常委会委员的位置上退下来之后，他仍然担负着50多个或实或虚的职务。国内外的许多重要会议和社会活动等待他的参加；他家中几乎天天坐满婉辞不掉的客人与来访者；他的书桌上永远摆放着一篇篇、一部部尚未完成的文章和著作……这一切，对于一位耄耋之年的老者来讲，实在是过于繁忙和劳累了。

然而，说来也怪，除了老年哮喘和白内障外，极为繁忙的季老至今仍保持着一副自称“顽健”的体格。每天凌晨三四点钟，他的书房中就亮起了北大校园里的第一盏灯，直到晚上10点入睡，季老的工作和活动日程总是排得满满的。以九十之躯来承担这些重负，没有一个好的身体，确实是难以胜任的。由此，想到了季老的强身健体之法。精力充沛、健康长寿的季老，一贯信奉的是颇具特点的“三不主义”：不锻炼，不挑食，不嘀咕。

说到不锻炼，人们可能很奇怪。其实，季老反对的只是为了锻炼而锻炼，除了锻炼之外，似乎就没有别的事可做的“锻炼主义者”。他认为人生的第一要事是工作，如果将大量时间用于锻炼，对于他来讲实在是本末倒置。在日常生活中，季老并不排斥锻炼，他年轻时就喜好游泳和打乒乓球；人入老境，在繁重的工作之余，他有时也忙中偷闲地到北大未名湖畔去散散步，以松弛身心，养精蓄锐。季老一生勤于思考、勤于笔耕，这对于大脑来讲，正是最好的锻炼。季老有一个很为独特的“大脑轮换休息法”：他着意将不同门类、不同语言、不同形式的文字工作，如文学创作、外文翻译、论著撰写等，轮番交替地进行，让大脑不同区域间或地得以休息。这种方式，他长期坚持，屡试不爽。他至今思维敏捷，常常写出备受赞叹的佳作与巨著，这与他平时的锻炼是分不开的。我想，这个“不锻炼”的提法，不过是季老几十年来执着地将全部身心投入到工作中而无心他顾的结果。

在饮食上，不挑食、不忌口、不吃补品，是季老的习惯与特点。老人全家的生活十分俭朴，平时吃的都是普通的家常便饭，在大城市中生活了数十年，他却依旧钟情于家乡的饮食习惯。他的早餐，总是简简单单的几样：几片烤馒头或面包片，一碟花生米和一杯清茶。午、晚两餐也是以素菜为主，较少肉食。一碗绿豆小米粥，就是老人眼中的美味佳肴了。当然，饭桌上也会有惊喜。季老的婶娘将她从北大校园中挖来的荠菜，包成鲜美可口的馄饨，这就是季老赞不绝口的“极品”了。作为山东人，他有时也要提一点小小的要求：一个辣椒，一棵葱，以此作为佐餐的调味品。季老的夫人还经常将烤好的馒头片放在他书房的一个饼干盒里，以作为季老工作饥饿时的应急之需。老人这种不挑食、不忌口的饮食习惯，使他平时所吃的食物品种多而杂，从而保证了各种营养充足、均衡地补充于身体。这也是他能健康长寿的一大要素吧。

不嘀咕是指季老心胸开阔，从不去纠缠那些想不开的事，从不为自己的健康怕这怕那。他最反对一些人在生活上对自己百般禁忌：吃鸡蛋怕胆固醇，吃肉怕高脂肪，吃饭计算卡路里（热量），连吃水果也要消毒几遍。嘀咕来嘀咕去，钱花了不少，自己却落了个瘦骨嶙峋外加营养不良。季老呢，他说自己“心里没有负担，胃口自然就好，吃进去的东西都能很好地消化、吸收和利用。再补之以腿勤、手勤、脑勤，自然百病不生了”。同时，对于寿命的长短，老人也从不嘀咕。他所期盼的只是在晚年把那些对祖国、对人民有利的工作做完。这种崇高而又洒脱的境界，也是季老长寿的秘诀之一。

除了“三不主义”，季老平时的生活极有规律。每日三四点钟即起床，进行学术研究或写作，几千字的文章可以一挥而就。7点钟早饭结束，就开始了一天紧张的生活。午饭后，他要在书房的旧藤椅上小憩片刻。这时，老人钟爱的小猫咪会跳上他的膝盖，这老“小”同眠的情景，颇为老人繁忙的生活添了几分童趣。工作累了的时候，季老会提起水壶为窗台上的花木浇浇水、拔拔草，于满目青翠中寻觅一份心灵的宁静和一种生命的活力。这短暂的活动与休息，对季老无疑是颇有裨益的。晚饭之后的时光，老人要看看电视新闻、当日的报刊和刚收到的新书，以汲取新的信息和知识。晚上10点钟准时就寝。除极特殊的情况外，这样的作息是从不改变的。

季老这位从不刻意追求养生之术的老者，却在数十年繁忙劳碌的工作中，形成了一套很有个人特点的养生之法。这套以季老朴素的人格特征和一切为了工作的人生追求为基点的养生之法，是否于强身健体之外，还能促使我们想到更多的东西呢？

2000年8月

记一段文坛往事

这是一段起始于半个多世纪前的文坛往事。人们常说，岁月飞逝，往事如烟。但是，这个围绕着对于一部新诗集的评论所展开的故事，却至今令人深思。它给我们带来了感动和敬佩，更为人们留下了教育与启迪。

诗人臧克家和《泥土的歌》

这是在两位文坛前辈——著名诗人臧克家和著名文学理论家、文艺界资深高层领导人林默涵之间发生的故事，它绵延了旧与新两个时代的数十年时光。故事围绕的中心，是臧克家1943年出版的一本诗集——《泥土的歌》。

臧克家，1905年出生于山东诸城农村。这位出身于没落地主家庭，但却在贫苦农民中长大的诗人和作家，对于生活在三座大山残酷压迫下的中国农民，对于古老农村的山山水水一草一木，怀有无限的热爱与深情。从青年时代起，他就用手中的笔，为挣扎在社会底层的劳动人民讴歌和呐喊，《难民》《老哥哥》《老马》《贩鱼郎》《炭鬼》《当炉女》……一篇篇饱蘸情感的诗篇，道出了他（她）们的深重苦难，也喊出了臧克家心中的愤懑和不平。他的这些作品，真实生动地勾画出中国农民的生活景况和中国农村的真实面貌，有力地揭露了旧中国的黑暗、尖锐的阶级对立和剥削阶级的无耻与贪婪。这些现实主义的诗作，为上世纪30年代初的文坛，带来了崭新的风气和新鲜的血液。

《泥土的歌》是臧克家在抗战正面战场战斗了5年后，于1942年到达重庆的一年中创作的一部诗集。当时居住在重庆歌乐山那宁静的农家小院中，熟悉的农村生活使臧克家苦苦思念着被战火阻隔的农村故乡，思念着亲人和胜似亲人的贫苦农民朋友。从小就无比熟悉的中国旧时农村的生活和贫农、佃农的身影，此刻那样清晰强烈地浮现在他的脑海中。虽然经过5年的战争生活，臧克家身处的，依旧是半殖民地半封建的旧中国农村。这些由亲身经历而产生的情感与怀思，是创作这本诗集的基石。《泥土的歌》收入了55首新诗，分为“土气息”“人型”和“大自然的风貌”三部分。臧克家的一些诗歌代表作（如：以春鸟的歌声，表达作者追求自由光明、反抗压抑与黑暗心声的《春鸟》等）和不少优秀诗篇，都结集在这本诗著中。它不仅在题材和思想倾向上，对作者以前的作品有所继承和发展，而且标志着臧克家诗歌艺术风格的更加成熟和完善。这本诗集分别于1943年6月和1946年2月由桂林今日文艺社和上海星群出版公司出版，它是作者重要的诗歌代表著作之一，也是臧克家自己很看重和喜爱的作品。在自白中，这位诗人曾这样写道：“《烙印》和《泥土的歌》是我的一双宠爱。”“《泥土的歌》是一本关于我心爱的乡村的歌，一本关于我亲爱的农民兄弟的歌，一本从我心底流出的真诚的、热情的、淳朴的歌。它完全没有造作，也绝没有雕饰，在写它们的时候，我心中充满的是对故乡的怀念之情，是对农民兄弟的热爱之情，而且，没有比这诗句再自然、再朴素、再真挚的了。”作者在这本诗集的《序句》中唱道：

我用一支淡墨笔
速写乡村，
一笔自然的风景，
一笔农民生活的缩影：

有愁苦，有悲愤，
有希望，也有新生，
我给了它一个活栩栩的生命
连带着我湛深的感情。

这是对于《泥土的歌》最好的概括和说明。

两段令人深思的文学批评

这本诗的问世，受到了国内外广大读者的欢迎和好评，有些文艺团体讨论过它，有些诗选家（包括国内外）格外重视它，有些读者特别偏爱它。《泥土的歌》同样引起了文学界的关注。不少文学评论家和作家、诗人，如：简壤（徐光霄）、王亚平、姚雪垠、晏明、吴组缃、孔休（曹辛之）、劳辛、李长之等，都于1943年桂林今日文艺社出版该书后的一两年内，先后在报刊上发表了各自的看法；作者本人也针对其中的一些观点，提出了自己的不同意见。这中间，既有肯定，也指出缺点，并开展了不同见解的争鸣与交锋。这场文学界的评论和讨论，是十分正常的，从中可以看出当时文学批评的民主和自由争鸣的平和气氛。这些文坛同仁和朋友之间，谁也没有因为观点的不同而产生不和与芥蒂，更没有“帽子”“棍子”满天飞或是动辄就要打上法庭的现象，这是当今的人们颇应学习和借鉴的。

但是，到了上世纪40年代末的1948年，随着阶级斗争的日益尖锐化和对于两种命运、两种前途的生死抉择，一些文艺批评产生了“左”的倾向：忽视艺术性，不适当地强调所谓的政治性，没有对于作家写作时的年代和社会背景做客观的分析，对统一战线范围内的作家的作品进行了不适当的过火的批评。在这种情况下，《泥土的歌》也受到了很大影响，主要表现在林默涵先生1948年3月发表在《大众文艺丛刊》上的文章《评臧克家的〈泥土的歌〉》。这篇文章认为：“在《泥土的歌》中，我们几乎看不到一点农村阶级斗争的影子。”“我们的诗人只是用一些表面的千篇一律的陈词滥调，什么勤苦、朴实、硬朗、良心等等，来堆砌在正在急剧地变化中的农民头上。这不是我们周围的现实的农村和农民。”作者“仅是出发于幻想的憧憬，出发于腻烦都市生活者的自慰与自欺，因此所谓爱得心痴、心痛，爱得要死的感情，也就不能不使人感到是虚伪的”，“诗人美丽的幕布遮住了血淋淋的现实”，“完全是一种非现实主义或唯心主义的创作态度”。默涵的文章，从根本上完全否定了这本诗集。

我们知道，生活是文学创作的源泉，作家诗人们只能去反映自己熟知的生活与感受；而对于那些不了解、不熟悉的社会生活，是无法细致形象地反映和刻画的。这的确是一条文学创作的原理，也是作家诗人们无法逾越的客观的创作原则。因此，就臧克家个人的生活经历、写作此书的时间段和身处的社会环境而言，他还无法真切地反映全国解放前夕自己并不了解熟知的旧中国农村中的阶级斗争。应该指出的是，这本诗集对于中国农民未来道路的选择与奋起抗争方面的描写是薄弱的，这是它的一个弱点与缺憾。但是，人们不应因此去全面否定作者与这本诗集。

在这种简单生硬的批评压力之下，1948年12月，臧克家写了四千余字的文章《关于〈泥土的歌〉的自白》。他详细地追溯了写作诗集的时间（距此六年前）、空间（几百年不曾有过改变的旧型农村）和当时的生活与心情，强调指出：“这一些，可以作为评价的标准，稍一移动，情形就不同了。”他剖析了自己当时的情感基础、创作初衷和写作情况，分析了批评文章中所提及的“致命伤”。在文章的结尾处，臧克家写道：“当然，在今天的心情下，我绝对不会写出这样一本诗集来，时间把一切都变了，我的思想和情感也已经不同。如果将来再继续唱‘泥土的歌’，那调子一定是明朗而且欢乐的吧。”细读这篇文章可以品味出，在作者表示“甘心接受这批判”之时，他仍对这些批评有一些自己的看法和意见。

从此之后，林默涵先生的文章成了现代文学史评价《泥土的歌》的依据与定论，如：上世纪50年代出版的《中国新文学史初稿》

《中国现代文学史》等，都沿用了默涵先生文章中的思路、评价和语言。因为这本诗集是臧克家新诗重要的代表作品集，因此可以这样说，这篇文章对诗人臧克家整个文学成就的定位与评价，产生了不小的影响。

然而，心胸开阔坦荡、对朋友热情如火的臧克家，并没有因此对林默涵先生产生任何怨言，他们是一对相处甚为融洽的老友。克家先生曾在晚年这样写道："我与默涵初识于香港的九龙……解放后，与默涵见面机会渐多，时有往还。他来过我的四合院，我也去过他的三合院。50年代末，他带着小女儿——小林，我带着我的大女儿——小平，优哉游哉于青岛大海之滨，记得在一个月夜约会于荃麟的寓所，畅谈甚乐……我与默涵，可以说是亲密无间的老朋友了。"

凡是知道这件事的人，无不为诗人臧克家的品格与境界所折服。

三十三年后的感动

这件发生在解放前夕的文坛往事，并没有就此结束。三十三年后，它有了一个令人感动和钦敬的结局。

"文革"结束后，文学界与全国各条战线一样，对于过去的历史进行了深刻反思和重新认识。1981年，年已76岁的臧克家，收到了老友林默涵的一封信：

> 克家同志：我的记忆力差，我们在香港相识的情景，我已记不起来了。但我却忘不了我在香港写的评论你的《泥土的歌》的文章，由于我的理论修养太差，看问题太简单化，对你的作品不是实事求是进行分析，而是夸大了缺点，抹煞了优点，无论如何，你的热爱泥土，同情农民的心，总是十分可贵的。可是，你却从来没有介意这件事，若不具有宽大的胸怀，是做不到的。可能你早已忘了这件事了，但我却感到不安，今天向你说了，也许从此可以把

它忘却。

这封字字出自真诚与肺腑的信，深深地打动了臧克家老人的心。从信的末尾可以看出，这件不曾被忘却的往事，一直在折磨着默涵先生的心。过了不久，在这对老友再次碰面的时候，默涵先生第二次提到了这件事，又一次表示了他的歉意。1987年的全国政协会议，默涵先生是文艺小组的组长，克家老人是小组成员。这次会上，当着几十位作家的面，默涵先生第三次提到这件已经过去近四十年的文坛旧事，并进行了诚恳的自我批评。这出人意外的举动，这位资深老党员、老领导深刻的反思，坦荡的胸怀和勇于自我批评的崇高精神，不但令臧克家深为震撼，而且感动和教育着每一位在座的听众。

1988年1月，83岁的克家老人满怀情感地写下了文章《关于〈泥土的歌〉》，记录了他和老友林默涵之间关于这本诗集展开的故事。在文章的结尾，老人这样写道："默涵同志，是老党员，也是老理论家、作家，我们相交已有四十年了。我觉得他为人正直，对人诚恳，处事深沉，自律甚严。对文艺问题，他有个人的看法，绝不随风飘摇。可是，一旦觉得出现了偏差，他也绝不护短，胸怀坦荡，表现出了一个理论家的风度，对《泥土的歌》的评论问题，就可以作为例证。他写了封信，放下心里的一件旧事，我写这篇小文，也是意在把这件旧事公诸大众，了解这桩'诗案'。"

这段文坛往事或许已经随着时光而远去，但是，不管是普通人还是文学工作者，我们可以从中汲取到多少令人深思和感佩的东西啊！

定稿于2004年

生死之交

——记羡林叔叔与我父母臧克家、郑曼的终生友谊

这是一篇跨越了一位伟大长者生死之界的文章。起笔时，他还活着，可以亲近，可以通信，可以交谈；而未待终篇，他已安然逝去，音容只能在记忆中相闻相见了。我不想改动已将成文的文字，就让它顺着我的思绪、我的情感，呈现给世间，敬献在羡林叔叔和我双亲的灵前。

2004年2月5日元宵之夜，我的父亲臧克家驾鹤西去；相隔整整5年后的2009年2月5日，我的母亲郑曼也辞别人间。最最亲爱的骨肉相连的双亲离开之后，孤寂与失落，完全占满了我的心田。落寞之中，对于父母亲那些如今健在的老友们，我便油然增添了许多情感上的怀念、挂牵与眷恋。季羡林叔叔就是我最为记挂的长者之一。

羡林叔叔小我父亲近6岁，是我父母六十余年的老朋友，也是看着我从小长大又历经人生坎坷的长辈。由于怕打扰正在住院的老人，我给他的公子季承大哥打去了电话，请他捎去我深深的问候和祝福，也请羡林叔叔在精神好时为我题几个字，以留作我人生中永久的纪念。没有想到，很快，叔叔的题字就用特快专递送到了我手中。打开它，在印有“季羡林专用”的雪白的信笺上，有一朵淡淡的“季荷”正在怒放。

小平

生死之交

季羡林

09.4.27

几个大字，一下扑入了我的眼帘。立刻，一股热流从心底涌起，湿润了我的双眼。“生死之交”！羡林叔叔写得多好啊！他用这四个饱含深情而又掷地有声的大字，总结了他与我父母63年的深厚情谊。一时间，那些纷至沓来的往事，如大海不尽的浪花，一下一下拍打着我记忆的堤岸。岁月在眼前一晃而过，我的思绪瞬间被拉到了几十年间那无数个场景面前。

（一）

那是抗战胜利后的1946年，我父亲随我母亲的工作单位中央卫生实验院，先于母亲数日“复原”到了南京，并在那儿停留了十多天。那时，刚从德国留学十年归来的羡林叔叔，也路经南京，准备到上海稍作驻足后，去北京大学任教。正是他们同一时间在南京的“停留”和“路经”，使两人结下了今生之缘。当时，在国立编译馆工作的李长之先生，既是父亲的同学，也是羡林叔叔从小学至大学的同窗挚友，叔叔此次来到南京，就睡在长之先生的办公桌上。于是，父亲与叔叔在长之先生那儿的相识，就成了既是巧合，又是顺理成章的事情。三位山东老乡在异地相聚，吃着家乡饭，放舟莫愁湖，享受着当时少有的快乐。父亲后来回忆说：“我们一见，彼此倾心。他在国外待了多年，但身上毫无洋气，衣着朴素，纯真质实，言谈举止，完全是山东人的气质和风度，我心里着实佩服。”数日后，为了谋生和发展，父亲又先于母亲到了上海，在《侨声报》找到了编辑副刊的工作。不久，羡林叔叔也抵达沪上，就住在我父亲东宝兴路138号《侨声报》那间小小的日式宿舍中。这间本来只有一桌一椅的斗室，一下子被羡林叔叔随身携带的五六个装满书籍的箱子，填充得满满的。利用工作之余，父亲带叔叔去拜访了郑振铎、叶圣陶和郭沫若（可惜未遇）等学术界、文学界前辈。晚上，他们就热乎乎地挤在斗室中：“我俩在‘塌塌米’上，席地而坐，抵足而眠，小灯一盏，照着我们深夜长谈，秋宵凄冷，而心有余温。”父亲就这样把这次“心有余温”的团聚，印在了自己的记忆中。与父亲同样“一见如故”的羡林叔叔，也至今记得，“我在上海停留期间，夜里睡在克家的榻榻米上，觉得其乐无穷。”“我平生第一次，也是唯一的一次喝醉了酒，地方就在这里，时间是1946年中秋节。”

其实，在他们一见如故之前，彼此并非一无所知，甚至还打过一场“笔墨官司”。那是源于父亲1932年的一首诗《洋车夫》：“一片风啸湍激在林梢，／雨从他鼻尖上大起来了，／车上一盏可怜的小灯，／照不破四周的黑影。//他的心是个古怪的谜，／这样的风雨全不在意，／呆着像一只水淋鸡，／夜深了，还等什么呢?”羡林叔叔对诗中的最后一句持有异议：“这种连三岁孩子都能懂的道理，无非是想多拉几次，给家里的老婆孩子多带点吃的东西回去。而诗人却浓笔重彩，仿佛手持宝剑追苍蝇，显得有点滑稽而已。因此，我认为这是败笔。”然而，这场没有结论的“官司”，并没有在两人之间引起丝毫芥蒂，反而成了他们终生友谊之前的一段有意思的序曲。或许，它会成为今后老友相聚时的一段笑谈吧！

南京、上海的相逢相聚，使父亲和羡林叔叔彼此都有气质相投、相见恨晚之感。全国解放前夕的1949年3月，我父母从香港北上，他们又相聚在北平（京）。起初，羡林叔叔住在翠花胡同北京大学宿舍中，离我家当时的住所不远，他和我父母时常往还相访。用父亲的话来说，那时与前两次的相见，是“两个天地，两个时代，两种心情”了。羡林叔叔在翠花胡同住着两间小西屋，当时他的家眷还没有来京，屋子仍被书籍占了大半空间。这座清净的住处，树木成荫，古碑成行，附近还停放着一具古棺，（叔叔曾笑称：“我是与鬼为邻。”）让人颇有孤寂清冷和阴森之感。但是，甘于寂寞的羡林叔叔却认为，这不被外界过多干扰的地方，正是潜心学问的好住所。

后来，羡林叔叔搬进了北京大学，从此，我家住东城，他家居西郊，相距大约七八十里。两位老友除了在一些会议上短暂晤面外，平日里很难像过去那样经常往还畅谈了。大约从上世纪70年代中期起，经历过“文革”阻绝的他们，深感步入晚年后友情的弥足珍贵，又慨叹因各自忙碌，每年见面的次数太少。父亲在1973年12月8日给羡林叔叔的信中感慨道：“春天相约看桃李；夏天相邀看牡丹；秋天希望同赏菊，到头来，什么也没看到，但乐观精神可表；冬天一道看梅花！有此心情，可以长寿。”叔叔在1975年2月春节前的来信中也说：“我已经很久很久没有进城了。因为我视公共汽车（电车）为畏途……但是春节我已下定决心来看你，因为不给你拜年，好像一年的任务都没有完成。时间可能是正月初二上午。”于是，从这年开始，只要羡林叔叔抽得出时间，每年春节初一或初二到我家来拜年，就成了一条“不成文法”（羡林叔叔语）。这天，羡林叔叔或一人，或邀上两人共同的好友、我父亲的高中同窗、北大教授邓广铭叔叔，或与家人、秘书一道，跨几个城区而来，与我们全家团聚畅谈，共进午餐，欢庆新春。为此，父亲曾多次深情地对我们说过这样一句话：“羡林不来不是春。”

羡林叔叔为人内向，他曾多次讲过：“我有一个最大的缺点，就是最不乐意拜访人。即使是我最尊敬的老师和老友，我也难得一访。我自己知道，这是一种怪癖，想改之者久矣。但是山难改，性难移，至今没有什么改进。”但是，他却“破例”地在以后许多年的春节，都准时来到我家拜年，这成了叔叔几乎雷打不动的日程安排；这一天，也成了他心中的节日。父亲是个极重友情的人，他多次说过：“朋友是我生命中的大半个天。”老舍伯伯的公子舒乙大哥，曾在悼文中以《热情无人可比》为题，生动地描绘了父亲对友人们极为真挚热烈的情感，更何况这是终生挚友羡林叔叔的佳节来访呢！父亲发自内心的、热情如火的情态，与羡林叔叔相比之下略显内向的性格，形成了这样一幅情景：在我家那被羡林叔叔称为堪与刘禹锡的陋室相比的墨色逼人的客厅里，父亲亲自为老友倒上龙井茶，摆上早已准备好的糖果和果品之后，就会滔滔不绝地说起老友们的近况，谈及两人都关注的文艺界与学术界的各种问题，还会找出自己正在阅读的书籍，与客人们共享他的读书心得。是啊，这一年一次的难得相见，父亲该有多少话要向老友倾诉呀！而羡林叔叔则面带会心微笑，静静地听着长自己6岁的老兄畅抒胸臆，并在适当的时候，语速舒缓地插上几句话。看到已入暮年的挚友见到自己后，高兴得“手欲舞足欲蹈”的样子，叔叔欣欣然沉浸在无比醇厚的友情之中。见此情形的母亲有时会提醒父亲：请季先生多讲几句。但，结果是——性情使然，改观不大。这个时候，谈话声、欢笑声便会冲出屋门，荡漾在我家的小院之中。

同样让羡林叔叔难以忘怀的，是我母亲精心准备、亲手烹制的菜肴，比如：香酥鸡、红烧肘子……这些唇齿留香的美味，往往令叔叔大饱口福后，又屡屡大赞不止。他与我们全家亲亲热热团团圆圆地围坐在桌旁，边吃边聊并共同举杯互祝佳节的场景，至今还鲜活在我的脑海中。1976年国庆节后，羡林叔叔深深感叹人老去，而与老友一年一见次数太过稀少，就来信讲：“我总想设法打破一年一见的老例，去年打破了，今年已经到了十月，还没实现。照这样的老例，我们究竟还能见多少次面呢？我并不是伤感，生死是宇宙规律，我毫不在乎。但今年，一连三个最主要的领导人先后逝去，我不由得就想到了这些。”他在以后的信中，曾多次提议每年多来一次。我父母见信后十分欣喜并翘首以待。然而，忙于工作实在分身无术的羡林叔叔，最终没能实现这个美好的愿望。这种一年一度的春节欢聚，一直延续到2001年。这一年春节团聚，羡林叔叔搀扶着我父亲，在我家客厅刘海粟先生写的那个大大的“寿”字下面合影留念。在寄赠给叔叔的这张照片背面，父亲亲笔题句：“你我并肩挺立在照片上／你好／我好／今年比去年好／永远好！”老友间的衷心祝福和满心期待之情，跃动在字里行间。然而此后，先是两位耄耋老人身体欠佳，接着我父亲病重入院直到2004年逝世。于是，就再也没有了他们人生中这个品尝友情的重大节日。2001年春节的这张照片，成了他们生命中的最后一张合影和永远的纪念。

（二）

父亲和羡林叔叔之间的情感和友谊，绝非肤浅的泛泛之交和一般意义上的普通朋友，叔叔用“生死之交”四个字形容它，真是一语中的。父亲在晚年曾写过一首诗：“老友老友，／心中老有，／意志契合，／如足如手。”他们之间的这种“如足如手”的“生死之交”，首先就是源于他们的“意志契合”，心灵相通。尽管他们的人生经历不同，但是他们都是从旧中国和战乱忧患中走向光明的知识分子，他们有着共同的追求和理想，有着共同的爱国爱民和为国为民的博大胸襟。这一切，渗透在他们平日交谊和信件往还的点滴细节中，“为人民、为国家、为社会主义”，这正是他们共同的心声。“文革”后期，已经67岁的父亲尚在湖北干校，“问题”还没有得到解决。他在1972年8月1日与羡林叔叔接上关系的第一封信里，就坚定地表示：“我坚决相信，我们还能为社会主义事业做出点滴贡献。”羡林叔叔在首封回信中，也这样写道：“我决不能白吃人民的小米，总希望能竭尽自己的全力为社会主义做点事情。”他们期许：“要打起精神，再活上三十年，为人民多做点事，多写点好诗。”这共同的意愿，是他们友情的第一块坚固的基石。因此，这对终生挚友志同道合而又默契相知。父亲在1981年12月13日的散文《朴素衣裳常在眼——记羡林》中，不仅提到了一年多前他为叔叔写的一首诗《赠季羡林同志》：“年年各自奔长途，／把手欣逢惊欲呼。／朴素衣裳常在眼，／遍寻黑发一根无。”同时，文章也回忆起30年前的一段往事。1949年初他们相聚北平时，曾谈起过知识分子加入中国共产党的问题。那时，刚从国外归来时间不长的叔叔，对此还有着一些想法：“共产党打下来天下，现在你要求入党了……”犹豫之中夹着顾虑。随着时间的推移和对党逐渐加深的了解，叔叔对于入党的认识有了改变。上世纪50年代初，父亲借去济南开人代会的机会，看望了正在泉城家中的羡林叔叔。这时，视我父亲如兄长的他，再次谈及了这个问题：“党组织培育了这几年，我现在在考虑这件大事。我的为人你是知道的，入了党，就要为党工作，全力以赴，把个人的一切全交给党。”父亲听了这番推心置腹的话，非常感动。他严肃地对叔叔说：“你以前关于知识分子入党的想法，今天用事实纠正了。这一步，你是迈过来了，党和群众培养你，信任你，你应该写入党申请书。”对叔叔十分了解的父亲知道，“羡林不论做人、做学问，不是暴雨式的，而是沁透式的。他入了党，一定会给党好好地工作，只想给党添什么，绝不想向党要什么。”“果然，羡林是这么做了。”据我所知，这对老友对许多问题的看法（包括政治、学术和文艺观点），都是一致的。这也是他们之间的友谊一直和谐完美的一个佐证。

近几年，人们一直为羡林叔叔辞去“国学大师”等三顶桂冠而钦敬有加，殊不知，上世纪80年代初，父亲和羡林叔叔之间，就已经有了“贺去职”的佳话。1984年3月，父亲从报纸上得知，羡林叔叔不再担任北京大学副校长的职务，为之大喜，立即写信向老友祝贺，并马上在《光明日报》发表了《贺友人去职》的抒怀之作。正如父亲在文中所写的：“一般情况是贺就职，祝升级，我为何反其道而行之？不知我者，或以为矫情，知情况者，便觉得其中有深意了。”的确，他为何会有这番不合常情的举动呢？原来，羡林叔叔和父亲生前，都被自愿或非自愿地挂上了许多职务和名义，一人身兼数十职，各色聘书几大摞。这种情况，在父亲的老友中很普遍。他们在彼此的交谈和书信往还中，常常提及此事，皆称“苦不堪言”。“苦”从何来？父亲在1978年写给羡林叔叔的信中谈道：“恭三（北大教授邓广铭先生，‘恭三’是先生的字）来信，说你又荣任北大副校长，乌纱帽多了，也压人。我觉得，你应以大半精力与时间搞点研究、翻译工作，就长远利益讲，这样功效大，因为非你莫办；而行政则别人亦可也。”当时身兼20多项职务的羡林叔叔，对此一直深有同感，他多次向我父亲大吐苦水：“我非常害怕又恢复‘文革’前的情况，头衔挂了二十多个，但无益于人民。我已下定决心，再也不干行政工作，甩掉一切乌纱帽。年纪渐渐老了起来，想干的事情多得很。”“我简直想‘出家’当和尚。”由于事情过于繁重忙碌，叔叔甚至几次累得病倒在床上。其“苦”真不堪言也！为此，父亲代表自己和老友们发言了。他在1980年的文章《兼职过多压死人》

的开头，就开门见山地比喻道："一个人的脖子上套上花环，当然很光荣，但花环太多，也觉得压得慌。"接着，他就不指名地以羡林叔叔和邓广铭叔叔为例，道出他们兼职和非专业性事务过多，每天陷于"文山会海"而不能"务专业"的极大苦恼。父亲在同时期的其他文章中，对此问题也有谈及："随着岁月的增长，羡林肩头的担子，越来越重。二年前，他告诉我身兼二十七项职务，近来又添了好几项。他经常一天开几个会，开玩笑地向我诉说：'非退休不可了。'他现在是北大副校长、南亚研究所所长，名义太多，我实在也说不过来。……我觉得，羡林的头虽然全白了，但他精力充沛，奔'四化'的劲头十足。使他苦恼的是兼职太多，事情太杂，不能集中精力在学术上做出更大的贡献。"是呀，这批"老更成"的专家学者，晚年对于他们来讲，正是潜心学问、做最后一搏的极其宝贵的时光，也应该是他们人生中大出成果的丰收季节，但却消磨于无可奈何的兼职和杂务中，这种珍稀人才的极大浪费，真是令人扼腕。父亲在《贺友人去职》中，为此大声疾呼："去掉空的，干实的。去了别人能干的，挑起自己专干的。珍惜专家们——特别是老专家的学术研究工作，因为他们来日已无多。"父亲"贺去职"的去信和文章，引起了羡林叔叔的极大共鸣，他特意用彩笺立即写来了回信："你的祝贺，实获我心。去掉乌纱，如释重负。不过这只能算是一个开端，外面还有不少的近似'乌纱'的'会长'一类的头衔，有待去掉。看《北京晚报》，白寿彝同志讲，七十岁以后他感到才开始钻研学术，我极有同感。有好多工作，需要我们去做。"此后，叔叔还多次对我父亲讲："我希望再过三五年，把这一切帽子都甩掉，那样可以安心写点东西，培养几个青年学生，对人民会更有好处。"从30多年前的这段往事，我深深体味到，只有真正肝胆相照的老友间，才会有这种呼吁为友人"去职"和"贺去职"，并得到对方衷心赞许的事情发生。从中，这对已入暮年的老人那种苍龙行雨、老树著花，欲在各自专攻的领域中，全心全意为人民做出最后贡献的精神和行动，深深地打动人心。

（三）

父亲与羡林叔叔的生死之交，使他们在遭遇挫折和人生苦痛的时候，得到了对方的理解、支持和发自内心的宽慰，从而汲取到情感的温暖与心灵上的慰藉。有两件事，不能不提。

记得1976年“四五”之后，父亲当时任顾问的《诗刊》杂志奉上级之命，要组织发表“批邓”的诗歌专版。那时的一位副主编多次打电话并亲自登门，再三要父亲写诗批邓，以支持刊物工作。父亲找理由一再婉拒。但是，正当此时，由诗刊社转来了一封已经拆开口的、写给父亲的反革命匿名信。父亲读后立即上交了诗刊社领导。于是，这位副主编在后来锲而不舍的约稿电话中，就加上了“收到反革命信件之后，应立即表明立场”之类的话。当时的主编也对杂志社的其他同志说：“他是名人，影响大，也是对匿名信的一个回答。”重压之下，父亲无奈地写了几句应付之作。发表时，他发现某些诗句被改动过，更易引起读者反感，但原稿却在杂志社遍寻不见。粉碎“四人帮”后，身为党外人士的父亲，几次主动在作协的会议上，流着泪做了严厉的自我检查。1977年秋，上级提名父亲为第五届全国人大代表（“文革”前他就是第二、三届人大代表）。在《诗刊》编辑部征求意见时，让人万万想不到的是，正是当初多次向我父亲约稿并施加了压力的副主编，代表主编表示了反对，理由是：他写了批邓诗，思想意识有问题。当时，诗刊社许多同志议论纷纷，对此表示极不理解并为我父亲鸣不平。直到距此事近30年后的2004年我父亲去世时，当时亲历此事的原诗刊社的几位老同志，仍不约而同地在悼文中提到此事并为此愤愤不平。父亲在重压下写的这首批邓诗，给他的声誉带来很大的损毁。但是，父亲默默地吞下了这枚苦果，并在以后的工作和交往中，依旧以极宽厚的胸怀，对待这两位《诗刊》领导（也是他的朋友）。但作为当事人，父亲当时的心情可想而知，他只能向几位至交吐出心中的不平。羡林叔叔在1977

年12月3日接到父亲的信后，立即就写来了宽慰老友的话语：“刚才读到来信，深为不平。你对‘四人帮’的憎恨，别人我不清楚，我是完全知道的。我们见面次数不多，但每次你都对我痛骂江青之流，给我留下了深刻的印象。北大××，在《人民日报》《红旗》写文章批邓。但邓副主席知道他被别人而迫。邓一恢复工作，立即调其到中国科学院任半导体研究所所长，这是何等胸怀！我们老一辈革命家真让我们佩服，他们心中只有党和人民的利益。而你们诗刊这少数人竟形而上到这种程度，真堪悲叹！但是我认为，对你来说，免掉这一顶桂冠，反而可以潜心多写点好诗……你心里那一点情绪也完全可以去除也。”读了羡林叔叔细心劝慰的信，父亲非常感动，他按照自己的习惯，特意用红铅笔在信封的左上角画了双圈，以示这封信的重要，还在信中羡林叔叔的话下边画了红线。老友间的温暖，逐渐化解了父亲心中的委屈与苦闷。一向心胸开阔的他，很快就又投入到紧张的工作和创作中去了。

羡林叔叔在我的心目中，是一位品德高尚的长者。我记得从小到大有好几次，父母对我讲起，叔叔是留德十年的大学者，在东方语言学等方面，是独掌一门的学术权威。但是，从德国归来到北大当教授后，他并没有像某些人那样，丢掉旧式妻子，又娶新人进门。他与从老家来的文化不高的夫人彭德华阿姨，一直和和美美，相濡以沫。文化和学识上的差异，可能会在思想共鸣和共同语言等方面，给他们的家庭生活带来某些影响，但羡林叔叔对妻子，没有丝毫嫌弃之情。在这个从旧时代带来的问题上，足见叔叔的品德与操守。我父母一直对此钦敬有加。叔叔曾在自己的散文中，这样描写贤良淑德的妻子：“在文化方面，她就是这个样子。然而，在道德方面，她却是超一流的。上对公婆，她真正尽上了孝道；下对子女，她真正做到了慈母应做的一切；中对丈夫，她绝对忠诚，绝对服从，绝对爱护。她是一个极为难得的孝顺媳妇，贤妻良母。她对待任何人都是忠厚诚恳，从来没有说过半句闲话。她不会撒谎，我敢保证，她一辈子没有说过半句谎话。”从这段话和羡林叔叔的用词中，足以看出他对妻子由衷的感激之意和深厚感情。彭阿姨不仅全方位地尽心照料叔叔的生活和饮食起居，而且在每年春天二月兰怒放时，必定和老祖（叔叔的婶母）用刚刚挖来的极新鲜的荠菜，亲手为老伴儿包荠菜馅馄饨吃，其味之鲜之美，在叔叔的散文中可以品到。这真是人生难得的享受。1994年冬天，在老祖和爱女婉如先后不幸故去后，与羡林叔叔结婚65年的老伴儿，也离开了人间，羡林叔叔对着她的遗像老泪长流，他内心的悲痛与孤寂，可想而知。我父亲得知了这不幸的消息后，立即写信去安慰："死生亦大矣，你一定为之哀伤，此人情之常也。你与我，对生死的看法是一致的：乐生而不畏死。……我们都是上了年纪的人，总希望保重身体，多活几年，多看一些新事物。一切在变，变化无端，'鲁一变，至于道'，拭目以观。"他还与我母亲几次去电话，多方劝慰，请老友珍重节哀。为此，羡林叔叔在12月12日的来信中说："你的信带给我极大的安慰，有如干旱中的春雨，'润物细无声'。我年届耄耋，饱经忧患，对人生自谓已经参透。宋人词'悲欢离合总无情'，自谓已能做到。然而生活了六十多年的老伴一旦长行，'总无情'我就有点办不到了。"这番话，道出了叔叔失去老伴后的无比悲痛，也凸现了在人生重大打击面前，深挚友情的难能可贵。

（四）

父亲是一个视友情如泰山之重的人。他生前曾为羡林叔叔写了数篇诗文，尤其是在暮年，每逢老友逢五逢十的寿诞之日，父亲就会亲笔题写特意为此而作的诗篇或是贺词、贺信，托我头发花白的母亲赶赴北大，将这情深意重的贺礼，亲自送到老寿星手中。1991年，86岁的父亲为八十整寿的羡林叔叔写道：

品高望重，眼向下看。学贯中外，盈而不满。淡于索取，勇于贡献。十载留洋，本色不变。看来容易，做到实难。仁者多寿，霞光灿然。

时过5年，已91岁且患病住院的父亲，每天只能在床上坐起三四次。但是，他不仅请一直陪伴在旁的忙碌的母亲，抽时间代笔写了祝贺文章，而且亲自在病榻上，吃力地为羡林叔叔写了自称为“非诗非文”的十三句祝词《长年贡献多》：

满头白发，根根记录着你的寿长，
标志着你的业绩受到众多的赞扬。
你兼有诸家的同能，你的独秀孤芳，
有几个能够赶上？
海外十年，心系祖国，艰难备尝，
写下的日记何止万行？
你的人，朴素非常，
你的衣着和你的人一样。
天天跑图书馆，习以为常，你珍惜每一寸光阴。
你学识渊博，对中西文化
最有资格比较衡量。
你潜心学海，成绩辉煌，
探得骊珠，千秋万岁放光芒！

父亲对老友的思念是深长的。1996年7月7日，因年老多病一直很少动笔写信的父亲，“情不能自已”地在灯下，给羡林叔叔写去了“长达二纸”的长信。开头的一段情深而感人：“久违了！今午梦中欢聚——你到我家，一同吃，一同睡，一同谈心、论文，亲切、热情胜于1946年上海同室之乐。我长期失眠，以‘安定’为生，午间1—4时，大睁着眼，就是不能入睡，痛苦难言！今午，吃了半片‘安定’，睡了一个多小时，梦着你——这梦是几种因素凑成的：不时想念你；昨天巴蜀书社负责人黄葵（老相识）来访谈到你；今天在《光明日报》上《文史哲》广告中，看到头条里是你的‘制糖’文章，令我惊喜。梦里相逢，非无因也。山东人民出版社将出你的‘传’，作者约我题了书名——《季羡林传》四个字，我自觉是这几年来所题书名（许多）中最好、我最满意的一个，因为你的名字最好写，也许是心灵交通，形于笔下。”整篇书信，情动于笔端，读来令人深为感动而又感叹：两位耄耋老者的友情，早已是至醇至厚、浑然一体而又极亲切自然的一种味道了。

……

然而，人，固有一死。2004年2月5日晚，我亲爱的父亲以99岁的高龄辞别人间。生前，他曾和羡林叔叔相期相约：活到120岁，多看看祖国日新月异的巨变和大好河山！如今，父亲撒手西去，一双老友，从此天上人间，永难相见!他们之间近60载的生死之交，极其珍贵而难得。这摒弃了世俗杂质的肝胆相照的真纯情感，在当今的社会中，为我们留下了多少值得深深品味和汲取的东西啊！悲恸中的我们全家，不敢贸然把这噩耗告诉羡林叔叔，他的秘书也一直小心地隐瞒着这个消息，我们深怕年过九旬的老人，经受不住痛失生死之交的重大打击。然而，叔叔不知从什么渠道（报纸？友人来访?），知道了这个消息，他心中的情感可想而知。他曾经对我父亲讲过这样痛切的感受：“人到老年，老友凋谢，自是常情。我想到古人用‘后死者’这一个词。‘后死者’可是并不容易当！死者已矣，对他的回忆却总是积淀在‘后死者’的心里，年龄越大，积淀越厚，厚到让人喘不过气来。”这种痛失挚友故交而又无力回天的沉痛，是无法形容的。我父亲去世后，邓广铭叔叔的长女可因大姐，在《人民日报》海外版上，发表了回忆她已故去的父亲和“克家伯伯、羡林叔叔”的文章《友情老而弥笃》。每天读报的羡林叔叔，看到这篇文章和同时刊出的1994年春节他们在我家客厅欢聚的合影，整整三天没有说一句话！三位老友，如今只他一人健在人间，此情何堪！连他的秘书都不知道是利用什么时间叔叔默默地写下了悼文《痛悼克家》。文章中，他又回忆起他与我父亲的那场“笔墨官司”和南京、上海的相识相聚；回忆起那个“不言的君子协定”：年年春节来到我家的难忘团圆；他写到了我家客厅的墨色逼人和兰香飘溢；更形容道：“克家天生是诗人，胸中溢满了感情，尤其重视友情，视朋友逾亲人。好朋友到门，看他那一副手欲舞足欲蹈的样子，真令人心旷神怡。他表里如一，内外通明。你无论如何也不会想到有半句假话会从他的嘴中流出。”最后，叔叔讲：“写到这里我偶然想起克家的两句诗，大意是：有的人活着，他已经死了；有的人死了，他还活着。克家属于后者，他永远永远地活着。”

（五）

羡林叔叔同我家的交谊和友情，并没有因为我父亲的故去而中断。因为我的母亲郑曼不仅是从1946年开始的这段生死之交的见证者，也是它不可或缺的成员之一。其中的故事，同样不胜枚举。她不仅亲历和加入了这友情的行列，更不知有多少次，是母亲代表父亲，倒几次车去北大探望羡林叔叔和他全家；带着我家两代人的心意，去庆贺叔叔的寿诞之辰，直到晚年都是如此。如果说父亲与羡林叔叔之间，是无话不谈肝胆相照极为亲近的至交，那我母亲对叔叔则多了几分崇敬之情。羡林叔叔对我母亲这位“大嫂”的人品与才能，同样一直颇多尊敬和赞许。他在文章中曾这样写道：“克家走了，永远永远地走了……一个老肺病，能活到九十九岁，才撒手人寰，不能不算是一个奇迹。这奇迹中建立首功者是克家夫人郑曼女士。每次提到郑曼，北大教授邓广铭则赞不绝口……邓的意见我是完全同意的。”“郑曼这位女主人，我在上面已经说了一些好话，但是还没有完。她除了身上有那些美德外，根据我的观察，她似乎还有一点特异功能，别人做不到的事她能做到，我举一个例子——种兰花……”羡林叔叔一向对我父母的身体十分关心。父母生前，他不仅在来信中经常提醒老友要多多注意身体，而且在1974年得知我母亲“浮肿”后，关切地叮嘱：“郑曼浮肿，更应重视，你说她‘极忙'，这对于浮肿是很不利的。患浮肿的人，恐怕还是少忙一些，更为有利。”1976年，我母亲被怀疑身患乳腺癌，由于唐山大地震波及北京，她不得不赴南京检查，当时着实虚惊了一场。羡林叔叔于是在那年10月3日的来信中问道：“你信里讲的情况，我读了都很高兴。只有一个情况，原来是‘且听下回分解’，现在到了下回，分解却看不到，这就是郑曼同志的病。她检查的结果究竟怎样？”在这有几分诙谐的语句中，叔叔的细心和关切之情，跃动在字里行间。这种感情从来不会随时光和环境而褪色。我父亲故去后，羡林叔叔仍不忘我母亲这位老友，每当有新著出版时，他总是照例送上一本（套），并亲笔题上被我母亲称为“实不敢当”的“郑曼大嫂惠存”几个字。

在我父亲去世半年之时，尽心竭力为老伴儿的病操劳10年的母亲，不幸查出罹患肺癌并已到晚期。在身患不治之症的五年间，母亲十分关心羡林叔叔的情况，总是仔细阅读报刊上关于老友的各种报道，而且隔几个月必亲自打电话去询问近况，关切之情，溢于言表。2007年，山东电视台拍摄“数风流人物”系列专题片《季羡林》，特邀已与叔叔相识六十余年的母亲，作为老友的唯一代表和嘉宾，参加拍摄。当时，由于右肺已完全丧失呼吸功能，87岁的她讲话非常困难。但是，她不仅事先吃力地做了充分的准备，而且在采访她的几个小时中，更努力坚持着充满感情地诉说着那些过去的故事和自己的感想，丝毫看不出半点儿病容，令在场的人非常感动。这种为老友倾尽全力的付出，她只感到尽了自己应尽的一点点心意与义务。

亲自“远征”去探望久违的羡林叔叔，是我母亲多年来的夙愿。2007年2月15日春节前夕，她终于带重病实现了这个心愿。在301医院病房中，母亲见到96岁的故交“面色红润，坐得笔直，没有倦容，心中非常高兴”。（摘自母亲当日日记）。半个多小时的会面，这两位步入生命晚景的老人，还有多少话没有谈完！临别时，叔叔拿出了早已嘱咐秘书准备好的故乡土特产和一个厚厚的信封，说这是年礼和给小平姐妹的“压岁钱”。多次推辞，直到叔叔佯装生气，母亲只得收下，回家打开，这礼金竟有万元之多。这是多么厚重的情谊和心意！我知道，叔叔是怕我父亲故去后，母亲身患癌症而我又多年疾病缠身，唯恐我们生活上有什么困难，因此借“年礼”之名，送上他这份深深的关怀。母亲收下了这心意，却充满母爱地坚决将这“红包”，全部分给了我和妹妹。拿着这份难得的“压岁钱”，年近六十的我眼眶湿润。我想起了记忆中第一次见到羡林叔叔的情景：那是50年前在北京青年艺术剧院，父亲带着我，和叔叔共同观看印度话剧《沙恭达罗》，舞台上优美无比的异域风光、貌若天仙的演员们精彩的表演和曲折感人的剧情，令我这个不足十岁的小姑娘，目不暇接，眼界大开，流连忘返，从此对身为该剧翻译的叔叔印象深刻，并且钦敬得五体投地；我想起了他年年来访的大团圆，他与父亲互剥水果、亲切拥抱的感人场面；想起了上世纪80年代，去对外友协参加印度作家泰戈尔诞辰纪念时，见到他身着朴素中山装、华发全白而又谈笑风生的情态；想起了十多年前我患病卧床，他每次春节拜年，定要专门来到我床前，嘘寒问暖，关怀备至，将春天的温暖提前送到我的心间；我想起了1992年7月，我的散文《我的父亲臧克家》发表在《光明日报》上，叔叔读后立即来信加以鼓励：“回来看到小平的文章，很有韵味，非常喜爱。为什么不提一下你那要活到一百二十岁的豪言壮语呢？”……当我心怀万语千言地拿起电话，我才知道，羡林叔叔由于年老耳背，已无法亲自接听。他的秘书杨锐深有感触地对我说：“这是我所见到的老人送出的最大的‘红包’，他是记挂郑奶奶和你的身体。老人的心重呀！”这样的心怎能让人忘怀？

人间的事，冥冥中会有多少巧合与机缘。走在生命最后一程的老友间，大约更是如此。我的母亲在她生命的最后十多年间，每天坚持写日记，记下她当天的所见所闻、所思所感。2008年8月2日，由于病情加重，她写下了人生中最后一篇日记，而在这篇日记的最后一段，老人这样写道：“小平来电话，她从电视上看到，温家宝总理又去看望季羡林先生及其他科学家。给杨锐去电话，请她代为转达我和全家，对季先生97华诞的祝贺。当晚《新闻联播》就播放了温家宝总理的看望。”这是母亲生命日记的终结之篇，她关心的，仍是羡林叔叔这位多年的老朋友！2009年7月8日下午，由于我父亲的故居在山东诸城即将建成，我平生第一次如此频繁地去打扰羡林叔叔，请他为父亲的故居题写馆名。因为，他几乎是唯一一位与父亲年岁相仿并且健在人间的父执了。两天后，2009年7月10日下午，羡林叔叔就提笔写下了“臧克家故居”五个大字。这是他为友情和至交而题，同样因为“心灵交通，形于笔下”而字字饱含深情，笔笔清晰有力。然而，令人万万没有想到，第二天上午9时，这位可亲可敬的老人，出乎所有人的意料，竟然平静地溘然长逝，永诀人间！“臧克家故居”五个大字，成了他98岁人生的最后绝笔！终结之篇与人生绝笔，成了“生死之交”最好的诠释与注脚！

……

面对绵绵不尽的回忆和羡林叔叔的突然逝去，我悲痛难抑，思绪难平：羡林叔叔，您知道吗，去年岁尾拿到今年挂历的时候，我特意把您的生日同我全家人的生日一道标注在日历上，因为，您就像我的亲人一样；羡林叔叔，您知道吗，请您题词时，听季承大哥讲您身体精神都不错，我心中有多么高兴。那两天，我几次去稻香村，精心挑选了几种特制寿桃，准备在8月6日您98岁寿辰之前(因为寿辰那几天您的宾客太多)，代表我已经故去的双亲，去见见您的面，去听听您的声音，将我们全家三代人的心意，在您面前双手奉上……然而，您为什么不等一等，哪怕再等上十几天，您收下了我的心意，我见到了您的面，深深感动于“生死之交”的我，也会减少些终生之憾！

亲爱的羡林叔叔和我日夜怀念的双亲，当我流着泪写完这篇文章，我知道，您们已在天堂再次团圆。生死之交从来没有被生死阻断。无论在人间还是在天堂，您们的精神与友情，地久天长，永恒不变！

完稿于2009年7月

近 邻

——怀念敬爱的王子野叔叔

这是一篇搁置了十余载的旧稿，今天拿出来重读，我的心中依旧充溢着深深的情感，泪水，会再次润湿双目。往昔的点点滴滴，仍然清晰地浮现在眼前。

文中提到的4位老人：王子野叔叔、陈今阿姨夫妇和我的双亲臧克家、郑曼，如今都已驾鹤西去；然而，这一代人身上保有的许多东西，却随着岁月的流逝而显得愈加弥足珍贵。这些老人和他们的精神，将在我们的记忆和思念中永存。

现在，我就将写于1999年2月的这篇未曾发表的旧文，略加修改后呈现于世间，将我一直未了的长歌当哭的夙愿，画上一个欣慰的句号。

记得每年丹柿飘香的季节，父亲写字台的案头和前边的窗台上，总会摆满金黄色的柿子。它们挂着薄霜，衬着绿叶，个个都像美玉雕成的工艺品。父亲总是先将它们摆在那儿观赏，直到柿子渐渐软得不能再放了，才恋恋不舍地分给我们品尝，让全家人共享友情的香醇和甘甜。因为，这些柿子是他的两位老友的馈赠，一位是丹柿小院的主人老舍伯伯和絜青伯母，另一位，就是与我们为邻七载的王子野叔叔。

子野叔叔一家是我家的近邻。1949年9月全国解放前夕，刚降生4个月的我，便随父母由地处北京的华北大学第三部，迁居到东总布胡同十号出版总署宿舍的筒子楼里。听我的母亲讲，那时，子野叔叔全家就与我们比邻而居了；一年以后，两家又一齐搬入人民出版社的宿舍大院，并且共同在那儿生活了六年。难忘的童年时光，使我对这个大院和在院中居住的人们，有着深深的眷恋和回忆。

这个大院坐落在建国门内一条叫笔管胡同的不大起眼儿的街上。东、西两个相连的院落住着七八户人家。面积不大的后院长着一棵粗壮的老枣树，那儿是全院孩子们捉迷藏、打游击和偷吃鲜果的天堂。住在我们这个大院中的，有许多知名的专家学者和文学艺术家，先后与我们为邻的，就有老作家楼适夷先生，翻译家何丰先生，画家袁运甫、钱月华夫妇……其中，和我家过从最密、交谊最深的，要数王子野叔叔一家了。

子野叔叔1916年生于安徽绩溪。1930年小学毕业后，就到上海亚东图书馆当练习生，开始从事出版工作。1938年入陕北公学学习，同年加入中国共产党。全国解放后，他一直在我国出版战线做领导工作，先后担任出版总署处长、人民出版社社长兼总编辑；1975年以后，又出任国家出版委员会主任、中国出版工作者协会主席和名誉主席、中国翻译工作者协会副会长等职务。由于我父亲建国初期曾同时在出版总署和人民出版社主编《新华月报》“文艺栏”，后又担任该刊编辑室编审，前后与子野叔叔共事七年。我母亲郑曼和子野叔叔的夫人陈今阿姨，也同期在这两个单位就职，并一直工作到离休。因此，这种近邻加同事的关系，奠定了我们两家友情的坚实基础。而这汰去了杂质的深厚情谊，一直陪伴着两对老人度过了他们的后半生。于是，四十多年来，从幼时开始的对于叔叔的记忆与印象，便随着漫长的岁月层层叠叠地不断堆垒起来，刀刻斧凿般地深铭于我心中，永远也不会忘记了。

记得我家和子野叔叔同住在笔管胡同宿舍东院的北侧，一株枝繁叶茂的硕大椿树，庇荫着我们两个家庭。他和陈今阿姨都是参加革命多年的“老延安”，这就使一直渴望奔赴这块革命圣地却终未如愿的我的双亲，对于他们十分敬重。幼时的我对于“老革命”的含义知之甚少更缺乏理解，在我稚嫩的记忆中，只知道担任社领导的子野叔叔，生活非常俭朴，衣食住行与普通人别无二致，从无奢求。在大院中，我常常见到他端着碗简单的饭菜，坐在门口的小凳上吃得津津有味。每逢节假日或是高兴之时，喝上一杯小酒，就是很大的乐趣与享受了。一身布衣，一双布鞋，使身材不高的叔叔看上去既精神又干练。在教育子女上，他就更多了几分“延安精神”。譬如，从我们的大院到天安门广场和中山公园，有相当一段路程。子野叔叔每次带着儿女们去玩，都是安步当车，着意锻炼下一代。这对于当时年岁尚小的5个娃娃来讲，不啻是一次“两万五千里长征”。当我每每看到这几个小伙伴，大个儿拽着小个儿的，人人满面通红筋疲力竭然而却兴致勃勃地凯旋时，我这个由于父亲身体不好，因此父女二人出门大多坐三轮车的小姑娘，心中真有几分羡慕和钦佩呢。这孩提时目睹的“远征壮举”，叫我和我的父亲一直记忆、赞叹到今天。子野叔叔的这种精神，一直延续到对第三代的教育上。我曾见过长于书法的子野叔叔，亲自为孙子小遥用正楷书写的几句话：“多做好事，少说空话，先做后讲，做了不讲；别人的好事，一件不忘，自己的好事，做了就忘。”读着挂在小遥居室墙上的这句话，我深受感动，感慨良多。叔叔离休后，出了国的女儿将幼小的儿子放在两位老人身边。于是，他常常和陈今阿姨轮流步行或是挤公共汽车，接送小外孙上幼儿园。谁能看得出，这位身着半旧中山装的老人，会是参加革命数十年的老革命呢？那时，顽皮的小外孙可不像他的父辈们，对于外公依旧安步当车的榜样和锻炼第三代的意图，经常是强烈抵制，不是在归途中不听指挥地沿街乱跑，就是非得外公用力拽着否则一步不走。每到这时，子野叔叔就不得不佯装生气地板起面孔，和淘气的小外孙理论一番。有多少次，同样接送女儿去同一所幼儿园的我，路遇这位满头白发的老人，听着他对隔代人的谆谆教诲，我的心中就会涌起一种无法形容的情感与崇敬。现在，去美国读书的小外孙早已长大，不知他是否还记得外公那慈祥的面容、严格的管教和幼儿园归途中的次次“远征”？

子野叔叔没有读过大学，是自学成才，他不仅能阅读、翻译英、俄、德、法四个语种，而且还广泛涉猎文、史、哲和美学等领域的专题内容，叔叔付出的努力与艰辛，可想而知。他在1983年出版的著作《槐树居丛稿》一书的前言中，这样写道："长期以来我主要从事编辑出版工作，没有什么专业。就是业余爱好也不专一，除了攻外语搞翻译之外，哲学、美学、文学和艺术都沾点边。有人称我是杂家，我愧不敢当。"对于叔叔在翻译和学术上所取得的成就，我没有深入和专门的了解，但比邻七年的历史，让我对他的这些业余爱好印象深刻并受益匪浅。我从小就知道，叔叔喜欢欣赏外来艺术芭蕾舞交响乐，但挂在他家墙上的那把二胡，同样是他的挚爱。工作之余，尤其是酒后微醺之时，叔叔常自娱自乐地将其拉得陶然自得。在艺术品收藏方面，他更堪称专家。我最早对于艺术的启蒙与感知，还要归功于他家那一本本精美的西洋古典名画集、一摞摞各色唱片和那台老式唱机。我至今清晰地记得，从这台已经半旧的老式手摇唱机中，传出过那么多动人的乐曲和京剧唱段，它们一直响在我的耳边，流进我幼小的心田。其中，最令我难忘的是《伏尔加船夫曲》，那沉重有力的"嗨哟嗬，嗨哟嗬"的号子声，那由远而近最后又由近及远的船夫们的歌声，那样强烈地震撼着我。年幼的我虽然听不懂这首用俄语演唱的歌，但却领悟了那曲调中饱含着的沉重和苦难，以至于只要是听到这熟悉的曲调，正在玩耍的我就会放下玩具，歪着脑袋驻足凝神地仔细聆听。至于那一册册厚厚的名贵画册，子野叔叔常常是刚从国外带来或是由国内购进，就急不可待地马上拿到我家，与我父亲共同分享一饱眼福的巨大欢愉。在他神采飞扬地对于每张名画和作者的生动详尽的讲解里，我知道了暴君伊凡雷帝杀子后的绝望、悔恨之情，目睹了我那时觉得并不美丽的蒙娜丽莎的微笑，欣赏了出浴后的美女和对镜梳妆的贵妇人，也见识了那朵闻名于世的向日葵……就这样，我对艺术撼人心魄的巨大魅力和感染力，开始有了童蒙时肤浅的理解与认识。是子野叔叔家丰富的艺术宝藏，使我从小获得了一双欣赏美的眼睛。

子野叔叔是一位和蔼可亲平易近人的长者，为邻七载的人生经历和两家人数十年的亲密交往，使我对他有着很深的崇敬和感情。即使是后来子野叔叔全家从笔管胡同，迁居到近在咫尺的人民出版社另一处宿舍之后，不到十岁的我依旧兴致不减地常常“泡”在叔叔家中，有时竟放肆地随便拉开叔叔家的抽屉，寻找可供玩耍的玩具，以至于陈今阿姨不得不半开玩笑地向我提出“抗议”，使长大后颇安分守己的我，也十分惊诧于儿时的这种“不良举止”。经过反复思考，我得出了：那时“我把子野叔叔那儿当成了自己另一个家”的结论。这确是我对子野叔叔一家情感亲近的一个佐证。

1958年，随着笔管胡同扩建成如今的东长安街，我们两家结束了两度为邻的历史。但是，地域上的距离，并没有阻断两家人的往来和友谊。随着时光的流逝和我的成长，我对子野叔叔的了解比幼时更加全面深入，对他的崇敬就愈是多了几分。在我的印象中，凡是了解子野叔叔的人，都知道他非常爱“才”。这“才”，包含了才华学问和人才两个方面。我至今记得，每当书报刊物上发表了什么颇有见地的文章和新颖的观点，或是某出版社新近出版了什么好书，子野叔叔总会兴奋异常地四处推荐，而身为近邻挚友的我父亲，常常是第一个获益者。叔叔对于新知妙文的那种发自肺腑的赞赏欣喜之情，会深深地感染他身边的每一个人。如今，在我的书柜中，还静静地摆放着一本1978年由人民文学出版社出版，刘尊棋、章益合译的英国小说《艾梵赫》。这是叔叔在它出版后就对原著和译文都颇为欣赏的华特·司各特的优秀之作。由于叔叔精通英、俄、德、法等数国文字，从延安时期起，他就先后翻译、出版了俄文版的《西洋哲学史简编》，法文版的《思想起源论》《财产及其起源》《宗教和资本》《唯心史观和唯物史观》等译著。他阅读外国名著的中译本时，大多对照原文版一齐来看。有一段时间，他对某些中文译本的粗制滥造、不忠于原著甚而相互抄袭的现象痛心疾首，因此，在《艾梵赫》中文本问世后，在大会小会上和友朋们中间，他就广为宣传这本优秀的译作。连我这个外国文学的门外汉，也急匆匆地从书店捧回了一本并在读后确实受益匪浅。像这样的事，在他身上是不胜枚举的。叔叔在谈论这些优秀书刊文章时那兴奋激动的样子和如获至宝的神情，时隔数十年仍那样生动地浮现在我眼前。子野叔叔是一位不知疲倦的优秀文化的鼓吹者和传播人。

至于热爱珍惜人才，有两件小事，足以为证。子野叔叔多才多艺，精书法，爱金石。“文革”中在湖北五七干校时，他用竹子刻制精美的笔筒和其他工艺品，是出了名的，直到回北京后仍乐此不疲。后来，他得知浙江桐乡有位中年竹刻家叶瑜荪，刀下灵秀尽出，尤其是在刻竹时摹仿大师丰子恺的书画，形神俱似，几可乱真，叔叔喜出望外，遂与之结为忘年之交。为此，叔叔于1990年下半年两次打来电话，向当时已在《文艺报》工作的我谈起此事，夸奖叶瑜荪的刻苦好学和知识广博。不久，他又亲自写了一篇文章《叶瑜荪的竹刻艺术》寄来，向社会推荐这位曾受到过古建筑家陈从周教授和贝聿铭大师称赏，并在港台地区和新加坡、美国、日本、德国受到瞩目的“竹人之魁”，希望能有更多的后来人通过自己的不断努力，传承我国的竹刻艺术。1991年1月12日，这篇文章在《文艺报》发表后，叔叔又马上打来电话，将叶瑜荪的地址详细地告诉我，再三叮嘱不要忘记给这位竹刻家寄去一份报纸，以鼓励他在艺术之路上不懈前进。当我手握听筒，聆听着叔叔热情洋溢的介绍；当我捧读这篇奖掖后生的美文，我想，被叔叔这种爱才之举和提携后辈的精神所感动的，决不仅只叶瑜荪一个人！

还有一件。“文革”结束后，诗人、装帧艺术家曹辛之先生，因“文革”中的遗留问题未能得到彻底解决，而迟迟没有被安排工作。这位1959年就曾在德国莱比锡国际书籍博览会上荣获设计金奖的老专家，为此深为苦恼。我父亲与辛之先生相识很早，那时他还是个小青年。1947年父亲主编了《创造诗丛》十二本，向社会推介了十二位年轻诗人的专集，在当时产生了很大影响，其中就有青年诗人杭约赫（辛之先生笔名）的《噩梦录》。父亲得知了老友的处境后，热心而关切地将这件事，向当时担任国家出版局领导工作的子野叔叔讲了。对于这种宝贵人才的浪费与无谓消耗，叔叔表示了强烈的愤慨和痛惜。在他的亲自过问下，辛之先生的工作问题很快就得到了解决，使这位老专家怀着极大的热情，投入到晚年的事业之中。1979年，辛之先生设计的《新波版画集》《廖廖集》获得全国书籍装帧设计奖；1993年5月，又荣获我国出版界的最高奖：韬奋出版奖。他在桑榆暮景之年的奋斗中，焕发出了夺目的光彩。我知道，辛之先生对于子野叔叔的那份感激，是深铭于心的。他特地请子野叔叔为他的《曹辛之装帧艺术》一书作序，并在该书的“后记”中，对于这位出版界老领导给予他的帮助、鼓励和支持，表示了由衷的感谢与敬意。在应邀写于1984年的这篇“序”中，子野叔叔在大力提倡书籍装帧艺术的同时，不仅对辛之先生在该领域所取得的瞩目成就，给予了高度评价，而且就其艺术特点，逐一进行了详细的分析介绍，对于广大读者了解辛之先生的艺术成就，起到了积极的推动作用。我想，子野叔叔这种发自内心出乎真情的爱才、护才和荐才的精神与行动，完全源于一位老革命战士，对于社会主义文化、出版事业兴旺发展的深深企盼。

在我们两家人两度为邻开始的深厚友情中，不仅孩子们成为儿时形影不离的亲密伙伴，更值得书写的，是我父亲臧克家与子野叔叔的深情厚谊。屈指算来，从1949年为邻开始，直到1994年叔叔去世，在近半个世纪的漫长岁月中，他们的友情，就像一坛陈年老酒，年代愈久愈香醇醉人。记得共住大院中时，不知有多少次，他们晚饭后并肩漫步，海阔天空，倾心交谈；不知有多少次，他们就着一杯清茶，切磋研讨共同感兴趣的学术问题。叔叔每次出访归来，总是兴致勃勃地来谈观感，讲趣闻，我父亲的写字台上、玻璃板下，就会增添一两件小礼品，几张新照片。在热情健谈的叔叔滔滔不绝的话语中，身体一直不好的父亲，不忍打断老友的谈兴，曾“舍命陪君子”地悄悄服下镇定药片。知道子野叔叔喜欢喝酒，爸爸就把朋友送的好酒转赠给他，直到叔叔身体不好后，陈今阿姨特意叮嘱我父亲“子野不能再喝酒了”为止……而我与父亲感触最深的，要数“文革”期间的两件小事。人在灾难逆境中，友情会显得弥足珍贵；更何况在“文革”那人性扭曲的非常岁月里。1972年秋，已奔赴黑龙江生产建设兵团屯垦戍边的我，第一次到湖北文化部干校，探望身处咸宁、汀泗桥两地的双亲。那时，父亲的“问题”尚未解决，仍被监督劳动。一天，身边没有亲人的他特地请了假，由我陪着去干校校部看病。当走到校部办公室那一溜平房时，无意中，我忽然看见久违了的子野叔叔正与几个人在开会。我轻轻拉了一下父亲的胳膊，将叔叔指给他看。那时，身为老干部的子野叔叔已被“解放”，并被结合进干校的领导班子。父亲默默地望着叔叔的身影。身份的悬殊，处境的不同，使他无法去接近这位近在咫尺且久已挂牵的老朋友。我们无言地站在校部门口，就这样伫望着，良久才转身离去。我知道，父亲此刻的心情一定并不平静。当我们各怀心事地刚刚走出三四十米，身后忽然响起了一阵急促的脚步声。紧接着，在我和父亲的耳边，响起了那样熟悉的呼喊：“克家，克家同志！”我们惊喜地立即转过身去，只见子野叔叔一边挥动着手臂，一边一路小跑地追了过来。那表情，那步态，那熟悉而又久违的“克家、克家”的呼唤声，那在当时连想也不敢想的“同志”二字的称谓，教我和父亲立刻湿了双眼。当他们四手相执深情地打量着对方的时候，我知道，父亲那久被坚冰包裹着的心，此时正被一泓友情的春水融化。同样饱尝了世态炎凉的我更知道，子野叔叔这在非常时期的非常举动：在光天化日之下，众目睽睽之中，无所顾忌地中断会议，急急地赶来与一位“牛棚中人”握手言欢，它不仅是一般人不敢想不敢做的，而且这“丧失革命立场”的举动，不知会给他带来什么样的恶果？激动欣喜之余，我不禁为叔叔捏了把汗。但是，我知道，这四手相执之中，有着太多太多的情感和内容。因此，这次看似在不经意中冲破了当时的社会禁锢的短暂会面，对于我来讲，不仅是一次心灵的震撼和冲击，而且更加深了我对于子野叔叔的了解和崇敬，在我一生的记忆中，成为了一种永恒。

如果说这次校部之行的短促晤面，是压抑已久的友情的迸发，那么，几个月后我父亲“问题”得到解决时，子野叔叔夫妇特地从干校三大队，赶到我父亲所在的五连为他庆贺，则是重见天日后，感情热烈而真挚的宣泄了。后来，94岁高龄的父亲在大病初愈后，几次向我提起当时的心情与感受：在近两个小时的欢聚中，老友间那种为对方身心解放而生发的由衷的喜悦，那种由于多年相知而产生的心的默契，那种不用过多的语言表达就能深深理解的情感的相通，以及几十年以来从未见过子野叔叔火一样炽热的感情，那样深刻地感动着父亲，以至于暮年中的父亲虽然已不能详细地回忆起当时的具体细节，却将这份真情与感动永远地留在了心中。他们在干校中的这两次见面，是“患难之中见真情”的最好诠释与见证。

1975年仲夏，子野叔叔一家由干校返京后，搬入史家胡同新居。对于这位老邻居的乔迁，我父亲按捺不住欣喜之情，立即赋诗一首以示庆贺：“京华廿五载，／见君已四迁。／斗室不谓促，／容膝意甚安。／新居颇宽敞，／庭院足回旋。／立命别有处，／不在房栋间。”子野叔叔非常喜欢诗中的最后一句，大约是它贴切地道出了叔叔的胸襟和志趣吧！在这新居的前、后院，各长有一棵高大的柿树，每到秋天便硕果累累。于是，年年喜获丰收之后，子野叔叔总要将刚下树的柿子送到我家。这个不成文的规矩和伴着柿香而来的情谊，一直延续了数十年。1992年秋天柿子成熟后，76岁的子野叔叔由小儿媳搀扶着，又一次送来了十几个院中的特产。那时，他的身体已十分不好，初露端倪的食道疾患，使他不思茶饭，体重锐减。但是，虚弱的他不听家人的再三劝阻，执意要做这次对他来说已经十分困难的“远行”。在那次短暂的欢聚中，昔日谈锋甚健声音洪亮的子野叔叔，连从沙发上站起来，也需人扶持了。当我随着双亲恋恋不舍地将这位情意深重的老友送出大门，他再三辞谢了我搀送他回家的请求。望着他显得更加瘦弱矮小的身躯，一小步一小步向前挪动的蹒跚的步子；望着他满头的白发和不时停下来回身招手的身影，除了难过地感叹岁月无情之外，我心的深处，被一种巨大的感动冲击着。我的眼睛润湿了：人间至情，莫过于此吧！我没有想到，这不仅是他最后一次亲自送来这饱含情谊的果实，也是我父亲和这位老邻居、老朋友，在我家的最后一次团聚了。

1993年下半年，子野叔叔的病情加重了。11月被确诊为食道癌的时候，已经痛苦得不能进食。听到这个噩耗，我们全家人难过万分。我母亲为此四处寻医问药，不时打电话去询问病情，安慰心力交瘁的陈今阿姨。听说替子野叔叔煎中药缺少煤炉，75岁的母亲立即从我家储藏室中找出了大铁炉，仔细地亲自扫去上边的灰尘，把炉膛清理得干干净净。母亲是想通过这些微小的帮助，减轻心中的焦虑，送去老友的温暖。那段时间，忧心如焚的父亲更是坐卧难安，非常关注叔叔的病情，有时亲自打电话去询问各方面的情况。身在医院的子野叔叔深为了解老友的牵挂，在病情略为稳定的时候，他请家人拨通了我家的号码，执意要与我父亲讲上几句话。当父亲从电话中听到叔叔的声音，听到他报喜不报忧地告知病情略有好转时，真是高兴极了。第二天，由于年迈体衰而极少去医院探望病人的89岁的父亲，同样执意地要我母亲陪他去看望了子野叔叔。病房中，这两位几十年来心心相通、相知、相印的老人，在这人生的非常时刻，再一次四手相执，久久不愿松开。千句话语，万般情谊，都融化在这紧紧的心手相握之中。这情景，感动了在场的每一个人。

当父亲怀着一丝希望和满腔期待离开医院的几天后，叔叔的病再次恶化了。面对身边悲恸的亲人，子野叔叔极平静地说："你们应当欢送我，不要悲悲切切。要是人类都长生不死，地球的负担不是要太重了么?"当我们从陈今阿姨那儿听到子野叔叔在病危时这简短的话语，其中蕴含的那种坚毅、乐观和唯物主义的深刻内涵，使我们全家的思想与情感受到了极大的教育与感染。四十多年来对于叔叔的感情与崇敬，催促当时正在重病中的我，请母亲搀扶着，来到了子野叔叔的病床前。我知道，这将是永诀。我多么希望能在他身边多停留一会儿，再看看叔叔的音容笑貌；但是，当我看到躺在病床上的老人那极度瘦削的身躯，听到神志尚清醒的叔叔，用微弱的声音，关切地问起我的病情，我的眼泪开了闸一般地再也制止不住，痛哭着掩面奔出了病房，临行前千百次对自己的"千万不要在病重的叔叔面前落泪"的严正告诫，终被无尽的悲痛冲决了，淹没了！

临终前的子野叔叔，想到的、关心的，仍旧是他人呀！

1994年2月16日，78岁的子野叔叔，这位尊敬的前辈离我们而去了。那种压在我们全家人心头的悲恸，是无法用笔形容的。因为，他不仅是在地域上曾与我家比肩而居的老友，他更是我们的心的近邻。当子野叔叔的生命画上句号的时候，他和他一生的品德与精神，言行与追求，不仅使我更加形象深刻地懂得了“老革命”的深切涵义和广博内容，也令我品味到人间真情的醇厚永久与感人至深。

就在子野叔叔辞世半年之际，父亲在梦中又见到了这位结交了半个世纪的老友。他在1994年8月14日的诗作《记子野来访》中，那样形象生动地忆念起这位故人：“一进客厅，／白头闪眼，双颊酒红。／一落座，／语声淙淙，朗朗笑声。／一席话，／两三点钟，友情甚浓兴未消，／尤不舍，巷尾分手，送没了影。／于今，／往事已成空，有时欢聚在梦中。”字句之中的景象，犹在眼前；字句之中的深情，令我动容。

这年秋天，陈今阿姨——这位1936年入党、已经七十多岁的老人，推着小车，又为我们送来了她家那两棵柿树的硕果。这延续下来的习惯和这金黄色的丹柿，使我的情感再一次掀起波澜。子野叔叔远行后，我多少次想以长歌当哭，然而总是无法“痛定”。每每提起笔，四十多年来那桩桩件件的往事，便纷至沓来；子野叔叔从解放初期直至老年病危时的身影，在我大脑的屏幕上轮番涌现，那样清晰而刻骨铭心，以至于初稿写出一大叠，却终不能缀其成文。现在，子野叔叔的骨灰早已静静地安眠于故乡黄山脚下那片郁郁葱葱的松林之中。每当轻风阵阵松涛声声，是不是叔叔在诉说着他不尽的思念与叮咛？看那松果累累新苗青青，是不是叔叔将他的期待，融入了这些新的生命？啊，子野叔叔，在您诞辰九十五周年的日子里，我终于以这篇迟到的悼文，奉献在您的灵前，以代我心的祭奠与歌哭！

初稿于1999年2月初，定稿于2010年8月

我的人生

难忘那个中秋夜

在我所走过的人生旅途中，曾经遇到过许许多多事情，它们中的大多数已经随着时光的流逝被淡忘了；但是，有些情景，却深深地铭刻在我的心头，成为难以磨灭的记忆。不是么？直到今天，我还清晰地记得那个中秋之夜。

那是“文革”十年浩劫中一个八月节的夜晚。已经七八点钟了，在学校参加完无休无止的批斗会，我匆匆地向家中赶去。

街上的行人不多了，在这举家团聚共赏明月的良辰，人们大约都赶回家去，寻求这动乱岁月中还残留的一点点人间温暖了。我抬头向夜空望去，呵，月亮像往年一样，依旧那么圆，那么亮，然而我周围的一切，却发生了多大的变化呀！母亲被机关集中“学习”，一周才能回来一次。父亲更是被批斗了，院中墙上那斗大字的标语：“打倒反动学术权威！”像利刃一样剜着我的心，它说明了他目前的身份和我们全家人的境遇。我怎么也不相信我敬爱的父亲一生追求进步与革命，曾被国民党通缉、追捕，现在竟然遭此厄运。我发誓相信他，绝不像那些“反戈一击”的子女，去揭发自己的亲人。在这段日子里，我担起了全家的重担，常常想方设法用那几十元可怜的生活费，荤素搭配地变换花样，做一些可口的饭菜去孝敬自己的双亲。下雨天，我敢于挺着胸在众目睽睽之下，为被监管的父母送去雨具。我还会在父亲被侮辱殴打的批斗会后，坐在小凳子上守候在父亲卧室的门前，生怕他因一念之差做出绝望的选择……那是什么样的日子啊！当时我幼小的妹妹才八岁，她同样过早地尝到了人间的艰难和酸辛。

刚刚走进胡同口，我就看见在微弱的路灯下，妹妹孤零零地坐在大门的门坎上，两只小手托着腮，目不转睛地望着胡同口的方向。

全家人都十分疼爱妹妹。她聪明、伶俐，和其他孩子一样，从小爱吃糖。过去，一到星期天，她总是缠着爸爸、妈妈给她买糖。吃完糖以后，还小心翼翼地把糖纸夹在一本大书中，一有机会就向别人炫耀这些“珍宝”。每到中秋，更是她的节日。晚上全家人在院中赏月的时候，在她载歌载舞表演完节目之后，可以任意地在放满糖果的大盘中，挑选可口的奶糖，一边吃，一边依偎在妈妈怀中，听爸爸讲那月中嫦娥的动人故事。

然而，如今一切都变了。我虽然加倍地疼爱她，却没有多余的钱满足她爱吃糖果的“奢望”。每当我看见妹妹趴在商店糖果柜台旁，透过玻璃久久地盯着那五颜六色诱人的奶糖时，心中总是一阵阵刺痛。我还记得，就在中秋节的前一天下午，邻居家几个大点儿的孩子，不知谁从家里拿了几块糖，在一起你一块我一块地分着吃。妹妹在一边眼巴巴地望着，一个大孩子就喊了起来：“你来干什么？小狗崽子！你也想吃糖吗？喊一声‘我爹是反革命’就给你。快喊！快喊！”其他几个孩子也围了上去，一边喊，一边跳。我的头“嗡”的一声，刚想跑过去把妹妹拉开，就听见她用那与年龄不相称的镇定而清晰的声音，一字一句地说道：“我爸爸不是反革命！我才不吃你们的糖呢！我姐姐给我买！”然后一扭身，跑到我跟前，把头埋在我的怀里。

就在这一瞬间，我看见，她那又大又黑的眼睛里，含着一滴没有流下的晶莹的泪。

就是为了妹妹的这句话和这颗眼泪，中秋节的早上，我从平时抠得那样紧的生活费中，拿出了五角钱，弯腰放在妹妹手中：“今天是中秋节，拿这钱去买糖吃吧！”妹妹惊喜地望着我，一把搂住了我的脖子，连声说：“姐姐，你真好！”我抱起她，看见她的脸上绽开了已经很久没有见到过的甜甜的笑容……

现在，望着坐在那里显得更加弱小的妹妹的身影，我赶忙走到她身旁，看见她的膝盖上，放着一个用手绢包成的小包。我忙问：

“爸爸回来了吗?”她摇了摇头。我的心立刻缩紧了，一种不祥之感涌了上来。“姐姐，咱们一块儿在这儿等爸爸，好吗?”我默默地把妹妹揽在怀中，一块儿坐在大门坎上，不由得又望了望天上的明月。往年的此刻，院子里早已是笑语欢声了，可现在……

不知等了多久，妹妹依在我怀中已经蒙眬入睡了，手里仍然紧紧地攥着那个手绢小包。清冷的月光洒在我们身上，使我感到孤寂、苍凉。街上已经一个行人都没有了。

忽然，胡同口出现了爸爸的身影，我忙推醒了妹妹，拉起她向爸爸迎了上去。爸爸看见了我们，大步赶了过来，一下子把妹妹搂在怀中，又用一只手抚摸着我的头，喃喃地说:“让你们等久了，让你们等久了。”不知为什么，他仿佛比早晨离开家时苍老了许多，额头上的皱纹更深了，灰白的脸上透出无限凄苦的神情。“爸爸，给你!”妹妹高兴地用双手把那个小包递到爸爸眼前。显然，她为爸爸的到来感到无限欢欣。“小妹，给你!”爸爸也从衣兜里掏出一个小纸包。两个小包并排地举在我们三人的眼前。

它们被打开了。

妹妹的小包里，放着两块圆圆的月饼；爸爸的小包里，是十粒包着彩纸的奶糖。

爸爸的脸抽搐了几下，手微微抖动着。“糖!”妹妹眼中闪出了亮光。我这才明白，妹妹并没有拿那钱去买她爱吃的糖果，而是……“爸，我给你剥一块糖。等会儿咱们一块儿过节，好吗?爸，糖多甜呀，你怎么还哭呀!”

是啊，糖是甜的，月饼是香的，它们包含了亲人们多少美好的情感和期望，但是，当我那天吃着这些已经很久没有吃到过的香甜的食品时，却难以下咽。当时我和妹妹并不知道，第二天，爸爸就要被隔离审查了。他，是回来取衣物的……

时间过去已经十多年，妹妹也早已改变了爱吃糖果的习惯，但那个中秋之夜发生的事情，却给了我难以磨灭的记忆。

写于1984年

路

人在一生中走过许多路，平坦的，坎坷的，笔直的，崎岖的……走得多了，也就习以为常，大半都被淡淡地忘却了。然而，有这样一条路，至今仍极清晰地印在我的心灵深处。

当初，那儿并没有路。当我们这群北京知青坐着拖拉机牵引的木爬犁，第一次来到这块土地的时候，它被无边无垠的荒草覆盖着。没人深的草像一堵堵墙生得茁壮茂密，挤得人喘不过气。一团团被惊扰的蚊虫从四面八方没头没脑地向我们扑来。刚一迈下爬犁，脚便陷进泥水中，每个人的半截儿裤腿都布满泥泞。几个胆小的女青年被吓哭了。这连路都没有一条的荒原，就是我们要“屯垦戍边”的黑龙江生产建设兵团吗?

后来，路是有了，那是开荒时有意留下的一条两三米宽的土路。在两边黑油油的新开垦处女地的映衬下，它从只有几座棉帐篷和木板房的连队驻地，绵延起伏一直融进东边淡蓝色的天际。然而，这是一条什么样的路啊。晴天，我们戏称它是“洋（扬）灰路”；雨天又变成“水泥路”。每天傍晚，从团里开回的连队“蹦蹦车”上跳下的人，一个个蓬头垢面，尘土满身。要是它误了点深夜不归，那一定是陷在这条泛了浆的路上拔不出脚了。第二天，我们只能扛着砍下的小树，成群结队步行十几里甚至几十里，去抢救这连队唯一一辆宝贝“蹦蹦车”。那时，我们是不敢一个人走上这条路的，听说路边时有“张三”（狼）出没。赶上连日阴雨无法出车，只有尽职而大胆的连队通信员，一手提一根碗口粗的木棍，既当手杖又做武器，一手挥动帽子扑打仍不见少的蚊子小咬，一步一滑地上路，蹒蹒跚跚地向团部方向进发。这时，我们都聚在路口，不无敬佩又不无担心地望着他的背影慢慢消失在这条泥泞土路的尽头。

这条通往团部和其他连队的唯一的路，坎坎坷坷，崎岖不平。"蹦蹦车"开上去，车上的人不时被颠得又蹦又跳，五脏六腑都错了位。我更是吃过它的苦头。记得那是一个深冬之夜，我们冒着零下二三十摄氏度的严寒，用爬犁去拉湖边已刨好的大块冻土，上到地里充当肥料。堆得很高的冻土块浮搭在爬犁上，我们坐在最高处正打盹儿，突然一个颠簸，冻土块突然塌落，将我和另一位上海女知青从顶端翻下爬犁，狠狠地摔在冻得铁硬的土路上。当我们定住神，慢慢从地上爬起来，揉着身上的淤青时，真是一句话也说不出来，只有咧开嘴冲着这条路苦笑。

然而，正是这条路，它是我们兵团战士艰苦创业的见证人。多少个清晨，它舒展双臂，送我们迎着朝阳春耕，夏锄，秋收；多少个夜晚，它伴我们开荒播种，脱粒打包。在这条路上，我们曾手捧冻硬的窝头就着冰雪下咽；拉练途中，多少人在这儿滑倒摔痛了屁股。割麦偏逢阴雨天，它皱着眉头看我们手持镰刀，在拔不起脚的无边麦田中苦战；冬天缺煤做饭取暖，我们曾踏着它打回了成吨的柴草。它陪我们流泪，伴我们欢笑。那时，我们心中充满了千般豪情万种誓言：与天奋斗，其乐无穷！与地奋斗，其乐无穷！就是为了这条路，我们也付出了多少辛劳。家业大了路显得窄了，我们从百里外拉来了碎石水泥，又蹬上笨重的雨靴，在挖不了几锹就渗出水的路旁，托起了无数立方米的新土，一段段，一截截，垒实了地基拓宽了路。也许，只有春风秋雨才知道，年轻的兵团战士们流了多少汗水，打了多少老茧，踩穿了多少靴底，磨平了多少铁锹。这条路啊，和我们息息相关，血肉相连！

还是这条路，喃，瞧它三四年后多气派！七八米宽的路面上，十轮大解放跑得无比欢畅。收获的季节到了，成串的汽车装满一袋袋滚圆的大豆疾驰而去。押车的兵团战士舒适地安坐在驾驶室中，喜悦挂在脸颊，也嵌在心上。即使是冰封雪飘的严冬，也有各种车辆背着小山似的苇草，从这条路直驶向师部造纸厂，一路苇花飞扬。大路两旁，高挺的电线杆结束了自制小油灯熏黑鼻孔的历史。每当夕阳西下，大路就被涂上一层金色的余晖，像一条缎带飘向远方。这时，伴着歌声和欢笑，我们三三两两地漫步在这条亲手筑就的笔直的大路上。

啊，这就是那条路，我记忆中的路，我们兵团战士的路，黑土地上一条不知名的普普通通的路。它从无到有，从小到大，它的每一寸肌肤都浸透着我们的汗水，它的一沙一石都燃烧着年轻人火一般的豪情。因为，我们曾把青春写在了上边！它是一条开拓之路，创业之路，奋进之路。在祖国北疆辽阔的大地上，又曾有过多少这样的路啊！

写于1990年11月

初恋

人在一生中，会犯许多错误，其中大多数随着时光流逝了，不曾留下痕迹。但是，总会有那么一件两件，固执地留在你的人生道路上，印在你的心灵深处，永远也不会忘却和消逝。

昨天，当命运之神又把相逢安排在我和他的生命之旅中，当我看到了那张久别多年但仍然年轻的脸，我觉得在心的最深处有什么被震撼了。面对着他站着，望着他充溢着惊喜和欢愉的双眼，我惶乱地一动不动。

我知道，我一直不能忘记他，一直不能，虽然青春已经过去。他的家住在一片繁华的商业区旁边，每当我路过那儿，都会向那扇已经生锈的大铁门，向那幽深的院落投去恋恋的一瞥。这时，一股熟悉的淡淡的悔恨便慢慢涌上来，涌上来……我甚至幻想着有一天，他会像许多年以前那样，从这扇门中走出来，还是那样微微歪着头，用那蒙眬的目光望着我。我一直说不清他的目光中到底饱含着什么，但却给我留下了“蒙眬”这个印象。也许，是时光逝去得太久远；也许，是他生活在我的思念和回忆中比我直面他要多得多……

啊，我的初恋！

我们相识在“文革”初期。那时的我，十七八岁。几年市重点女子中学的生活过去，我仍然纯真，在情窦初开的人生花季，无牵无挂热情十足地生活着。

一个偶然的机会，我结识了全市中学文艺宣传队的队员们，一群极有才华的同龄人。他也在其中，是乐队指挥。于是，我们相识了，我知道他是市重点男中的学生会委员，一名品学兼优的高材生。不知为什么，可能是对他的才华的敬佩，他身上总有一股力量吸引着我。我开始不自觉地经常到宣传队去，为他们送去自己的和募捐来的粮票，送去少得可怜但却是从我的生活费中抠出的一点点钱。我几乎不漏下每一场演出。在炎热的盛夏之夜，带去洗得干干净净的西红柿；幕间休息，递上刚刚用冷水冲过的湿手巾，我替他们化妆，帮他们卸台……宣传队员们用感激的目光和赞许的话语回报我，我也用冠冕堂皇的理由安慰鼓励自己，因为这种奔波实在叫我累得够呛，但我却不敢承认那萌动着的全新的情感，一种从未有过的压抑不住的渴望和羞于直面的“私心”：想去见见他，哪怕是远远地，远远地看看那站在整个乐队前面的统帅！每当看见他那不算魁伟的身影，看到他动情地挥动着的双臂，我就觉得那阵阵悠扬的乐曲不是从乐池，而是从他的胸怀中涌流出来的。看着他被汗水湿透的衣衫和脸上闪动着的汗珠，我就心疼地认为他是演出队最辛苦的人。说来奇怪，我能大大方方地为别人送上凉开水、冷手巾，但却要鼓半天勇气，才敢迈开双脚走到他面前，捧上我的关怀，然后马上脸红心跳地逃开，悄悄地找个他看不见的地方，看着他喝下那杯水，用手巾擦去那晶莹的汗。

后来，我们熟识了，成了朋友。因为修改曲谱，我们一同找资料，一块儿去找专家求教。他正派、质朴、沉稳，有一种内在的气质和力量。于是，我搜集和珍藏起一切与他有关的东西：几张照片，几本油印的歌本。于是，我用心灵之声哼唱着他作词谱曲的歌，那样深情……渐渐地，我知道了他出身于知识分子家庭，认识了他的母亲，也熟悉了那扇大铁门。

再后来，文艺宣传队解散了，大家都回校“复课闹革命”。

他的学校和我的学校相距不远，但并不在我每天回家的必经之路上。大约我的细心的高中同学会发现，从“复课”开始，我便舍近求远地改变了那已经走了四五年的归途。每天，我慢慢地走在通往他学校的那条窄窄的胡同里，默默地企盼着奇迹的出现：命运把他和我都安排在这条小路上。我固执地走着这条路，一万次地讥笑自己这种近乎狂热的痴心；然后一万次地找理由推翻它。

然而，当有一天，我真的在这条覆盖着我无数脚印和期待的路上迎面遇到他的时候，却完全不知所措了。我激动得头发晕，脚软得几乎站不住，满脸通红，嘴角勉强扯出一丝决不动人的笑容。他停住了脚，微微歪着头，用在我的梦幻中已经出现过千百次的那种熟悉的蒙眬的目光望着我。我抖得说不出话，也不敢出声。生怕颤抖的话语吓坏了他，生怕一张嘴就会泄露出我心底的秘密。我闭紧了嘴，锁住了一肚子的话，只是轻轻地点了点头。我默默地走了。我在炽烈的情感的岩浆外边，厚厚地包上了一层冷冰冰的铁。我不敢停留，我怕那岩浆会融化一切，冲腾而出。

啊，我的初恋，少女时代的一片痴情！

后来，我们先后上山下乡，他去了山西，我到了黑龙江。相隔万里，却时有书信往还。我知道了，他插队后生活十分艰苦，下农村不到两个月，全部行囊被一把火烧光。但是，他却沿着自己认定的路坚定地走了下去，生活使他更加成熟了。由于他的正派和刻苦，由于他的上进和才干，不久就成为知青中的一面旗帜，被选送到省电台讲用。几年后，他被他父亲所在的中央某部建厂局招工，从最艰苦的架子工干起，走南闯北，盖起了一幢幢高楼大厦，而他自己也一步步攀登着人生境界的新台阶。又是由于他的正派和刻苦，他的上进和才干，他被选送进大学深造，毕业后又回到基层，成为一专多能的党的干部。

是金子，总会发光的。这正是我从少女时代就憧憬着想要寻觅到的志同道合的生活伴侣啊！

本来……

然而——

我费了九牛二虎之力从黑龙江兵团辗转回到北京，第一次在信中向他表明了自己的感情。当我怀着一颗忐忑的心读到他的回信时，我的目光在几行字上徘徊了：“我所在的单位是一个流动性很大的单位，常年在全国各地施工，并且极难调离。我希望在北京有个安定的家。我非常珍惜你的感情，更要对你负责。你冷静地好好考虑一下这个实际问题，然后再把你的决定告诉我，好吗？”这意味着什么？长期以至一生的两地分居？

当时刚刚回到久别的家乡和亲人身边的我，倍感亲情和乡情的温暖和可贵。难道又要品尝那牵肠挂肚的思念之苦？又要饱经天各一方的别离之痛？

当时已经被纺织厂似乎是永无休止的三班倒和加班加点的重体力劳动搞得精疲力竭的我，难道还要一个人挑起全副生活的重担？我不知自己的双肩是否坚强……

犹豫，彷徨……

我退缩了。

我抛弃了爱。

从此，生活无情而苛刻地让我对于这个错误的抉择付出了许多、许多……从此，我拥有了一份刻骨铭心的悔恨和记忆……

几年后，当我在路上看到他幸福地与一位白皙而清秀的姑娘并排走在一起的时候，我知道，他找到了爱和家。

当我步入中年的时候，生活教会了我许多东西。我弄懂了，我能为所爱的人付出一切；我知道了，我能一个人担起生活的重担，在坎坷的路上走。当我走得很累的时候，我只希望能轻轻地闭上眼睛，偎依在一个宽阔、厚实的胸膛上，静静地、柔柔地安憩一刻。我只要一片绿荫，歇歇脚；我只要一泓清泉，洗去身上的灰尘和心中的寂寞，然后，再心满意足地走下去。我清楚地知道，他曾会是绿荫，他曾会捧上清泉，他还会给予我许多许多……

生活是残酷的，它让我在备尝了人生的酸辛之后，才领悟到爱的真谛。然而此时——青春不再！

……

人生孰能无过？

今天，当我面对生活和岁月审视过去，我还是十分欣慰：我把一个人一生中仅有的一次最纯真的初恋，献给了一个值得赋予的人。况且，直至今天，我还享有着一份剔除了任何杂质的友情。

没有果实的初恋之花纵然令人惋惜，但仍然是美丽的。因为它是青春绽放出的一朵纯洁的情感之花。

写于1991年

彷徨与抉择

那段生活过去很久了。也许，已经完全进入了一个新的年龄层次和一种截然不同的生活氛围与心态的人们，早已不愿回顾和品味它的豪迈与激情，艰辛与苦涩。它，已经成为历史。

然而，谁又能说往事如烟？你看，记忆不屈地叩响岁月之门，想要把那不易忘却的往事，狠狠地夯实在心的堤坝上。

不是么？这几年各大城市频繁地举行的知青回顾展，一个个知青回访团，一个个热闹非凡的知青大聚会，彼伏此起，动人心弦。那一篇篇一部部反映知青生活的文学艺术作品，又将那段生活，那段逝去的青春，清晰深刻地拉回到人们面前。

我不会也不能忘记那段生活，甚至在梦中，还常常看见连队那几座破旧的用粗木头支撑着的土坯房、堆放粮食的大场院和那唯一一辆用了好多年的“蹦蹦车”，梦见一块儿生活过的相好的和不太相好的男男女女的伙伴们，梦见挤满了知青的又脏又乱的鹤岗车站。我仿佛又置身于那满世界的白雪之中，与天奋斗，其乐无穷；与地奋斗，其乐无穷……

的确有过豪迈与激情，的确有过艰辛与苦涩，还有对于前途和世事的迷惘和困惑……我们这远离故乡亲人的少不经事的一群，在北大荒这块未开垦的处女地上，曾用青春之笔书写过辉煌，也都在人生的重大转折关头，或主动或被动地悄悄地做过抉择。从某种意义上讲，它，决定了我们的后半生。

扛着锹从湿漉漉的小雨中走进帐篷的时候，全身早没有一丝干爽的地方。同样是湿漉漉的雨衣贴在身上，又热又闷，真不知身上流着的是雨水还是汗水。吃力地扒下粘满黄泥的长筒雨靴，我累得一下子瘫倒在木板钉成的大通铺上。这鬼天气仿佛成心跟人们过不去似的，哩哩啦啦地下了好几天。水利工地上的知青们，一边咒骂着天气，一边在泥泞中拖着走一步就要被胶泥拔掉一次的雨靴，进度缓慢地用铁锹吃力地一下下挖着长长的排水渠，然后再把黄沙、烂泥狠命地甩到堤坝上。阴雨天成倍地加重了劳动强度，人们在疲劳中喘息着。

来水利工地两个多月了。身为连队水利工地的负责人，我不仅要完成自己的工作量，还要负责分配、丈量、计算我们十几个人的土方，然后去领那一点点很微薄的补助。我每天都是在精疲力竭之中挨回帐篷的。来到黑龙江兵团四五年了，朝夕相处的生活，使我身边这群正在步入青春花季的“豆蔻年华”们，开始暗自甚至公开地找到了各自的“那一半”。于是，在水利工地上，凡是男朋友在身边的姑娘，总是最幸福的。颇有“骑士风度”的男子汉们拼命地完成了自己的那一段之后，就会雄赳赳气昂昂地来到女友身边，力大无穷气吞山河地挥动铁锹。

我知道，不会有人来助我这一臂之力的。

五年前，当拖拉机带着拖斗、爬犁，把我们这群懵懵懂懂疲惫万分的北京知青拉到这片荒原的时候，这儿只矗立着两座“建筑物”：一座帐篷和一个顶着油毡的木板房。四面长满荒草，蚊虫扑面而来。不少十五六岁的知青吓哭了，一个劲儿地喊着“回家、回家”。然而，正是我们这群年轻人，凭着一腔热血和冲天的干劲，开垦出一望无际的良田，盖起了一幢幢新房，拉起了电线杆，结束了小油灯熏黑鼻孔的历史，修筑了公路，迎来了拉粮的双轮大“解放”，我们播种了希望，获得了丰收。想起这些，哪个为此出过力的人能不为之骄傲自豪热血沸腾?!

然而，不知怎地，我还是有困惑和彷徨：自己能下决心在这儿成家立业永远扎根吗？举目四望，身边尽是些比自己小四五岁的69

届“毛孩子”，他们俨然和我这个老高中生隔着一条深深的“代沟”，在他们中间能找到有共同语言的志同道合的伴侣？在北大荒的黑土地上，我们虽然收获了小麦大豆，但这儿仍是一块“文化”的蛮荒之地。听说两年前团部百年不遇地放了一场朝鲜故事片《卖花姑娘》，结果俱乐部的窗户和门都被挤烂了，电影不得不改在大操场上放映。这一切，我这个从小生活在书香门第的人，能完完全全地适应吗？记得一次探亲回北京，一位朋友热心地送我一张芭蕾舞剧《白毛女》的票。当我坐在民族文化宫那充满艺术氛围的剧场中，听着“北风吹”的乐曲响起的时候，眼泪止不住“唰唰”地一个劲儿往下流，引得周围的人莫名其妙地直歪着头看我。他们哪里知道当时的我心中的那份感觉，真是极其复杂和难以形容的。至今，我还记得那泪水的咸咸的滋味。

正当我累得闭着眼睛躺在床上胡思乱想的时候，忽然有人轻轻地捅了捅我：“小平，快洗洗吃点儿热饭吧，别感冒了！”我心中一阵温暖。

我知道，这是赵，与我同校同届的伙伴，我们是北京来的仅有的两个高中生。平时我俩无话不谈，在升大学的美梦破灭以后，我们常常谈起前途和归宿的问题。二十五六岁的我们，连个男朋友都没有，不仅家中着急，我们自己也觉得是“晚恋晚婚”的模范了。

赵悄悄地对我讲，她准备转到东北的一个新建的化纤企业去，而另一个和我们不错的女友，也要到山西农村去“投亲靠友”。我们知道，几乎每个人都在暗暗地抉择着，行动着。有门路的将远走高飞，虽然这需要付出许多、许多……

我能去哪里呢？几年前，林彪批发的“一号通令”，使我年迈体衰的父母和年仅十二三岁的妹妹，几天之内全部下放到湖北文化部干校，三个人分在三处，整个家庭四分五裂，天各一方，北京的家只好是“铁将军把门”。我能去哪儿呢？

谁知，几天后，我的命运发生了一个不大不小的变化：连队指导员任命我为连队小学初级班的教师，一个电话将我召回了原来的所在连。

当老师，这是多少人梦寐以求的“美差”啊！我再不用顶着烈日在一眼望不到头的垅沟里夏锄；再不用冒着零下二十多度的严寒，在冬夜中去场院脱谷；再不用淋着瓢泼大雨，一步一滑地从蚊虫肆虐的玉米地往宿舍里奔；再不用背着冻成坚冰的玉米饼子，到十几里外的草甸子打草，然后再背回连中。我可以轻轻松松就出色地完成教学任务，把语文、算术、美术、音乐、体育一揽子包下来。连队联欢，我还可以为孩子们编出几个歌舞节目，博得满场的掌声。我甚至可以在给孩子考试、听写时，凝望窗外辽阔的大地，不出声地哼几句自己喜爱的《灯光》和《三套车》。

这些拖着鼻涕的孩子们是天真可爱的。幼小的他们已经知道在老师面前撒娇争宠，成天围着你，拉着你的手、你的衣角，“老师、老师”地叫个不停。有些孩子的家长，在连里是有头有脸的人物，原来威严得令人敬而远之，现在见了我也是满面笑容。当某个孩子的学习有进步时，他们的父母更是千恩万谢地将好吃的往你手里塞。

我的确是打心眼儿里喜爱这群天真无邪的孩子，和他们在一起，我也仿佛回到了童年。我爱听他们朗读课文时的稚嫩童声，爱看他们嬉戏欢闹时的笑脸，我还常常拉着他们温暖的小手，在大自然中玩我幼时的游戏：“丢手绢”“老鹰捉小鸡”“老狼老狼几点了？”……直到今天，我还想念着那群孩子们，屈指一算，他们已是30岁的青年人了！

想一想这称心的工作，我真是可以心满意足了。

时光飞一样地过去，半年以后，一封家信打乱了我相对平静的生活。原来，年近七十岁的父亲因不堪干校的重体力劳动，几次夜间突发心脏病，已被特许回京治病，母亲也被医院怀疑患乳腺癌。十来岁的妹妹还在上学，父母身边，多么需要儿女的照顾啊！我的心立刻被牵挂惦念压得沉甸甸的。于是，我第一次在给双亲的信中，表露了想要调到离北京较近的地方以便照顾他们的心意。

信发出了，我的心却更加沉重。从身边的伙伴那儿，我知道要办一张准迁的证明，需要花费多大的精力和物力，这对父母来讲，无疑是雪上加霜。这许多年来，虽然他们从没有对这些付出谈过一个字，但我深深懂得：这一切，我将终生报偿不尽！

几个月后，一张准许迁入河北省某县插队的证明和一张我家老友王愿坚叔叔写给他的老部下、黑龙江兵团二师现任副政委的信，同时寄到了我的手中。

在收到信的那几天里，对这块黑土地陡然增加的眷恋几乎终日萦绕着我。我常常一个人在暮色中默默地走出连队，在那条熟悉的走了千百次的大道上徘徊。联翩的思绪勾起了多少回忆啊。

我慢慢地走着，有时，下到路边的大田中去抚摸齐腰深的小麦；有时，又回过头去望着连队的影子出神。人啊，真是一个矛盾的混合体。真是留也难，走也难。我知道，离开这儿，今生再也没有机会回来，它到底太偏远。因此，这，将是永别。

抉择做出了，路还要自己走。办手续并不是一蹴而就的事。团里对这一向卡得很紧，走一个人谈何容易！但我终于鼓足勇气到师部去了。

夜幕降临的时候，我搭上了一辆去师里办事的卡车。巧得很，卡车的司机不仅与我同姓，而且都是山东老乡。看在三百年前同在一个锅里吃饭的乡亲分上，他爽快地让我坐进了驾驶室。车窗外是一片暗夜，迎面开来的车辆打着雪亮的大灯，带着怪叫呼啸着从身边驶过。我怀着一种向目的地进发的急切心情，一言不发地坐在那儿，甚至没有心思和这位同乡聊聊天。望着四面黑漆漆的荒野，我不知道自己会迎来一个什么样的明天。

第二天早晨8点刚过，我便怀着忐忑不安的心情走进了师部。在这一瞬间，我突然觉得这是件太没把握的事，和副政委素不相识，只凭一封信，分量够重？如果师里不同意，双亲的一切奔波和努力，我的满腔希望，不都成了毫无意义的空中楼阁和无用功？我茫然了。

然而，已经没有退路了，只有最后的一搏！

我把王愿坚叔叔的信紧紧地攥在手中，仿佛抓住了我的命运，我的希望。当多少年过去我懂得了生活以后，我知道了，人生有许多关口，许多转折，你要把握好它们，才能生活得一帆风顺。但是，由于善良，由于无知，由于许多上帝安排的误会与巧合，我失去了许多机会，这一次呢？我是否抓住了命运转折的契机？

我轻轻敲着副政委办公室的门，我的心紧张得提到了嗓子眼儿，我仿佛听到了《命运》交响曲在耳边轰响，我是在叩动着命运之门么？

门开了，一位身材不算魁梧的领导十分严肃地站在门里边。我定了定神，一种决一死战的感觉油然而生。按住一颗狂跳的心，我一口气简单明了流畅无比地向他陈述了我的请求，十分庄重地递上了请调报告和那封信。不知是出于对老上级老战友的感情，还是从前搞文化工作对于父亲的名字比较熟悉，他抬头望望一脸期待、一身尘土的我，语气和缓地说："我知道你父亲，你们家和愿坚同志很熟吗？"我忙说："是老朋友，我是他从小看着长大的。"他点点头。

我紧紧地盯着他，感到决定自己命运的时刻就在眼前。只见副政委略一沉思，然后拧开钢笔帽，在我的申请报告上批了"同意迁出"几个字，又龙飞凤舞地签上了自己的名字。

我愣愣地站在那儿，望着这几个字和那签名，一时竟忘了说"谢谢"。一切如此简单。我却在事先想出了几十种可能和对策。这几个字，对我来说，意味着什么？

直到今天，对这位我已经忘记姓名的副政委，我仍然怀着深深的感激。

当我揣着批件走出师部的时候，又回过头去，对它深深地凝望了一刻。一时间，我不知心中是喜是悲。五年多的生活一下子涌上心头，这感觉真是难以形容。我高兴么？喜悦么？这意想不到的顺利带给我的好像并不是这些。想到在这块生活了多少个日日夜夜的黑土地，想到这块土地上相处了多少个日日夜夜的伙伴们，想到在前面等待着我的不可知的世界和未来，我感到心中充满的仍然是惶惑和茫然。

就这样，我割舍了这块土地，又去开创属于自己的那个新的世界了。

写于1993年12月

我寻觅那只麻雀

我寻觅那只麻雀。

每天，当我坐在充满阳光的窗前，望着院中那群依旧在严寒中嬉戏的麻雀时，我寻觅它；

每天，当我听到窗外丁香海棠枝头的鸟儿们吱喳呢喃的时候，我寻觅它……

那是一只可怜的瘸了一条腿的小麻雀。不知是天生落下这残疾，还是被恶兽抓伤抑或是学飞时失足？夏天，当我在一群天天光顾小院的麻雀中发现它的时候，心里便多了一份深深的挂牵。

我的父亲热爱这些充满生命活力的小麻雀，是出了名的。于是，我家小院中那块绿竹掩映的黑土地，便成了它们的乐园。这儿，有父亲每天亲自为它们更换的一小盆清水，有按时供应的一点点用手掰得十分细碎的馒头渣，更有全家人呵护喜爱它们的一片情意。每个清晨，天刚刚亮，它们便在这块“特别保护区”中，尽情地欢乐地鸣唱，用这欢快的歌声，迎接无忧无虑的新的一天的到来。

去年夏天，当我从大病中，勉强拖着病体坐在窗前，望着这群久违了的欢蹦乱跳的小生灵，体味着生命的可贵之时，却突然发现了它——那只瘸腿的小麻雀。这大约是只春天刚刚降生的幼雀。当它的同伴们用两只细长的健全的腿，悠然自得地雀跃游戏的时候，它只能蜷缩着一条残肢，用仅有的一只稚嫩的小腿，支撑着全身的重量。每当向前行进，它都不得不左一扑右一倒地做“单腿运动”，并且只能不停地蹦着，蹦着，以保持身体的平衡。它的行动明显地迟缓笨拙。为了吃到一口食物，它要蹒跚地跌倒许多次。在其他健康欢乐的麻雀们的映衬下，它显得那样弱小无助。它将用这只柔弱的腿，支撑它的生命，走完短暂的一生吗？从它那踉踉跄跄的小小身影上，我读出了命运的残酷！于是，我更加痛切地知道了：生活中永远有苦痛！

从此，我每天都咬牙爬起，冒着极度的昏眩和不时袭到眼前的黑幕，去会面这只小小的瘸腿麻雀。如果有一天它没有如期而至，我的心便会惴惴不安地提到嗓子眼儿，由衷地为它的命运担心。只要它一出现，我那充满爱怜的目光，便会时时追随着它小小的身躯。渐渐地，我惊喜地发现，它那残疾弱小的身体中，充盈着旺盛的生命力。它照样和同伴们争抢食物，照样一刻不休地飞上飞下，活泼忙碌，不知停息。有一天，我竟然发现它偎依在绿叶繁茂的枝头，仰着小小的脑袋，那样专注动情地唱着一支婉转动听的歌！一时间，我觉得心的一隅有什么被深深触动了。从这只瘸腿的小麻雀身上，从这在秋风中轻轻飘荡的歌声里，我分明汲取到一股支撑生命的力量和一种对于命运的深深的感悟。从此，这只小小的雀儿，像是一个寓意深远的象征，那样生动地飞进了我的生命。

然而，当严寒和冬天一起到来的时候，我却再也没有见到过这只瘸腿麻雀。它消失了。我不能相信一个如此鲜活可爱的生命，会被严冬吞噬。我一直在寻觅它，锲而不舍地寻觅它。因为，我是在寻觅一位无言的朋友和一个不屈的灵魂！

写于1996年6月

回 眸

人步入不惑之年，会常常回眸往事，好的坏的，甜的苦的，顺利的坎坷的，纷纷杂杂地涌入脑际，让人生出万端感慨。而身为一个婚姻不幸的单身女性，就更多了些磨难和悲苦的感觉。人生在世，谁不希望自己拥有一份美好的情感生活和一个幸福的家呢?

记得青春少女时代，当我能够比较深刻地了解恋爱、家庭涵义的时候，就在心目中为我的终身伴侣设计了这样一个标准：他必须是一个为人正派、好学上进、有事业心责任心、关心他人的好青年。这样，在未来的人生道路上，我们才能相帮相伴，共同在事业上、生活上得到真正的成功与幸福。这大约是女性们共同渴求的目标吧!

然而，美好的命运并不垂青每一个人。我是一名“老三届”高中生，时代和社会注定要在我们的人生路上，布满坎坷和荆棘，要在我们的婚恋问题上投下阴影和危及今后一生的隐患。我们的青春花季，在“文革”的动乱和狂热中消逝。没有花前月下，没有浪漫情怀。20岁那年，一辆北去的列车，将我和一群在年龄上、思想上、经历上整整比我们晚了一代的69届知青，拉到了黑龙江生产建设兵团那块未开垦的处女地上。

这以前，不是没有朦胧的初恋，不是没有幸福的憧憬，然而，一辆辆南去北来的知青专列，天各一方的动荡生活，分开了多少以后会是美满的姻缘。

这以后，在满目野草的亘古荒原上，我们开荒，我们修路，我们挖渠，我们盖房，日复一日年复一年地重复着“劳动——吃饭——睡觉”这部屯垦戍边三部曲。我们收获了小麦大豆，我们收获了成熟坚忍，却没有收获爱情。整整8年，一个抗日战争的时间，我从兵团辗转回到北京，仍旧是孑然一身。

28岁，早过了谈婚论嫁的年龄。父母急，亲友急，于是，一个个被介绍来的单身男士走到了我的面前。不知为什么，我却十分厌恶他们一些人眼中那种品评、挑剔和掂量的上下扫视的目光。他们是在婚姻的天平上挑选一件货物？我们因为命运的不公就缺了斤短了两？那天平的另一端是什么？家庭背景？工资收入？身高外貌再加上有无住房？

也许，就是在这种不无偏狭的“要自己找爱人”的潜意识支配下，他，走进了我的视野，接着，开始了一场错误的婚姻。

(一)

我们聚首于“文革”后不久召开的第四届全国文代会。同为会议工作人员，我们熟识了。他，一个身高1.8米但年龄却比我小了4岁的“小弟弟”，一副漂亮的口才，人极聪明，还有几分好学。不知我身上的什么东西吸引了他，他开始了锲而不舍的追求。曾经有过犹豫，那相差不少的年龄和他身为司机的职业；曾经有过彷徨，他身上时隐时现的浮躁性格令我不安。但是，在好好吵吵、聚聚散散之后，我们终于走入了婚姻的“围墙”。

有了爱人和家，情感有了依托，心灵有了港湾，我开始实现自己长久以来的心愿：不仅要在情感和精神上给对方温暖与满足，在生活上无微不至地关怀与照料，而且要全力支持丈夫在事业上有所进取，有所成功。我鼓励他同时报考了中文和法律两个业余大学。由于深知业余学习的辛苦，我省吃俭用变着法子为他增加营养。为了节省时间和体力，又用多年的个人积蓄为他买了一辆当时并不多见的“雅马哈80”摩托车。我包揽了一切家务，甚至在报刊上发表文章的时候，都在作者栏中同时写上他的名字。我觉得，我们是分不开的两位一体。我全身心地为他在生活上和事业上创造条件，铺平道路，拼命地奉献着一切而不图回报。我曾经在10多年后的一篇散文中，写过这样一段话：“我知道，我能为所爱的人付出一切，能一个人担起生活的重担，在坎坷的路上走。当我走得很累很累的时候，我只希望能轻轻地闭上眼睛，偎依在一个宽阔、厚实的胸膛上，静静地、柔柔地安憩一刻。我只要一片绿荫，歇歇脚；我只要一汪清泉，洗去身上的灰尘和心中的寂寞，然后，再心满意足地走下去。”这正是我的心声啊！

多少个晚上，我伫立在窗前，望着窗外路灯下昏暗的街道，等待他的归来；多少个深夜，和衣躺着的我被敲门声惊醒，披衣起来为他送上热腾腾的夜宵。快考试了，我帮他整理笔记听他背诵课文；拿来成绩单，看到他喜人的学习成果，我比他笑得还响还甜。我知道，他爱吃刚出锅的别人根本无法下咽的烫饺子；隔三岔五，我会陪他去吃一顿令他垂涎的北京烤鸭，花个六七块钱为他打打牙祭。(那时的物价真便宜呀！)婚后一年，我们有了一个可爱的女儿。我把心分成两半，一半放在女儿身上，另一半给了他。我一如既往地牵挂关心他的一切：生活、工作、学习、身体……我想，中国传统的贤妻良母也莫过于此吧！那时，我曾充满幻想地认为，苦个三五年，等他拿下两个大专文凭，再深造一下，将来改行做他喜欢的律师工作，让他那出众的口才能淋漓尽致地发挥特长，不是一个十分美好而有奔头的远景吗？但是，我忘记了，幻想中的美妙远景，有些是永远也实现不了的。

开始发现他的变化，是看到他身边多了一些并不值得交往的男女朋友，于是开始了无边际无休止的交际应酬吹牛聊天，甚至打着上学的旗号而实际上荒废了不少学业。接着，80年代初刚刚刮起的经商之风，又吹动了他那颗已不安定的心。他的心飞了，跃跃欲试地飞离了家，飞离了办公室，飞向了他也不可知的商海之中。其实，他的所谓经商，无非是成立个“皮包”公司，这儿走走，那儿跑跑，靠一张嘴，为其他人牵线搭桥买进卖出。我不知道这万万千千人一哄而上所成立的这许多“皮包”公司，对于我们国民经济的增长人民生活水平的提高，到底有多大促进作用，反正看见他天天早出晚归，不是用那辆为了他学习而买的摩托车拉着男的女的到处乱跑，就是一大堆人拥到家里，满嘴“一吨”“一方”地说着我那时还听不懂的“专业术语”。此时的我和他，情感与思想的交流越来越少，家，只是成了他的办公室和旅馆。我深深地感到，他变了许多，他身上原先隐藏着的不良因素，正在恶性膨胀，而他却不曾察觉。我们之间的距离拉大了。他满脑子经商赚钱，凭着小聪明，凭着在业余大学学到的法律知识，常干一些“边缘”上的事。我知道，他的确赚了不少钱，可以常常去豪华的大饭店花四五百元“加餐”，却从不曾为女儿和我买回过一点点东西。他把钱自己存了起来，瞒过了家里所有的人，甚至不情愿负担由于他那些朋友在家中吃喝而骤然增大的开支。

他的嘴锻炼得更能说了，许多歪理被他诡辩得头头是道天花乱坠。我成天为他提着一颗心。每次他深夜不归，我就会漫无边际地胡乱猜测，不知他会发生什么事，惶惶然不能入睡。我精神上的负担和压力日益增大，因为，他不是一个人，他还有一个家啊！后来，他一位挚友的妻子找到我，哭着向我诉说丈夫在外边不三不四甚而提出离婚的经过。我的心更凉了。我何尝没有发觉自己丈夫身上的诸多疑点？有时，我甚至对某些在外边唯利是图投机倒把但却能与糟糠之妻同享荣华富贵的暴发户起一丝敬佩之意。不是没有晓之以理动之以情的长谈，我想维持这个家不散，我想让自己的爱人走得正行得端，不至于年纪轻轻就趴下！然而，这些真正爱他的人说出的真正关心他的话语，却像一阵轻风在耳边刮过，他何曾认认真真地从头想过？当他正式向所在单位提出“停薪留职”的时候，我也郑重地再一次找他做了深入的对话：这儿既然是我们的家，你就要对家负责任。今后你干什么我可以不过问，但是，你一定要把握住大的界限，在经济上、政治上和生活作风上不出问题，不要干任何有损于这个家的事情！他勉勉强强答应了。一个人在20多年中形成的人生观，岂是几次谈话所能改正得了的?！尤其是头脑被社会上某种潮流冲昏搞乱的时候，叫他冷静谨慎谈何容易！

这之后，他挂在某企业下面成立了一个公司，踌躇满志地正式把家变成了办公室。人当了总经理脾气也日渐暴躁，对女儿和我很少露出笑脸。记得那次他要到广州进货，多病的女儿晚上偏偏高烧不退，我几次冒着冬夜的寒风踏着积雪，抱着女儿往医院跑。被高烧烧得昏昏然的女儿用滚烫的小手抚摸着我的双颊："妈妈，你的脸好冷，天好黑，我好害怕，爸爸为什么不来抱抱我?"我的泪成串地落下却不敢哭出声来，怕伤了女儿幼小童稚的心。当我精疲力竭地抱着女儿回到家的时候，他却躺在温暖的床上向着我们大发雷霆："为什么一到我出差你就病病病，一夜折腾到天亮我休息不好怎么去提货?"面对这个没有了一丝关爱和温情的丈夫和父亲，我——无言。

再后来，他的钱赚得更多了。他说为了工作方便，为了照顾他的生活，他决定雇一个女秘书。以后的故事可想而知。当这位身为劳改犯妻子的女人妖艳地出现在家中的时候，我的怒火火山般爆发了！成天为他操劳为他提着的那颗心，被他用利刃割成了碎片。我不知我天天忙里忙外精打细算苦苦维护这个家是为了什么。我有我的工作我的事业，我有刚刚两三岁的心爱的女儿，我还有正在进行着的高等教育自学考试中文专业的课程。我不能再这样无谓地燃烧消耗我的生命，冲动之中，我提出了离婚。他大怒，暴跳如雷地指着窗口，多少个深夜我站在那儿伫望他归来的窗口，嚷着："你滚！这是我的房子！你们都滚！"

是呀，早就该离开这儿。这个已经没有温暖和亲情的地方，能称之为"家"吗？至今我仍清晰地记得，那天，幼小的女儿惶恐地偎依在我怀中，等待机关派来的车拉走我和女儿的东西，拉走我们两个人。门"砰"的一声被撞开了，他双手提着两个被撑得那样满的大网兜，从里边掏出一大堆吃的东西堆在桌子上，准备塞进冰箱：火腿、香肠、松花蛋、面包、方便面……两只肥大的烧鸡瞪着至死不肯瞑目的黑眼珠，望着这间死气沉沉的房子。最后，还有一大袋包装华丽的高级奶糖。他曾说过：我从来不吃糖，那是女性的专利品。这类小食品，他从来没有想起为家中的两位女性买过，而现在……我把目光从桌子上赶快挪开，我不想再伤自己的心。女儿咽了下口水，小声问我："妈妈，我们还能回这边的家吗？爸爸能去看我吗？"我轻轻抚摸着女儿的头，没有说话。

我和他是应该分开一段，各自冷静地考虑一下我们的感情和婚姻。我和女儿搬回了娘家，父母再一次伸出温暖的双手，迎接了我们。然而，正当我想丢开情感与精神上的紧张、疲惫和担忧，好好放松一下的时候，一场迁延数年的大病，又纠缠住了幼小的女儿。眼看着她发病时痛苦得满床打滚，我泪如雨下心似刀绞，焦虑不安地抱着她几乎跑遍了北京的各大医院。门诊就医、住院检查、脑部CT……查不出病因只好回家调养。家里、单位、北京师范大学自学考试辅导班，我像只陀螺每天从早到晚忙得马不停蹄晕头转向四脚朝天。现在回想起来，我都不由得十分钦佩自己的毅力、坚强和冲天干劲。深夜，疾病折磨得女儿从梦中痛醒，我强睁睡眼小心抚慰，轻轻讲起那些母亲说给我的故事。讲得女儿精神大振，我却由一开始的绘声绘色到简短截说再到稀里糊涂地困得嘴里不知讲了些什么，于是，女儿捅醒我再"一切从头说"。至今，她还记得那一个个夜半讲述的故事。是啊，那岂止是"365夜"，岂止是"一千零一夜"，那是一位母亲用亘古不变的母爱吐出的心声唱出的歌！

在女儿的病情相对稳定的那几天里，我的公公在打来的电话中很动感情地讲述了这样一件事：昨天夜半，两个陌生人搀扶着酒醉如泥的儿子敲开了家门。他们说，在晚上7点到10点的这顿饭中，他嘴里反复叨念的只有一句话："她要和我离婚了，她们要离开我了……"然后自己把自己灌了个酩酊大醉。这位老人最后恳求我回去，再和他那不争气的儿子谈一谈，以挽救这个家。我回去了。望着躺在床上脸色灰白依旧没有清醒的他，我说不清自己心中的感觉，是厌恶？是怜悯？还是甜酸苦辣纠缠在一起理不出头绪的情感乱麻？直到傍晚，他才有了意识和知觉。我为他包了他爱吃的饺子，刚刚出锅就端到了他面前。

他望着我，默默地，一言不发。一丝感激之情从眼眸中一闪而过。

当我们坐下来，开诚布公地进行最后一次谈话的时候，他的眼光又变得那样冷漠淡然，像是隔着一个世纪，像是隔着万水千山，像是在望着一个完全陌生的人，没有一点儿生气和热情。我突然明白了，昨天的酒，是他在与“家”诀别，是他最终选择了另一条路之后，在扼杀心中最后的情感、留恋和回忆。

这，也需要胆量。于是，他找到了酒。

本来，他有一个温暖的家。就是到最后分手，他都不得不承认，他再也找不到比我对他更好的女人。从我这儿，不仅得到了夫妻之爱，而且汲取到了一种类似母爱的更深沉博大的情感。自从结婚以来，他从来没有动手洗过哪怕一条手绢……

但是，他讲，他要的不是这些。

本来，他同时上了两个业余大学，眼看着毕业在即，而且拿到了兼职律师实习证。如果在这条路上走下去，不是一条极有前途的正道吗？

但是，他讲，他要的不是这些。

我知道，他必须做出抉择了。因为那是两条截然不同的路。道路不同归宿不同，整个人生就完全是两种样子。前者要安安生生本本分分地居家过日子，有责任有负担有牵挂有羁绊，不能越“雷池”一步；而后者就须摒弃妻女家庭和最后一点点良知，把钱看做生命，拼命到商海捞钱去了。

是的，他已经做出了最后的抉择。

我想起了古人的一句话：“道不同，不相为谋。”

我不能把自己和女儿的前途命运交付给这样一个人。

我也做出了抉择，一方面夹杂着血泪，一方面渴求着解脱的抉择。

10天以后。街道办事处。我们面对面地最后一次坐在一起。他拿出一只精美的指甲刀，若无其事地一下一下修饰着自己的指甲，并且坚决地否定了他原先自己提出的每月出20元抚养费的决定，只出15元。办事处的老太太为难地劝我："你是不是到法院去起诉离婚？那样孩子的抚养费就能多一些。从目前对方的经济状况和孩子的身体情况看，15元是太少了。"他充耳不闻地坐在那儿，好像外国童话中那被恶魔换成铁石之心的贪婪鬼一样。我眼前不禁浮现出现在他的房子里摆放的那一套套现代化家用电器和一组组罗马尼亚进口家具，他那挥金如土花天酒地的生活……我知道，他把商场上的针锋相对、寸利必得，把那雄辩的口才和骨子里的一腔冷酷，用在了离婚的谈判桌上；而针对的，是正在病痛中挣扎的亲生骨肉。我清清楚楚地看到了一个被金钱扭曲了的灵魂和一颗冷酷的心！我坚定地对这位好心的老人说："请您尽快帮我办了协议离婚手续吧！我还有很多事要做。用这点儿钱最后看清一个人，值得！"

就这样，我结束了这场错误的婚姻。为了它，我付出了自己的青春和一生的幸福。我不怕对自己、对岁月、对世人言悔。回过头来反思这场婚恋，除去时代的、社会的和对方受之影响发生变化等等因素，我的确为自己的选择，为当初没有把握住那条择偶标准，让情感冲动取代了理智思考而倍加悔恨，加上因为害怕拒绝会伤害对方感情的善良初衷，因此，酿就了这杯最终得自己来品尝的人生苦酒。

10多年过去了。我以为，时光冲淡了悲哀，岁月抚平了伤口；然而，今天，当我动笔写这篇文章的时候，我感到了心的疼痛和眼的润湿。仍在渗血的疤痕再次证明了代价的惨重和无可弥补。用一生的付出来验证的教训，难道还不足以让人们汲取吗？

警惕呀，善良而多情的女人们！

（二）

离婚了，我深深地感到精神和情感上的解脱。呼吸畅快了，脚步轻盈了，心儿也卸下了重压，仿佛轻快得要从胸膛中飞出来。我身上好似有一种勃然向上的迎接新生活的力量。我知道，前边的路正长。工作、学业和带着多病的女儿前行，艰难可想而知。然而，我怀着一颗坚定的心，上路了。

晚上，九点多钟。

忙完了一天的工作和家务，我强睁着总想合拢的双眼，打开了高等教育自学考试课本：“《八声甘州》：对潇潇暮雨洒江天，一番洗清秋。渐霜风凄紧，关河冷落，残照当楼……”

“妈妈，我们幼儿园的珊珊说，这个星期天她妈妈又要带她上动物园了。你答应我好几次了，什么时候真的带我去啊！”躺在床上的女儿开口了，夸张地把“真”字说得很重。

“好，好。这星期天要是有时间，一定带你去。《八声甘州》：对潇潇暮雨洒江天，一番洗清秋……”

“妈妈，什么时候你能知道有没有时间呀？”女儿不屈不挠地问。

“星期六晚上。《八声甘州》：对潇潇暮雨……”

“再过几天才到星期六呀？”

“你快乖乖地睡觉，妈妈这次说话一定算话！《八声甘州》……《八声甘州》……又忘了！”

我使劲地拍了一下自己的脑袋。

本来，我完全可以带着女儿走另一条路：问心无愧地拿着一个月七八十元的工资，过那紧巴巴但也过得下去的日子，而不必把自学深造的枷锁硬往自己的脖子上套。不像现在这样，在紧张的工作之余，过着苦行僧似的完全没有任何娱乐的“业余大学生”生活；不像现在这样，临考试前像得了癔病似的，吃不下，睡不着，虽然有时喝上几盒父母拿来的、据说对大脑记忆力和各种考试有裨益的“人参蜂王精”，但脑袋仍像劈不开砍不烂的榆木疙瘩，愣是油盐不进；不像现在这样，神经紧张地等待每年两次的公布成绩的时刻，就像犯人等待判决一样。也不会在拿到文凭时又哭又笑，招惹一大群人围观看热闹。那种生活是松弛的，宁静的，不起一丝波澜，不受任何刺激而令人向往。

然而，我却选择了现在的这条路。因为“文革”，因为这场错误的婚姻，我失去的时间太多了。我没有权利荒废我的生命。

星期六傍晚。把女儿托给母亲，我马不停蹄地倒几次车去北京师范大学听辅导课。下了车，手里攥着累计起来被挤掉的第五粒扣子，急匆匆地穿过马路向校门走去。忽然，从后边斜插过来的一辆疾驰的自行车，险些将我撞到。我吓出了一身冷汗，刚想“理论”几句，忽然发现这肇事者竟是我高中时的同桌。她也惊喜地抛下一句：“是你呀！我上夜大去，以后再聊！”话音未落，车已飞出几丈远了。

我半赞许半无奈地摇了摇头。

又是一个不要命的。

又是一个不认命的！

10点多钟，我空着肚子，拖着快冻僵的身体，在几乎没有行人的胡同中往家走。这会儿，仿佛一生最大的愿望，就是能坐在温暖的火炉边，吃上一口热饭。远远的，看见家门了。门前昏黄的路灯下，怎么有一高一矮两个人影？是谁呢？这么晚，又这么冷。

“妈妈——”

女儿挣脱了外婆的手扑过来，小燕子一般，冻得冰冷的小手，冻得冰冷的脸蛋儿。

“妈妈，妈妈，今天是星期六，你说过的，今天晚上告诉我，明天去不去动物园。”

天啊，我早已把这许诺忘得一干二净，一种沉重的负疚感油然而生。

明天——星期天，我已经把它安排得满满的了：给女儿洗澡洗衣服，洗那床春节前就该换下的脏得已经变了色的床单；还有，整理今天的笔记，准备即将到来的考试。

但是，不能拒绝女儿。我的心不能。

夜半，我用力地搓着床单，眼睛却不停地往身边小凳上的课本望去，嘴里边念念有词：“‘几时真有六军来’：遗民中经常传说朝廷的军队要打回来，但六军却一直没有来。‘真’字表现了百姓们急切盼望的心情。何时真能实现愿望而不是又空喜一场呢?”

蓦地，我想起了女儿的话：“妈妈，什么时候真的带我去呀?”

同一个“真”字，同一种含义。

我抬头望望女儿。

她睡得很不踏实，总在翻身，呼吸又粗又重。我急忙甩了甩手上的水，把嘴唇贴在她的额头上。啊！烫得吓人！我慌了，手忙脚乱地给她穿上衣服，头巾也顾不上戴，抱起她就往附近的医院跑去！女儿，妈妈不是个好妈妈！我满足不了你最起码的要求和渴望！家庭破裂了，妈妈应该给你双倍的关怀双倍的爱，但是，我给你的却是那样少……女儿，妈妈何尝不想和你在公园的小树林中捉迷藏，在绿草地上嬉笑打闹；何尝不想看你甜甜的笑脸，听你欢乐的笑声；难道我不是母亲吗？难道我没有母爱吗？这种人生的乐趣，我怎能不向往不渴求？更何况现在只有我们两个人相依为命！但是，妈妈没有更多的时间，没有更多的精力，不能像其他孩子的母亲那样。因为，我不能在失去婚姻家庭后，再碌碌无为地失去事业和人生的目标。妈妈要努力要拼搏，虽然我很累很乏很需要温暖和支持。现在，没有可以依偎的宽阔厚实的胸膛，没有歇脚的绿荫和慰藉心灵的清泉。妈妈要一个人咬起牙往前走啊，你能原谅妈妈吗，我的女儿？眼泪，顺着我的双颊扑簌簌滚落。

“妈妈，你怎么了？你怎么哭了？妈妈，是我不好，让你生气了。明天，我不去动物园了。我乖乖一个人在家里玩，不给你捣乱。你别生气了，啊，妈妈!”女儿嫩嫩的声音呜咽了。她用滚烫的小手擦去了我的泪水，捂在我冻僵的脸上。我一下子紧紧地搂住了她。

我发誓：拿到毕业证书以后的每一个晚上，每一个节假日，我都要献给我的女儿！陪着她，伴着她，玩遍全北京的每一个公园。为了她这缺少欢笑的多病的童年，为了她的牺牲和所付出的一切，也为了今天晚上她脸上挂着的晶莹的泪。

是深秋了。北京的10月已有了寒意。

我快步走进考场所在中学的大门。这是最后一门课的拼搏。

大门迎面的操场上满是人，静寂之中笼罩着大战前的紧张和肃穆，谁的脸上都没有笑容。大家拿着书，拿着笔记，拿着提纲，看着，念着，背着。每个人都有自己一米见方的小领地，互不妨碍，互不侵扰。有的人索性铺一张报纸，席地而坐，双目微闭，念念有词，像老僧打坐，一动不动。

“嘟——”一辆崭新的“本田125”风驰电掣般地驶进操场。开摩托的小伙子卖弄地在人群中穿来拐去，直开到教学楼前才蓦地刹住。车后座上的妙龄少女，优雅地抬起被牛仔裤绷得紧紧的腿，熟练地一步跨下车，向小伙子招招手，走进考场。

“要是考完了感觉不错，今天晚上就‘老莫’（莫斯科餐厅）了！”小伙子殷勤地在后边追了一句。

“准备掏钱吧！”姑娘回过头来，甜甜一笑。

对面，站着一对中年夫妇。丈夫已微微谢了顶。

“快，乖儿子，快说！”妻子把抱着的儿子往丈夫怀里送。于是，那个可爱的长着一双大眼睛的小男孩，伸开双臂，大声地、用背书似的语调说：“祝爸爸考得好！”然后，搂住父亲的脖子，非常响亮地在他的脸上亲了两下。这话语，这动作，显然是妻子背着丈夫不止一次地为儿子导演训练过。而这位“导演”眼中，此时正流露出不加掩饰的期望和深情。丈夫在抱住儿子的瞬间，用手悄悄地握住了妻子纤细的手指，攥得很紧，很紧。这位丈夫是幸福的，他已经汲取到不啻于原子弹爆炸的巨大精神能量和热力。

我转过脸去。

三个小时以后。

我用手把试卷轻轻翻扣在桌子上，长长地出了一口气。想站起来，腿却软软地不听使唤，仿佛所有力量都用尽了，都留在了这考场上，这试卷中。

考生们潮水般走出教室，涌出走廊，堆积在操场上，一圈圈，一片片。相识或不相识的人都在相互议论着考题，急切地对着答案。不少人脸上挂着或兴奋或沮丧的神情。伴随着发泄似的“噢噢”的喊叫声，人群里不时有人将课本和笔记本抛向半空，大约是在信心满满地庆贺自学高考的终结。

“本田125”又来了。我想，它该一直开到“老莫”去了。

可爱的男孩又来了，正用眼睛在人群中搜寻他的父亲。拉着他的却换成了一位年迈的老人。那位多情的妻子，大约正在家中忙着准备“犒赏三军”的晚宴。

自我感觉极好的我，却不会有人来接。“犒赏三军”的晚饭，要自己动手去准备。胜利的喜悦中，触景生情地浮起拭抹不掉的寂寥和孤独，淡淡地充塞于心的深处。

三年时间，一千多个日日夜夜。拼搏、奋斗；汗水、泪水。我在家庭解体、孩子重病、工作上又要独当一面的情况下，以优异的成绩（其中逻辑课的成绩是100分！），取得了由北京师范大学和北京高等教育自学考试委员会签发的中文专业毕业证书，加上所在单位颇为不错的学习、工作评语，《北京考试报》的记者从数万名毕业生里选中了我，特地专程前来采访，《臧小平：珍藏两本红证书》的报道不久在该报发表。我应邀写的千字小文，也上了该报的版面。但是，身为一个单身女性，加上那种种不幸的遭遇，我深深知道，自己所经历的这些艰辛、坎坷和苦痛，岂是这篇小小的文章所能包容得了的？这本大红封皮的毕业证书，难道仅仅是毕业成绩合格与否的证明？

我由衷地为自己感到骄傲。因为，我用一种坚强而乐观的心态，去迎接考验拥抱生活，用自己的行动向世人证明了，我们有自己的尊严和人格，不想依附于任何人。从某种意义上讲，单身女性更是生活的强者。10多年的时光过去了，生活在我面前展示了许多苦难。与其他单身朋友相比，我可能是尤为不幸的一个。由于疾病，我至今无法像正常人一样工作和生活，拿着几百元劳保工资，只身带着仍然体弱多病的女儿，个中的艰辛，难以用笔描述。多少向我诉苦的单身女友，耳闻目睹我的境遇之后，都感慨地说："和你相比，我知足了。"但是，我没有退缩，没有气馁。一版版经我发出的稿件，依然出现在我曾负责的报纸副刊上；一篇篇出自我手的文章，依然打动着读者，展示着我生命的活力。我笑着面对工作，面对生活，证实着自己的生存价值。

我是一个很平凡的单身女性，没有惊天动地的业绩，没有出类拔萃的才能。我只是在布满坎坷和磨难的人生路上，一步步踏踏实实地走了过来。在一般人可能经受不住的不幸遭遇中，以一颗坚强乐观的心，战胜了并将继续战胜命运的安排。

单身女性，既有着人生路上的不幸际遇，但更是坚忍、顽强、乐观、向上和以百倍的努力寻求着幸福的不屈灵魂的化身！

从心底为我们这些有着相同遭遇然而并不低头的女性自豪，但更多更深切的，是那份真诚的祝愿：愿被命运无奈地抛进这个圈子中的姐妹们，早日寻找到真正的幸福和圆满的人生归宿，这不是我们正在盼望着的吗？

写于1997年病中

消逝的叫卖声

在我的耳边，至今仿佛还响着那熟悉的叫卖声："卖牛奶咪，卖豆浆。"我的眼前，仿佛还闪现着这位叫卖者从早到晚不辞辛劳走街串巷的矮小身影。

她，一位六七十岁的老人，清瘦的脸膛，清瘦的身材。这许多年来，她那响亮的叫卖声，叩开了多少人的门扉，又有多少孩子是吃着她卖的奶长大的啊！人们喜欢买她推到门口叫卖的东西，因为她和蔼可亲，皱纹布满的脸上都是笑。我们这一带的人，眼看着她推着那辆小小的吱吱作响的四轮车，由步履矫健的壮年，一岁岁地走入了老境。听说她有儿孙，却不尽孝道，使这位显然已经行动迟缓、力不从心的老人，唤起了人们更多的同情与尊敬。

我与这位老人的关系，似乎更近了一层。因为她是造成我不幸命运的那场灾难的见证人。

那是六七年前的一个下午。我循着这熟悉的叫卖声走出家门，买好豆浆还未转身，一辆疾驰而来的自行车，猛地将我撞倒在地。老人惊叫一声赶忙吃力地将我扶起，责怪骑车的小伙子太过鲁莽。小伙子也停下来询问我的情况。当时觉得并无大碍的我，摆摆手，宽宏大量地放走了骑车人，在老人惊魂未定的关切目光中，一瘸一拐地走回家中。

谁知，几天以后，剧烈的腰痛令我昼夜难安，经医院检查才知道，这意外的事故将我撞成腰椎侧弯和腰间盘脱出。而由之引起的严重的腰椎、颈椎病，彻底改变了我后半生的生活。从此以后，我历经了艰难地与疾病做斗争的苦痛岁月，饱尝了它带给我的诸般磨难与难言之痛。在病情最严重的日子里，我像死人一样躺在床上，几个月中连头都不能动一动，完全靠家人的服侍才能生活。面对疾病的痛苦，面对这种无法根治又找不到适当缓解方案的顽症，面对自己将这般挨过余生的可怕念头的终日纠缠与哀哀无望，我曾想到过死。我深刻地体味到一方面要拖累家人一辈子，另一方面又不能不为他们而活着的苦痛与矛盾。年迈的双亲和尚未成年的女儿，经受不住任何意外的打击啊！我一度臣服于病魔的淫威，乐观坚强的我，终日以泪洗面。当我水深火热地躺在床上，听着从大门外边传来那熟悉的叫卖声："卖牛奶啰，卖豆浆"，那场车祸的情景便一次次重映在眼前。我那样憎恨这场车祸，它让我付出的代价太过惨重。这无法计算无法弥补的损失，无疑使我原本光明美好的人生，在一瞬间完全变成了另一副样子。沉重的精神、肉体以及生活、经济上的负荷，只有我和我的家人才能深深体会。直到今天，我依然无法像健康人那样工作与生活。我那样痛恨这场车祸，因为它，才有了七十多岁的白发母亲吃力地搀扶着我这个四十岁的女儿去医院就诊时，累得在椅子上依墙睡去的劳苦；才有了年逾九旬且在重病中的老父亲一谈起我的现状和未来，就担忧得哽咽难言的愁苦和那卸不下的深深挂牵；才有了与我相倚为命的女儿每每冒着寒风奔赴医院，守候在我病床前那凄然无助的目光……我忘不了这场罪恶的车祸！

然而，我是一个在人生路上迎击过许多坎坷磨难的勇者，难道就这样躺在病床上终结残生？我还有力量再次站起来，与命运做一次抗争吗？我这样一次次拷问我的意志和灵魂。

是双亲那巨大的爱和鼓励，从生活上无微不至的照拂，到经济上无私的援助，是全家人全力以赴的关怀，带给我极大的温暖与力量；是那些在身边和不在身边的朋友，他们为我寻医问药，为我寄来他们自己的稿酬，他们抬起担架将我送入医院，甚至在百忙中跑来用他们那天南地北的闲扯和欢乐豪放的笑声，为我驱赶病痛和寂寞；那些看着我长大的文艺界前辈们，也亲自打来电话、写来长信甚至亲自走到我的病床前，关切地询问我的病况，介绍好的医生，用他们自己的切身感受，鼓励我战胜病痛……这人世间极珍贵的亲情、友情与关爱，扶持着我，激励着我，使我终于寻找回了那个坚强乐观的自我。在与命运抗争的战壕中，有多少与我心心相通的人站立在我的身边！这爱，是济世良方，我顽强地站了起来！

当我能够在阳光明媚的正午，慢慢扶着墙走到客厅的座椅上，冒着极度的晕眩，向窗外那些久违了的景物深情眺望的时候，我意外地发现了一只小小的瘸腿麻雀。它，残疾，弱小，只能用一条健全的腿支撑着它的生命。它那蹒蹒跚跚东倒西歪地向前行进的小小身影，引起了我那样巨大的怜悯与同情。然而，当我目睹它顽强不屈地同样与小伙伴们嬉笑打闹争抢食物，当我惊喜地发现它依偎在翠绿的枝头，同样唱着婉转动人的歌的时候，我的心被深深打动了！从这只幼小的瘸腿麻雀身上，我获得了一种对于生命的深刻感悟，我汲取到一股巨大的精神力量。

当我一步步竭力走出那场车祸给我的生命带来的灾难与阴影的时候，我忽然想到了那熟悉的叫卖声。我常常竖起耳朵寻觅它，甚至慢慢走出大门口，着意找寻那清瘦矮小的身影。然而，没有。一次次的失落使我更加用心地询问那位老人的下落。终于，噩耗传来了。这位辛劳了一生的老人，这位我遭遇不幸的见证人，已经在几个月前的一个黄昏，被一辆进站的公共汽车撞伤身亡了。她推着那辆吱吱作响的装满牛奶、豆浆的小车，走完了她一生的路。

面对这又一起车祸和这无情的消息，我无言。唯有我沉痛的心，在那样强烈地祈盼：在原本就有诸多困苦磨难的人世间，在我们短暂因而无比宝贵的人生中，少一些人为的灾难吧！

我怀念这位勤苦的老人和她瘦削的身影。

我怀念那消逝的叫卖声。

写于1998年6月

在酒桌上说“不!”

人的际遇和情感许多时候是相近、相通的。《北京晚报》2004年3月3日发表的一篇题为《我家：爱情VS白酒》的文章，给了我很大的震撼。以问天为名的作者，用貌似调侃的笔调，讲述了自己原本美满幸福的家庭，即将被白酒葬送的故事。身为女儿的问天，看到母亲——一个在事业和家庭中绝顶出色的女性，为了捍卫自己的爱情和婚姻，与宿敌——心爱的丈夫几乎每晚都要在应酬中饮下的过量酒精，做着千般斗争而终告失败的痛苦；看到人在其位欲罢不能的同样优秀的父亲，在百种挣扎与无奈中逐渐被白酒吞噬的惨剧，只好以指问青天路在何方的万般沉痛，写下了这篇和着泪水的独白。我不知道这篇文章的发表，对于根治这个家庭20年来的痼疾是否能起到一点儿作用，但是，这令人心灵震颤的文章，从一个侧面所反映出的颇具代表性的社会问题，绝不只是某个家庭的悲剧。时下，许多地方的单位和部门在酒桌上办公事、无节制地以酒量定乾坤的恶劣风气，真是到了令人警醒的地步！

无独有偶。我今年大学毕业的女儿，眼下正在某单位总经理助理的位置上，度过她的试用期。一心想把工作做好并且平素就心重的她，碰到了一个为之头痛但又绕不过去的难题：因为身体原因，她不能喝酒。虽然在接受这份工作的时候，我们就已得到了上司“可以不喝酒”的允诺；虽然总经理每次都在应酬的酒桌上，对她百般保护千般照顾，令至今仍滴酒未沾的女儿和我感激万分，但是，孩子的压力显而易见：

看着本应自己为之挡酒的总经理，被客人们灌得面红耳赤，连车都不能自己开回家去；况且这位体恤下属的领导，早已被酒精伤了胃，办公室里成堆的胃药就是佐证；

听着本单位前辈语重心长的话："酒量等于销售量！"耳闻有的年轻同事曾喝得住进了医院，回来还是得照喝不误，再目睹同仁们被灌得摇摇晃晃去卫生间大吐一通后，不得不又举起了害人的酒杯……

为此，近来女儿的心天天充斥着挥之不去的不安和负疚感；女儿的口，每每归来都要像祥林嫂一样和我谈论这个有关喝酒的话题。正在庆幸女儿在当今就业形势颇为严峻之时，比较顺利地找到了工作，不再用我这个一直在病中的单身母亲操心的时候，她不能喝酒的现实，成了我们母女俩遇到的新问题。为此，我倒真希望女儿是个凡事不上心的大大咧咧的粗线条，不致因生性善良体贴和认真负责这样苦恼。由那句"酒量就等于销售量"的话引申开去，我们还隐隐地有了一种其他方面都做得很好，仅仅因为不能喝酒而不胜任、甚至是丢掉工作的危机感（如果喝酒也是工作的话）。但是，牺牲女儿的健康，冒着有严重后果的风险去换取这份工作，更不是解决问题的好办法。

于是，我们和问天一样，遇上了一道人生难题。在这个具有相当广泛的社会性并且积习难改的问题上，问天一家和我们母女的力量，是无法与之抗衡和斗争的。

其实，从耳闻目睹中，我知道，那些因为工作上的应酬不得不在饭桌上酗酒的人，私下里大多是捏着鼻子硬着头皮上阵的，是情非得已之举。有些人还为此付出了健康，丢掉了工作，牺牲了家庭和后代，甚至失去了宝贵的生命（譬如问天父亲那个东北的好友）。这样巨大的代价，却使他们走不出非如此就不能显示其真诚友好与胆量能力的怪圈，不能理直气壮地对这似乎是永无休止的恶劣风气大喝一声："不！！！"我想，那些精神文明、物质文明程度较高的国家，在工作交往和人际交往中，是绝对不会存在这等现象的。以黄段子佐酒，一个个喝倒为止，这些具有中国特色的酒文化的“新发展”，要坑害多少人多少家庭才是个尽头?！不说这种酒桌上的应酬是否都在必须之列，不说全国每年要在这方面花费多少宝贵的资金，不说这种风气代代相传会有怎样的恶果，如果我们的工作和事业，到了必须在酒桌上大展宏图的地步，那么它的前途，是可以想见的。

实际上，遏制并逐步消灭这种危害的办法并不复杂。只要我们有了同仇敌忾的社会风气，“主客随意，适可而止”八个字就不失为一剂良方。为了妻子们深夜企盼丈夫平安归来的双眸和“陪我健康走到老”的期待，为了孩子们渴望家庭和睦完美的心愿，为了年轻人能够丢弃苦恼、身心双健地投入工作和生活，更为了根治我们这个日益走向文明富裕国家的陋习和顽疾，我们要大声地问那些在应酬中酗酒的人们：“难道你们就不能对这害人的习俗和恶劣的风气勇敢地说‘不’?!”因为，《国际歌》中唱得好：“从来就没有什么救世主，也不靠神仙皇帝。”挣脱这桎梏的希望，就在自己解放自己的行动中！

写于2004年3月

用心的太阳照耀别人

几周前，从贵州卫视《贵视晚间》栏目中，看到了这样一则报道：寒假期间，11岁的农民工子弟胡祥，用稚嫩的双肩，艰难地背负着比自己矮不了多少的大背篼，为别人送货，以此来挣得他和一只眼睛已经失明的小妹妹的学费。小胡祥那吃力前行着的矮小瘦弱的身躯，那由于年幼而大多争不到客人时的失望的眼神，尤其是他为了减轻家庭重负，要用自己的劳动，换取兄妹俩继续读书机会的信念，在我的心中留下了难忘的印记。又是这个自强自立的孩子，由于生活贫困而患上了淋巴结核和肺结核。当好心人送去两箱牛奶，让他滋补身体的时候，他非常孝顺懂事地将这些营养品，送到同样生病的爷爷奶奶手中……

这就是小胡祥，一个令人心痛心碎而又由衷敬佩的11岁的孩子！

人们的心灵有时是相通的。当《贵视晚间》善良的青年女记者杨霄，用手机拍下了小胡祥的身影并立即播出之后，全国各地那么多好心人和我一样，被震撼和感动包围着。5天时间，5万元爱心捐助从天南海北会聚而来。电视台的编导们笑了；小胡祥笑了；我，也笑了。人间的爱，为小胡祥的健康与成长，撑起了一片温暖的蓝天。

我不由得想起了我的父亲臧克家在六十二年前写的一首短诗：

你会觉得心的太阳

到处向你照耀，
当你以自己的心
去温暖别人。

这首被我的双亲实践了一生的小诗，是我的珍爱。我也学着父辈的样子，将它作为自己的座右铭。因为，爱，是可以传递的。我永远不会忘记，在我生病的近十年中，我的双亲和兄妹，我的朋友和《文艺报》的同事们，用他们的爱，照耀着我，温暖着我，激励着我。我得到了爱，也将怀着一颗感恩的心去传递爱。人与人之间相互温暖，相互照耀，这正是父亲那首小诗的精华所在。

我有幸怀着这份爱和由衷的感动，走进了为小胡祥奉献心意的队伍。我知道，自己的力量太微薄，太渺小，对于那些需要帮助的人们，它就像广袤宇宙中的一颗砂，一滴水。但是，在这个世界上，有无数的人，同样怀着"用心的太阳温暖别人"的一片真情在行动着。这份爱，一定会一代代传递下去。同时，在这个时刻，我的耳边总会想起一首传唱了那么久的响亮的歌："共产党，像太阳，照到哪里哪里亮……"我们的党和政府，不应当是那颗照耀中华大地并播撒温暖的最大最大的太阳吗？当这些大大小小的太阳相互辉映的时候，万万千千个小胡祥们以及怀揣着心的太阳的每一个人，不都沐浴在这温暖的宇宙之中了吗？

写于2007年4月

女儿和动物园的小狐狸东东

要说女儿从小到大去过的公园，可真是不少。香山及顶的红叶之游，昆明湖上的清波荡舟；中山公园的闲情漫步，北海侧畔的中秋灯展；八一湖与儿时伙伴的嬉戏打闹，景山脚下参加外公外婆与诗友们的牡丹花会……趣事一件件，留影一张张，现在回想起来，宛如就在昨日一般。然而，最令女儿喜爱留恋的，是带给她无数欢乐与忆念的北京动物园和那只小狐狸东东。

北京动物园是女儿的心头之爱，这种从一两岁就养成的偏好，使如今已近而立之年的她，依旧不改初衷地将那儿作为散心游览的首选之地。从小就喜爱动物，是女儿的天性，你看吧，只要一进动物园的大门，她那抑制不住的兴奋和欢愉，就从腮边绽放的笑靥，眼睛四处的顾盼，口中不住的惊呼和一蹦一跳的雀跃中，淋漓尽致地流露出来。她会使劲地拉着我，从一个动物的笼子前边，钻进另一处围观的人群之中，让我大声地念出小牌子上对于各种动物的详细介绍；她会静静地坐在湖边，观赏水中的游禽和岛上的飞鸟，眼神那样专注而深情；她会挎着装满菜蔬的小篮子，一边抚摸一边去喂饱那些小兔子、小山羊，然后心满意足地去找下一个爱抚的对象……记得有一次，盛装出行的四五岁的她，正站在小黑猴的笼前准备拍照，谁知，同样爱美的淘气的小猴子，一把抓住了她颈上那条漂亮的红色项链。惊吓中的她大喊“救命”，我适时地按动了快门，一张生趣盎然的照片，就这样定格在那令人捧腹的一瞬间。

时至今日，每当我们打开相册，这张旧日的小照，都会成为我们母女俩的笑谈。

更令人难忘的，是小狐狸东东。这段故事起始于女儿的一场大病。那时，三岁多的她每天被无名腹痛折磨得苦不堪言。望着痛苦万分的女儿，我双眼垂泪心急如焚。怎样才能减轻她的病痛？我忽然想起了她所热爱的动物园中的小生灵。我决定给女儿找一位动物朋友，给它取名叫：小狐狸东东。于是，当女儿备受煎熬的时候，我便轻轻地敲敲门，柔声地对她说："动物园有一只可爱的小狐狸东东，它想和你做朋友。但是，它只喜欢勇敢的孩子，安静地听它讲故事。东东现在正敲我们的房门，你愿意请它进来吗？"女儿乖乖地使劲点着头，从此，她开始了与意念中的朋友小狐狸东东的友情。随着与东东会面内容的不断丰富扩展，我搜肠刮肚地为女儿讲述各种有关狐狸的故事，连外国童话中的狐狸列那，都成了我讲述的蓝本。故事中的东东是个善良、勇敢又乐于助人的朋友，女儿从心底里喜爱上了它。令人惊喜的是，渐渐地，病中的女儿听到东东的故事，就会停止哭闹，闪着一双大眼睛静静地聆听。此刻，仿佛病痛已经远去，陪伴着她那幼小心灵的，只有小狐狸东东。从此，这儿童版的《一千零一夜》，成为我们生活中不可或缺的内容，小狐狸东东也成了女儿难舍难分的好朋友。

当女儿的病情允许外出游玩的时候，我第一时间就带她去了北京动物园。在狐狸聚居地，一只先前在笼子里来回徘徊的棕色小狐狸，径直走到我们面前，先是微微歪着头，仔细地打量着我们；之后，一双棕黑色的清澈的眸子，充满善意地望着女儿的脸。我惊喜地看着她（它）们，难道人和动物之间真的心灵相通？莫非它也知道有个冥冥中的朋友？它和我凭想象塑造出的东东，实在是太相似了。"妈妈，它就是小狐狸东东！我在梦里见过它！"女儿欢快的呼喊，打破了我心怀感激的遐想。病后的她使劲地向小狐狸挥动着手臂，像是对着一位久别的挚友。在女儿心目中，东东是陪着她走过那段难熬的岁月，和她并肩战胜病痛的伙伴。它的故事给了她信心和勇气，这段友情是那样可贵而温馨。从此，每次去动物园，女儿的第一个目的地，就是跑向东东身边。大约是她那种近乎虔诚表露在外的喜爱，打动感染了这只很有灵性的小狐狸，每次只要它在笼边，都会在女儿身边驻足，表现出一种超乎寻常的善意与亲热，令许多参观者意外和惊叹。原先虚拟的朋友，就这样变成一只小动物的友情，真实地走进了女儿的生活。小狐狸东东成了女儿口中经常的话题，这只可爱的小生命，着实是她心中不变的挂牵。她关心东东的饥渴、冷暖和健康；遇到许多事情和困难，她都以想象中东东的行动作为自己的表率。在她稚嫩纯净的心中，多么希望这世界上的每一个人，都能成为动物们的朋友和伙伴。我为当年编出东东的故事，感到由衷的庆幸和欣慰，因为，除了帮助女儿减轻病痛、迎来健康之外，我们又从中感悟、汲取到了多少东西！

岁月在友情中流逝，友情在岁月中积淀。如今，小狐狸东东的故事已经过去了二十多年，然而，每当早已长大成人的女儿旧地重游，她都要到饲养狐狸的笼前，怀着深深的感情，去看望想念中的朋友。虽然当年的东东可能已经不在其中，但是，北京动物园和可爱的小狐狸东东，却带着昔日珍贵而温馨的记忆，永远地印在了女儿和我的心间。

写于2010年9月

我的书房

准确地说，这个十三四平米的房间是我的书房兼卧室。一架几乎顶到天花板的书柜、一张黑胡桃色的普通写字台和一把从上个世纪就开始使用的折叠椅，突显了它作为书房的功用。阳光柔和地从左面L形的窗户中斜射进来，使明亮的房间温暖、静谧而又温馨。

我的书房简陋素朴，没有一件奢侈品装点过它的存在；然而在情感和精神层面上，它又是那样厚重丰盈，令人艳羡。因为，在这儿，我与我亲爱的父母之间的深情与交流无处不在。虽然这两位老者早就先后逝去，虽然我也已经是年近七旬的白发之人。

你看，当年我89岁的母亲在身患重症之时，于2008年为我亲手培植的银星海棠（我深情地叫它——“妈妈花”），在窗下尽情地舒展着它的枝叶，虽是严冬，暖阳下的一簇簇花苞依旧次第绽放，就像慈母对我绵绵不尽的爱；你看，书柜中摆放的双亲的合影或单人照，仍然在岁月的流逝中向我展开笑颜，这些丝毫不曾褪色的形象，那样鲜活地镌刻在我记忆的最深处；你看，母亲生前用过的小小的塑料外壳的屋形闹钟，在写字台左侧“滴滴答答”地走得分秒不差；尤其令我珍视的，是悬挂在书房墙上年迈父亲为我写的两幅墨宝。

写字台西面墙上那张大的条幅写于1977年。时年72岁的父亲亲手抄录了作于1961年11月10日的诗句：“生活的道路美丽又宽广，／我的胸怀啊是这么舒畅，／心头像有只婉转的春莺，／按捺不住要歌唱的欲望。／迎春花虽然开得很小，／她却有自己的一份色香，／噼噼啪啪像一支火鞭，／迎来了灿烂的大好春光。”在诗后的跋中，他写道：“《凯旋》诗集序句，足见我的胸怀。你做工人极为光荣，站在自己工作岗位上，有一分热发一分光，像小小一朵迎春花一样。写给大女儿小平存念。克家七七年四月花开时节。”我是“文革”前68届高中生，当过兵（黑龙江生产建设兵团战士）、农（农村插队知青）、工（纺织厂工人）。当我在石家庄纺织厂当工人的那年花开时节，父亲就在铺开的宣纸上，用诗的语言，形象生动地再一次展现了他对子女们的谆谆教诲和殷殷期待。这种从我幼时就开始接受到的父母的言传身教，形成了我们这个大家庭令人称颂的家风。而这独具色香的迎春花，一直在我的心中怒放。

写字台上方挂着的那张小条幅，是父亲在吴作人先生“奔牛”图的彩笺纸上题写的：“苍龙日暮还行雨，老树春深更著花。顾炎武名句，我极喜爱。小平学习、欣赏。克家一九九三年十一月，时年八十有九。”父亲生前曾把这句他“极喜爱”的诗抄于一方宣纸之上，贴在书房兼卧室中的书柜玻璃内侧，日日相对。于是，同样“极喜爱”这个名句的我，特请父亲写下了这张条幅。当时，我非常钦佩耄耋之年的父亲苍龙行雨、老树著花的精神和干劲儿；如今，这句话也一样成为步入老年的我的座右铭。

坐在这间充满挚爱、温暖和精神传承的书房中，我的笔下不断流淌出我的情感爱憎和心中的歌；在这里，我为亲爱的父亲搜集资料、选编著作……双亲对我的大爱和期许使我不愿懈怠自己的脚步。书柜中存放我作品的多层格子逐渐丰满，收入我佳作的书籍与父亲的大作并排摆放着。我也曾在这里郑重地填写加入中国作家协会的表格，我知道，父亲母亲的眼睛在望着我。即使多年患病的我近来又被两种癌症偷袭，我依然乐观坚强地握笔坐在写字台前。这是在书房中展开的对于命运与病魔的顽强抗争，迎春花也要搏击冬末的严寒。我更希望在“苍龙”“老树”之年，在“滴滴答答”的时钟鸣响时光飞逝中，向天堂中的双亲再交上一份份令他们欣慰开颜的成绩单！

这就是我的书房，一个给我带来巨大亲情温暖、生活方向和力量源泉的所在，一个脚踏实地地实现奋斗目标和人生价值的地方。

2017年2月中旬

我的朋友

F君的故事

打开旧日的相册，两帧清晰的小照，赫然入目。照片上那清秀的青年不过是个十六七岁的大男孩，一身学生打扮。一张是个半身照，正经八百的；另一张，却是站在充满阳光的窗前，对着摊开的琴谱在拉小提琴，一副专注而深情的样子。这两张照片排列在一大片女孩子的倩影之中，分外惹人注目。

这便是他——F君。

初识F君，是在23年前的北大荒。

当拖拉机拉着拖斗、爬犁，把我们这群北京知青载到这片荒原的时候，先于我们到达的上海、天津和哈尔滨知青，已经在这儿安营扎寨了。人马到齐之后，对于各色人等，自然要有个大体相当的安排。连队领导见我是个高中生，在这群初中和69届知青中，好歹也算是个“大知识分子”了，就让我进了宣传组。

刚刚来到北大荒，一个与大城市截然不同的崭新的环境，一副副陌生的面孔，各种不同音调的方言土语，一时间真让人头昏脑涨，搞不清楚谁是谁。张冠李戴的事时有发生。女同伴尚且如此，更没心思去顾及那些男青年。然而就在这时，我却认识了F君。

那是在连队宣传组的第一次会议上。名为宣传组，实际上就是利用业余时间写写稿子出出板报而已。组里一共4个人，三女一男。那唯一一名男生坐在那儿，清秀白皙的脸上略含几分腼腆，不言不语的，比女孩子还女孩子，和其他男知青那略有几分粗野的举止，真是大不相同呢。领导让每个人自我介绍一下，他是男生，理应先开口。只听他声音不大地说："我——我——"我们3个女生都笑了。原来他紧张时还有些口吃。这就是F君。上海市一所重点中学的初中生。

同在一个组，接触自然多了起来。每周总要有那么一两个晚上，下了工，匆匆洗去一天的汗水，我们便集合在一块自制的黑板报前，拿出稿子商议一下，就由F君执笔抄写起来。记不清有多少个夏日的傍晚，我们不停地挥舞着扇子，为他轰赶成群扑来的蚊虫；记不清有多少个严冬之夜，我们站在雪地里，提着连部那盏大油灯替他照明。微弱摇曳的灯光照亮黑板，照亮一行行整齐秀气的字，也照见他那冻得通红发僵的手指。F君表面上少言寡语，却十分内秀，写得一手好字，画得一手好画。他设计的板报，总是十分吸引人。几笔而成的小画，把版面点缀得活泼美观。来兵团的时候，他还从家里带来一把小提琴，一有空就吱吱呀呀地拉起来，给北大荒这块缺少音乐缺少娱乐的黑土地，带来些许动人的旋律。不仅如此，F君的姐姐是上海一家沪剧团的演员，耳濡目染之下，F君还唱得一口好沪剧。记得连队第一次新年联欢会自由点节目的时候，我在一张窄窄的小纸条上点了他的将。他没有丝毫的推托和扭捏，大大方方字正腔圆地拉开了调门，博得了满堂喝彩声。于是，我知道了，F君是一位才子。

还有令我意外的。F君的身材并不魁伟，甚至可以讲有几分单薄，一副书卷气，但身上的力气却大得很，干活儿不仅从不落在别人后边，还能与壮汉子一试高低。夏锄，是我这个一米七四的大个儿最怕的活计，一眼望不到头的垅沟，教我的腰痛得上不了炕。好几次，当我力不从心汗流浃背狼狈不堪的时候，已经锄到头的F君就一声不吭地从对面锄过来接我一把。胜利会师的时刻，我总是感激地向他投去一瞥谢意。他呢？微微一笑，仿佛这是他应该干的。这大约就是共同生活在北大荒这块土地上的青年人之间的友谊：真纯、质朴，从不含有额外的索求。

还有一件事，我至今记得十分清晰。

在一次扑灭突如其来的荒火的战斗中，全连知青表现得十分英勇。为此，指导员让宣传组在最短的时间内，以文艺节目的形式好好宣传表扬一下，以进一步鼓舞士气。在扑火中也受了点儿轻伤的F君在两三天时间里，就拿出了自己创作的配乐诗剧。那诗剧写得很抒情，文学味儿挺浓，我至今还记得“啊，云霞，看那天边火红的云霞……”一类的句子。说到配乐，只有他那把小提琴烘托一下气氛。我找了几个有些文艺细胞的姑娘小伙儿，编了几套动作和造型，节目就在全连上演了。没想到，不仅知青们看得全神贯注，连大字不识几个的老职工，也伸长脖子瞪大眼睛津津有味地欣赏了半天。节目成功了。编剧、作曲兼伴奏的F君因此出了名。

为此，连队不少姑娘对他颇“另眼相待”，领导也很是喜欢这文静而多才多艺的青年人。但他仍旧默默地干着自己分内和分外的事，不见有丝毫骄傲张狂翘尾巴的样子。我那时暗暗替他惋惜：如果不是“文化大革命”，F君能继续深造，将来一定是个人才呢！

更加熟识之后，我发现F君还是一个有头脑的青年人。在大多数知青已经麻木地日复一日地重蹈着“干活——吃饭——睡觉”这“垦荒三部曲”的时候，F君依然关心着连队这世外桃源之外的国家和世界上的大事。他爱动脑筋，想问题，并且和外界保持着相当密切的联系。在那“以阶级斗争为纲”的特殊年代，这比别人多长的一副头脑，对F君来讲，是福耶？祸耶？

记得在1972年前后，一天下工后刚刚吃完饭，一阵急促的哨音把全连人集合到大饭厅。指导员眉头紧锁，面部表情十分严肃。我们面面相觑，不知发生了什么严峻的事情。饭厅中一片静寂，连平日开会那“噼噼啪啪”拍打蚊虫的声音也没有。指导员开口了。他说，团部最近发现我们连有一个与外地青年秘密串联的反动小集团“探求者”。它有组织、有纲领，小集团成员之间的每次通信都编了号码，信的内容十分反动。团里已责成连队严肃处理这件事。最后，指导员不无沉痛地说："现在，把这个反动组织的成员揪上来。"立刻有人从人群中拽起两个人来。我的头"轰"的一声，用力睁大双眼望着被押上去的两个人：那是F君和原来与他同校的连队司号员L君啊！

我震惊了！全连人震惊了！我觉得自己的心往下沉，往下沉，沉入了一个暗无天日的深渊，像窗外那没有星光月色的暗夜一样。它还有黎明和明天吗？事情怎么会是这样？要知道，他们刚刚20岁啊！

20岁的F君从此坠入生活的暗夜之中。

第一次开他们的批判会，我听了他们的"罪行"——那些编了号码的信，也听了他们的检查。F君们的"罪行"和"问题"，完全是青年对于尚不明了的世事的探讨和思考，尤其在那个岁月，让人想不通弄不懂的事太多了。尽管这探求中不免夹带偏颇之处，但这是年轻人成长过程中不可避免的，就像孩子学步时不免摔跤一样。这些，完完全全可以通过同志式的交流和讨论解决。更何况，这其中不乏对"四人帮"倒行逆施的愤懑与不平！

批判会刚刚结束，L君就几步走到我跟前，征求我对他的检查的意见。听着他那微微发颤的声音，看着他那双饱含着想急于改好检查顺利过关的迫切心情的目光，我能说什么呢？我对他在此时此刻对我如此信任而那样感动，但我能把心中的这一切想法讲出来吗？我是多么为他俩痛惜，多么为他俩感到羞辱啊！我用目光寻找着F君。他为什么不能像L君、不能像过去那样，走过来谈谈呢？在以后的几天里，我一直等着。但是，F君没有来。

也许，F君没有来是对的。检查还有什么必要修改呢？团里已经给他们定了性：反革命小集团，从此，他们和连里的劳改释放犯、坏分子一起，成了监督改造的专政对象。

多少次上工下工，我们和他们擦肩而过。F君的脸色十分苍白。本来就不高的身材仿佛更加矮小，佝偻着腰背，像一个已经迈入耄耋之年的老人。他深深地低着头，眼睛死死地盯着脚尖前面的那一小块路。他今后一生都将沿着这条没有前途和希望的路走下去吗？他抬起头来又有什么用呢？从那时起，我每次见到他和L君，都远远地躲开，仿佛怕见人的不是他们而是我。我害怕见到他们，我不能容忍我眼中的那位才子和战友——原来那个优秀的年轻人，变成现在这个样子。这种感觉是那样强烈，那样沉重，那样复杂。这里有痛惜，有同情，有困惑，也有种“恨铁不成钢”的感慨。我真的从心的深处为他们感到耻辱和惋惜。因为，擦肩而过的他们和我们，是多么不同的两群人啊！而F君和L君，不久前还走在我们中间。

我不知道那段日子，F君是如何挨过来的。那种超强度的体力劳动，那种超强度的精神压力，并不是每个人都能承受的。

那年秋天，连里要赶在地上冻前挖一个两人多深的大菜窖，将全连人整个冬春吃的菜全装进去。这种苦累活儿，自然是F君他们的专利。那几天，我们早晨上工，他们早在那儿顶霜带露地干起来了，直到晚上再也看不清往哪儿下锹，才精疲力竭地拖着步子回来。一次，我路过快要挖好的菜窖，远远地望见暮色中的F君站在3米多深的地下，正吃力地挖着，挖着……他上方的土墙上，钉着一盏大约是刚刚点燃的油灯，微弱的灯光在已经很暗的背景下摇曳闪烁，像一小团磷火。这情景当时就使我有一种强烈的感觉和联想：他是被打入了十八层地狱，正在炼狱之火中煎熬。这感触令我这般震撼，以至于二十多年后的今天，仍清晰如昨日一般。后来听说，一个身强力壮五大三粗的劳改释放犯，在这次“触及灵魂”的劳动中累得吐了血，躺了一个星期后走路还直打晃。而F君，却硬是挺了过来。

F君就这样咬牙走过了那段暗夜。一两年以后，他被“解放”了，后来被分配到食堂工作。他愈加沉默缄言，只是埋头工作，争着干那些最重最累最脏的活。轮到他在食堂窗口卖饭，他很少开口问人买什么，只是用征询的目光望着买饭的人，然后默默地为对方打好饭菜。我为他难过。从前的F君消失了。他的才华和天性，被掩没在阴霾中。

又过了大约一年，我在犹豫彷徨之后，决定转到河北省农村插队。

临别之际，我向F君道别。我从箱底翻出了自己珍藏了多年的心爱之物——一本人民美术出版社六十年代初出版的、配有精美世界名画的精装日记本，用一张洁白的纸仔细包好，送给了F君。他呢，送给我两张旧日的小照和两首自己写的诗词，约我晚饭后到食堂一聚。

窗外是漆黑寒冷的暗夜，而伙房里的大火炉早被F君捅得旺旺的，一闪一闪的火苗给我们带来温暖和光明，就像我们胸中充盈着的友谊。F君颤巍巍地为我端来一大碗斟得满满的白开水：“以水当酒，祝你鹏程万里！”一口气喝下这友情的“陈酿”，我们又谈了许久。F君不无感慨地讲起，一个犯过错误受过打击的人，在政治上要想前进一步是多么困难，苦笑着说自己“演白脸孔总是活灵活现，演红脸孔就差几个节气了”。是啊，早已经被“解放”的F君，在今后的人生之旅中，要挣脱多少桎梏和束缚；他将比别人付出得更多更多。望着满含惜别之情的F君的脸，我胸中涌起深切真挚的祝愿，祝愿这位在北大荒结识的颇富天才的朋友，早日开创属于自己的真正的生活。

从此以后，我的影集中有了那两帧小照；从此以后，我有了关于F君的记忆和一份不时萦绕着的友情的牵挂。有时，我这念旧的人打开昔日的相册，面对那些北大荒战友们熟识的脸，心中就涌动起一股温暖。望着那两帧小照，我会轻轻地问：“F君，你在哪里？”

岁月荏苒。一晃十余载过去，沧海桑田，世事变迁。我已是一家文学报刊的编辑。这期间，曾经听说当年与F君“同案”的L君，考取了中央美术学院研究生，深造之后又分回他的故乡上海工作。为L君高兴的同时，我又想起了F君。他一定早已走出那片极“左”的阴影，正在某地的某个岗位上，淋漓尽致地发挥着他的才能吧？我的心中仍然怀着这诚挚美好的祝愿。

关于F君的故事并没有结束。

一天，我收到了我所尊敬的外省作家海笑老师的稿子，读着它，我惊喜地发现，这篇文章所写的，竟是分别多年杳无音讯的F君！原来，他已经是一位有成绩的作家，他的儿童文学作品曾在全国儿童文学评奖中获奖。我由衷地为这位旧日的朋友高兴，除了有一种夙愿终于实现的欣慰之感，还颇为自己二十多年前的眼力，感到几许小小的自豪。

令我惊喜欣慰的并不只这些，海笑老师在文章中所写的F君，已经是某报社的记者，在1987年的改革大潮中，他一马当先，辞去记者职务，倾尽自己的积蓄和稿酬，创办了一个经济实体：蓝房子文艺沙龙兼西餐厅。他的计划可谓雄心勃勃：要在为广大文艺工作者和爱好者服务的同时，在三五年内积攒起一定的资金，然后潜心进行专业创作。他对自己的要求可谓严格全面：政治上不犯错误，经济上成功，不改变文艺沙龙的性质，文学上出成果！身为省作协领导的海笑老师，欣喜地关注着全省第一位作家的这项改革创举，兴奋地称F君“充分表现了一个具有改革精神的作家的志气和骨气”。是啊，他已经高高地抬起头，比我们看得都远了！

同为文学界中人，我深知，F君所走的这条以商养文的道路，作家文人们眼下虽有过一些设想议论，但身先士卒奋而前行者却凤毛麟角。对于毅然全身心投入的F君，赞叹钦佩之余，我不免为他捏了把汗。

“蓝房子”办起来了，按F君的话来说，“东北的马蹄形回风灶，已经在江南冒烟。”这儿不仅生意红火，而且成功地为上海、南京、无锡等地的青年诗人、音乐摄影爱好者举办了数次活动，他还准备切切实实地为全省做几件有益于创作的好事。我须仰视此时的F君，他确是一位有胆有识的先行者，敢于去开创一条路，一条不仅仅属于自己的、包含着深远意义的路。

我和F君又开始了新的联系。他的信，不仅充盈着一种勃然向上跃跃欲试的劲头，而且恢复了从前的幽默：“可能我这一跃将一败涂地，但我自我感觉良好。我很快活。”“如何在商品社会中寻求艺术和金钱的平衡点，我在摸索。”“一旦蓝房子稳定下来，我便要写东西，但愿写出来的不会是账单和菜谱。”他盛情邀请我有机会去他那儿小坐，“蓝房子的雀巢，味道好极了！”我品尝过那溢满友情的白开水，深信这雀巢的滋味会更加香醇醉人。

然而，古人说得对：“木秀于林，风必摧之。”单枪匹马搞改革，谈何容易！艰难接踵而来。不久，F君告诉我："我现在要花很大的精力去应付社会，黑社会、红社会都不好应付。"一些人（黑社会和红社会的）开始去没有后台和靠山的"蓝房子"白吃白喝，有些流氓甚至去聚众斗殴滋事。因为烧香不够，治安部门对此不闻不问。我很难想象单薄清秀的F君，如何去面对这些将脑袋别在裤带上的亡命徒，这对书卷气十足的他来讲，真是太难了！F君曾调侃地在来信中说："我的手上受了点小伤，有一条疤，但还能拉小提琴。包着纱布的那一段时间，我对人说：'这是练铁砂掌。'"我懂得这调侃中的苦涩。这条疤，镂刻着改革的艰辛，是大付出中的小代价。

渐渐地，F君的信稀少了。终于，我们又一次失去了联系。我知道，他要应付的事太多。他面对的，是改革刚刚起步的庞杂的社会。那美好的愿望，绝不会一蹴而就。他的压力和艰难可想而知。然而，不管这一举动成功与否，F君一定会出好作品，"蓝房子"本身不就是一大本太好的素材？

一年多以后，我终于听到"蓝房子"最后被迫转卖的消息。扼腕叹息之余，我想，从青年时代起，在社会风云的变幻之中，F君的人生之路几多坎坷磨难！并不是每个人都能像他这样咬牙走过来，并不是每个人都能如他这般破釜沉舟，敢于在举步维艰中充当改革的弄潮儿。在他那文弱而多才多艺的外表下，深埋着一颗顽强勇敢的心。经历过"探求者"和"蓝房子"的人，应该被生活锤炼成强者了。我又想，如果我们的社会生活始终能正常一些，"宽容"下千千万万个F君，让他们人尽其才；如果我们的法制始终能健全一些，护卫起千千万万个成长中的青年和创业者，那么我们的国家，又会是一种什么样子呢？

而今，改革的时代狂飙早已吹遍中华大地。F君，你的夙愿是否已经实现？我仍在深深地祝福你，我的朋友！

写于1992年

郑成思：为中国知识产权法学燃烧生命

在我面前站着一位极普通的中年人。清瘦的脸上，绽出和蔼的笑容。平常的穿着，质朴的气质，使人很快就产生出一种亲近感。不认识他的人大约不会想到，这位貌不惊人的中年男子，就是在中国知识产权法学的创建上，开一代先河的著名法学家、中国社科院知识产权中心主任郑成思教授。

54岁的郑成思，是个视祖国和工作如生命的人。从1979年开始，在短短不到20年的时间内，就取得了一系列中外瞩目的卓著成就：

是他，忘我地潜心于知识产权法和知识产权国际保护的研究，开创性地提出了许多颇有见地和价值的理论观点，为创立、发展、普及中国知识产权法学，做出了不可磨灭的突出贡献；在推动中国立法、司法与行政执法方面，在为国家主管机关、法院和立法机关提供咨询方面，做了大量杰出的工作；

是他，在中国知识产权研究与教学均落后于国外的情况下，勤奋刻苦，写出了24部专著和两部译著。这些既联系中国实际又富于独创性的著述，已经成为国内外许多有关教学单位、立法机关、司法机关和专门研究人员的主要教材和必读书；

还是他，及时地把世界知识产权方面的现状、发展和最新情况，大量介绍到国内；同时又积极向国外介绍中国这方面的情况与立法工作，起到了双向交流的作用。他用英文撰写的《中国知识产权与技术转让法》一书，1988年在国际研讨会上被欧共体方面的主席称为“英国及欧洲贸易界及律师们，了解中国知识产权领域立法和司法的主要著作”。这本书被收入世界知识产权组织图书馆的“参考作品珍存集”，并被作为马普学会研究人员的主要英文参考书之一。

父亲是老革命，郑成思自少年时代起，在逆境中长大。矿工郑成思发奋学习“旧式英语”。“文革”后的一次翻译工作，使他与知识产权结下不解之缘。

郑成思1944年12月出生于春城昆明。当他在黎明前呱呱落地的时候，早在30年代就做过中共上海地下党徐汇区委书记的父亲，正担任中共云南省工委书记。他的母亲，也是一位中共地下工作者。这是一个纯粹的老革命家庭。然而，生活并没有厚待这个不谙世事的孩子。1959年，父亲被打成了“右倾机会主义分子”。这个在优越环境中曾经不思学习的“调皮大王”郑成思，从“高干子弟”一下子沦落为“可教子女”，面对着家中的巨大变化，他仿佛一夜之间成熟了。这个身为长子的15岁少年，发誓要努力学习，将来承担起照顾家庭的重担。现在，回忆起这段阴云漫天的岁月，郑成思深有感触地说：“说心里话，这段逆境锻炼了我。如果没有它，我就不会养成许多于我一生都很有裨益的好习惯；就不会树立起那种‘别人能做到的，只要通过努力，我也一定能够做到并做得更好’的精神与信念。从这个意义上讲，这段生活对我来说是件好事。”

艰苦，养成了他朴素勤俭为本的生活习惯；“可教子女”的身份，教会了他“淡泊名利”的思维方式；逆境厄运，更燃起了他不甘人后的奋斗精神。正是这种精神，使1963年考入北京政法学院法律系的郑成思，在校期间是全年级成绩“全优”的唯一保持者；正是这种精神，为他的人生道路和法学研究，奠定了坚实的思想基础；也正是这种精神在日后岁月中的延伸与光大，使他更高地将他的立足点，放到了祖国的高度，为了使中国站在世界前列，他无私地奉献着自己的生命。

在接踵而来的“文革”中，父亲身陷囹圄，郑成思身背“可教子女”和“大学生”双重身份，下放到黑龙江鸡西煤矿劳动。那一年，郑成思26岁。他不甘于平庸地打发岁月，开始利用业余时间学习英文。这一切起始于那本名为《汤姆·索亚历险记》的世界名著。郑成思捧着这本向父亲的老同事借来的书着了迷。多少个夜晚，在煤矿的巷道里挖了一天煤的他，不顾劳累地趴在灯下，如饥似渴地“啃”着这本大部头，爱不释手。为了能永远拥有它，郑成思整整用了3个多月时间，一字字一行行地抄完了这本书。当他将原书“完璧归赵“的时候，郑成思的英文“出师”了。多年后，当他即将出国学习进行英文考试时，外方主持面试的是一位美国教授。他给郑成思打了不错的成绩后，又满腹疑问地提了这样一个问题：“为什么你有些用语习惯，是许多年以前流行而当代却不大用的?”郑成思的回答可想而知。因为，真正引他入门的老师是那本马克·吐温写于19世纪的《汤姆·索亚历险记》呀！恍然大悟之后，这位美国教授拍拍郑成思的肩膀，赞许地笑了。

“文革”后的1979年，35岁的郑成思考入中国社科院法学所工作。这个变动，为他重新进入法学殿堂打开了大门。能有这个学以致用的机会，他是多么高兴啊！

刚到法学所不久，郑成思就接受了一项任务：翻译联合国交给中国的世界80多个国家的《商标法概要》。这是属于“知识产权法”的一个组成部分。当时，“知识产权”这个现在十分热门的名词，刚刚被翻译过来，鲜为中国人知道与了解。中国老百姓最初接触它，大约还要归功于那部80年代在电视中播映的、颇受欢迎的美国动画片《米老鼠与唐老鸭》。它片头那段若侵权则“违者必究”的话，令当时的中国人耳目一新。1979年，“知识产权”是个对于郑成思、对于中国来讲，都完全陌生的领域。虽然这本《商标法概要》是当时不受重视因而也无人愿意问津的书，但是，它却像一把打开这个全新领域大门的钥匙，在对它的翻译过程中，年轻的郑成思对这知之甚少的天地，对这个于中国来讲尚是空白的法学门类，产生了浓厚的兴趣。从这里开始，郑成思步入了知识产权法学的大门，并与它结下了不解之缘。他像电影《红菱艳》中的女主人公一样，穿上了这双再也脱不下的红舞鞋，为中国知识产权法的立法、司法、宣传和培养专门人才等诸多方面的工作，捧出他全部的心血和精力；他将他燃烧的生命，献给了中国知识产权法学的大舞台。

在伦敦留学时，他的论文六易其稿大获成功；他是导师引以自豪的“产品”。澳大利亚知名大学校长力挽郑成思留校任教，是源于门卫的推荐；而他却坚定地说：“我是一名中国法学家，我的根与事业在中国。”

为了早日实现中国知识产权领域“零”的突破，为了实现“争取早日站在世界前列”的心愿，已经对该领域的研究有了一定基础，并已翻译了国外有关书籍的郑成思，从1981年开始，在英国伦敦经济学院度过了两年留学生活。在来此学习的中国留学生中，他是最用功的人。他用自己的行动，实践着自己信奉的那句话：“只要努力，我一定能够比别人做得更好！”这句话，意味着更多的汗水与付出。他所就读的“知识产权国际保护”专业，内容十分丰富繁杂，世界各国的法律又多如牛毛，这使郑成思仿佛面对着一个新鲜庞大的世界，一切都需要去认识，去汲取，去消化……他几乎成天泡在图书馆里，把自己的全部精力都投入学习中。在英国的两年里，郑成思没有闲暇的时间上街逛公园一睹异国风情，没有闲暇的时间看电视、电影以扫去身心的疲惫。他太用功了。连一向不轻易表扬学生的导师，也一再称赞这位中国学生的勤奋好学。因为，郑成思知道，祖国在等待着他的起步。

郑成思的导师考纳士先生，是英国经济学院学术委员会主席，一位治学严谨、对自己的学生要求非常严格的学者。一次，郑成思在导师的指导下，撰写一篇题为《中国版权的来龙去脉与发展趋势》的论文。当他把自认为满意的论文送到导师面前时，考纳士先生中肯而深刻地提出了修改意见。就这样，一遍、两遍、三遍……郑成思不厌其烦地思考着，修改着。当改到第5遍的时候，他微微表露出一丝嫌麻烦的神情，导师一边轻轻地摇头，一边“NO，NO”地向他提出了批评，并且用整整一个晚上，非常仔细地再一次批改了这位中国学生的论文，在一些地方用工整的英文写出了自己的意见。郑成思望着导师因一夜未眠而显得疲惫的面容，心中既感动又内疚。最后，这篇六易其稿的论文，从最初的8万字精炼到2万字。郑成思曾经和导师开玩笑说："写完这篇论文，我的头发都白了。"他何尝不知道，导师的双鬓又添了多少华发啊！在发表这篇论文之前，郑成思准备将导师的名字也署在作者栏中，却遭到了这位外国学者的坚决拒绝。郑成思沉思着。他感到导师那双有力的臂膀，正拉着他一步步走向更高的境界。

当《中国版权的来龙去脉与发展趋势》在著名的德国马普学会会刊上发表以后，郑成思获得了极大的成功。美国一位专门为国会立法提供咨询的老教授，称赞这篇论文是他所读过的有关文章中，最富有创造性的论文。该学会的一位博士把它译成了3种文字发表。正是由于这篇论文，郑成思后来被吸收为国际版权学会会员，并当选为理事。

多年后，郑成思的导师，这位可敬的国际知识产权教学与研究促进协会前任会长，曾在国际大会的会场上指着当时已是该会执行委员的中国法学家郑成思，自豪地向各国专家们说："这是我的'产品'之一。"

在一门门优异的成绩和令人称道的研究成果接踵而来的时候，只有郑成思知道，如果没有"尽早填补祖国知识产权领域空白"的信念支撑着他，他或许不能挺起胸膛走到今天。两年留学生活结束的时候，他感到既充实又沉重。在累累硕果的后面，掂一掂，担子不轻啊！他义无反顾、毫不迟疑地回来了。因为，这是他的祖国，急等着她的海外学子回来建设的祖国！

当然，在郑成思面前还摆着另外一条路。当他回国前和归来后的许多年中，不少外国研究单位和外国学者朋友们，都盛情挽留或是邀请他移居国外，在条件优越的国家中从事研究工作。但是，无论什么时候，无论海外的诱惑力有多大，郑成思的回答只有一个："我是一名中国法学家，我的事业在中国。离开了我的祖国，我就失去了我的根。"是啊，祖国是他的根，不仅是他代代相依生存繁衍的人的根，也是他事业的根。他深知，他之所以取得成绩并引起国际法学界重视，正是基于他在中国知识产权的研究和创立上；正是基于他结合中国具体国情而创建的不同于其他国家的独特的观点。离开了中国——他的祖国，他的事业就没有了依托。从这个意义上讲，祖国是他双重的根。

当郑成思离开英国的时候，他已经得到了可取得英联邦国家律师资格的证明。有了这个证明，他可以在全球43个英联邦国家开业。律师，在国外的收入和地位不言而喻，而他所掌握的版权、商标和专利等学术方面的特长，更是许多国家都匮乏和亟须的。这是多少人求之不得的好职业呀！

两条截然不同的路，一边是国外惬意的工作、丰厚的收入，享受现代化的舒适生活，可以得到的较高的社会地位；一边是还属于发展中国家的祖国，创业的艰辛、艰苦的生活和拥挤的住房……然而，郑成思毫不犹豫地回来了，回到了祖国的怀抱。他不仅带回了用省吃俭用的钱买下的大量书籍资料，带回了满脑子学问和一身本领，更带回了一颗赤子之心！

像这样的事，郑成思遇到的何止一件两件。1991年与1996年，他先后两次去澳大利亚讲学。第一次去的时候，在他讲学的那所综合性高等学府中，最熟悉他的人，是学校大门的警卫。因为，这位中国学者是全大学每天到得最早、走得最晚的人。就连每周两天的法定公休日，他也在学校工作。这个门卫，每天都用敬佩的微笑迎接这位不知疲倦的中国人。当郑成思临回国的时候，意外地收到了该大学校长的邀请。郑成思十分诧异，因为他与校长素昧平生，除了工作之外，交往甚少。会见时，校长热情地请他留在学校工作。郑成思不解地提出疑问："我对于您来讲，几乎完全是个陌生的人。您何以会做出这个决定？"校长充满敬意地说："那个大门的警卫，曾经多次向我讲过这样的话：'如果我们的大学中有10个人像这位中国来的学者，那么，我们的学校很快就会成为全澳大利亚最好的学府！'像您这样的学者，正是我们求之不得的呀！"郑成思当时很自豪，因为他为中国争得了荣誉。当然，他仍像以往一样，婉谢了校长的美意。他所讲的，还是那句话："我是中国法学家，我的事业在中国。"

祖国等待着他的起步，但是万事开头难。在不断被拒之门外和不懈的奔波中，年轻的编辑要出年轻人写的书，郑成思的第一本专著问世了。

郑成思是揣着那个早在心中立下的志向踏上归程的："在任何一个领域，中国都应该争取站在世界前列。"然而，在他所研究的法学知识产权领域，中国却比一些国家晚了上百年！

祖国在等待着他。

回到了祖国，憋了两年的劲头一下子喷涌出来，郑成思这个"拼命三郎"废寝忘食地工作着，并养成了每天最多只睡6小时的习惯。他家的住房原来很小，每天晚上，只能等两个女儿做完作业，他才能在灯下开始他的工作。他那腹痛腹泻的老毛病，时常令他痛苦不堪。可郑成思仅仅在肚子上敷个热水袋，一只手顶住腹部，另一只手坚持工作。妻子催他去医院检查治疗，他根本就顾不上。有时，为了论证一个问题或写一篇文章，要查阅许多资料。无论盛夏酷暑寒冬腊月，他骑着那辆旧自行车，跑遍了北京大大小小的图书馆。功夫不负有心人，1984年初，他的第一本法学专著《工业产权国际公约概论》，终于用半年时间写完了。郑成思消瘦的脸上，浮现起欣慰的笑容。

然而，万事开头难。对于在国外已取得成功而在国内却仍名不见经传的郑成思，要想出一本专著谈何容易！当他汗流浃背地抱着这部书稿，充满希望地在三伏天敲开北京20多家出版社的大门时，得到的却是一盆盆迎面浇来的冷水。有的出版社非常坦白地告诉他："如果这部书出自法学界权威之手，我们可以出；可你初出茅庐，出版你的书风险太大，卖不出去怎么办？"

被拒之门外的郑成思有些不理解了，不是天天在讲"培养人才"吗？权威学者谁不是从名不见经传开始的？这时，如果他偃旗息鼓，那么，他个人和中国知识产权领域，今天可能会是另一副样子。所幸的是，郑成思偏偏有那么一股不服输、不灰心的倔劲儿，一天、两天、三天……整整一年半时间，他毫不气馁，四处奔波。

精诚所至，金石为开。终于，北京大学出版社一位刚留校的年轻编辑，接下了这部沉甸甸的书稿，也同时接下了郑成思沉甸甸的期望和重托。在出版社讨论这部书稿的时候，这位年轻编辑据理力争："年轻人的书为什么就不能出？谁没有从年轻的路上走过？我是年轻人，就是要为我们这一代人说话。"最后，他斩钉截铁地表示：这本书我接了，赔了算我的！

就这样，郑成思第一本关于知识产权的专著，终于在1985年8月由北京大学出版社正式出版了。屈指算来，半年时间写书，一年半时间跑出版，他从中得到了多少感悟。在痛惜一年半时间从自行车轮下无声流逝的同时，郑成思尝到了自己的聪明才智和奋斗努力被压抑时的痛苦和焦虑，也体会到被人理解和承认时的喜悦、充实和一种勃然奋发的力量。

一位年轻编辑的支持，保护了一位年轻的作者，为他打破了前进路上的坚冰。郑成思是幸运的。当时，这位编辑大约不会估计到，这一切对于整个中国知识产权法学领域，具有多么重大的意义。

郑成思全方位多侧面地在知识产权法学领域中施展才能。他的许多观点与著作不可替代地起到开一代先河的重大作用……

自1979年开始步入知识产权法学领域，郑成思就在这块广阔的天地中全方位多侧面地施展着自己的才能。除了学术研究、著书立说、与国外进行学术交流外，他在该领域的立法、司法、行政执法、普法与培养专门人才上，在为国家主管部门、法院和立法机关提供咨询等诸多方面，像永不止步的夸父，执着忘我地追逐着心中那个早已耸立的目标："我的祖国应该在许多领域，争取站在世界的前列。"

面对刚刚起步而又滞后于国外的知识产权法学这块空白，郑成思在初涉这个领域时，就抱有这样一个观点：知识产权诚然是一门崭新的学科，在中国，较系统地研究它是自1979年才开始的；但是，它在世界上已被研究了上百年，有些概念已经形成，有些问题已有公认的、可行的答案，有些可能在中国远没有解决的问题，并不需要我们从零做起。撇开或根本不了解国际上已有的成例和正确答案，在某些基本问题上去求“突破“，是不可取的。正是基于这种观点，使郑成思从一开始，就站在了一个较高的起点上，并与国外始终保持着密切的学术与最新情况的交流。而他的研究工作，也正是从介绍国外有关法律和近况开始的。郑成思至今记得，他最早写成的有关这方面的文章和译著，是被一页页油印成册的。一百多万字的论文，才收到30元稿酬。这微薄的30元，却预示着一个重大的开端。

功夫不负有心人。他夜以继日工作所取得的成就，很快就引起了国内与国际法学界的注意与重视：

80年代，他的《专利法基础》《知识产权法若干问题》《工业产权国际公约概论》《信息、新型技术与知识产权》《知识产权法通论》《版权国际公约概论》《国际技术转让法通论》《计算机、软件与数据的法律保护》《版权法》和英文版《智力产权在中国》等十余部著作先后问世。其中，有不少书都是国内有关研究领域的第一本专著。他通过《知识产权法通论》《计算机、软件与数据的法律保护》等著作，建立了自己独具特色的“知识产权——信息产权”的理论体系，在国内产生很大影响。

郑成思进行理论研究的一个重要特点，就是绝不照搬外国的现有法律，而是结合中国的实际情况，解决中国有关的实际问题。他的一些著作，既有理论意义，又有实际应用价值，受到国家有关部门的重视。他的《知识产权法通论》和《计算机、软件与数据的法律保护》，被版权法起草小组指定为必备的参考书，是“超前研究成果，对当前计算机立法，有重要参考作用”。

进入90年代，他的研究重点开始转入国际贸易与知识产权以及数字技术与知识产权等方面，先后又有《世界贸易组织与贸易有关的知识产权》《知识产权论》和英文版《中国知识产权的执行》等十余部专著出版。这些著作也都是在该领域首创纪录填补空白的“第一本”专著。

他提出的关于版权法在知识产权法律体系中的重要地位，没有版权法，就不能对其他知识产权和信息产权提供完整、稳定的保护，对于发展中国家来说，就不能促进科技信息的流通和运用，并会阻碍其传统文化发展的观点，当年对中国重视和加速版权法的起草，起了促进作用。而在中国版权法立法过程中，1990年郑成思出版了他的专著《版权法》，当时成为人大法工委版权法起草小组成员人手一册的重要参考书。在开始修订版权法时，1997年他又出版了该书的修订本。他超前一步的研究工作，为中国有关法律的制定，奠定了重要的理论基础。

近些年来，郑成思以中文及英文在中国大陆、香港、台湾，在英国、澳大利亚、德国、美国、日本出版过26部著作，发表过上百篇论文。他的有关知识产权法学的理论体系已经形成。

他直接参加了版权法、反不正当竞争法、计算机软件保护条例、民间文学保护条例等法律法规的起草、制定和对专利法、商标法的修订工作，并担任商业秘密法等法律的起草小组顾问。他的意见大部分被采纳。人大法工委民法室的工作人员曾深有感触地说：“中国如果多几个像郑成思教授这样对法学有深入研究的学者，我们的立法工作就会快得多了。”这句褒奖的话，与那位澳大利亚高校门卫的感慨如出一辙！它们不约而同地道出了不同身份不同国家的人们，对郑成思的精神与成就的敬佩，也包含着对更多的“郑成思们”的渴望与企盼！

几年前，郑成思痛心而焦虑地看到，目前，中国有些地方与部门，不加分析地将建立多少中外合资企业，作为衡量领导政绩的一个标准。有的甚至在“合资”过程中为争取尽快被批准，而与外方共同欺骗上级审批单位，最终自己也被外方欺骗，造成巨大经济损失。而更多的中方经济损失（或潜在的巨大损失），较集中地表现在中方不懂得自己掌握的知识产权的价值，轻易以低价转让给外方，从而失去了自己在市场的优势地位，其经济损失的巨大无法弥补。针对这种触目惊心的情况，郑成思怀着极大的责任心，以《警惕建立合资企业中的中方国有知识产权流失》为题，写成简报，向中央有关部门提出了“在建立中外合资企业的合同中，应有一项强制性规定，即中方只可将已成为名牌的商标，以许可证方式许可合资企业或外方使用，不得转让或部分转让”等四条建议，为防止中国国有知识产权的外流和巨额经济损失，起了重要作用。

郑成思不仅在国内的一些重要案件的处理中起了重要的参谋作用，在中美知识产权谈判过程中，亲临一线的他也有过小试牛刀的经历。在谈判过程中，美方自认为他们代表中有不少人参加过《世界贸易知识产权协议》的起草工作，因此对该协议有不可侵犯的权威性。然而，他们不曾料到，中方代表郑成思就是该协议的中文译者。他还写了《世界贸易组织中的知识产权》一书，对该协议进行详尽的解释与分析，并就此协议出版过《关贸总协定与知识产权》《世界贸易组织与贸易有关的知识产权》两本专著，对这个协议研究得十分细致透彻。因此，他在谈判中遇到的一些双方具有分歧的问题上，做出的有利于中方的解释，令美方无言以对。

熟悉和了解郑成思的人都知道，为了创立和宣传中国的知识产权法学，他付出了多少心血和精力。他多少次无偿地宣讲、解释它，上至全国人大法工委，下至学校机关工矿企业，都留有他瘦削的身影。每天，他都接到大量电话和信件。信中所提的要求真是五花八门：有请教问题的，有要书的，有请他看论文的，也有对他的观点提出质疑和意见的。郑成思总是从紧张的研究工作中，抽出时间，一丝不苟地每信必复，认真解答对方提出的问题，然后就在来信的信封背面，工整地写上“×月×日复”。有时还给素不相识的人寄去自己的著作。尽管这项额外工作占据了大量时间，但他乐于这样做。郑成思不仅应邀协助国家政府有关部门解决有关问题，还对一些在法律上需要帮助的孤立无援的普通老百姓，伸出一双手付出一颗心。同时，基于郑成思对中国知识产权法学的重大贡献，以及他治学为人的感人之处，许多外国学者热情地邀请他一同撰写专著，国外有名的法律出版和知名学术杂志，也都约他写文章，并聘请他出任编委，给予他极大的信任与尊敬。

……

谁能相信，一个人有限的精力和生命，能够承担起如此繁重复杂的担子！然而，人们分明看到，郑成思正朝着他认定的目标，以惊人的毅力，超负荷不停息地向前跑着，跑着。他的身后，是一串串闪光的足迹。他创造的奇迹，正是他生命燃烧时的辉煌。

在知识产权法学领域中，郑成思无微不至地关怀、培养青年人。他为一件力所不能及的事，愤懑、遗憾到今天。

反思自己走过的路，回想起自己所在的单位和领导、自己的导师和自己的同事们所给予的极大关怀、培养和帮助，郑成思感慨万端：培养一个成功的有造诣的人才是很不容易的。当他还是一棵幼苗的时候，给他一些鼓励，一些帮助，他就站起来了；给他一些压抑，一些冷漠，他就夭折了。一个人哪怕只有一点儿天才的火花，都要让他闪出光亮来。我愿意做点燃这光亮的人！

郑成思是这样想的，也是这样做的。他用自己的行动和那颗火热的心，温暖了多少年轻人，在他们成长的路上，点燃了一片片闪光的火花！

1986年，当涂县有个当地的高材生，报考郑成思的研究生。他自忖水平高，把握大，结果却只考了13分。于是，他非常气愤地给负责招考的法学所科研处写了一封十分不冷静的信，讽刺挖苦，火气冲天。信，转到了郑成思手中，大家都劝他不必理这种人。但郑成思想：对这种年轻人不闻不问，他可能从此一蹶不振，无所作为了。只要给他讲清道理，指明努力方向，这倒很可能是个新起点。郑成思从考生的档案中找出了这位考生的答卷，仔细地阅读、分析，认为他的主要问题在于知识面窄，缺少信息，于是用了半天时间，非常认真地给这位考生写了封长信，详细地分析了每一道试题，告诉他错在哪里，正确答案应该从哪几方面思考，并且指出了他今后应该看哪些书以扩大丰富知识面。郑成思还把考生自己答的卷子抄了下来，一并给他寄去。一个多月后，这位考生回了一封非常诚恳的充满歉意和内疚的回信，不但承认了自己的狂妄无知，还表示了重新起步的决心。郑成思的心，这才放下了。

郑成思是研究版权法的专家，然而没有想到，自己的著作《知识产权法通论》中的有关章节，却被另一本内容相同的书无耻地抄袭了。这种在宣传讲授知识产权法的同时，又明知故犯地侵害他人权利的极不严肃的做法，激起了公愤，一时间舆论大哗。人们纷纷指责这两个写法而又犯法的作者，不少人出主意叫郑成思提起诉讼，要求赔偿损失。

这个状子，按说是一告一个准。郑成思胜券在握。

但是，郑成思的心像水晶一般晶莹剔透，没有一丝个人的杂念。他了解到作者中的一个是一名刚刚毕业的研究生，爱护青年、培养青年的一贯思想，使他采取了非常慎重的做法。他一方面为这个年轻人感到痛心，准备通过这件事给对方一定的教育；另一方面又怕事情搞大，这位年轻作者自暴自弃，破罐破摔，影响他今后的生活道路。最后，郑成思要求两位抄袭者在《中国法制报》上刊登了一条公开道歉的声明，了结了此事。难怪人们都说："郑成思从思想上、业务上引导青年人成长，为他们考虑得太周到了。"

为了法学界后继有人，80与90年代，郑成思分别承担了培养硕士和博士研究生的任务。他除了尽心竭力地带好自己的研究生，还应本所和外单位导师们的要求，为他们的研究生讲课，指导论文写作。就连美国、瑞典、日本的一些外国研究生和香港学者，也不远万里寄来论文请他指教呢！一句话，只要是为了培养人才，不管国内国外，再苦再难的事，郑成思也在所不辞。郑成思出名以后，许多单位都请他去讲学。他有意识地叫一些年轻的研究生代他去授课，解答问题。他总是尽力去为年轻人创造条件和机会，让他们多去经受锻炼，在实践中更快地增长才智。

身为教授的郑成思，生活十分简朴，可他用在学术研究上的钱，却从未吝惜过。郑成思从英国留学归来，背回了许多有价值的外文书籍和资料，仅一本美国出版的《专利法基础》就用去了340美元。为了更好地取得国外知识产权研究方面的最新信息，他与联合国及美国、联邦德国、英国等国的研究机构建立了信息交流关系。对于这些非常宝贵而及时的信息和国外研究成果，郑成思从不保密。他经常向研究生和同行们介绍这些情况，人们也可以随时去借阅翻看这些书籍和资料。郑成思说：知识不是私有的。我的最终希望，就是让年轻人快快成长，让他们去创造前人所没有创造出的新成果。

但是，培养人才应该是整个社会共同关注的事，一个人的力量有时毕竟是单薄的。有一件郑成思力所不能及的事，直叫他愤懑、遗憾到今天。那是1989年4月的一天，一个身背包袱的青年，敲开了郑成思办公室的门。只见他一手拎着个军用水壶，一手提着装有面包饼干的网兜，满头是汗，看上去颇有几分狼狈和不安。原来，他是应招来法学所面试的研究生候选人之一，是衡阳一所公社卫生院的勤杂工。这位完全靠自学起步的考生初试成绩不错，于是千里迢迢，来到举目无亲的北京，连个落脚的地方也没有。从这位来自最基层的青年身上，郑成思仿佛看到了自己当年拿着第一部书稿跑出版社时的影子。他热情地安顿小伙子住下，和他谈了许久。面试的考场上，其他三个候选人都是正牌的本科大学生，谁也没有把这位没有文凭的勤杂工放在眼里。但出人意料的是，正是这位不起眼儿的青年，不仅用英文娴熟准确地回答了自己的试题，而且替其他考生回答了他们答不出的问题。郑成思对这个青年的法学和外文水平很是欣赏和赞叹。当他了解到青年的这些知识都是利用业余时间，一点一滴、多方求教、苦读而成的，就立刻意识到，这是棵好苗子！这样懂得吃苦努力的学生只要一经点拨指导，会很快成长起来。他看到了一位很有前途的年轻人。爱才的郑成思兴奋了，他恨不得马上把这位考生招到身边来。一出考场，他就跑到有关部门，同意收下这个勤杂工作为他的研究生。

但是，由于某些原因，中国社科院1989年招收硕士研究生的计划被取消了。已经准备录取的考生全被移交给北京一所颇有名望的高等学府。郑成思多么希望经过自己精心挑选的人才，都能在那儿深造，成为我们民族的有用之材啊！

没有想到，正是这所名牌大学，在自学者面前无情地关上了大门。那位来自衡阳的考生不容分说便被淘汰了，因为他没有学历和文凭。

郑成思愤怒了，震惊了！百感交集而又无能为力。他甚至给这个青年写好了信，准备好了送给他的书籍，想给对方一些鼓励，一些安慰。他深深地知道，这非同一般的打击太沉重了，他多么希望这青年有足以承受和战胜这一切的毅力和勇气啊！郑成思四处询问这位考生的地址，然而由于档案材料已全部转走，始终没能找到。他把已经写好的信和那几本准备寄去的书就放在写字台边的书柜里，看到它们，郑成思就深深地感到中国之大，压抑和埋没人才的事还时有发生；看到它们，他就鞭策自己，要更加竭尽全力地去培养和珍惜人才。同时，他还期待着，能有寄出它们的那一天。

有争议的丈夫

郑成思在事业上是个有定评的成就卓著的专家，但是作为丈夫和父亲，他却是个有“争议”的人物。有人说他是“模范丈夫”，也有人说他“不称职”。这是怎么回事呢？

要说郑成思是“模范丈夫”，这话一点儿不假。

郑成思的爱人杜丽英原来是东北鸡西煤矿一名以工代干的会计。“文革”中，从北京政法学院下放到矿上的郑成思与她相识、相恋了。当时，丽英的哥哥看郑成思是个北京来的“飞鸽牌”大学生，又是干部子弟，怕土生土长又是工人出身的妹妹将来吃亏，因此不同意这门婚事。然而，事实使他不得不承认自己判断的失误。郑成思和丽英结婚近二十年来一直恩爱和睦，相敬如宾。丽英的哥哥折服了。

丽英平时体弱多病，文化水平也比较低。郑成思无论是在煤矿下井当工人，还是后来改变地位当了专家，一直对她爱护备至，从不嫌弃。仅这一点，就表现出郑成思的人品和用情之专。这是不少人难以做到的。为了使自己的爱人更快地进步，郑成思在紧张的研究工作之余，还帮助丽英提高文化水平。从1985年开始，丽英参加了北京市电大统计学专业的学习。于是，郑成思就成了她的“导师”，系统而认真地为她辅导语文、政治经济学、哲学等课程。他不断鼓励她帮助她，并包下了全部家务。整整三年，邻居同事们看到身为学者的郑成思，下了班不是提个篮子上街买菜，就是围个围裙洗衣做饭，无不称赞他是个体贴妻子的好丈夫。于是“模范丈夫”的美名不胫而走。丽英毕业时写的论文，受到了老师们的一致好评，他们称赞它是“近几年来所见到的在职学员中写得最好的一篇”。人们哪里知道，这是丽英在丈夫的耐心指导下，七易其稿的成果啊！在这里，郑成思不仅帮助妻子掌握了知识，也把他做学问那种“精益求精”的精神传给了丽英。1988年，丽英顺利地通过了各项考试，获得了统计学专业的大专文凭。她捧着这份浸透着丈夫一片爱心的毕业证书，幸福地笑了。

她得到的，难道仅仅是一纸文凭吗？

但是，话说回来，要讲“不称职”，郑成思也够“典型”的了。

郑成思的事业心非常强，一钻到工作和学问中去，就把其他的都丢在脑后了。有多少次，丽英嘱咐他上街买菜，他能拿着个篮子，满脑子想着他的“知识产权法”，在菜市场转上一大圈，把“任务”忘得一干二净，又空手而归。丽英只得抱着孩子去做“重复劳动”。有多少次，他写文章写得入了“境”，家人们一遍遍叫他吃饭，他却充耳不闻，毫无反应。别看他平时性情平和，但一写起东西来，决不允许别人有丝毫干扰，有时还会像换了一个人似的莫名其妙地发火。好在丽英已经摸透了丈夫的脾气，在这种时候从来是一声不吭，事后再论短长。

更有甚者，还是在他们新婚燕尔的时候，鸡西煤矿进了一台法国机器，有关它的资料谁也看不懂，最后找到了郑成思。于是，他一门心思都放到了翻译工作上。一次，在下班的路上，郑成思正边走边琢磨这件事，忽然听见有人叫他。他抬头见是位“不太熟悉”的女同志，就顺口问了一句："你找哪一位?"一句话，气得对方直掉眼泪。郑成思这才定住神，仔细一看，真是叫苦不迭，连忙道歉赔不是。原来，这位"不太熟悉"的女同志，就是和自己结婚不久的新娘子丽英。因为妻子换了一件平时不大穿的衣服，致使满脑子"学问"的郑成思，铸成了这个"不可饶恕"的大错。直到今天，丽英有时还"满腹委屈"地拿这件事和丈夫开玩笑，说他"心里不知道有谁呢"。

郑成思有两个女儿，她们对父亲心中只装着工作有时也不免抱怨："长这么大了，爸爸从来舍不得抽时间陪我们上街，也极少带我们出去玩。北京的许多公园和名胜古迹，我们都没有去过。我们好心好意地给他买了美国进口大片的电影票，他也嫌浪费时间。有时看着别人全家出去郊游，真眼馋啊!"

一次，丽英的嫂子从东北来北京，住在他家里。有一天，郑成思下班回来发现孩子白天没去上学，而是陪着舅妈逛了北海公园。对女儿一向要求严格的他不由火冒三丈，不仅狠狠批评了孩子，还想动手"教训"一下。女儿两眼含泪地说："我都12岁了，我们班哪个同学没去过北海？没去过中山公园？可我哪个公园也没去过。好不容易来亲戚带我去了，你还要打我!"几句话像重锤一下下砸在郑成思心上，他的手慢慢放下了。从那以后，郑成思就有意识地提醒自己，凡是能带孩子们出去的时候，一定带上她们。当他写文章涉及到胶版印刷时，就和孩子们一起去大钟寺观看大藏经，十分生动地给她们讲了许多有关胶版印刷的知识，使孩子们大开眼界。现在，这个"不称职"的父亲是大有进步了，不信，你去看看他们家相册中新增添的那些照片。照片上，他和妻子女儿们在陶然亭公园的石碑旁，笑得多么开心呀！他还非常体贴地为丽英打着一把遮阳伞呢!

不管郑成思"模范"也好，"不称职"也罢，丽英和孩子们理解他，支持他。他们的家庭，一直是一个温暖和谐的集体。

郑成思曾经动情地说过一句话："在我眼里，丽英就是中国劳动妇女淳朴、善良、勤劳的化身。我再也找不到第二个像她这样称职的妻子了。"的确，在郑成思这个事业有成的男人背后，丽英付出了作为妻子能够付出的一切。丽英心疼丈夫的身体，为了减轻他的负担，她毅然承担了誊写稿子的任务。工作了一天又忙碌了一晚上家务的丽英，每天都在丈夫睡下以后，专心致志地认真抄写。如果说郑成思睡眠少，那么，丽英就连6个小时也睡不到了。这对一个体弱的女同志来讲，需要多大的毅力和决心啊！这一字字，一行行，凝结着丽英对丈夫多么深挚的爱！

身为一个女人，谁不渴望得到丈夫的体贴和温情？也许，面对着“事业型”的伴侣，丽英在生活和感情上有时也会感到一丝不满足。但是，她在丈夫的进取和成功中，体会到了另一种欣喜和幸福。

郑成思一家生活十分简朴，家中连一张沙发都没有。一次，丽英下了好大决心，买回一件40元左右的羊毛衫，还被郑成思看成是“奢侈品”，批评了她一顿。但是，郑成思每年用在与国外法学界交换信息、资料上的邮费，就得花去他两个月的工资。他的女儿不无诙谐地说：“我们家的大沙发都让我父亲买成邮票，寄到国外去了。”同时，郑成思又对别人一直是有求必应，常常用自己的钱买自己的著作，送给同行、学生或陌生人。这笔开销是可观的。对此，丽英有时不免提出“抗议”。但说是说，做是做，真到要买书的时候，她常常跑书店帮着购买，还亲自到邮局去邮寄或送上门去。

有了这样一个好帮手、贤内助，郑成思心中怎能不感激、不庆幸、不宽慰呢?!

郑成思是值得羡慕的。他的人生，是在事业上不断进取、不断开拓的人生；他的伴侣，是用自己的全部身心支持着他、深爱着他的伴侣；他的家庭，是充满着相互理解和支持的家庭。这是多少人梦寐以求的呀！

不想结束的结束语

1986年与1988年，郑成思两次被中国社科院破格晋升为副研究员、研究员。1986年，他被授予“国家级专家”称号。1990年被北京大学聘为教授。郑成思是中共“十四大”“十五大”代表。1993年被中国版权研究会推选为副理事长，次年被中国知识产权研究会推选为副理事长。1995年与1998年先后当选为中国国际商会仲裁委员会委员、仲裁员。1998年当选为全国人大代表、法律委员会委员。以法律顾问及专家身份，参加了中美知识产权谈判等对外谈判……

在国际上，1988年他被国际版权学会聘为顾问。1990年被英国牛津《欧洲知识产权》杂志聘为编委。1994年被世界知识产权组织列为该组织仲裁中心仲裁员。1995年及1997年被国际知识产权教学与研究促进协会推选为执行委员，是执委中唯一一位亚洲国家委员……

郑成思深知，在这些荣誉的背后，是更多的责任，更大的付出，更重的担子，更高的目标。他曾多次说过：“我不是什么天才，也没有什么天赋。只有通过比别人更多的努力与付出，才能保持自己的知识水平在国际上不落后。关起门来称王称霸是一点儿用也没有的。打开门来，才知道自己是滞后的。因此，还是那句话：有自信，不自满，不停步。尤其是近些年来，我招收了一些水平很高的博士生，他们有的人精通三门外语。除了羡慕他们外，我就觉得自己落伍了。有时看到他们在网上看到了什么典型案例并有了评论，而我却对此毫不了解的时候，我就感到很恐慌。我不能让别人甩在后边。在办公室里，是我的学生们推着我往前走，我不能落后于我的学生；在家里，是我的孩子们推着我往前走，我不能落后于我的孩子。这种催人的动力，永远也不会停止。而且，只要我走得动，我还要力争走在他们的前头。”

在郑成思——这位为创建中国知识产权法学发挥了开创性作用的学者身上，有太多的故事吸引着我们，有太多的精神震撼着我们。在这个不想结束的结束语中，本文的作者不由想起了那句被古往今来的人们引用过无数次的诗句：“春蚕到死丝方尽，蜡炬成灰泪始干。”它，正是郑成思人生追求与精神境界贴切而真实的写照。他那燃烧的生命，在祖国日益走向繁荣强大的征程中，正绽放着夺目的光华！

写于1998年6月

图书在版编目（CIP）数据

难得纯真 / 臧小平著. -- 北京：作家出版社，2017. 11（2023.2重印）

ISBN 978-7-5063-9799-5

Ⅰ. ①难… Ⅱ. ①臧… Ⅲ. ①散文集－中国－当代 Ⅳ. ①I267

中国版本图书馆CIP数据核字（2017）第300899号

难得纯真

作　　者：臧小平
责任编辑：王　烨
装帧设计：王小明
出版发行：作家出版社
社　　址：北京农展馆南里10号　　　邮　　编：100125
电话传真：86-10-65930756（出版发行部）
86-10-65004079（总编室）
86-10-65015116（邮购部）
E-mail:zuojia@zuojia.net.cn
http://www.haozuojia.com（作家在线）
印　　刷：固安兰星球彩色印刷有限公司
成品尺寸：152×230
字　　数：300千
印　　张：22.75
版　　次：2018年2月第1版
印　　次：2023年2月第2次印刷
ISBN 978-7-5063-9799-5
定　　价：68.00元